KB071025

바람은 숨결이 되어

바람은, 숨결이 되어

초판 1쇄 2018년 03월 30일

지은이 여지훈
발행인 김재홍
디자인 이슬기
교정·교열 김진섭
마케팅 이연실

발행처 도서출판 지식공감
브랜드 문학공감
등록번호 제396-2012-000018호
주소 경기도 고양시 일산동구 견달산로225번길 112
전화 02-3141-2700
팩스 02-322-3089
홈페이지 www.bookdaum.com

가격 15,000원
ISBN 979-11-5622-361-0 03810

CIP제어번호 CIP2018008612
이 도서의 국립중앙도서관 출판예정도서목록(CIP)은 서지정보유통지원시스템 홈페이지(http://seoji.nl.go.kr)와 국가자료공동목록시스템(http://www.nl.go.kr/kolisnet)에서 이용하실 수 있습니다.

문학공감은 도서출판 지식공감의 인문교양 단행본 브랜드입니다.

바람은, 숨결이 되어

여지훈 장편소설

문학공감

우린 바람이어라

구속 없는 떨림이어라

사랑은 태양이어라

뜨거운 타오름이어라

때론 홀로 고독이어라

나를 위한 소풍이어라

그러다 우리 함께 모여

춤추며 노래 부르자

우리는 꿈꾸는 몽상가

가슴으로 노래하지

지지 않는 꽃을 피워

영롱한 열매를 맺자

그러다 우리 함께 모여

춤추며 노래 부르자

정범이, 바람들에게.

목차

서 – 8

서

"그러니까, X-RAY 상으로는 별문제가 없으니까… 괜찮을 거란 말씀이죠?"

현진은 이미 세 번째 똑같은 질문을 던지고 있었다.

"그렇게 확답을 내릴 수 있는 게 아니라니까 그러시네. 조금 전 환자분께도 말씀드렸다시피 X-RAY나 CT촬영만으로는 알 수 없는 부분도 있어요. 그런 것들은 정밀 검사를 해 봐야 알 수 있는 것들인데, 환자분께서 따로 보험을 들지 않으셨다니 아마도 비용이 꽤 부담되실 수는 있어요."

처음 맞이할 때만 하더라도 무뚝뚝한 어조나마 예의를 차려 정중하게 대하던 젊은 의사는 이제 짜증을 내는 기색이 역력했다. 그러나 그러는 와중에도 그는 자신의 본분을 다하기 위해 노력하고 있었다.

"환자분이 말씀하셨던 그 증상… 그, 송곳으로 찌르는 것 같은? 스파크가 터지는 것 같은? 아무튼 말씀하신 그 증상은 일단은 후두신경통으로 보여요. 지금 사진을 보시면 환자분의 목이 거의 일자 형태를 이루고 있잖아요. 원래 사람 목뼈가 S자 형태를 이루어야 정상인데,

저렇게 되면 경추 신경이 지속적으로 압박을 받을 수밖에 없어요. 그리고 그때마다 그 신경에 연결된 환자분의 왼쪽 측두엽 부근에 통증이 발생하는 거고요."

입이 마르는지 의사는 잠시 말을 멈추었다.

"그런데 한 주 전에 그런 일도 있었고, 또 그 후로 왼쪽 머리 전체에 감각이 없다고 하시니… 뭐, 환자분이 아직 젊다는 걸 고려해 보면 무리한 운동을 해서 일시적으로 발생한 증상이라고 생각할 수도 있지만, 그렇다고 100% 장담하기는 어려워요. 일단은 소염진통제를 처방해 드릴 테니 그거 며칠 드셔 보시고 호전되지 않으면 다시 오세요. 또 당분간 심한 운동은 금하시고 목 스트레칭도 자주 해 주시고요. 그러나 다시 한 번 말씀드리면, 지금으로서는 아무런 확답도 드리지 못해요. 그래서 정밀 검사를 권유해 드렸던 거고요."

현진은 침묵했다.

'한 주 전의 일…'

이미 몇 년째 꾸준히 이어오던 마라톤 훈련을 하던 중 일어난 사건은 사실 그로서는 아무런 기억도 남아 있질 않았다. 그러나 눈을 뜨자마자 자신을 내려다보던 이들에게서 들은 것은 무척이나 충격적인 이야기였다. 자신이 달리고 있던 중에 갑자기 쓰러졌다는 말을 처음 들었을 때만 하더라도 도무지 믿지 못했던 그였지만, 땅에 누워 있던 스스로의 상태가 그들의 말이 사실임을 입증하고 있었다. 더구나 그 사건 이후, 아무리 누르고 당겨 보아도 저릿저릿하기만 할 뿐 제대로 감각되지 않는 왼쪽 머리의 상태는 일상생활에 지장을 줄 정도로 그의 신경을 곤두서게 만들고 있었다.

잠시 후 현진은 좀 더 생각해 보고 결정하겠다고 답하고는 진료실에서 나왔고, 이어 무언가에 쫓기기라도 하듯 서둘러 진료비를 지불한 다음 병원 밖으로 나왔다. 그런 그의 머릿속은 여러 생각들로 복잡하게 헝클어지고 있었다.

'어쩌지? 검사 비용만 수십만 원이 들 수도 있다는데, 그걸 지불하면서까지 검사를 받아야 할까? 과연 그만한 가치가 있을까? 저 의사 말마따나 난 아직 젊어. 이제 갓 서른을 넘었다고. 벌써부터 무슨 심각한 병에라도 걸렸겠어?'

'그래도 혹시 모르는 일이야. 지금 그 돈 아깝다고 아끼다가는 나중에 수백만 원, 심지어 수천만 원까지 나가게 될지도 몰라.'

'설마 그러기까지야 하겠어? 일단 좀 더 지켜보다가 정말 못 참겠다 싶으면 그때 가서 검사를 해도 늦지 않잖아.'

'그러다가 나중에 더 큰 돈이 나가게 될 거래도! 더 늦기 전에 검사를 받아. 다른 부위도 아니고 머리잖아. 어쩌면 목숨이 달린 일일지도 몰라!'

현진은 점차 마음이 한쪽으로 기울어지는 것을 느꼈다. 바로 그때였다.

'참 가지가지 한다. 꼭 겁에 질린 쥐새끼마냥! 그렇게도 죽는 게 겁나?'

별안간 어수선한 머릿속을 뚫고 파고든 차갑고 조소 어린 음성에, 또 그 어조로부터 느껴지는 무심함에 한창 떠들썩했던 머릿속이 흡사 날카로운 낫으로 베인 벼 무리처럼 일시에 잠잠해졌다.

'아니, 누가 죽는대? 아직 무슨 병이 걸렸는지 아무도 몰라. 그러니 그런 식으로 말하지 마!'

그리고 그 냉담함에 저항하듯, 잠시 후 또 하나의 목소리가 발끈하고 일어났다.

'좋아, 그럼 검사한다고 치자. 그래서 심각한 병이라도 발견되면, 그땐 어쩔 건데? 혼자 질질 짜기라도 할 거야?'

'무슨 소리야? 그럼 당연히 고쳐야지! 있는 돈이라도 써서 어떻게든 고쳐야지!'

'그 쥐뿔만큼도 없는 돈? 그래도 그걸 어떻게 모은 건데 선뜻 쓰겠다는 거야?'

10

'돈보다는 목숨이 우선이야.'

'거짓말하지 마. 언제부터 그렇게 목숨에 연연했다고 그래?'

'왜? 왜 그게 거짓말이라는 거야…'

냉혹한 음성에 맞서던 목소리가 잠깐의 공백을 두고, 그러나 한풀 꺾인 기세로 대꾸했다.

'스스로를 돌아봐. 네 목숨에 정말 그만한 가치는 없잖아. 이미 너도 그렇게 믿고 있고.'

선고를 내리듯 그렇게 확언한 목소리는 반박할 틈을 주지 않겠다는 듯 곧바로 말을 이었다.

'지금의 넌 완전히 혼자라고. 당장 네가 죽는다고 해서 조금이라도 신경 쓸 사람이 얼마나 있다고 그래? 응? 있으면 한번 말해 봐!'

'……'

'말해 보래도?'

'……'

'좋아, 그럼 내가 말해 볼까? 보자… 제일 먼저 누가 있지? 그래, 이혼한 뒤로 이제 연락마저 뜸해져 버린 네 부모님? 글쎄, 그분들이 과연 그럴까? 벌써 10년이 넘었는데 이제 와서 두 사람이 널 신경 쓴다면 얼마나 신경 쓰겠어? 각자 노후들 준비한다고 한창 바쁘실 거라고. 자, 그럼 또 누구? 아, 너 열심히 일한다고 칭찬하던 사장이랑 동료들? 그거야말로 정말 큰 착각이지. 얼마든지 대체 가능한 게 그런 일자리라고. 이미 너도 봤잖아? 얼마 전에 물건 배송하다가 차 사고로 돌아가신 황 씨 아저씨 말이야. 그런데 직원들 중 누구 하나 정말로 슬퍼하는 거 봤어? 그냥 잠깐 표정이나 일그러뜨리면서 안타까워하는 게 전부였잖아? 장례식장에 찾아간 건 결국 너 혼자였다고! 생전엔 그렇게나 착하고 성실하다며 아무리 칭찬을 하더라도… 결국 별 수 없는 거야. 우린 서로에게 그렇게 소중한 존재가 아니니까. 그건 너 역시 마찬가지고. 누구든 네 자릴 꿰차고 들어오면 그땐 누가 널 기억하려 들겠어? 안 그래? 자, 이제 또 누가 있지? 더 없지? …응? 그 여자? 설마 너, 그 여자가 아직도 널 사랑하고 있다고 믿는 건 아니겠지!'

'……'

목소리는 한껏 조롱하듯 이죽거렸지만, 마지막까지 그에 맞서던 소리는 더 이상 들려오지 않았다.

'그러니 검사고 뭐고 이 겁쟁이 자식아, 용기를 가져! 네 죽음이 별거야? 그렇게 대수로운 거야? 이미 그렇지 않다고 네 스스로도 믿고 있잖아. 그러니 그놈의 검사한답시고 설레발 치지 말고 마음 단단히 먹어. 죽으면,'

잠깐의 틈을 두고 목소리가 한층 강경한 어조로 말했다.

'죽으면 돼! 잊었어? 〈죽으면 죽으리라!〉 언제부터 그렇게 나약해진 거야? 그 여자가 떠났다고 그래? 그럼 오히려 마음을 더 독하게 먹어야지! 그깟 머리 좀 아픈 거 가지고 왜 이렇게 겁에 질린 거야? 아직 일어나지도 않은 일에 벌벌 떠는 겁쟁이 말고, 누가 뭐래도 앞뒤 계산하지 않고 제 갈 길 가겠다던 놈은 대체 어디로 간 거냐고? 자, 말해 봐! 죽으면 죽으리라고!'

"……"

'말해 보라고!'

"…죽으면, 죽으리라."

목에 걸린 가시를 뱉어내듯 가까스로 말을 쥐어짜낸 현진은, 잠시 후 저도 모르게 쿡, 웃음을 터뜨렸다.

'젠장! 그러게. 언제부터 내가 이렇게 겁이 많아진 거지?'

"죽으면 죽으리라!"

그는 이번에는 좀 더 크게 소리 내어 말해 보았다. 그리고 그 말은 흡사 주문처럼 어떤 단호한 결단을, 더 이상 잃을 게 없으니 겁내지 말고 나아가라는 의지를 그에게 북돋아 주었다.

'그래, 까짓것! 기껏해야 없어지는 건 아무도 신경 쓰지 않는 내 목숨 하나뿐이야!'

현진은 약국에 제출하라던 의사의 처방전을 보란 듯 와작 구겨 버렸다. 그는 자신이 이제 완전히 혼자라는 사실을 충분히 인식했고, 자신을 위축시키는 모든 것, 그러니까 의사의 경고, 건강에 대한 염려, 돈에 대한 걱정, 별 볼 일 없는 인간관계, 또 떠나간 사랑까지, 그중 어느 것도 자신의 단 하루조차 보장해 주지 않을 거라는 사실을 깨달았다.

'그래, 이왕 이렇게 된 거, 더 옹졸해지지 말고 하루를 살더라도 당당히 살자.'

그는 병원을 뒤로하고 걸음을 옮기기 시작했다. 그런 그의 얼굴에서 미래에 대한 근심은 더 이상 보이지 않았다. 대신 그 자리를 채운 건 흡사 상처 입은 짐승의 그것과 같이, 모든 것으로부터 마음을 닫고, 또 놀라우리만치 모든 것을 적대시하는 사납게 번들거리는 한 쌍의 눈이었다.

1장

"얘, 도나야! 얼른 일어나 봐! 일어나서 저것 좀 봐!"

한껏 달뜬 목소리와 더불어 자신의 몸을 흔들어 오는 상미의 손놀림에 도나는 퍼뜩 잠의 미몽에서 벗어났다. 눈을 뜨자마자 시간부터 확인한 그녀는 이제 겨우 한 시간 남짓이 지났음을 깨닫고 슬며시 한숨을 내쉬었다. 시간은 상상외로 느리게 흐르고 있었다. 그 무료함을 달랠 길이 없어 잠이라도 자려 했건만….

문득 다시 한 번 자신의 어깨를 두드리는 손짓에 그녀는 고개를 돌려 옆에 앉은 상미를 쳐다보았다. 오랜 이동이 주는 무기력함에 빠진 자신과 달리 활기 넘치는 자신의 친구는 뭐만 나타났다 하면 호들갑부터 떨며 요란스레 감탄을 내지르고 있었다. 그런 상미의 발랄하고 생기 넘치는 모습에 도나는 저도 모르게 픽, 웃음을 흘리고 말았다.

'이번에는 뭐, 양 떼가 앞을 가로막기라도 했을라나?'

불과 한 시간 전, 느긋이 도로 한가운데를 점거하고 있던 소 떼를 발견하고는 연신 탄성을 지르며 놀라워하던 그녀의 모습을 떠올리며 도나는 그런 생각을 했다. 사실 상미의 반응은 충분히 이해할 만한 것이었다. 도나 자신도 이 땅에 처음 왔을 때에는 코를 창에 박다시피하며 그 너머의 풍경을 보는 데 여념이 없었으니까.

'하지만… 이미 오래전 일이야.'

끝 모르고 펼쳐진 너른 지평은 비록 창유리 너머로 보는 것이나마 가슴을 환히 트이게 하는, 여전히 매력적인 모습이었지만 보면 볼수록, 또 시간이 지나면 지날수록 단조로운 반복이 주는 무료함마저 극복하지는 못했다. 차츰 감격의 순간은 잦아들었고, 그로부터 느껴지는 감흥 역시 시들해져 버렸다.

새삼 밀려드는 안타까움을 또다시 자그마한 한숨으로 뱉어낸 도나는 이윽고 상미의 하얗고 고운 손가락이 뻗어진 방향으로 천천히 시선을 옮겨 갔다. 그리고 그녀의 눈은, 이내 이해할 수 없는 장면이라도 목격한 것처럼 점차 커지기 시작했고, 차의 앞유리에 박혀 있던 시선은 금세 옆으로, 다시 쏜살같이 뒤를 향해 움직였지만 하나의 대상에 못 박혀 떨어질 줄을 몰랐다.

"잠깐만요, 뭉크! 차 좀 멈춰 봐요!"

급박히 튀어나온 그녀의 외침에 운전석에 앉아 있던 이가 서둘러 차를 세웠다. 그러자 아스팔트 도로였다면 비틀린 비명처럼 터졌을 요란한 마찰음 대신 누런 먼지구름이 땅과 접지한 바퀴로부터 뭉게뭉게 피어났다. 고개를 돌린 뭉크의 시선 역시 도나를 거치지 않고 곧장 차의 뒤쪽으로 향했다. 평상시에는 무겁게 닫혀 있던 그의 입술이 지금은 살짝 벌어져 있었다.

"뭐야, 저 사람? 저거 구르마 아냐?"

백미러를 통해 뒤를 보던 학범이 아예 조수석의 창문을 내린 채 고개를 빼들고 살피다가 한참만에야 꺼낸 말이었다.

"구르마? 그게 뭐야?"

상미가 고개를 갸웃거리며 물었다.

"그 있잖아. 할머니들이 동네에서 폐지 주우러 다닐 때 끌고 다니는 거."

"응? 그런 게 있었어? 난 유모차나 리어카 끌고 다니는 것밖에 못 봤는데…."

주거니 받거니 하는 그들 남매의 대화에 끼지 않은 채 도나는 멍하니 창밖만 바라보고 있었다.

'뭐지, 저 사람…? 저기서 대체 뭘 하고 있는 거야?'

마치 지금 있는 장소가 사막이 아니라는 듯, 남자는 태연스레 바닥에 누워 있었다. 그나마 남자의 위에 드리워진 검은 천이 딱 그가 쉴 공간만큼의 그늘을 만들고 있었는데, 천의 한쪽 끝은 남자의 몸통 크기 정도 됨직한 배낭에, 다른 쪽 끝은 파란색으로 도색된 강철 재질의 손수레에 묶여 있었고, 그 좌우 양쪽으로 길게 뻗은 끈들은 땅바닥에 놓인 큼지막한 두 개의 돌에 연결되어 천이 처지지 않도록 팽팽히 당기고 있었다. 그중에서도 유독 눈에 띄는 것은 우뚝 세워진 손수레였는데, 그 진한 파란색은 저 위로 펼쳐진 공활한 하늘의 색감을 담아내고 싶었던 남자의 소망이었던 양 그가 입고 있는 옷옷에도, 또 옆에 벗어 놓은 신발에도 하나같이 번져 있었다. 그런 색상의 일치가 그가 등을 대고 누워 있는 상앗빛 땅과 대조되면서도 묘한 조화를 이루어 냈다.

"그럼, 저 사람 한국 사람이야?"

"그야 모르지. 꼭 우리나라에만 저런 구르마가 있으리란 법은 없잖아."

"난 왠지 우리나라 사람일 것 같아! 오빠, 오빠가 가서 말이라도 한번 걸어 보는 게 어때, 응?"

"말 걸어서 뭐하게? 그러다 우리나라 사람이 아니면 어쩌려고? 난 가뜩이나 영어도 못하는데."

"아! 그럼 도나야, 네가 물어보면 되겠다! 넌 몽골어에 영어까지 잘하잖아!"

"아니, 저 사람이 아예 다른 나라 사람일 수도 있잖아. 몽골이나 영어 둘 다 못하면⋯."

"그래! 일단 영어로 인사부터 건네 보면 되겠네!"

그렇게 본인의 의지와는 상관없이 두 남매의 재촉에 떠밀리듯 차 밖으로 나온 도나는 땅에 발을 딛자마자 화들짝 놀라 부리나케 남자 쪽으로 고개를 돌렸다. 그러다 저도 모르게 흡, 하고 숨을 멈추고 말았는데, 방금 전까지만 해도 자는 줄로만 알았던 남자가 어느 틈엔가 고개를 쳐든 채로 자신을 주시하고 있었던 것이다.

"⋯⋯."

둘은 잠시 동안 아무 말 없이 서로를 마주 보았다. 남자가 쓰고 있던 선글라스 탓에 그의 눈을 볼 수 없었던 도나는 살짝 답답함을 느꼈다.

먼저 침묵을 깨고 움직인 것은 남자 쪽이었다. 그는 몸을 일으키고, 신발을 신고, 그런 후에 그녀를 향해 곧장 다가오기 시작했다. 그 모든 과정은 세세히 묘사할 수 있을 만큼 느릿한 동작으로 진행되었고, 그사이 도나는 꼼짝도 않은 채 남자를 지켜보기만 했다. 새카만 얼굴과, 역시나 하나같이 까맣게 칠해진 팔과 다리. 그러나 걸을 때마다 언뜻언뜻 내비치는 목 부근의 밝은 속살은 그의 피부색이 본래부터 그런 것이 아니었음을 알려 주고 있었다.

"⋯하이!"

남자가 너무 가까워졌다고 느꼈을 때, 도나는 엉겁결에 손을 들어 그를 향해 인사를 건넸다.

'눈만 볼 수 있으면 그래도 어느 나라 사람인지 대충은 알 수 있었을 텐데.'

자연스레 궁금해진 상대의 국적은 그러나 그의 콧등에 얹힌 짙은 선글라스 탓에 짐작조차 가질 않았다.

그녀의 인사에 남자가 우뚝 멈추어 섰다. 그리고는 그녀를 빤히 쳐다보았다. 선글라스 뒤에 가려진 그 적나라한 시선을 감당할 수가 없어

갈팡질팡 눈길을 옮기던 도나의 눈에 조금 떨어진 곳에 위치한 남자의 수레가 들어왔다. 수레는 스치듯 봤을 때보다 훨씬 크고 단단해 보였다. 그녀의 키가 작은 편이 아니었는데도 손잡이의 끝부분이 그녀의 목 언저리까지 닿을 만한 높이에 있었다.

"하이."

시커먼 바탕에 한 가닥 굵은 선이 시원스레 그어지더니, 이윽고 남자의 입에서 그녀가 뱉은 것과 똑같은 단어가 튀어나왔다. 마치 동굴에서 울려 나오듯 묵직한 그러나 한편으로는 쾌활함이 깃든 목소리였다.

"혹시, 한국 분이세요?"

무료했던 여정에 뜻밖의 신선함을 선사한 낯선 인물을 마주하고 선 그녀는 갑자기 가슴이 이유 모르게 뛰는 걸 느꼈다. 그리고는 내심 눈앞의 남자가 한국인이면 좋겠다고 생각했다.

그녀의 말에 살짝 놀란 듯 남자의 입이 조금 벌어졌다. 곧이어 그의 입에 걸린 웃음이 한층 짙어졌다. 남자가 오른손을 들어 쓰고 있던 선글라스를 벗었다. 그러자 나름 검게 탔지만 다른 얼굴색과 비교하면 상당히 밝은 눈 주위의 살갗이 드러났고, 선글라스의 윤곽을 따라 선명히 난 그 자국에 도나는 작게 웃음을 터뜨리고 말았다. 갑작스레 쏟아진 볕에 다소 찌푸려진 크지도 작지도 않은 남자의 눈이 한껏 반가움을 드러내며 그런 그녀를 바라보고 있었다.

"네, 한국인입니다! 반갑습니다!"

시원스런 남자의 수긍과 동시에 도나의 등 뒤로부터 "역시! 내 말이 맞지, 그치, 오빠?"라는 상미의 들뜬 외침이 터졌고, 괜스레 민망스러움을 느끼는 와중에도 도나의 가슴 한편에는 작은 안도감이 번지고 있었다.

"네, 저도 반가워요!"

그것이 그와의 첫 만남이었다. 몽골 남부의 마을 바얀달란에서부터 서쪽으로 약 120km 떨어진 홍고린엘스로 향하는 그 뜨거운 사막 길의 한복판에서, 그녀는 짐수레를 끌며 사막을 건너고 있던 한 남자를 만났다. 그리고 그 기묘한 만남의 싹이 장차 광막한 사막 위에 어떤 꽃을 피워내게 될지, 그때의 그녀는 전혀 예상하지 못했다.

ꙮ☆

"오빠, 근데 왜 그렇게 여행을 하고 있던 거예요? 이런 땡볕 아래서, 그것도 포장도로도 아닌 저런 모랫길을요!"

상상만으로도 끔찍하다는 듯 상미가 몸서리를 치며 방금 전까지 사막에 홀로 누워 있던, 그러나 지금은 그들 일행과 함께 지프의 뒷좌석에 몸을 싣고 있는 남자, 현진을 향해 물었다.

그러나 그는 바로 대답하는 대신 잠시 기다려 달라고 손짓하고는 들고 있던 1.5리터 통을 기울여 입 안으로 물을 쏟아 붓기 시작했다. 콸콸콸 소리를 내며 들이붓는 그 모습이 어찌나 실감나던지, 잠자코 그를 지켜보던 이들은 그의 목젖이 요동칠 때마다 없던 갈증마저 시원하게 해소되는 듯한 상쾌함을 느꼈다.

"후아! 이제야 살겠네!"

통을 절반 가까이 비워 내고 나서야 현진이 입 주위로 흐른 물 자국을 훔쳐내며 크고도 깊은 숨을 토해 냈다. 그러면서 방긋 웃는 모습이 사람이 과연 저보다 더 행복하게 웃을 수 있을까 싶은 그런 표정이었다.

상미의 물음은 현재 차에 타고 있던 모두의 궁금증을 대변한 것이었다. 학범과 도나는 물론, 속도를 달리하며 크고 작은 구릉을 타고 넘는 데 열중하던 뭉크마저 한국어를 전혀 모름에도 불구하고 한쪽 귀는 뒤를 향해 활짝 열어 놓고 있었다.

"하하, 그게 별건 아니고… 돈이 없어서 그랬어요."

"…네?"

순간적으로나마 아무도 그의 말을 이해하지 못했다. 차 안에는 잠시 침묵이 고였고, 그 후 가까스로 그 말을 알아들은 이들이 저마다 어이없다는 표정으로 황당한 웃음을 흘렸다. 도나가 뭉크를 위해 몽골어로 통역해 주자 그 역시 허헛 웃고 말았다.

"그러니까, 차를 탈 만한 돈이 없어서 그랬다고요?"

듣는 이들의 반응이 예상외로 진지하자 그저 농담을 던지자는 마음으로 가볍게 말했던 현진이 오히려 민망스러움을 느꼈다.

"아니, 다들 반응이 왜 그래요? 당연히 웃자고 한 말을 가지고. 설마 정말로 돈이 없어서 그렇게 다녔겠어요?"

한차례 손사래를 치며 사태를 수습한 현진은 이내 얼굴 표정을 진지하게 고치고는 다시 입을 열었다.

"실은 사막을 맨몸으로 느끼고 싶어서 그랬어요. 저 넓게 펼쳐진 하늘과 땅, 그리고 그 사이로 흐르는 바람을 맨몸으로 느껴 보고 싶어서요. …크흠."

마지막으로 '왠지 사나이의 낭만이랄까.'를 덧붙이려던 현진은 헛기침을 하며 말을 삼켰다. 그러면서 자신을 태워 준 세 남녀를 향한 고마움과는 별개로, 또래의 젊은이들답지 않게 농담을 농담으로서 퍼뜩 알아듣지 못하는 그들의 부족한 유머 감각을 크게 아쉬워했다. 물론 그는 스스로의 유머 실력에 대해서는 추호도 의심하지 않았다.

그러나 나름 충분하리라 여겼던 대답에도 불구하고 여전히 그들의 눈에서 궁금증이 가시지 않는 걸 보고, 현진은 좀 더 부연 설명이 필요하다고 느꼈다.

"그러니까… 차를 타기보다는 걷고 싶었고, 그러다 보니 우선은 며칠 동안 사막에서 혼자 지낼 준비를 할 수밖에 없었어요. 며칠간 사막에서 버티려면 당연히 그만큼의 물과 음식이 필요한데 최대한 줄인다고 줄였는데도 짐 무게가 짊어지고 가기에는 너무 나가더라고요. 그래서 그냥 애초에 수레에 짐을 싣고 가자, 이렇게 생각한 거예요. 그래서 한국에서부터 수레를 가져왔고, 그게 지금 여러분이 보고 있는 바로 이 녀석입니다."

그러면서 현진은 싱긋 웃으며 바닥에 뉘어 놓은 수레와 배낭을 툭툭 번갈아 쳐 보였다. 그의 말마따나 상당한 양의 물과 음식이 들은 모양인지 몸체만으로도 도나의 몸통보다 더 부풀어 있는 배낭의 좌우에는 텐트와 매트가 단단히 동여매져 있었고, 수레의 가장 밑바닥에는 지금은 배낭의 무게에 납작하게 눌린, 그러나 본연의 부피는 상당했으리라 짐작되는 침낭까지 자리하고 있었다.

"잠깐만요, 오빠. 사막에 온 게 이번이 처음이 아닌가 봐요?"

마치 사막을 잘 알고 있는 듯 말하는 그의 어투에서 이상함을 느낀 상미가 그 미묘한 뉘앙스를 놓치지 않고 질문을 던졌다.

"아… 네, 사실 고비사막은 이번이 네 번째 방문이에요. 어쩌다 오다 보니 좋아서 계속 오게 되네요."

잠시 멈칫거리긴 했지만 현진은 곧 대수롭지 않다는 듯 담담히 답하고는 머쓱하게 웃었다. 그러나 그에 관해서는 더 언급하고 싶지 않았던 모양인지, 놀라는 얼굴로 자신을 바라보는 이들을 향해 그는 방금 전보다 한층 빠른 속도로 말을 이어 나갔다.

"닷새. 포장도로에서 저 수레로 지낼 수 있는 날이 닷새예요. 거기에 어떻게든 아끼고 아끼면 하루나 이틀 정도는 더 버틸 것 같긴 한데… 그렇다 하더라도 짐 무게만 40kg이 넘더군요. 물론 그중에서도 무게를 가장 많이 차지한 건 물이고요."

현진은 오른손의 다섯 손가락을 모두 펼쳐 보인 후, 이어 왼손을 들어 그 옆에 엄지와 검지를 차례로 세워 보였다. 배낭에 쏠려 있던 일행들의 시선이 잠시 그의 손가락으로 향했다가 다시 일제히 배낭으로 돌아갔다. 도나와 상미는 저도 모르게 작게 한숨을 내쉬었고 학범은 절레절레 고개를 내저었다. 한때 군대에서 몇 차례 행군 훈련에 참가한 적이 있었던 그는 병사들이 20kg에 달하는 군장 무게조차 덜어내기 위해 온갖 꼼수를 부리는 걸 목격한 바 있었다. 그 자신 역시 마지막 훈련에서는 소위 말하는 짬으로 밀어 붙여 그 절반에도 못 미치는 무게를 짊어졌음에도 불구하고 다시는 하고 싶지 않을 만큼 힘들었던 기억으로 남아 있었다.

'하물며 40kg이라니…'

비록 수레를 이용한다 하더라도 그만한 무게의 짐을 저 땡볕 아래서 종일 끌며 걷는다는 것은 그로서는 백번 양보해도 하고 싶지 않은 경험이었다. 더구나 얼핏 보기에도 10kg은 넘어 보일 수레의 무게까지 합쳐진다면….

학범은 현진이 머리가 조금 이상한 사람, 혹은 자신과는 전혀 다른 방식의 사고 구조를 지닌 사람으로 여겨졌다. 그러나 동시에 그는 어떤 영문 모를 감정이 가슴을 채우는 걸 느꼈는데, 이내 그것이 질투심이라는 사실을 깨닫고는 당황하고 말았다.

"닷새라고 해도… 바얀달란에서부터 홍고린엘스까지는 120km가 넘는 거리인데요? 게다가 그냥 길도 아니고 오프로드고요. 그럼 형은 닷새 안으로 그 거리를 걸을 수 있다고 생각한 거예요? 아! 죄송해요. 나이도 모르는데 대뜸 형이라고 불러 버렸네. 너무 대단해 보이셔서 저도 모르게 그만… 참, 전 스물여덟입니다. 그쪽은…?"

머리를 긁적이며 넉살맞게 웃어 보이는 학범을 향해 현진이 빙그레 웃음을 지었다.

"괜찮습니다. 전 올해로 서른둘이고, 굳이 따지자면 형이 맞긴 맞습니다만…"

"정말?! 그럼 완전히 아저씨잖아!"

돌연 끼어든 상미의 성마른 외침에 입을 다문 현진은 이내 나이 좀 먹은 게 죄는 아니지 않느냐는 표정으로 억울한 듯 어깨를 으쓱해 보였고, 예의에 어긋난 그녀의 행동에 놀란 도나는 자신도 모르게 친구의 팔뚝을 세게 꼬집어 당겼다. 그러자 상미가 팍 인상을 구기며 도나를 노려보았는데, 이내 자신보다 더 맹렬히 쏘아보는 그녀의 눈빛을 마주하고는 금세 꼬리를 내렸다. 그리고는 그 눈빛에 담긴 무언의 강렬한 요구에 따라 재빨리 현진에게로 고개를 돌린 다음 방금 전 말은 악의 없는 장난이었다는 듯 배시시 웃어 보였다.

"그럼 이것도 다 인연인데 앞으로 편히 말 놓으세요, 형."

"뭐, 학범 씨만 괜찮다면야… 그럼 그렇게 할까요? 아니, 그렇게 할까?"

현진이 학범에게 물었고 그가 고개를 끄덕이자 이번에는 도나와 상미를 보며 차례로 동의를 구했다. 그녀들 역시 거부감 없이 고개를 끄덕여 보였다.

'그래, 괜히 꿀릴 것 없어. 나라면 몇 년 뒤에는 저보다 더 대단한 도전을 하고 있을 테니까.'

일단 상대가 자신보다 몇 살 위라는 사실이 확인되자 신기하게도 학범은 방금 전까지 자기 안에 있던 질투심이 씻은 듯 사라진 걸 느꼈다. 그런 그에게 눈길을 주며 현진이 다시 말을 이었다.

"학범이 네가 좀 전에 말한 대로 바로 그 부분에서 잘못 판단하고만 거야. 너도 여기까지 오면서 봤겠지만 울란바토르에서 달란자드가드까지는 모두 포장도로가 깔려 있잖아? 처음에 그 길을 시험 삼아 걸어 봤는데 보통 하루에 35km, 조금 무리를 한다면 45km까지 걸을 수 있더라고. 아무리 포장도로라고 해도 명색이 사막에 난 길인데 생각보다 많은 거리를 올 수 있어서 나도 처음엔 꽤나 놀랐어."

아무렇지 않게 35km니, 45km니 하는 거리를 언급하는 그를 보며 학범은 눈앞의 인물을 더 이상 이해하려는 시도를 포기했다.

"그래서 아무리 비포장 길이라도 그것의 절반 이상은 가지 않겠느냐고 쉽게 생각한 게 잘못이었지. 못해도 하루에 20km는 너끈히 가겠구나 싶었고, 좀 더 속도를 낸다면 25km, 마지막 하루 정도는 있는 힘, 없는 힘 모두 끌어모으면 어찌어찌 30km까지도 충분히 갈 수 있지 않을까, 그렇게 과신하고 말았지."

거기까지 말한 현진은 지난날의 자신의 어리석음을 자책하듯 깊은 탄식을 뱉어냈다.

"그런데 그게 완전히 나만의 착각이었던 거야. 내 정신력이란 게 정말 별거 아니라는 사실을 이번에 확실히 깨달은 셈이지. 달란자드가드서부터 바얀달란까지 오려면 큰 산을 넘어야 하잖아? 그 산길이… 그래, 대충 80km는 될 거야. 그래도 거기까진 포장도로여서 그나마 다행이었어. 정말 문제는 그다음이었는데, 본격적으로 비포장 길이 시작되는데 하루에 20km는 무슨, 10km 넘을 즈음이면 이미 진이 다 빠져버렸고, 15km 이동할 수 있으면 정말 다행이게? 더구나 그렇게 움직이다 보니 처음 계산과는 다르게 하루 물 소비량만 어마어마하게 늘더라고. 지금이 달란자드가드를 떠난 지, 보자… 그래, 닷새째야. 바얀달란에서 출발한 지 이제 겨우 사흘째고. 사실 너희를 만나기 바로 전까지만 해도 다시 바얀달란으로 돌아가는 게 낫지 않을까 생각하던 참이었어. 딱 그 정도 물만 남아 있었거든."

"아니, 그러니까 오빠! 왜 그렇게 힘들게, 왜 그렇게 먼 길을 걸어가려고 한 거냐고요?"

과도한 숫자의 나열에, 더구나 그만한 거리를 수레를 끌며 걷는다는 그녀로서는 도저히 상상할 수도, 체감할 수도 없는 이야기에 상미는 금세 지루해했다. 무엇보다 그녀는 현진이 꺼낸 예의 대답이 뜬구름 같게만 느껴져 전혀 마음에 들지 않았다.

"응? 내가 말하지 않았어? 사막의 하늘과 땅…."

"에이, 말도 안 돼! 정말 그게 다예요? 그냥 사막을 걸으면서 하늘도 구경하고, 땅도 구경하고 그러다 바람도 좀 쐬자, 이러려고 그 고생을 하고 있다고요? 그러다 사막 한가운데서 바퀴라도 터지면 어떡하려고 그래요? 더구나 방금 전 오빠 말을 들어 보면 하늘이고 바람이고 즐길 여유가 전혀 없었을 것 같은데요!"

그러나 현진은 이번에는 대답을 않고 그저 어깨를 으쓱하며 웃기만 했다. 그러자 입술을 삐죽이 내민 상미가 결국 체념했다는 듯 고개를 흔들어 보였다. 그런 그녀를 잠시 바라보던 현진은 그때껏 옆에서 잠잠히 앉아만 있던 도나에게로 시선을 옮겼다. 도나는, 그때 왜 그랬는지 스스로도 알 수 없었지만, 그를 향해 가만히 미소를 지어 주었다. 잠깐이지만 둘의 눈길이 허공에서 엮여들었다.

"참, 너희는 그저께 몽골에 왔다고 했지? 그럼 앞으로의 일정은 어떻게 되는 거야?"

마치 그녀의 시선을 피하듯 학범 쪽으로 빠르게 고개를 돌리며 현진이 물었다.

"음, 우선은 오늘 홍고린엘스에 도착해서 캠프를 하나 잡고 이틀 정도 머물 생각이에요. 그런 다음 바얀작으로 갈 계획이고요. 그 후 일정은 그때 가서 다시 의논해 결정하려고요. 애초에 가이드를 끼지 않고 자유롭게 돌아다니자는 취지로 시작한 여행이라 일정을 그렇게 빡빡하게 정하지는 않았어요."

"가이드 없이? 그럼 많이 불편하지 않겠어?"

앞의 뭉크에게로 슬쩍 시선을 던지며 현진이 물었다. 그러자 그 질문을 예상했다는 듯 학범이 씩 웃어 보이고는 이내 고개를 돌려 옆에 앉은 도나를 쳐다보았다.

"괜찮아요. 실은 도나, 얘가 몽골어를 정말 잘해요. 2년 동안 몽골에 살면서 이곳 학생들에게 한국어를 가르쳤거든요. 어찌 보면 사실상 우리의 가이드인 셈이죠."

"오, 정말? 그럼 지금도 몽골에 살고 있는 거야?"

갑자기 대화의 주제가 자신으로 옮겨지자 도나는 당황해서 손사래를 쳤다.

"아니, 아니! 오빠는 무슨!"

한차례 학범을 흘겨본 그녀가 쏜살같이 표정을 바꾸며 현진을 향해 수줍게 미소를 지었다.

"학범 오빠 말처럼 정말 잘하는 정도는 아니고 그냥 기본적인 회화만 하는 수준이에요. 그리고 한국에는 이번 여행이 끝나면 돌아갈 거예요. 저 일 끝나는 시기에 맞춰 상미 얘가 몽골 여행 좀 시켜달라면서 온 거거든요."

"와, 오빠! 지금 얘 얼굴 바꾸는 거 봤지? 정말 어떻게 그렇게 싹 바뀔 수가 있어? 우리 오빠 불쌍하게. 현진 오빠, 도나 얘가 오빠한테 맘이 있나 봐요. 잘됐네! 사막에서 피어나는 사랑이라니, 너무 낭만적이잖아!"

상미의 과도한 호들갑에 도나는 귓불이 뜨거워지다 못해 금세라도 활활 타오를 것만 같았다. 밀려오는 부끄러움에 말문이 막혀 친구의 말을 부정할 타이밍을 놓친 그녀는 대신 태연함을 가장한 웃음을 지으며 눈길만 돌려 스치듯 현진의 표정을 훑었고, 그 순간 역시 뭐라 대꾸할 거리를 찾지 못해 멋쩍게 웃음만 흘리는 그의 얼굴에서 돌연 몇 가닥의 쓸쓸함을 마주한 것도 같았다. 그러나 이내 오늘 처음 만난 사람에게 그 무슨 과도한 감정이입이냐면서 그녀는 스스로를 질책하며 어이없이 웃고 말았고, 괜한 민망함을 떨쳐내고자 먼저 나서서 수선스레 말을 꺼내기 시작했다. 그러는 와중에 상미와 학범도 끼어들어 새로 합류한 이 기괴한 동반자에게 틈틈이 질문을 던져댔으며, 현진은 그들의 물음 하나하나에 끈기 있게 대답해 주었다. 워낙 말수가 적은 데다 그들의 대화를 전혀 이해할 수 없었던 뭉크는 충실히 운전만 했고, 바퀴를 잡아끄는 모래밭과 갑작스레 튀어나오는 구덩이를 용케도 피해 가며 도나 일행을 저 거대한 모래 언덕이 나열해 있는 홍고린엘스로 차근히 이끌어 갔다. 그리고 그들이 지나는 옆으로는 이미 몇몇의 작은 모래 언덕이, 총 길이 180km에 달한다는 그 길고도 장대한 상앗빛 행렬의 끝자락을 조금씩 드러내고 있었다.

"웰컴 투 몽골리아! 웰컴 투 홍고린엘스!"

차에서 내리자마자 도나 일행은 빠른 걸음으로 자신들에게 다가오는 키 큰 남자를 발견할 수 있었다. 그들이 도착한 곳은 홍고린엘스 주위에 퍼져 있는 예닐곱 개의 게르 캠프 중에서 규모 면으로는 가장 큰 축에 속하는 캠프였다. 몽골 전통 방식의 게르만 즐비해 있는 다른 캠프와는 달리, 빨간 지붕의 목조주택이 군데군데 섞여 있는 모습이 멀리서부터 유난히도 눈에 띄어 선택한 곳이었다.

남자는 몽골인으로서는 드물게 안경을 쓰고 있었지만, 그의 짧게 깎은 머리와 건장한 체구, 검게 탄 피부는 그가 강인한 몽골 남성임을 증명하고 있었다. 두 팔을 벌리며 요란스레 다가온 그는 빠르게 일행들을 훑고는 가장 먼저 현진에게로 다가와 악수를 건넸다. 몽골어로 인사부터 건네는 폼이 아무래도 현진을 그들 일행을 이끄는 가이드라고 여긴 것 같았는데, 마침 현진의 옆에 서 있던 도나가 재빨리 그 대신 인사를 받았다.

"안녕하세요. 혹시 지금 캠프에 남는 자리가 있나요? 저희가 따로 예약을 하고 온 게 아니라서요."

"오, 때맞춰 정말 잘 왔어요! 마침 남는 게르가 있어요! 오늘 아침까지 중국인 손님들로 꽉 차 있었는데 다들 일찍 떠났거든요."

"다행이네요. 저희는 운전사 아저씨만 빼고 다 한국인이고 모레까지 머물 생각이에요. 만약 이틀 동안 다섯 명이 머물 자리가 있다면 이 캠프에서 묵고 싶어요."

도나의 말이 끝나기가 무섭게 그때까지 몽골어로 받아치던 남자가 돌연 반색하는 표정을 지었다. 곧이어 그의 입에서 튀어 나온 건 놀랍게도 이해하기에 전혀 어려움이 없는 능숙한 한국어였다.

"오, 정말? 당신은 한국인인데도 몽골어를 정말 잘하네! 만나서 반가워요! 난 만다라고 해요. 물론 내일까지 묵을 게르 있어요. 봐! 우리 캠프가 이 주위의 캠프 중에서 제일 커! 만다네 캠프라고 하면 여기서 모르는 사람이 없어요!"

그의 갑작스런 한국어에 도나를 포함한 모두가 놀라워했다. 캠프에서 한국인 관광객을 접대하며 틈틈이 익혔다고 하기에는 지나치게 뛰어난 한국어 실력이었던 것이다.

캠프에 대한 자부심이 무척이나 강했는지 만다는 손수 그들 일행을 이끌며 캠프 이곳저곳을 소개시켜 주었다. 실제로 콘크리트와 목재가 적절히 어우러진 건물들은 깔끔하면서도 편의성을 고려했다는 점이 확연히 드러나 보여 도나 일행의 입에서 연신 감탄이 쏟아지게 만들었다. 캠프 안에는 공용 식당과 화장실, 샤워실이 따로 비치되어 있었고, 그 외에도 게르 한 채당 개인 화장실이 하나씩 딸려 있어 굳이 밖으로 나오지 않더라도 간단한 세면과 볼일 정도는 안에서 쉽게 해결할 수 있을 것 같았다. 결국 캠프를 한 바퀴 다 돌고 날 즈음, 도나들은 큰 고민 없이 게르 두 채에서 이틀간 묵기로 의견의 합치를 보았다.

곧 그들은 차에서 차례로 짐을 내리기 시작했고, 어쩌면 당연한 일이었지만, 현진이 그의 수레를 내릴 때에는 주위 사람들의 시선이 일제히 그에게로 집중되었다. 물론 그건 수레 자체가 신기했기 때문이 아니었으며, 수레와 한데 묶여 있는 엄청난 부피의 짐 때문이었다. 바로 그것이 모든 이의 이목과 흥미를 끌고 있었다.

현진이 수레를 내려 게르로 가져가는 동안 다소 얼떨떨한 얼굴로 저게 대체 뭔가, 의아해하던 표정을 짓던 만다는 그러나 곧 예의 환하고 능란한 웃음을 되찾고는 성별에 따라 각기 머물 게르를 안내해 주었다. 그들이 묵을 두 채의 게르는 서로 나란히 위치해 있었고, 짐을 옮기는 사이 파란색 유니폼을 입은 두 젊은 남녀가 새 침구류와 수건을 가져와 게르 안에 들여놓았다.

그들이 짐을 다 옮길 즈음 손목에 찬 시계를 흘끗 확인한 만다는 그들에게 점심을 먹었는지 물었고, 아직 먹지 않았다는 그들의 대답에 손으로 식당을 가리키며 짐을 정리한 후 그곳으로 오라고 했다. 그리고 자신은 해야 할 일이 있어 먼저 돌아갈 테니 필요한 것이 있으면 직원들에게 부탁하라는 말을 남기고는 곧 자리를 떴다.

"와, 대박! 오빠들, 게르 봤죠? 그만하면 정말 웬만한 호텔도 안 부럽겠던데요? 그쵸?"

대략적인 짐 정리를 마친 후 식당으로 가기 위해 모인 자리에서 상미가 기다렸다는 듯이 호들갑을 떨었다. 그러나 사막 한복판에서 그런 넓고 깔끔한 방을 만나리라고는 아무도 상상하지 못했기에, 이번만큼은 모두가 그녀의 말에 동조하는 분위기였다. 홍고린엘스에 도착하면 다시 홀로 떨어져 지내겠다는 말을 꺼냈다가, 다른 이들의 완강한 반대에 부딪쳐 결국 함께 머물기로 한 현진 역시 그와 크게 다르지 않은 심정이었다. 그는 쉬지 않고 움직였던 지난날들과는 달리, 하루나 이틀 정도는 걸음을 멈추고 마음 편히 쉬는 것도 좋으리라 생각했다.

"우리 빨리 식당으로 가요! 여긴 왠지 음식도 맛있을 것 같아!"

"애는? 언제 다른 데는 맛없던 것처럼 말하네! 오늘 아침까지만 해도 몽골 음식 맛있다고 노래 부르던 사람이 누구였더라?"

도나의 타박에도 상미는 꿋꿋하게 앞장서 걸었고, 친절히 반겨주는 직원의 안내에 따라 그들은 식당 창가에 서로 마주 보고 앉았다. 메뉴판을 가리키며 하나하나 설명해 주는 도나의 도움으로 모두가 무리 없이 주문을 했고, 뒤늦게 알게 된 사실이지만 캠프의 직원들이 어느 정도 영어를 할 줄 알아, 애초에 몽골어에 능숙지 못한 사람이라도 주문에 큰 어려움은 없을 것 같았다.

얼마 후 나온 음식을 그들이 화기애애한 분위기 속에서 먹는 동안 어느 틈엔가 다가온 만다가 음식이 입에 맞는지 물어왔다. 그러자 상미가 엄지손가락을 척 들어 올리며, 그사이 도나에게서 배운 '아주 좋다'란 뜻의 몽골어 "거이!"를 걸쭉하게 외쳤고, 그 말을 들은 만다는 기분 좋다는 듯 껄껄 웃음을 터뜨렸다.

"그런데 아저씨, 아저씬 어떻게 그렇게 한국말을 잘하세요?"

입 안 가득 넣은 면을 우물우물 씹던 학범이 마침 모두가 궁금해하던 것을 물었다.

"에이, 나 한국말 못해! 나 한국에서 3년 살았는데, 그거 이미 7년 전이야! 그동안 옆에서 한국말 할 사람 없었어요. 그래서 다 잊어버렸어!"

"아니에요, 아저씨! 그 정도면 굉장히 잘하는 거예요! 여기에 한국 사람도 많이 올 텐데, 홍보는 따로 하지 않아도 알아서 되겠는데요?"

상미의 입에서 나온 '홍보'라는 말을 알아듣지 못한 만다가 어리둥절한 표정을 짓자 도나가 몽골어로 그 말을 통역해 주었다. 그러자 그는 또 한 번 호탕하게 웃어 젖혔고, 듣는 이조차 기분 좋게 만드는 그 유쾌한 웃음은 그가 도나 일행과 이야기를 주고받는 내내 몇 번이고 터져 나왔다. 그러다 만다는 식사를 한 뒤에는 저 멀리 솟아 있는 사구에 꼭 올라갔다 와 보라고, 언덕 정상에서 보는 석양이 그렇게나 기가 막힐 수 없다며 한차례 찬탄을 쏟아내고는 저녁을 먹을 때 다시 보자는 말을 끝으로 식당 밖으로 사라졌다.

식사를 마친 도나 일행은 부른 배를 만족스럽게 두드리며 각자의 숙소로 돌아왔다. 해는 아직 하늘 중앙에 비스듬히 걸려 있었고, 가장 낮은 것조차 100미터는 되어 보임직한 모래 언덕을 오르기에는 지나치게 뜨거운 날씨였다. 결국 그들은 한동안 숙소에서 쉬다가 늦은 오후 무렵에나 출발하기로 의견을 모았다.

도나는 상미와 함께 게르로 들어와 미리 꺼내 놓은 짐들을 하나하나 탁자 위에 정리하기 시작했다. 선크림, 수분 젤, 화장품, 세면용품 등 이틀간 지내기 위해 필요한 물품들을 침대 가까운 곳부터 차례로 위치시킨 뒤 이어 물티슈와 다이어리, 필기도구 따위도 차곡차곡 쌓아 놓았다. 그 모든 정리를 마친 뒤에는 캠프 주변을 둘러보고 싶어 안달하는 상미의 재촉에 떠밀리다시피 해서 10분가량 그녀와 함께 밖을 돌아다녔고, 그러나 끝내 살갗이 아프도록 쏟아지는 볕을 견디지 못하고 다시 텐트로 돌아가자는 친구의 말에 내심 실소를 금치 못하며 숙소로 발길을 돌렸다.

숙소로 걸어가던 중에 그녀들은 어느 틈에 거기까지 갔는지 캠프를 둘러싼 울타리 너머에 서 있는 현진을 발견할 수 있었는데, 멀리서 바라본 그는 등을 돌린 채로 저 먼 남쪽에 그림처럼 늘어선 모래 언덕에 시선을 못 박고 있었다.

"현진 오…?!"

별생각 없이 소리쳐 그를 부르려던 상미는 돌연 빠르게 자신을 제지해 오는 도나의 손짓에 입을 다물었다. 그냥 돌아가자는 눈짓을 보내는 친구를 잠시 의아한 눈빛으로 바라보던 그녀는 곧 친구의 얼굴에 흐르는 묘한 감정의 기류를 눈치채고 능글능글 웃기 시작했으며, 그러다 슬쩍 팔을 꼬집는 도나의 행동에 얼굴을 팍 구기며 가재미눈으로 흘겨보았지만, 도나가 별다른 말없이 앞장서 걸어가자 이내 잠자코 그녀의 뒤를 따라갔다. 그러면서도 뒤에서 쿡쿡 억누른 웃음에 도나가 쏘아볼 때면 여지없이 그 능글맞은 웃음을 보란 듯 흘리는 것이었다.

"도나야, 일어나 봐! 이젠 출발해도 될 것 같아!"

"어? 아… 으응."

침대에 누워 선잠에 빠져 있던 도나는 자신의 몸을 흔들어 깨우는 상미의 손짓에 서서히 정신을 차렸다. 시간을 보기 위해 주섬주섬 머리맡을 더듬으며 휴대폰을 찾는 그녀에게 상미가 오후 6시가 가까워 온다고 알려 주었다.

문을 열어 놓은 게르 밖은 여전히 환했지만 햇살은 아까에 비해 한층 누그러져 있었다. 자신이 눈을 붙이고 있는 동안 그 특유의 활달함을 이기지 못한 채 게르 안팎을 들락거렸을 친구의 모습을 떠올리자 도나는 절로 웃음이 나왔다.

"오빠들은?"

"몰라. 다들 게르 안에서 자고 있겠지, 뭐. 얼른 가서 오빠들에게도 출발하자고 하자!"

더 늑장을 부리다간 석양을 못 볼지도 몰라, 울상을 지으며 그렇게 덧붙이는 상미의 말에 도나가 피식, 김빠지는 웃음을 지었다.

"지지배, 보채지 좀 마. 네가 아직 잘 몰라서 그렇지, 여기에선 요즘 밤 9시가 넘어야 해가 진다고."

"아냐, 그건 나도 알아! 이미 어제 오면서 한 번 봤잖아. 그래도 저길 오르려면 넉넉히 여유를 갖고 출발해야 될 거 같아서 그래."

좀처럼 그치지 않는 상미의 보챔에 결국 도나가 졌다는 듯 고개를 저으며 자리에서 일어났다. 그러나 밖으로 나가기 전 그녀는 재빨리 휴대폰 액정으로 얼굴을 비춰 보며 뻗친 머리칼을 가지런히 정돈하는 것을 잊지 않았다.

"그래, 지금이라면 출발해도 되겠다. 참, 현진 형은 사막을 걷고 싶다면서 한 시간쯤 전에 먼저 출발했어. 저기 제일 높은 봉우리 보이지? 거기로 곧장 걸어간다고 했으니까 우리도 그쪽으로 가면 형을 만날 수 있을 거야."

"에, 정말? 그 오빠 정말 걷는 걸 좋아하나 보다. 이 더운 날씨에 저기까지 걸어가겠다고 하는 걸 보니."

갑갑하지도 않은지 문을 꼭 닫은 채로 게르 안에 머물러 있던 학범의 말에, 상미가 도저히 이해할 수 없다는 표정으로 혀를 내둘렀다. 도나는 별다른 말없이 현진이 짐을 풀어놓은 자리를 살펴보았다. 그 큼직하게 부풀어 있던 배낭은 이제 크기가 확연히 줄어 홀쭉해져 있었고, 그 옆으로는 아직 개봉하지 않은 음료 예닐곱 통이 늘어져 있었다. 그보다 더 옆에는 그와 비슷한 수의 통들이 이미 납작하게 찌그러진 채 바닥에 널브러져 있었는데, 아마도 그녀들을 만나기 전에 이미 모두 마신 것들 같았다.

'그렇게 무거웠다면서 저 빈 통들은 왜 그대로 들고 온 걸까?'

그간 몽골에서 지내면서 많은 몽골인들이 차에서 음료를 마신 뒤 빈 통을 아무렇지 않게 밖으로 내던지는 장면을 자주 목격한 그녀로서는 쓰레기나 다름없는 통들을 고집스럽게 가져온 현진의 행태가 꽤나 이상스럽게 여겨졌다. 그러다 그녀는 어쩌면 처음 받은 인상보다 그가 훨씬 더 꼼꼼하거나 고지식한 사람일지도 모르겠다는 생각이 들었다. 힘들어 죽네 마네 하면서도 저것들을 버리지 않고 모두 들고 올 생각을 하다니….

'정말 이해하기 힘든 사람이야.'

그녀는 나중에 그를 만나면 꼭 이유를 물어봐야겠다고 다짐했다.

뭉크는 여느 몽골인처럼 사막에 특화된 운전자였다. 비포장 길에서도 거침없이 나아갔으며, 큰 턱이나 구덩이가 나올 때면 여지없이 속력을 줄여 그녀들의 머리가 차 천장에 부딪치는 불상사가 일어나지 않도록 세심한 주의를 기울였다. 걸어서라면 족히 한 시간은 넘게 걸렸을 그 길을 그는 단 일각 만에 주파했고, 그동안 그녀들은 낙타를 타거나 차를 탄 채로 모래 언덕을 향해 이동하고 있는 여러 무리의 관광객을 발견할 수 있었다. 그러나 그 어디에도 홀로 움직이는 사람은 보이지 않았다.

"으엑! 저 산을 올라가야 한단 말이야?!"

학범이 가리켰던 예의 모래 언덕 아래에는 그녀들 말고도 이미 많은 수의 관광객과 그들을 태우고 온 차량들이 줄지어 늘어서 있었다. 바로 근처에서 올려다 본 모래 언덕은, 아니 상미의 비명에 고스란히 담긴 놀라움처럼 그 모래의 '산'은, 멀리서 봤을 때보다도 높이가 훨씬 컸다. 사전에 알아본 바로는 가장 큰 사구의 높이가 300m나 된다고 하던데, 그 크기를 견줄 만한 사물이 따로 없는 민둥산이어서 체감하기 어려웠을 뿐, 산을 오르는 사람들로 여겨지는 점들이 깨알보다도 작은 크기로 곳곳에 퍼져 있는 걸 보니 과연 그 말이 맞는 것도 같았다.

상미 남매가 거대한 사구의 위용에 망연자실해 하고 있는 동안, 도나는 사구의 크기 따위는 전혀 개의치 않은 채 주위를 살피기에 여념이 없었다. 그러나 그녀가 내심 애를 태우며 찾고 있는 이의 모습은 어디에서도 보이지 않았다. 그가 입고 있던 짙푸른 하늘빛 옷은 먼 거리에서도 쉽사리 눈에 띌 게 분명했건만, 옷의 주인은 좀처럼 그녀의 시야 속으로 들어오지 않았다. 한참 동안 주위를 살피던 그녀가 문득 시선을 들어 모래의 산을 올려다보았다. 많은 사람이 산을 오르고 있었지만 정상까지 오른 이는 극소수에 불과한 듯 겨우 서넛의 점만 꼭대기 부근에서 아른거렸고, 많은 점들이 산 중턱이나 그에도 훨씬 미치지 못하는 곳에 멈추어져 있었다.

"너, 그렇다고 벌써 포기하려는 건 아니지?"

은근하면서도 도발적으로 묻는 도나의 말에 상미는 새삼 신기하다는 듯 자신의 친구를 돌아보았다. 몽골에 처음 온 자신과 달리 도나는 이미 몽골의 여러 지역을 두루 돌아다녀 보았고, 그래서였을까, 탁 트인 넓은 평원이고 하늘이고 마주치면 족족 감탄을 내지르기 바빴던 자신과는 달리 그녀는 그 모든 것에 꽤나 시큰둥해 보였다. 심지어 어젯밤에는 그 멋진 은하수가 가로지르는 밤하늘의 장관에도 불구하고 춥다며 얼른 숙소로 돌아가자고 했을 정도였다.

그런데 바로 지금, 저 높은 사구를 오르기로 한다면 가장 먼저, 아니 시작하기 전에 포기하더라도 전혀 이상하지 않을 것 같은 그녀가 도리어 의욕을 불태우며 자신을 도발하고 있었다. 상미는 그런 친구의 변화가 어디에서 연유한 것인지 잠시 생각해 보았고, 어렵지 않게 그 원인을 짐작할 수 있었다. 그녀는 또 한 번 친구를 놀려 줄까 하다가 이내 마음을 고쳐먹고 이번에는 군말 없이 그 기분 좋은 변화에 동참하기로 했다.

이윽고 신발과 양말을 모두 차에 벗어두고 맨발을 고스란히 드러낸 채로 그들은 학범을 필두로 사구 앞에 늘어섰다. 그러니까, 뭐든 나서서 꾸미기 좋아하는 상미가 붙인 거창한 이름에 따르면, '홍고린엘스 원정대'가 이제 막 가장 높은 사구를 향해 등반을 시작하려는 순간이었다. 그때였다.

"응?"

내심 각오를 다지며 결연히 눈앞의 사구를 올려다보는 학범의 귀에 아스라이 먼 곳에서부터 자신을 부르는 것 같은 매우 작은 소리가 들려왔다. 그건 정말이지 기묘한 경험이었다. 분명 누군가 자신의 이름을 부른다는 것은 알겠는데, 그 소리가 굉장히 여리면서도 마치 귓가에 대고 직접 속삭이는 것처럼 무척이나 또렷했다. 자신이 잘못 들은 게 아닌가 싶은 마음에 뒤를 돌아보니 상미와 도나 역시 두 눈을 휘둥그레 뜬 채로 주위를 두리번대고 있었다.

소리의 방향을 찾아 모래 언덕을 정처 없이 헤매던 그들의 눈길 사이로, 본래 오르려던 사구보다는 조금 낮지만 하늘을 찌를 듯 솟아있기는 매한가지인 왼편의 사구 중턱에서, 하나의 조그만 점 위로 개미의 더듬이처럼 가느다랗게 뻗은 무언가가 흔들거리는 장면이 포착되었다. 자세히 보니 그것은 누군가 팔을 휘젓고 있는 모습이었고, 그 위로는 또다시 무엇인가 펄럭이고 있었으며, 그들은 이내 그것이 개미가 입고 있던 웃옷임을 알아차렸다.

"어머, 어쩜 좋아… 꺅!"

한 손으로 입을 가린 채 말을 잇지 못하는 친구의 등을 돌연 상미가 짝, 소리 나게 힘껏 때렸다. 새된 비명을 내지르며 냉큼 자신을 노려보는 도나의 눈빛을 태연히 받아넘기며 그녀가 짓궂은 미소를 지었다.

"너, 설마 포기할 생각은 아니지?"

자신이 했던 말을 그대로 돌려주는 그녀의 말에 도나의 얼굴이 금세 빨갛게 물들었다.

'지지배, 눈치 하나는 빨라서. 그새 그걸 콕 찍어서 말하네.'

입술을 삐죽이 내밀면서도 도나는 언제 쏘아봤냐는 듯 슬그머니 친구의 눈길을 피했다.

'그건 그렇고 포기라니. 이젠 누가 애원을 해도 절대 안 해!'

뒤에서 무슨 일이 벌어지는지 알지 못한 채 그저 신나서 산 중턱을 향해 마주 팔을 흔드는 학범의 어깨 너머로, 그 어느 때보다 강렬한 도나의 시선이 화살처럼 박혀 들었다. 이제는 서쪽으로 완연히 몸을 떨어뜨리고 있던 태양마저도 그 기세에 흠칫 놀라 혼비백산 구름 속으로 숨어 들어가는 것처럼 보였다.

'하나, 둘, 셋, 넷, 다섯.'

"하아하아."

'하나, 둘, 세엣, 네엣… 다서엇!'

"하아, 하아, …흐아아!"

다섯 번의 걸음을 옮기고 잠시 멈추어 숨을 거칠게 몰아쉰다. 허리를 구부정히 숙이고 허벅지 위에 양팔을 받친다. 그리고 가쁘게 오르락내리락하는 가슴이 진정되기를 기다린다.

벌써 몇 번째 반복하고 있는 동작인지 몰랐다. 도나의 팔은 안쓰러울 정도로 후들후들 떨리고 있었다. 그러나 실제로는 그녀의 팔이 떨리는 것이 아니었다. 한 번에 다섯 걸음 이상은 걷지 못할 만큼 무거워진 다리가 더 이상은 혹사시키지 말아달라고 바들바들 애원을 하는 것이었다. 그런 다리 아래로 그녀의 발목을 둘러싸고 있던 고운 모래 입자들이 비탈면을 따라 느릿느릿 떠내려가기 시작했다. 그러자 여지없이 퍼지는 중저음의 기나긴 울림.

우웅우웅 우우웅

깊은 동굴에서 유리창을 뽀득뽀득 소리가 나도록 세차게 문지르면 그와 비슷한 소리가 날까? 사람들은 그 낮고도 굵직한 울림 때문에 홍고린엘스를 '노래하는 언덕'이라 부른다지만, 그녀로서는 차라리 사구 스스로 울고 있는 것만 같았다.

"꺄악! 이거 뱀 아냐?! 오빠, 여기 봐봐! 뱀이 기어간 것처럼 자국이 나 있어!"

갑자기 들려온 비명소리에 고개를 움직일 힘도 없었던 도나는 흘끗 눈길만 돌려 뒤를 바라보았다. 몇 발자국 떨어진 아래에서 기겁한 얼굴로 자기 앞의 땅을 가리키고 있는 상미의 모습이 들어왔다. 그리고 그보다 뒤에서는 때맞춰 걸음을 세운 학범이 힘겹게 허리를 펴고 있었다.

동생의 외침에 담긴 급박함과는 대조적으로 그 손이 가리키는 부근을 건성으로 훑어본 학범은 고개를 들어 도나와 잠시 눈길을 맞추었고, 이어 보다 위로 시선을 돌렸다. 지금껏 올라온 만큼 남아 있는, 영원히 좁혀지지 않을 것 같은 정상까지의 거리를 확인한 그의 눈에 금세 절망감이 어렸다. 다시 그와 도나의 시선이 마주쳤다. 땀으로 번들거리는 이마를 한차례 훔쳐낸 그가 허탈하게 웃더니 주섬주섬 웃옷을 벗기 시작했다. 다소 민망스러울 법도 한 광경이었지만 도나는 그의 심정을 충분히 이해할 수 있었다. 그녀 역시 몸 위로 걸친 얇은 반팔 티셔츠마저 답답해 벗어 던지고 싶은 충동을 벌써 몇 번이나 느꼈는지 몰랐다. 한 걸음 디딜 때마다 비탈진 모래 언덕은 그녀의 종아리를 잡아먹을 듯 삼켜 버렸고, 그 탓에 내딛은 걸음의 절반 이상은 원래 자리로 밀려나기 일쑤였다.

'한 보 전진, 반 보 후퇴.'

말로만 듣던 그것이 이토록 맥 빠지는 일이라고는 상상도 하지 못했다. 더구나 매번 모래 속에 삼켜진 발을 빼낼 때마다 그건 그것대로 또 어찌나 힘이 들던지…. 왜 그토록 많은 점들이 사구의 중턱에조차 오르지 못한 채 멈춰 있었는지 이제는 충분히 알 수 있었다. 그녀 역시 어느 순간부터는 고작 몇 걸음 옮기고 그보다 배의 시간을 쉬는 데 할애하고 있었다.

저도 모르게 계속 굽혀지는 허리를 힘겹게 들어 올리며 도나는 위쪽으로 시선을 돌렸다. 안간힘을 써 올라왔음에도 불구하고 아직도 까마득히 남은 정상까지의 길은 설상가상으로 가파른 능선까지 품고 있었다. 천만다행인 것은, 이제는 사구 반대편으로 넘어간 해 덕분에 그녀들이 오르는 모래 사면으로는 짙은 그림자가 내려 있다는 점이었다. 그리고 그 그림자의 모서리 끝에는 작은 점 하나가 툭 튀어나와 있었고, 그녀가 올려다본 것과 동시에 점으로부터 가는 선이 뻗쳐 나오며 또 한 차례 흔들거렸다.

"으앙! 저기까지 언제 올라가! 난 그냥 이쯤에서 멈출래!"

"조금만 더 힘내자, 응? 겨우 여기까지 올라왔는데 이대로 내려가기엔 너무 아깝잖아. 그리고 꼭 한 번 보고 가야지. 그렇게 멋지다는 석양 말이야."

이미 열 번도 넘게 들은 동생의 포기 선언에 역시나 이제는 기계처럼 반복되는 학범의 달램이 뒤따랐다.

"맞아, 상미야. 지금 내려가면 또 언제 여길 와 보겠어? 천천히 가도 좋으니까 다 같이 끝까지 올라가 보자. 아직 시간은 많이 남았어."

결국 앞뒤로부터 오는 응원에 힘입어 상미는 지친 머리를 푹 수그리면서도 자신의 희고 자그마한 발을 모래 속에서 빼내 좀 더 앞쪽에 박아 넣었다. 그 뒤에서 학범도 흡사 노동요를 부르듯 연신 끙차, 끙차 거리며 다시 움직이기 시작했다.

그런 두 남매의 모습을 앞에서 지켜보던 도나의 입가에 문득 한 줄기 부드러운 곡선이 그려졌다. 가장 앞장서 오르다 지친 동생을 위해 맨 뒤로 내려간 학범과, 한 살 터울의 그런 오빠의 마음을 모르지 않았기에 투덜대면서도 끈기 있게 올라오는 상미의 모습은, 그 당사자들이야 부정할 게 뻔했지만 도나에게는 내심 부러움이 일 만큼 다정해 보였다. 그녀로서는 결코 누려보지 못한 그런 행복은, 그럼에도 불구하고 한지에 먹 스미듯 어느새 그녀의 마음까지 따스하게 적셔 오고 있었다.

가만히 그들 남매를 바라보던 도나 역시 잠시 후에는 마음을 옹골지게 다지고 다시 걸음을 떼기 시작했다. 어쨌거나 반 시간쯤 후에는 저 정상에 앉아 너른 사막을 원 없이 내려다볼 수 있기를 간절히 바라면서.

"흐아아아아아!"

하늘을 떠받쳐야만 했던 아틀라스가 그 형벌에서 벗어난다면 과연 이런 기분일까? 지금 막 세상에서 가장 무거운 짐을 벗어던진 사람처럼, 듣는 이의 가슴조차 후련케 만드는 우렁찬 한숨이 도나의 입으로부터 길게 터져 나왔다. 이어 양손으로 허리를 받친 자세로 하늘을 향해 있는 힘껏 숨을 들이마셨다 내쉬고, 또 한 번 크게 들이마셨다 내쉬고, 그러기를 반복하는 그녀의 모습은 정말이지 공기에 한이라도 맺힌 사람 같아 보였다.

"하하, 정말 고생 많았어."

문득 옆에서 들려온 웃음기 섞인 목소리에 그때껏 열심히 숨을 몰아쉬던 그녀가 손으로 이마를 훔치고는 앞으로 쏠려 있던 머리칼을 목 뒤로 단정히 쓸어 넘겼다. 그런 후에야 그녀는 목소리가 들려온 쪽으로 고개를 돌렸는데, 그 일련의 동작은 군더더기 없이 재빠르면서도 또한 자연스러웠다.

곧 그녀의 눈에 모래산 정상에 양다리를 걸치고 앉아 박수를 치고 있는 현진의 모습이 들어왔다. 이미 예의 하늘빛 웃옷을 걸친 그의 모습은 그녀에게 적잖은 아쉬움을 주었지만, 이내 그녀는 눈앞의 남자와 파란색이 참 잘 어울린다고 생각했다.

"와아… 이게 사진으로만 보던 바로 그 모래 바다로군요."

문득 그의 어깨 너머로 보이는 풍경에 도나가 입을 벌리고 감탄을 터뜨렸다. 크고 작은 사구의 물결이 그녀의 시야를 가득히 메우고 있었다. 남북으로 뻗은 사구의 폭은 지평까지의 절반 정도만을 채우고 있었지만, 해가 지는 서쪽으로 끝이 보이지 않도록 펼쳐진 물결은 거대한 바다를 떠오르게 하기에 전연 부족함이 없었다.

　'이게, 홍고린엘스.'

　그녀로서도 이번이 첫 번째 방문이었다. 그 거대한 장관을 마주한 도나는 아무 말 없이, 심지어 옆에 있던 현진의 존재조차 잠시 잊어버린 채 가만히 모래의 바다를 내려다보았다.

　오후 7시가 넘었음에도 불구하고 허공 가운데 몸을 걸친 태양은 여전히 따사로운 빛을 내뿜고 있었고, 그 아래서 선명한 흑백의 비탈면을 품은 채 정지해 있는 무수한 모래의 파도는 단순한 감탄의 대상을 넘어 삶의 양면성이라든지, 또는 세상의 복잡한 심층 같은 것을 일일이 내보이고 있는 것만 같았다. 그것이 무엇이라 콕 집어 말로 표현할 수는 없었지만, 그녀는 자기 안에서 어떤 슬픔과 기쁨, 혹은 비탄과 찬양 따위의 감정들이 기묘하게 뒤섞이다 결국 하나의 뜨거운 무언가로 북받쳐 오르는 것을 느꼈고, 그러다 어느 순간 시야가 일렁이는 것을 깨닫고는 놀라서 재빨리 눈가를 훔쳐냈다.

　'…눈물? 눈물이 났어?!'

　그녀로서는 이유도 정체도 모를 강렬한 감정의 흔적이 손등에 생채기처럼 묻어 있었다. 그녀는 서둘러 현진 쪽으로 고개를 돌렸고, 이내 그가 자신을 향해 조용히 웃고 있는 것을 보았으며, 그러자 부끄러움을 느끼기보다는 둘만의 어떤 특별한 감정을 공유한 것도 같다는 생각에 괜스레 기분이 좋아져 그를 향해 마주 웃어 주었다.

　"몽골에 오래 살았다면서? 그런데도 여기엔 아직까지 와 본 적이 없는 거야?"

"아, 네. 여긴 울란바토르에서 워낙 멀고… 또 그동안 여기 남쪽보다는 북쪽이나 동쪽 지역을 주로 다녔거든요."

그녀는 곧 현진의 곁으로 다가가 그와 나란히 앉았다.

이후로 둘 사이에 더 이상의 대화는 이어지지 않았고, 그들은 그저 모래의 바다를 함께 내려다보았다. 등 뒤에서 "오, 그림 좋은데!"라는 짓궂은 목소리가 그녀를 현실로 끄집어낼 때까지, 도나는 '참 편안하다'라고 밖에는 표현할 수 없는 어떤 아늑함 속에 푹 빠져 있었다.

다행히 끙끙 신음을 흘리면서도 아등바등 정상에 오른 그녀의 친구는 곧 자기 앞에 펼쳐진 장관에 넋을 잃은 나머지 더 이상 그녀를 놀릴 생각을 하지 못했고, 그것은 뒤따라 올라온 학범 또한 마찬가지였다. 평소 수다스럽던 상미와, 그런 동생과 죽이 척척 맞아 조용할 틈이 없던 학범조차 흡사 망부석이라도 된 양 멀거니 서 있기만 하자 세계는 다시 깊은 고요 속으로 잠기어 들었다.

그렇게 상당한 시간이 흘렀고, 부시고도 날카로운 빛을 서서히 제 몸에 삼키기 시작한 태양은 다홍빛 망토를 온 하늘에 펄럭이며 어느덧 퇴장을 준비하기 시작했다. 도나는 석양빛이 그토록 은은하면서도 선명할 수 있다는 사실에 놀랐고, 이내 자신이 정말로 오랜만에 그 사실을 인지했다는 것을 깨닫고는 또 한 번 놀라고 말았다.

그러는 와중에 그녀들이 앉은 바로 오른편에 위치한 사구, 그러니까 주위의 모래산 중 가장 높이 솟아 있던 사구의 정상에도 하나둘씩 몇몇의 점들이 올라서는가 싶더니 역시나 붉게 물들어 가는 서쪽 하늘로 몸을 돌리기 시작했다. 그보다 더 아래로는 자기 체력의 한계를 느낀 이들이 산 중턱 여기저기 깨알처럼 박혀 앉아 비탈면에 가려진 서쪽 하늘 대신, 자신들이 올라온 북동쪽으로 뻗은 너른 평야를 마주 보는 것으로 아쉬움을 달래고 있었다. 사위는 바람 한 점 없이 조용했고, 그럼에도 덥다는 느낌은 들지 않았다.

찰칵찰칵— 찰칵—

어느 순간부터였을까. 자연이 만들어내는 그 현란한 장관을 놓칠세라 학범과 상미가 카메라로 분주히 하늘을 찍어대고 있었다. 한동안 분위기에 휩쓸려 저도 모르게 그들의 대열에 동참하고 있던 도나는 그러다 별안간 머릿속을 스친 생각에 현진 쪽으로 고개를 돌렸고, 이내 석양이 황홀히 번진 서쪽 하늘이 아닌 그 맞은편 하늘을 향해 반쯤 등을 돌리고 앉은 그를 볼 수 있었으며, 무심코 그의 시선을 따라가다가 불그스름히 물든 사구들의 오른 비탈면과는 달리 짙은 그림자가 내린 왼 비탈면들의 모습과, 그 위로 그림처럼 떠오른 선연한 만월을 발견하게 되었다. 보랏빛으로 채색된 동쪽 지평 위로 막 얼굴을 내밀기 시작한 그 새하얀 달은, 하늘 아래 모든 사물들에게서 시시각각 진행되고 있는 저 적화의 현상에 홀로 동참하지 않은 채 고고한 빛으로 제 몸을 한껏 물들이고 있었다.

미동도 않고 뚫어져라 달을 응시하는 현진의 뒷모습에서 도나는 이유 모를 섭섭함을 느꼈으며, 곧이어 이상하리만치 달에게조차 심한 질투가 이는 걸 느꼈다. 그러다가 불현듯, 어쩌면 그는 지금껏 석양이 아닌 저 달이 떠오를 때까지 기다렸는지도 모르겠다는 생각이 하나의 깨달음처럼 머릿속을 치고 지나갔고, 그러자 갑작스레 마음이 상한 그녀는 일부러 그에게서 홱 고개를 돌려 석양을 바라보았다가, 다시 얼마 후에는 현진과 그가 올려다보는 달을 흘끗흘끗 곁눈질하기 시작했다. 가장 멀리 떨어진 사구 아래로 태양이 제 몸을 박아가는 동안 달은 조금씩 더 높이 솟아올랐으며, 만약 "이제 다 끝났네! 어두워지기 전에 얼른 내려가자!"라는 상미의 재촉이 없었더라면, 아마도 현진은 그보다 한참이나 더 하늘을 올려다보았을 거라고 그녀는 확신했다.

정상까지의 그 길고도 험난했던 여정과 달리 내려가는 길은 비교할 수 없을 만큼 수월했다. 처음에는 행여 구르기라도 할까 싶어 조심스레 발을 내딛던 그녀들은 점차 붙는 속도를 이기지 못하고 새가 날아가듯 양팔을 벌린 채 모래 산을 뛰어 내려왔는데, 믿기 어렵게도 한 시간 넘도록 걸렸던 그 거리를 단 몇 분 만에 내려올 수 있었다. 달리는 속도가 어찌나 빨랐던지 주체할 수 없는 속도에 앞으로 고꾸라지는 것을 염려해야 할 정도였다. 오를 때에는 흡사 늪처럼 발목을 잡아끌던 모래가 내려갈 때는 놀랍도록 푹신한 완충 작용을 해 준 덕분이었다. 깔깔거리며 순식간에 바닥에 도착한 그녀들은 대충 몸을 털어낸 뒤 차에 올랐고, 이제는 완연히 어두워진 사막 위를 차는 빠르게 달려 그녀들을 캠프까지 무사히 데려다주었다.

"와아! 이 많은 사람들이 모두 어디 있었던 거야?"

오후까지만 해도 그녀들 외에는 아무도 없는 것 같았던 캠프는 속속 도착하는 관광객들로 금세 시끌벅적해졌다. 동서양을 가리지 않고 여러 인종이 뒤섞인 그 모습을 보고 있자니 모두가 방금 전 그녀들이 다녀온 모래 산을 구경하고 왔다고밖에는 생각할 수가 없었다.

그녀들은 다른 이들이 몸을 씻기를 기다려 여유롭게 샤워를 했고, 그중에서도 벌써 며칠째 제대로 씻지 못했던 현진이 가장 행복해했다. 그러나 사막에서 물의 소중함을 다른 누구보다 절실히 체감하고 있었던 그는 구태여 비누나 샴푸를 사용하지 않았으며, 그래서인지 일행 중 가장 먼저 샤워를 끝마쳤다.

도나 일행이 식당에 도착할 즈음에는 이미 많은 이들이 식사를 마치고 숙소로 돌아가던 참이어서 그들은 비교적 조용한 분위기에서 식사를 할 수 있었다. 식사를 하는 내내 상미 남매는 아까 전 산 위에서 찍은 사진들을 구경하며 쉬지 않고 조잘대었고, 현진은 그런 그들의 말에 한두 마디씩 장단을 맞춰주다가도, 어느 순간에는 도무지 무슨 생각을 하는지 짐작키 어려울 정도로 깊은 침묵을 유지한 채 식사를 이어가곤 했다. 도나는 그의 일거수일투족에 계속 신경이 쓰이는 바람에 좀처럼 식사에 집중할 수가 없었고, 결국 수저를 뜨는 둥 마는 둥 하다 보니 현진이 접시를 비울 즈음 그녀의 접시에는 사진을 구경하느라 바빴던 상미 남매의 그것과 마찬가지로 절반이 넘도록 밥이 남아 있었다.

"난 먼저 숙소에 들어가 쉬고 있을게. 다들 천천히 먹고 와."

홀로 식사를 끝내고 멀뚱히 자리만 지키고 있던 현진이 결국 피곤하다는 이유로 먼저 일어났다. 상미와 학범은 그렇게나 오래 걸었으니 힘들만도 하겠다며 별생각 없이 그러라고 했고, 이어 자신들은 맥주를 한두 병 마신 후에 들어가겠다고 말했다. 마음 같아서는 현진을 따라 나서고 싶었던 도나는 말을 꺼낼 타이밍을 놓치는 바람에 식당 밖으로 나가는 그의 등만 하염없이 바라보다가 결국 상미 남매와 함께 맥주를 마시며 그로부터 한 시간 정도를 더 앉아 있었다.

본래 술이 약한 그녀는 금세 취기가 올랐고, 그러다 자신이 왜 만난지 하루도 지나지 않은 남자에게 감정적으로 이렇게나 휘둘리는지 고민하다가 이내 저도 모르게 분통이 터진 나머지 몇 모금의 맥주를 더 들이켰으며, 갑자기 숙소로 가서 그를 끌어오다시피 해서라도 옆에 앉혀 놓을까, 하는 스스로도 놀랄 만큼의 과감함이 가슴속에 솟구치는 걸 느꼈다.

"참, 도나야! 내일 일정은 어떻게 할래? 혹시나 해 미리 말해 두는데 또 모래산을 오를 생각이라면 난 일찌감치 포기!"

"흠, 그래도 그 위 경치는 정말 좋던데…. 하지만 내 사랑하는 동생님이 이렇게 힘들어하니 어쩔 수 없이 거긴 건너뛰어야지 뭐."

상미의 재빠른 포기 선언에 학범이 마지못해 따른다는 듯 고개를 절레절레 흔들며 말했다.

"호오, 그러셔? 그런 거라면 괜찮아. 내 걱정은 안 해도 돼! 나랑 도나는 아래서 기다리고 있을 테니까 오빠만 또 한 번 올라갔다 와. 그 정도는 충분히 기다려 줄 수 있으니까."

"얘, 얘가 왜 이래? 내가 어떻게 의리 없이 그러냐? 더구나 이리 가냘 프고 어여쁜 처자들을 둘씩이나 사막에 내버려 두고!"

"도대체 무슨 말을 하는 거야? 의리가 있으니까 오빠가 올라갔다 올 때까지 우리가 기다려 주겠다는 말이잖아! 그러지 말고 힘들면 힘들다 고 해, 이 자존심만 더럽게 센 오빠야! 그래도 꼴에 남자라고!"

한동안 티격태격하는 남매의 모습을 바라보던 도나는 쿡쿡 웃음을 터뜨렸고, 어느샌가 꽁해 있던 자신의 마음이 실타래 풀리듯 느슨해진 것을 느꼈다. 이윽고 그녀 역시 둘의 실없는 대화에 동참하면서 그들 은 이 너른 사막에서 내일은 대체 무얼 하며 지낼까 머리를 맞대고 의 논했는데, 들이부은 알코올 때문에 생긴 만용이었을까, 아무도 그러자 고 한 적이 없는 것 같은데도 마지막에는 또 한 번 모래산에 올라갔다 오자는 것으로 의견이 모아졌고, 뒤늦게야 오늘 오른 것보다 훨씬 낮 은 사구를 오른다는 조건이 모두의 동의 아래 황급히 덧붙여졌다.

"근데 현진 형은 어떻게 하려나? 내일도 우리랑 같이 움직이려나 모 르겠네."

"그러게? 그 오빠 원래 여기 오는 것까지만 동행하기로 했었잖아. 오 늘이야 우리가 억지로 붙잡은 거니 함께 움직였다 쳐도… 내일도 함께 움직일지는 모르는 일 아냐?"

그러면서 상미는 슬쩍 친구의 눈치를 살폈는데, 그런 그녀의 모습에 도나는 도리어 오기가 치솟는 걸 느꼈다.

"그 오빠야 뭐, 자기 길 알아서 잘 가지 않겠어? 사막에 온종일 혼자 놔둬도 즐거워할 사람처럼 보이던데!"

홧김에 그렇게 내뱉은 그녀는 상미가 또 다른 어떤 말을 꺼내기도 전 에 재빨리 학범 쪽으로 고개를 돌리며,

"오늘 밤이나 내일 아침에 오빠가 한번 물어보면 되잖아요. 만약 우

리랑 같이 움직이겠다면 함께 다니면 되는 거고, 홀로 움직이겠다면 별 수 없는 거죠, 뭐."

라고, 선심 쓰듯 말했다. 옆에서 의문 섞인 상미의 따가운 시선이 느껴졌지만 그녀는 짐짓 모르는 체했다.

그들은 다시 그로부터 얼마간 이야기를 나누다가 밤이 더 깊어지자 자리에서 일어났다. 저녁 때 보자던 만다는 무슨 바쁜 일이 있었는지 끝내 나타나지 않았다.

도나에게는 다행스럽게도, 숙소로 돌아오자마자 그간의 피로가 일시에 쏟아진 모양인지 상미는 별다른 말 없이 금세 곯아떨어져 버렸고, 그러자 도나 역시 싱숭생숭한 감정 속에서도 차차 정신이 흐릿해와 얼마 후 침대에 몸을 뉘였다. 겉보기에도 튼튼하고 안락할 것 같았던 게르는 쌀쌀하다 싶을 밤공기를 넉넉히 차단해 주었으며, 덕분에 그녀는 큰 불편함 없이 조금씩 잠에 취해 들었다.

"그럼 이제 이렇게 이별이네요?"

"그러게. 이틀이라는 시간 정말 빨리 간다, 그치?"

"잘 가세요, 형. 이제 남쪽으로 내려간다고 그랬죠? 이번에는 정말 준비 잘해서 끝까지 무사히 갈 수 있길 바랄게요."

아쉬움이 가득 묻어나는 도나 일행의 인사에 현진 역시 크게 다르지 않은 얼굴로 고개를 주억거렸다. 도나 일행 덕분에 그는 무사히 홍고런엘스에 올 수 있었고, 지난 이틀간 그들과 어울리는 사이 깊은 정까지 쌓였던지라 지금의 헤어짐이 그로서도 편치만은 않았다. 함께한 이틀이라는 짧은 시간이 무색하게도 이번 이별은 그에게 상당한 상실감을 안겨 주었다.

"언젠가 인연이 되면 또 만나겠지. 서로 번호도 알고 있으니 나중에라도 연락하자. 그때 되면 모른 척이나 하지 말라고."

"하하, 걱정 마세요. 한국 돌아가서도 형을 꼭 다시 만날 수 있으면 좋겠네요. 그럼 여행 즐겁게 하세요!"

"다치지 말고 몸 조심히 다녀요, 오빠. 안녕! 안녀어엉!"

농담을 던지며 무거워진 분위기를 애써 띄워 보려는 현진에게 도나들 역시 짐짓 활기찬 어조로 작별을 고했고, 그렇게 짧은 인사가 끝나자 그들을 태운 차는 곧 동쪽을 향해 출발했다.

출발한 지 얼마 지나지도 않아 새로운 날의 새로운 일정을 계획하며 기대에 부푼 상미 남매와 달리, 도나는 갈수록 먹먹해 오는 가슴을 어찌할 바 모른 채 캠프 입구에 서 있던 현진이 점이 되고, 그러다 시야에서 완전히 사라지고 나서도 차 유리 너머로 그가 있을 법한 사막의 한 지점을 오랫동안, 정말 오랫동안 뚫어져라 쳐다보았다.

그녀의 머릿속에 현진은 참 특이한 사람으로 남아 있었다. 그처럼 여행하는 사람을 그녀는 지금껏 본 적도, 들은 적도 없었다. 차는 물론이고 오토바이, 심지어 자전거를 탄 것도 아니었으며, 그렇다고 배낭을 짊어지고 가는 것도 아니었다. 수레였다. 애당초 외관 따위에는 전혀 신경을 쓰지 않은 듯, 그 무식할 정도로 두꺼운 철제 뼈대로 이루어진 수레를 끌고 그는 사막을 건너고 있었다. 그것은 스스로 고생을 자처하는 여행이었고, 그래서 누군가에게는 그가 우직하다 못해 미련스럽게까지 보일 수도 있었다.

'하지만…'

도나는 그가 용기 있는 사람이라고 생각했다. 비록 그렇게 여행하는 그의 심정까지 이해할 수는 없었지만, 모두가 정답처럼 따르는 방식이 아닌 자기만의 방식으로 스스로 믿고 원하는 바를 이루어 나가는 사람이라고.

그러나 여행 방식에 대한 그런 평가는 모두 제쳐 두고라도 인터넷 몽골 카페에 하루에도 수십 개씩 동행을 찾는 글들이 도배를 하고 있는 요즈음, 가장 뜨거운 시기의 사막을 아무런 동행도 없이 홀로 걷고 있는 사람이 품고 있는 생각과 감정이란 대체 무얼까, 도나는 그것이 너무나 궁금했고, 지난 이틀간 마주했던 단편적인 조각들로부터 어쩌면 그 사람이 끌어안고 있는 것은 그 무엇에 대한 간절한 염원이나 갈망 같은 것이 아닐까, 내심 그렇게 짐작하고 있었다. 그리고 그녀는 그런 자신의 짐작이 단순한 억측이나 과도한 상상일 거라고만은 생각하지 않았다.

그의 나이가 이제 서른둘이라고 했다. 분명 더 넓은 세상을 경험하고 싶다는 이유로 배낭을 메고 떠나는 대학생들의 활기 넘치는 결단과는 다른, 그만의 진지하고 유별난 동기가 있을 것 같았다. 그것을 그에게 묻고 싶었고, 또 직접 듣고 싶었지만 그러기에 이틀이라는 시간은 참으로 짧았다.

'정말로 인연이라면 언젠가 다시 만나게 되겠지.'

그녀는 이제 그 커다란 캠프의 모습마저 사라져 버린 텅 빈 지평으로부터 눈길을 돌리며 애써 머릿속을 털어냈다. 그와 자신은 이제 각자의 남은 여행길을 가야 했고, 그가 지금의 여정을 시작한 이유가 무엇이든 그 스스로 나름의 답을 얻기 전까지는, 자신이 그 길에 함부로 끼어들 수 없음을 그녀는 무의식중에나마 느끼고 있었다.

'그래. 그 사람에겐 그 사람만의 여행이 있고, 나에겐 나만의 여행이 있는 거야. 지금은 그것만 생각하자. 그렇게 각자의 길에 충실하다가 언젠가 다시 만나게 된다면…'

'다시 만나게 된다면…'이라고 그녀는 속으로 몇 차례 읊조려 보았다. 신기하게도 그 말을 되뇌면 되뇔수록 언젠가 정말 그와 다시 만나게 되리라는 믿음이 점차 강하게 들었다. 그리고 그 만남의 때란, 그와 자신 모두에게 더하거나 덜할 것 없이 딱 알맞은 때일 거라는 확신도.

"바얀작까지 꽤 오랜 시간이 걸릴 거예요. 그만들 떠들고 차에 있는 동안 좀 쉬어 둬요."

그녀는 마지막까지 남아 있던 현진의 그림자를 완전히 떨쳐내며 짐짓 생기 있는 목소리로 입을 열었다. 한창 조잘조잘 떠들고 있는 상미 남매에게 먼 여행길을 앞두고 벌써부터 힘을 빼지 말라는 일침이었다. 그러자 상미가 냉큼 그녀를 돌아보며 혀를 쏙 내밀었고, 그러면서도 슬쩍 그녀의 안색을 살펴 왔다. 그런 친구의 모습에 잔잔히 어떤 온기가 가슴에 전해져 와 도나는 저도 모르게 미소를 지었고, 그제야 상미 역시 친구의 마음이 어느 정도 정리된 것을 깨닫고는 방긋 웃어 보였다. 그러다 그들은 약속이라도 한 듯 동시에 키득대며 웃기 시작했고, 덜컹거리는 차의 떨림에 맞춰 그녀들의 웃음은 그 후로도 오랫동안 유쾌하게 나부꼈다.

도나가 그에 관한 소식을 다시 접한 건 홍고린엘스를 떠나고 약 2주의 시간이 흐른 뒤였고, 그녀로서는 전혀 예상치 못한 인물의 입을 통해서였다. 그동안 몽골에 거주하면서 여럿의 친구를 사귀었던 그녀는, 현진과 헤어진 날로부터 열이틀, 그리고 여행을 마치고 귀국하던 상미 남매를 공항에서 배웅한 지 정확히 일주일째 되던 날, 그녀의 몽골 친구 중 하나로부터 갑작스런 연락을 받았다.

"도나야, 나 오늘 고향으로 내려오는 길에 진짜 신기한 사람을 만났다! 한국인 중에 그렇게 이상한 사람이 있을 줄은 몰랐네!"

한때 그녀에게서 한국어를 배운 적이 있었던 가노드의 낯설지 않은 목소리가 그 자신의 모국어가 아닌 한국어란 옷을 입고 수화기 너머로부터 터져 나왔다.

　오래간만에 연락해 온 자신의 친구가 의례적인 인사조차 건너뛸 정도로 심한 흥분으로 들떠 있음을 감지한 도나는 그의 고향이 어디였는지 미처 떠올리기도 전에 귓속을 파고든 '신기한 사람'과 '한국인'이라는 두 단어에 불현듯 어떤 예감 같은 것이 스쳤고, 마치 그 흥분에 전염된 것처럼 그녀의 가슴은 빠르게 두근대기 시작했다.

　'신기한 한국인?!'

　그녀 역시 어느새 인사 따위는 안중에도 없었다.

　"혹시, 그 사람! 파란 수레 같은 걸 끌고 있지 않았어?"

　대답을 기다리는 그 찰나의 순간 그녀의 가슴은 온통 초조함으로 물들었다. 그런 그녀의 머릿속으로 가노드의 고향이 동부 고비사막의 주도(主都) 사인샨드라는 사실이 빠르게 스치고 지나갔다.

　"어? 어떻게 알았어? 설마 네가 아는 사람이야?! 맞아, 그 사람! 파란 수레에 배낭을 싣고 있었어!"

　아까보다 더욱 고조된 친구의 대답을 들으면서 그녀는 심장이 터질 것 같은 반가움을 느꼈고, 이어 자신의 예감이 맞았다는 사실에 깊은 안도의 숨을 내쉬었다.

　그 후 이어진 가노드의 말은 다음과 같았다. 그에 따르면 그는 7월 말 열리는 사인샨드의 나담 축제[1]를 가족과 함께 구경하기 위해 때맞춰 고향으로 내려가던 중이었고, 그러다 어느 순간 자신과는 정반대 방향에서 걸어오던 이, 도나로서는 이미 그 정체를 짐작하고도 남을

1　매년 7월, 수도 울란바토르에서 시작해 각 도와 군으로 이어지는 몽골 최대의 민속 축제이자 스포츠 축제. 씨름, 말타기, 활쏘기의 3가지 전통 경기가 주를 이룬다.

한 남자를 목격하게 되었다. 사실 그때까지만 해도 그는 크게 이상한 점을 의식하지 못했다. 사막 한가운데서 유목 생활을 하는 몽골인 중에도 근처 도시나 마을로 이동하기 위해 도로가에서 차를 잡아타는 이들이 종종 있었던 것이다.

그러나 점차 거리가 가까워지면서 그는 그 남자가 양손으로 무언가를 끌고 있으며, 그것이 다름 아닌 큼직한 배낭이 실린 수레라는 사실을 깨닫고는 황급히 차를 멈춰 세웠다. 요란한 마찰음을 내며 바로 앞에 멈춰선 차에도 불구하고 그 기괴한 인물은 당황하는 기색이 없었고, 오히려 걸음을 멈추고는 그에게 환한 웃음을 건네 왔다.

"생 베노. 비 설렁거스 훙. (안녕하세요. 전 한국 사람입니다.)"

창밖으로 고개를 내민 그에게 기다렸다는 듯이 던진 남자의 첫인사말이었다. 그 즉시 가노드가 반색하며 유창한 한국어로 마주 인사를 건넨 것은 당연한 일이었다. 곧이어 나눈 대화에서 그는 남자가 현재 울란바토르까지 뻗은 도로를 따라 올라가는 중이며, 그러나 도중에 방향을 꺾어 최종 목적지인 중앙 고비사막의 주도 만달고비로 갈 계획이라는 사실을 알게 되었다.

왜 차를 타고 가지 않느냐는 그의 물음에 남자는 "그냥 사막을 걷고 싶어서."라고 답하고는 곧바로 엄지손가락을 치켜들며 "몽고르, 탱그리, 살리흐, 거이! (몽골, 하늘, 바람, 매우 좋아!)"라고 외쳤다고, 웃음을 쿡쿡 억누르면서 가노드가 말했다. 그 대목에서 그는 끝내 참지 못하고 크게 웃음을 터뜨렸는데, 외국인으로부터 모국에 대한 칭찬을 들었기 때문인지 정말로 기분이 좋은 것 같았다.

"지금까지 몽골 여행하는 한국 사람을 많이 봤지만 그런 사람은 진짜 처음이야."

그 스스로 처음 했던 말마따나 가노드가 수레를 끌던 남자, 즉 현진을 이상한 사람, 더 심하게는 미친 사람이라고 여겼어도 딱히 이상스런 일은 아니었을 거라고 도나는 생각했다.

이 땅을 오랫동안 삶의 터전으로 삼아 온 몽골인들에게, 가장 더운 시기의 사막에서 땀을 뻘뻘 흘리며 짐을 끌고 다니는 여행자란 개념은 좀처럼 이해하기 어려운 것일 터였다. 그들이 생각키에 그건 여행이 아닌 노동이었고, 또 고생일 뿐이었다. 어린 시절부터 넓은 초원을 일상처럼 마주해 온 그들에게 지평선이나 하늘, 그리고 그 사이를 흐르는 바람이란 결코 새롭거나 유별난 것이 아니었으며, 시골은 산으로, 도시는 고층 빌딩으로 늘 시야가 제한될 수밖에 없는 좁은 땅에서 살아 온 이들에게만이 그 광막한 지평을 접했을 때의 해방감이니 자유로움이니 하는 것들이 유의미하게 다가올 뿐이었다.

물론 도나는 현진이 단순히 그런 해방감을 만끽하기 위해 여행한다고는 생각하지 않았다. 그런 감정은 구태여 오랜 시간 사막을 걷지 않아도 충분히 느낄 수 있는 것이었고, 그녀가 짧은 시간이나마 옆에서 지켜본 그의 여행으로부터 받은 인상은, 사실 여행이라기보다는 오히려 구도자의 고행과 비슷했다. 마치 어떤 의무감이 주된 동기로 보였고, 반드시 그 길을 걸어서 완주해야 한다는 고집스러움도 느껴졌다.

"나도 딱 한 번 만났어. 홍고린엘스에서."

"뭐? 홍고린엘스? 설마 그럼 그 남쪽에서부터 여기까지 수레를 끌고 온 거야?!"

"아마 그렇진 않을 거야. 헤어진 지 아직 2주 정도 밖에 안 됐는걸. 모르긴 해도 중간 중간 차를 타고 이동했을 거야."

거기까지 말한 도나는 잠시 입을 다물고 조용히 목을 가다듬었다. 그리고 스스로 낼 수 있는 가장 태연한 목소리로 갑자기 생각났다는 듯, 가노드에게 질문을 던졌다.

"참, 그 사람은 어때 보여? 몸은 좀 건강한 것 같아?"

다행히 그 어투에 담긴 미묘한 뉘앙스까지 알아차릴 정도로 가노드의 한국어 실력이 뛰어나지는 않았다. 그는 그녀의 물음을 곧이곧대로 같은 한국인에 대한 관심 혹은 일면식이라도 있는 이에 대한 염려 정도로만 이해했고, 그래서 크게 걱정할 필요 없다고, 오히려 너무 건강해 보여 뭔가 도와주고 싶었어도 달리 도와줄 게 없었다며 웃으면서 대답했다.

그와의 전화 통화를 마친 후 도나는 한동안 멍하니 앉아 있었다. 현진을 떠올릴 때마다 매번 느꼈던 것이지만 같은 한국인이 보아도 그는 참 이상한 사람이었다. 그라면 왠지 지금까지도 이 너른 땅 어딘가를 돌아다니고 있으리라 짐작하긴 했지만, 설마 아직까지도 사막을 배회하고 있으리라고는 생각지도 못했다.

"그 사람, 왜 그렇게 사막에만 집착하는 거야? 몽골에도 시원하고 경치 좋은 곳이 얼마나 많은데…"

그러다가 그녀는 현진이라면 그런 경치 구경에는 큰 관심이 없을 것 같다고, 오히려 아무것도 없는 황량한 사막이 그와는 더 잘 어울린다고 어느 틈엔가 그를 옹호하고 나선 스스로의 모습을 깨닫고는 실소를 터뜨렸다.

'그런데 만달고비라고?'

그가 종착지로 삼고 있다던 만달고비는 지금 도나가 머물고 있는 몽골의 수도 울란바토르와 그렇게 멀리 떨어진 곳이 아니었다. 그녀가 처음 현진과 만났을 때 향하고 있던 저 남쪽의 홍고린엘스는 물론이고, 그 바로 전에 묵었던 남쪽 고비사막의 주도 달란자드가드까지의 거리에 비하더라도 버스로 불과 4시간이면 도착하는 비교적 가까운 곳이었다. 더구나 도중에 비포장 길을 지나야 하는 것도 아니었고 그저 시원하게 뻗은 아스팔트 도로만 타면 갈 수 있었다.

그러나 막상 그의 앞으로의 경로를 알고 나니, 처음 그의 소식을 접할 때만 하더라도 들떠 올랐던 기분과 달리 자신이 할 수 있는 일이란 거의 없다는 사실을 도나는 새삼 깨달았다. 그저 그의 여정이 언젠가 끝나리라 믿고 무작정 기다리는 일, 올지 안 올지 모르는, 더구나 자신과 엮을 만한 것이라고는 기껏해야 이틀을 사막에서 함께 보냈다는 사실이 전부인 남자의 연락을 막연한 기대 속에서 기다리는 일, 그러니까 상미 남매를 떠나보낸 후 지금껏 하루하루 자신이 해 오던 바로 그 일, 그것만이 스스로 할 수 있는 전부라고 여겨졌다.

"뭐! 도나, 너 정말 우리랑 같이 안 갈 거야?"

여정 내내 앓는 소리를 입에 달고 살았으면서도 떠나기 전날 가진 술자리에서 지난 열흘간 너무나 즐거웠다며 고마워하던 상미는, 갑작스런 도나의 항공편 취소 선언에 무척이나 놀라워했고, 그러나 곧바로 걱정스러운 기색을 얼굴에 내비쳤다.

그런 친구의 얼굴을 도나는 한동안 말없이 응시했다. 상미는 또래들보다 몇 년 늦게 들어간 대학에서 그녀가 처음으로 사귀게 된 친구였다. 재수에 삼수까지 하고 들어왔다던 그녀는 그 붙임성 좋은 성격답게 서로 동갑이라는 사실만으로도 처음부터 살갑게 다가왔고, 서로 좀 더 친해져 속 깊은 이야기를 나누게 된 뒤로는 대학 생활 내내 떼려야 뗄 수 없는 절친한 사이가 되고 말았다. 어릴 적 사고로 부모님을 차례로 여의고 혼자 지내 온 시간이 많았던 도나로서는 친구란 존재가 사뭇 어색하기만 했지만, 종종 자신이 지내던 교회에 반찬까지 싸들고 오며 유난히 자신을 챙겨 주던 그녀에게 결국 굳게 잠가 놓았던 마음의 문을 열 수밖에 없었다.

그런 소중한 친구였고, 그래서 너무나 미안했지만 도나는 이번만큼은 거짓말을 하기로 했다. 그녀는 그동안 사귄 몽골 친구들이 떠나기 전 자신들 집에 들러달라고 사정을 하는 바람에 어쩔 수 없었다고, 그 부탁들을 차마 거절하기 어려워 귀국 날짜를 며칠 미루었노라고 얼버무렸다.

다행히 상미는 그 말을 그대로 믿는 눈치였다. 평소 눈치가 빠른 그녀였지만, 여행길 위에서 스치듯 만난 인연 때문에 자신의 친구가 갈팡질팡하는 마음을 홀로 싸맨 채 몇 날 며칠을 고민하고 있으리라고는 미처 생각지 못하고 있었다. 더구나 그때는 이미 현진과 그들 일행이 헤어진 지 일주일이 지난 뒤였고, 그동안 도나는 현진에 대한 어떠한 이야기도 먼저 꺼내지를 않았다. 이따금 학범이 "아, 그 형은 지금쯤 어디에서 뭘 하고 있으려나."라는 말을 무심코 흘릴 때면 슬그머니 자신을 바라보는 상미를 향해 그저 어깨를 으쓱해 보이는 것이 전부였고, 사실 그녀 자신도 현진을 향한 스스로의 마음을 도무지 알 길이 없어 섣불리 말을 꺼내지 못했던 것이다.

도나는 다시금 지난 한 주간의 자신의 행태를 차근히 더듬어 보았고, 그럴수록 점차 한쪽으로 기울어 가는 스스로의 생각을 억측이며, 지나친 망상이라고 수십 번도 더 부정을 했음에도 불구하고, 결국은 자신이 지금 사막을 홀로 떠돌고 있는 한 남자를 무척이나 그리워하고 있다는 사실을 인정할 수밖에 없었다. 그리고 일단 스스로의 감정을 솔직하게 받아들이고 나자, 그녀는 이제 자신이 할 일이란 지금까지처럼 집 안에 머물며 마냥 그로부터 연락이 오길 기다리는 것이 아니라 그에게 한 걸음 먼저 다가서는 일이라고 생각했으며, 그래서 마지막까지 망설이던 마음을 모두 떨쳐 버린 후 배낭에 짐을 꾸리기 시작했다.

'그래, 만달고비로 가는 거야!'

방금 전까지만 하더라도 스스로 할 수 있는 일이라고는 거의 없다고 믿었던 도나였기에, 그녀 자신도 이런 급작스런 마음의 변화가, 극적인 행동의 전환이 놀라울 따름이었다.

그러다가 바삐 손을 놀리며 짐을 싸는 와중에 그녀는 "맞아, 이미 한 번 맺어진 인연을 다시 잇는 건 결국 자기 몫이야."라고 중얼거렸고, 그러자 그동안 꽁꽁 억누르기만 했던 그리움이 놀라울 정도로 빠르게 부풀기 시작했음을, 또 자신의 가슴이 그 어느 때보다 세차게 뛰기 시작했음을 깨달았다.

그와의 만남을 상상하는 것만으로도 한 줄기 설렘이 봄바람처럼 가슴을 간질여 오던 그것은 낯설지만 결코 싫지 않은 포근한 감정이었고, 그러나 그 농밀함이 갈수록 진해져 어느새 그녀로서는 도저히 거부할 수 없을 정도로 강렬한, 마치 지난날 그녀가 감내해야 했던 그 외롭고 우울했던 순간들을 모조리 연소시키고야 말겠다는 듯 눈물겹도록 뜨거운 그 무엇으로 활활 타오르고 있었다.

2장

文득 들려온 수군거림에 현진은 개운치 않은 상태로 잠에서 깨났다. 처음에는 귓속을 살살 간질이는 듯 시작된 한두 명의 대화 소리는 시간이 지날수록 여럿의 목소리가 어우러지며 점차 커져 갔고, 홀로 열린 귀는 열심히 그걸 감지하고 있었지만 그의 두 눈은 누군가 풀로 붙이기라도 한 것처럼 옴짝달싹도 하지 않았다.

그러다 사람들의 웅성거림이 시장판의 그것처럼 소란스러워지다 못해 끝내 참을 수 있는 한계를 넘어서자, 현진은 천근만근 무겁게 느껴지는 눈꺼풀을 가까스로 들어 올렸다. 눈을 뜨자마자 그는 공항 유리창 너머로 캄캄하게 물들어 있는 하늘을 보았고, 그래서 휴대폰을 찾아 주섬주섬 허리춤을 더듬었다.

"아, 뭔데?!"

시간을 확인하자마자 솟구친 짜증에 그의 얼굴이 잔뜩 일그러졌다.

때는 오전 4시가 채 안 된 시각. 이 이른 새벽부터 공항의 다른 이용객은 조금도 배려하지 않고 떠드는 저들은 대체 누구란 말인가!

현진은 누운 그대로 턱만 치켜든 채 이제는 아예 제집처럼 왁자지껄 떠들고 있는, 그야말로 공중도덕이라곤 전혀 모르는 몰상식한 무리를 매섭게 노려보았다. 한참을 쏘아보자 어두운 조명 아래 움직이는 희끄

무례한 인형들이 보였다.

"뭐, 서양인들이 에티켓이 좋아? 대체 누가 그런 말 같지도 않은 소리를 한 거야?"

한참 전부터 들려온 말소리로 이미 그들이 영어권에 속한 사람들이라는 것을 짐작할 수 있었고, 어둠 속에서도 허옇게 빛나는 피부가 그들이 서양인이라는 사실을 다시금 확인시켜 주자 그가 볼멘소리를 뱉어냈다. 아무리 현명한 개인이라도 군중이 되면 바보가 되고 만다는, 어느 철학자가 했던 듯도 싶은 말을 비꼬듯 내뱉는 것으로 소심하게 복수를 대신한 그는 다시 눈을 감고 잠을 청했다.

그러나 바로 머리맡에서 시끌벅적 난리를 피우고 있는 상황에서 한번 깬 잠이 다시 올 리 만무했다. 결국 분통을 터뜨리며 일어난 현진은 옆에 뉘여 놓은 수레를 끌고 소음의 근원지로부터 멀리 떨어진 구석으로 자리를 옮겼다. 그러는 동안에도 그는 배낭을 메거나 캐리어를 끈 채로 공항 안으로 들어서는 여럿의 외국인들을 목격할 수 있었는데, 저마다 만나자마자 손바닥을 마주치며 환호를 지르는 모양새가 개별 여행객이라기보다는 단체로 이동하는 관광객들인 것 같았다.

어느새 수십에 달한 그들은 그로부터 얼마 후 새벽 비행기를 타기 위해 질서정연히 줄을 서기 시작했고, 그러나 이미 눈 밖에 난 그들을 현진은 못마땅한 얼굴로 지켜볼 뿐이었다. 그러다 그는 외따로 떨어진 스스로의 처지를 새삼 깨닫게 되었으나, 저런 군중 속에 섞이느니 차라리 혼자인 게 낫다는 생각에 외로움 같은 것을 느끼지는 않았다.

한동안 그들에게 시선을 주던 현진이 문득 손을 들어 자신의 두 눈을 비볐다. 잠은 얼추 깬 것 같았지만 정신은 여전히 흐릿했고, 눈은 뻑뻑해 제대로 떠지지를 않았다. 너무 적은 시간 동안 한뎃잠을 잤던 게 문제인 것 같았다. 그는 앉은 채로 지난밤의 상황을 가만히 돌이켜 보았다.

본래 그가 타고 오기로 한 비행기는 전날 저녁 7시 10분에 인천공항을 출발하기로 예정되어 있었다. 그러나 차체 결함으로 인해 출발 시각은 그보다 2시간 뒤로 늦춰졌고, 결국 4시간 가까운 비행을 마치고 그가 몽골 공항에 도착한 시각은 자정이 한참이나 지난 때였다. 어차피 아침이 되면 곧바로 사막으로 출발할 생각이었으므로, 그는 울란바토르 시내의 게스트하우스에서 묵기로 했던 당초의 계획을 변경해, 번거롭게 오가며 시간을 허비하느니 차라리 공항에서 하룻밤 노숙하기로 마음을 먹었다. 그래서 입국 심사를 끝내자마자 그대로 공항 2층 라운지로 올라와 잠을 청한 것이었다.

　사정이 그렇다 보니 이른 새벽부터 시작된 사람들의 난입으로 잠에서 깨기까지 그가 실제로 눈을 붙인 시간은 채 3시간이 되지 않았고, 속으로 열불이 나는 것은 제쳐두고라도 정신이 몽롱한 것만큼은 도저히 어쩔 도리가 없었다.

　"여기서 죽치고 있어 봐야 뭐 하나. 그냥 출발해야겠다."

　정신을 차리기 위해 화장실에 가 한차례 세수를 하고 나온 현진은 다시 앉는 대신 수레의 손잡이를 움켜잡았다. 그러나 금방이라도 떠날 것 같았던 그의 움직임이 돌연 멎나 싶더니 오묘한 눈빛으로 그가 수레를 내려다보기 시작했다. 막상 출발하려고 하니 저도 모르게 심경이 복잡해져 온 탓이었다.

　'이제 정말 시작이구나.'

　오랫동안 염원해 왔던 여행은 소설이나 영화에서처럼 극적이지 않았고, 오히려 상당한 피로와 불쾌감을 떠안은 채 시작되고 있었다. 하지만 모든 여행에 앞서 늘 그랬듯, 적지 않은 설렘과 긴장이 가슴을 간질여 오는 것만은 똑같았다. 오히려 그 정도가 다른 어느 때보다도 컸는데, 아마도 지금껏 한 번도 시도해 본 적 없는 방식의 여행이었기에 그런 것이라고 그는 짐작했다. 그렇다고 수레를 끌기로 한 자신의 시도가 이상하거나 유별나다고 생각되지는 않았다. 그저 여러모로 머리를 싸매고 고민한 끝에 가장 효율적이라고 생각해 선택한 방법일 뿐이었다.

"…잘해 보자."

얼마나 함께하게 될지는 알 수 없었으나, 앞으로의 여행 동반자를 향해 넌지시 말을 뱉는 것을 끝으로 그가 수레를 거머쥔 손에 재차 힘을 주었다.

새벽 공기는 생각보다 차갑지 않았다. 딱 걷기 좋을 만큼 선선했으며, 그래서 이른 새벽부터 겪은 소요 때문에 짜증이 치솟았던 그의 기분 역시 금세 좋아질 수 있었다. 마치 오랜만에 다시 찾은 자신을 이 땅이 기쁘게 반겨주는 것만 같아 뒤로 젖힌 팔로부터 느껴지는 묵직한 짐의 무게조차 한결 가볍게 느껴졌다.

공항 출입구를 빠져나오다가 우연히 들어 올린 현진의 눈에 'HAVE A GOOD TRIP'이라는 영어 글귀 옆으로 나란히 몽골어로 'САЙХАН АЯЛААРАЙ'라고 적힌 간판의 모습이 들어왔다.

"새엥… 아야래르? 새항… 야라래?"

그가 무심결에 떠듬떠듬 따라 읽어 보았으나 그 정확한 발음이 무엇인지는 알 수가 없었다.

'이럴 줄 알았으면 몽골어 공부나 좀 더 하고 올 걸 그랬나?'

한차례 실없이 웃고 난 그는 다시 걸음을 이어 갔다. 도로는 무척이나 한산했다. 공항을 오고 나가는 서너 대의 차량이 보이는 전부였다.

공항을 나와 느긋한 걸음으로 20분쯤 걸었을까. 현진은 울란바토르와 고비사막으로 향하는 두 갈래 길의 분기점이 되는 지점에 다다랐고, 그곳에서 잠시 걸음을 멈춰 세웠다. 굉장히 이른 시간이었음에도 불구하고 동쪽을 가로지르는 먼 산 위로는 어느덧 투명한 주홍빛을 뿜으며 태양이 솟아 있었다. 그리고 그 아래로는 크고 작은 건물들이 오밀조밀 모여 이룬 거대 도시, 울란바토르가 조용히 잠들어 있었다.

"……"

현진은 말없이 그 광경을 지켜보았다. 잠에 빠진 도시와 그 위로 세례처럼 쏟아지는 햇살. 이른 아침의 적막 속에서 홀로 그 광경을 마주하는 것은 이제 막 여행의 흥분에 젖어든 그의 가슴에 작은 감동을 선사해 주었다.

그러나 그도 잠시, 잠든 도시를 깨우는 태양의 손길이 보다 뜨거워지기 전에 조금이라도 더 가야 한다는 생각이 그의 걸음을 재촉하기 시작했다. 걱정되는 것은 한낮의 더위만이 아니었다. 비록 지금은 텅 비어 있지만 언제, 얼마나 많은 차들이 도로 위에 붐빌지 알 수 없다는 것, 그것이야말로 그가 가장 염려하는 문제였다.

그것이 그만의 지나친 우려가 아니라는 사실은 그로부터 약 3시간 뒤에 밝혀졌다. 오전 8시를 넘어선 시점부터 조용했던 도로 위로 한두 대씩 차들이 모습을 드러내나 싶더니, 9시가 넘어가면서부터 통행하는 차량의 수가 급격히 불어나기 시작했다. 그사이 꽤나 먼 거리를 이동했다고 생각했음에도 불구하고 그가 그날의 목적지로 삼은 울란바토르 근교의 마을 종모드까지는 아직 많은 거리가 남아 있었고, 수치상의 거리가 주는 압박감 이상으로 그는 급속도로 지쳐 갔다.

"오르막, 오르막, 오르막…! 대체 이놈의 오르막은 언제 끝나는 거야!"

굽이굽이 산을 두르며 이어지는 도로는 다소 경사의 차이는 있었을 망정 시야가 닿는 끝까지 모두 오르막이었다.

할 말을 잃은 채 아연한 얼굴로 도로를 바라보는 현진의 곁을 마침 육중한 덤프트럭 한 대가 굉음을 토하며 지나갔다. 곧이어 날카로운 파공음을 지르며 그 뒤를 추격하는 승용차들의 맹렬한 행진.

"아, 쓰읍…"

한차례 욕설을 뱉어내려던 현진이 이제는 그조차 지친다는 듯, 다시 입을 꽉 다물었다.

차들은 그의 예상보다 지나치게 많았고, 특히나 근래 한창 진행 중이라는 새 공항 건설 때문인지 자재를 실은 대형트럭이나 트레일러 또한 유난히 많이 지나갔다.

현진은 구름 한 점 없는 하늘로부터 뜨겁게 내리쬐는 볕과, 볕으로 달궈질 대로 달궈진 끝이 보이지 않는 오르막, 그 오르막을 기겁할 만한 속도로 내달리는 차들과, 차를 피할 데라곤 1m 남짓 되는 자갈밭이 전부인 좁디좁은 편도 1차선의 도로, 그래서 단 몇 분조차 마음 편히 걷지 못하고 끊임없이 차를 피해 물러서야 하는 작금의 상황까지, 그 모든 것에 대한 인내심이 점차 한계에 다다르고 있음을 느꼈다. 겨우겨우 스스로를 북돋으며 걸을라치면 그때마다 차들이 어김없이 돌진해 왔고, 그런 차들을 피해 길 밖으로 물러서는 일이란 정말이지 심신 전부를 극도로 지치게 만들었다. 신경이 날카로워질수록 몸은 무거워만 갔고, 심지어 사람들이 작정하고 자신을 괴롭히려 드는 것은 아닐까 그런 생각마저 들고 있었다.

"하아… 이걸 첫날 신고식이라고 생각해야 하나, 아니면 내가 괜히 수레를 가져온 건가? 정말 뭔 차들이 이렇게나 많지? 예전엔 이만큼은 아니었던 것 같은데…."

결국 이대로는 도저히 안 되겠다 싶은 생각에 현진은 도로로부터 조금 떨어진 곳까지 수레를 끌고 나갔고, 한 뼘 남짓 될까 싶은 좁다란 수레 그늘 속에 그대로 머리를 걸치고 주저앉았다. 이미 쌩쌩 달리는 차들에 넌더리가 날대로 나 있었던 그는 아예 차도로부터 등을 돌린 채 자신의 처지와는 딴판으로 초원 여기저기서 한가로이 풀을 뜯고 있는 말이며 소 떼 따위를 구경하기 시작했다.

"햐아, 그놈들! 그걸 뭔 맛이라고 그렇게들 맛있게 먹고 있냐?"

그 여유 넘치는 풍경에 차츰 마음의 안정을 되찾은 그는 그러다 정작 자신은 이른 아침부터 서두른답시고 끼니조차 걸렀다는 사실을 떠올렸고, 이내 어젯밤 기내식을 먹은 이후 아무것도 먹은 게 없음을 깨달았으며, 그러자 얼마나 지쳤으면 배고프다는 사실조차 잊어버릴 수 있느냐며 스스로를 위한 길고도 처량한 탄식을 뽑아냈다.

이윽고 그는 어제저녁 먹다 남은 빵 몇 덩이를 배낭에서 찾아내 한 입 베어 물었는데, 이미 딱딱하게 굳어 버린 빵은 정말이지 맛이라곤 조금도 없었다. 그러나 먹을 것이라고는 그게 전부였기에 억지로라도 입 안으로 쑤셔 넣을 도리밖에 없었다.

그래도 뱃속으로 먹을 게 들어간 덕분일까. 빵을 다 먹을 즈음에는 몸도 다소 기운을 차린 것 같았다. 하지만 현진은 곧바로 일어나는 대신 좀 더 여유를 갖고 움직이기로 했다. 해는 여전히 중천에 떠 있었고, 고개만 돌리면 마치 놀리기라도 하듯 구릉 너머로부터 차들이 나타나고 있어 출발해 봐야 금세 지칠 게 뻔해 보였다. 그는 다시 평원 쪽으로 시선을 돌렸다.

끼이익—

그때였다. 돌연 그의 등 뒤에서 찢어질 듯한 타이어의 비명 소리가 터져 나왔다.

'응?'

"헤이!"

그리고 곧바로 이어지는 누군가의 외침.

그때까지 수레에 반쯤 몸을 늘어뜨리고 있던 현진이 벌떡 상체를 일으켜 세우고는 뒤를 돌아보았다. 반나절 가까이 걸어오는 동안 누군가 차를 멈추고 그를 부른 것은 이번이 처음이었다.

곧 시야에 들어온 이는 건장한 체구의 우락부락한 몽골인 남성이었는데, 그 덩치와 조금은 험악하다 싶은 외모를 처음 본 순간 현진은 저도 모르게 살짝 긴장하고 말았다. 그러나 그런 우려가 무색하게도 호기심과 호의가 반쯤 뒤섞인 얼굴로 그를 바라보던 남자는 이내 생수한 통과 서너 덩이의 빵을 갖고 차에서 내리더니 그에게로 다가와 대뜸 건넸다. 엉겁결에 그것들을 받아든 현진이 고맙다고 인사를 하자 남자가 굵직한 웃음과 함께 고개를 끄덕였다.

"어디서 왔어요?"

'영어?'

놀랍게도 남자는 유창한 영어로 질문을 던져 왔다.

"한국에서요."

그의 질문에 현진 역시 영어로 대답했다.

"오, 좋죠! 한국!"

한국이란 말에 반색한 남자가 힐끗 수레를 바라본 뒤 다시 물었다.

"그런데 지금 어디로 가는 중이에요?"

"아, 종모드로 가고 있어요. 오늘 거기서 하룻밤 자고 내일부터는 고비사막으로 내려가려고요."

그러자 이해했다는 듯 고개를 주억거리며 또 한 차례 수레에 시선을 준 남자는, 그러다 별안간 눈을 치뜨며, '사막? 지금 저걸 끌고 사막에 가겠다고?'라고 되묻는 듯한 얼굴로 놀라움을 금치 못했고, 이미 어느 정도 예상했던 그의 반응에 현진은 그저 머쓱히 웃고 말았다.

이후로 호기심에 불이 붙은 남자는 꼬치꼬치 쉴 새 없이 질문을 던져 왔으며, 현진 역시 그 막간의 만남에 즐거워하며 그의 궁금증을 기꺼이 해소시켜 주었다.

"나, 당신에게 빵과 물을 더 주고 싶은데 더 이상 갖고 있는 게 없어요. 그러니 이거 받아요."

대화 막바지에 남자가 주머니에서 무언가를 꺼내 현진에게 내밀었다. 얼떨결에 받아든 그것은 몇 장의 몽골 지폐였다.

"어…?"

그 갑작스런 선물에 처음에는 어안이 벙벙했던 현진은 그러나 이내 빵과 생수를 받을 때와는 비교할 수 없을 정도로 난감함을 느끼고 말았다.

"아니, 이러지 마세요! 저도 돈 충분히 있어요!"

한동안 그와 남자 사이에 몇 차례의 옥신각신이 있었다. 그러나 격하게 손사래를 치며 거부하는 현진의 완고한 손짓을 뚫고 남자는 기어코 그의 손에 돈을 쥐어 주었고, 그런 후에는 곧바로 민첩하게 몸을 돌려 도망치듯 자신의 차에 올라탔다.

떠나기 전 그가 현진을 향해 윙크를 하며 웃음을 날렸다.

"몽골에 온 걸 환영해요!"

그 순간 가슴속에 번지는 감정을 도무지 어떻게 표현해야 할지 몰라 현진은 마치 울듯이 웃었다. 그런 그에게 남자가 마지막으로 크게 외쳤다.

"새홍 아얄라래!"

"…고맙습니다! 안녕히 가세요!"

그날 아침 공항 출입구를 지나오며 올려다본 간판에 적혀 있던 문구, 남자는 그것을 말하고 있었다. 현진은 몸 둘 바를 모를 정도로 진한 고마움을 느꼈고, 그러나 그가 할 수 있는 일이라고는 남자의 차가 구릉 너머로 모습을 감출 때까지 힘껏 손을 흔들어 주는 일밖에 없었다.

차의 모습이 사라지고 나서도 한동안 그 자리에 우두커니 서 있던 현진은 다시 자리로 돌아와 남자가 준 빵을 조금 베어 문 다음 나머지는 배낭 속에 챙겨 두었다. 그러면서 앞으로는 절대로 겉모습만으로 사람을 판단하지 말자고 다짐했고, 그러다 문득 자신의 외모는 어떨까 궁금해져 휴대폰 액정에 얼굴을 비추어 보았다가, 불과 하룻밤 사이에 우스꽝스레 짓눌린 머리와 양끝에 희멀건 침이 말라붙은 입술을 발견하게 되었다.

"…이러니 저러지. 나라도 불쌍히 여겼겠다."

그제야 자신의 몰골을 깨달은 그가 크게 실소를 터뜨렸다.

잠시 뒤 대강이나마 얼굴을 정리하고 일어선 그의 앞으로는 여전히 오르막이 길게 뻗어 있었고, 차들 역시 그 위를 무섭도록 질주하고 있었다. 그러나 한 사람이 베푼 호의로 인해 따스하고 넉넉해진 마음으로 눈앞의 길을 오르기 시작한 그의 발걸음은 어느덧 예의 힘찬 기운을 되찾아 있었다.

현진이 종모드에 들어섰을 때는 오후 2시가 조금 넘은 무렵이었다. 공항에서 새벽 5시쯤에 출발했으니 내리 한나절을 걸어온 셈이었다. 그럼에도 숙소를 잡기에는 아직 이른 시간이었지만, 그는 첫날부터 무리하기보다는 남은 시간은 마을에 머물면서 다음날 여정을 위한 정비를 갖추기로 마음먹었다.

거리에서 마주친 사람들에게 물어물어 길을 찾던 중 마침내 그는 마을을 가로지르는 주도로 끝에 위치한 여관을 발견할 수 있었다.

"안녕하세요! 누구 안 계세요?"

여관은 한산하기 그지없었다. 건물 안으로 들어서도 보이는 사람이 없자 그가 목청을 돋우어 외쳤고, 그제야 데스크 옆에 위치한 쪽방에서 인기척이 나더니 여관 주인으로 보이는 이가 누워 있던 몸을 일으켜 다가왔다. 주인은 다소 풍채가 좋은 중년 여성이었는데, 처음에는 그녀가 낮잠을 자고 있었다고 생각한 현진은 그러나 곧 그녀가 다리를 절뚝인다는 사실을 알아챘고, 그래서 그녀가 단지 누워 쉬고 있었을지도 모른다고 생각을 고쳐먹었다.

그동안 여관을 운영하면서 많은 종류의 사람을 겪어 왔기 때문인지 그녀는 현진의 수레를 봤음에도 불구하고 별달리 놀라는 기색이 없었다. 그런 무심함이 현진의 자존심을 조금 건드렸는데, 그 사실을 자각하자마자 그는 자신이 다른 이로부터 유별난 대우를 받고 싶어 한다는 사실에 적잖이 놀랄 수밖에 없었다.

'오히려 사람들에게서 벗어난 고독한 여행을 원한 거 아니었어?'

서로 모순된 생각과 감정이 빚어낸 마찰음에 잠시 갈등하던 그는, 그날 하루 동안 걸어오며 받은 사람들의 호기심 어린 눈빛이 그사이 자신을 우쭐하게 만든 게 틀림없다고 결론 내렸다. 그는 자신이 가장 내밀한 부분에서는 고독을 원한다고 믿고 싶었고, 그래서 타인의 관심을 바라는 스스로의 모습을 쉽사리 받아들일 수가 없었다.

다리를 절면서도 금세 다가온 주인은 데스크 한쪽에 붙어 있던 종이를 가리키며 각기 다른 방들을 그에게 소개하기 시작했다.

"이 방으로 할게요."

한동안 이어지던 그녀의 말을 한 귀로 흘려들으며 거기에 적힌 의미 모를 말들을 건성으로 훑어본 현진은 다른 조건은 따지지 않은 채 그 중 가장 저렴한 방을 선택했다.

"혹시 바로 식사할 수 있을까요?"

숟가락으로 떠먹는 시늉을 하며 묻는 그의 질문에 주인은 '204'라고 적힌 방 키를 건네주고는 그를 데스크 뒤쪽의 넓은 홀로 안내했다. 탁자와 의자가 여럿 놓여 있고 선반에 메뉴판이 꽂혀 있는 걸로 봐서는 그곳이 식당인 것 같았다. 현진은 낑낑거리며 수레를 2층까지 끌고 올라가 방 안에 들여놓은 뒤 곧바로 식당으로 내려왔다. 하지만 그사이 주인은 사라져 있었고, 한참을 식당에서 기다렸지만 누구도 주문을 받으러 들어오지 않았다.

요리사도 종업원도 없는 휑한 식당에 홀로 앉아 있던 그는 결국 다시 주인이 머물던 방으로 갔고, 그러자 마침 안에서 그녀와 대화를 나누고 있던 새로운 얼굴의 중년 여성이 그를 보고는 기다렸다는 듯이 일어났다. 따라오라는 손짓을 하며 그녀가 앞장서 들어간 곳은 결국 다시 식당이었고, 그녀는 뒤따라 온 현진에게 선반에 꽂혀 있던 메뉴판을 꺼내 건네주었다.

"초이왕². 초이왕으로 주세요."

잠시 메뉴판을 보긴 했으나, 방을 고를 때와 마찬가지로 뭐라고 쓰여 있는지 알 수가 없었던 현진은 메뉴판을 그녀에게 도로 건네며 자신이 가장 좋아하는 몽골 요리를 주문했다. 그러자 중년 여인이 알아들었다는 표정을 짓고는 이내 식당 밖으로 나갔다.

딱딱딱딱.

얼마 지나지 않아 칼로 도마를 내리치는 경쾌한 소리가 복도 너머로부터 규칙적으로 들려왔다. 곧 먹게 될 음식에 대한 기대를 부풀리는 그 반복적인 리듬은, 마치 음식을 주문하는 것으로 제 할 일을 모두 끝마쳤다는 듯 잠자코 앉아 있던 현진에게 졸음이라는 강력한 마법을 걸기 시작했고, 실제로 작은 몸짓을 일으킬 힘조차 남아 있지 않았던 그는 그날 종모드에서 머물기로 한 자신의 선택이 참으로 현명한 결정이었다고 자찬하는 와중에 폭포수처럼 쏟아 내리는 졸음을 못 이기고 꾸벅꾸벅 고개를 끄덕거리기 시작했다.

탁.

중년 여인이 일부러 소리가 나도록 식탁 위에 접시를 올려놓았을 때, 현진은 아예 탁자 위에 몸을 숙인 채로 잠들어 있었다. 갑자기 들린 소리에 퍼뜩 잠에서 깬 그가 고개를 들자 만면에 푸근한 웃음을 담은 그녀가 그를 내려다보고 있었다.

---

2 각종 채소와 면, 고기를 솥에 함께 넣어 쪄 낸 요리로서 몽골의 대표적인 음식 중 하나.

"…아, 감사합니다. 잘 먹을게요."

잠시 넋 잃은 표정으로 그녀를 마주 본 현진이 인사를 했고, 그러자 웃음기를 지우지 않은 얼굴로 그녀가 몸을 돌려 식당 문을 향해 걸어갔다. 수마 속에서 헤어 나오지 못한 현진의 두 눈이 멍하니 그 뒷모습을 쫓았다.

그녀가 완전히 사라지고 나서야 현진은 식탁 위로 눈길을 돌렸다. 그런 그의 앞에는 푸짐히 담긴 초이왕이 김을 모락모락 뿜으며 맛깔스러운 자태를 뽐내고 있었다. 그 특유의 향이 콧속을 적셔 오자 희한하게도 그토록 맹렬히 쏟아 내리던 졸음이 순식간에 달아나 버렸다. 불끈 돋우어진 식욕에 한입 가득 밥을 떠 넣고 우물거리던 현진은 점차 바삐 손을 놀리다가 아예 접시에 머리를 박고 먹는 데에만 집중하기 시작했다. 점심때가 이미 지났기 때문인지 식당에는 내내 그 혼자였고, 이따금 접시에 부딪치는 격렬한 포크 소리만이 넓은 식당 안을 맴돌았다.

"후아, 정말 잘 먹었다! 역시 사람은 밥을 먹어야 돼!"

만족스러운 식사를 끝내고 그가 가장 먼저 한 일은 1층에 위치한 공용 샤워실에서 몸을 씻는 일이었다. 그러나 한껏 기대하며 들어간 샤워실의 물은 졸졸 흘러내리는 수준이었고, 그래서 그는 꼼꼼히 닦는 걸 포기하고 땀과 먼지로 더러워진 부분만 대충 씻어 내기로 했다. 그래도 그 잠깐의 샤워가 뭐라고, 밖으로 나오자마자 느껴지는 상쾌함에 그는 금세 기분이 좋아졌다.

"으하아아!"

샤워를 마치고 방으로 돌아온 현진은 곧장 침대 위로 몸을 내던졌다. 드러눕기가 무섭게 다시 한 번 강력한 수마가 그의 위로 쏟아지면서 몸이 나른해졌다.

그러나 불행히도, 잠을 청하려는 그의 시도는 오래지 않아 좌절되고 말았다. 이유는 서쪽으로 난 창을 통해 들어온 햇살 때문이었다. 시간이 흐르면서 해는 자연히 서쪽 하늘로 조금씩 기울어 갔는데, 그럴수록 침대 위를 차지하는 볕의 면적도 점차 넓어졌고, 그 결과 그 위에 누워 있던 현진에게는 햇살의 열기가 고스란히 전달될 수밖에 없었다. 몸을 뒤척거리며 피하려 애를 써 봤지만 아무런 소용이 없었다. 결국 몸 위로 따갑게 내리꽂히는 볕을 견디다 못한 그가 짜증 섞인 비명을 지르며 몸을 발딱 일으켜 세웠다.

"아니, 대체 누가 방 구조를 이따위로 만든 거야? 왜 하필이면 서쪽으로 창을 낸 거냐고!"

문득 이래서 방값이 가장 쌌던 건가, 그런 생각이 그의 머릿속을 치고 지나갔다. 그는 최후의 수단으로 커튼을 쳐 볕이 들어오는 걸 막았는데, 그러자 그렇지 않아도 이상하리만치 바람 한 점 통하지 않던 방 안의 공기가 기다렸다는 듯이 후끈 달아오르기 시작했다. 그리고 그로부터 채 몇 분도 지나지 않아 침대와 맞닿은 그의 몸이 땀으로 축축해지고 말았다.

결국 그는 더 이상 방 안에 머물기를 포기하고 숙소 밖으로 도망치듯 뛰쳐나왔다. 똑같은 햇볕이 내리쬐고 있음에도 불구하고 밖의 공기는 안과는 비교할 수 없을 정도로 시원했고, 그 선선함을 즐기며 그는 정처 없이 거리를 배회하기 시작했다. 마을의 주도로 한쪽 끝에서부터 다른 끝까지 아무 생각 없이 걸었고, 그런 다음에는 골목과 골목 사이를 누비고 다녔다. 선글라스와 모자, 각양각색의 옷으로 저마다 개성 있게 치장한 남녀들의 눈길이 길가에서 마주친 그에게 잠시 머물렀다 떠나갔다.

한참을 걷던 중 갈증을 느낀 현진은 근처의 가게로 들어가 주스를 한 통 사 가지고 나온 후 그 자리에서 모두 마셔 버렸고, 곧바로 다시 들어가 아이스크림을 세 개 산 다음 마치 한 맺힌 사람처럼 역시나 그 자리에서 모두 먹어 치웠다. 가게를 지키고 있던 젊은 여성이 창 너머에서 벌어지는 외국인의 기묘한 행태를 신기한 듯이 바라보았다.

그 후 다시 한동안 마을을 돌아다니던 현진이 멈춰 선 곳은 마을 한가운데 위치한 광장이었다. 그는 광장 구석에 놓인 빈 벤치를 발견하고는 그곳으로 가 앉았는데, 마침 그 위로는 나무 그늘이 드리워져 있었고, 옆에서는 작업복 차림의 두 남녀가 화단 블록에 페인트를 덧칠하는 중이었다. 벤치에 등을 기댄 채 그들의 반복적인 작업을 가만히 지켜보고 있자니 그날 새벽부터 끈덕지게 들러붙던 졸음이 또다시 그의 위로 쏟아졌다.

어느 순간부터 현진은 하릴없이 끄덕거리며 졸기 시작했다. 그러는 동안 한 무리의 소녀들이 그를 보며 키득대면서 지나갔고, 또 얼마 후에는 반백의 노인이 그의 옆자리에 머물러 쉬다가 떠나갔다. 근처에서 뛰노는 소년들의 달뜬 함성이 들리는가 싶더니 이내 광장을 가로지르는 발소리 속에 젊은 남녀의 다정한 대화 소리가 귓전을 스치기도 했다.

그리고 그 모든 분주함 속에서, 현진은 참으로 깊고도 평온한 안식에 빠져 있었다. 그것은 비단 그를 온종일 괴롭혀 온 수마에게서 비로소 벗어나게 되었다는, 그런 차원의 안온함만을 뜻하지는 않았다. 오히려 해가 지는 줄도 모른 채 동네 벗들과 축구며, 야구며 온갖 놀이를 하면서 뛰놀던 어린 시절에나 느꼈을 법한, 또 찹쌀떡과 메밀묵을 목이 터져라 부르짖던 길거리 장수의 외침과, 우연히 마주친 이웃과의 정감 어린 대화가 아직은 기분 좋게 거리를 메우던 시절에나 느꼈을 법한 그런 행복에 더 가까웠다.

'그때는 나도, 친구들도, 부모님도, 참 많은 사람들이 덜 걱정하고 덜 불행했던 것 같았는데…. 팔꿈치에 때가 꼬질꼬질 끼도록 놀아도 땅바닥에서 뒹구는 게 그렇게 신날 수가 없었고, 집에 들어가면 엄한 아버지도 종종 어머니에게 웃음을 지어 보이곤 하셨는데. 또 매일 공부하라고 잔소리하면서도 어머니는 늘 내가 좋아하던 고구마 부침개를 만들어 주셨지…'

그러다 현진은 자신이 정말로 좋아했던 것은 고구마가 아니라 그 겉에 묻은 밀가루의 바삭한 식감이었다는 사실을 기억해 냈고, 이내 부엌으로부터 흘러들어온 냄새에 코를 씰룩거리면서도 숙제를 끝내야 부침개를 주겠다던 어머니의 말에 열심히 숙제를 해 나가던 어린 자신의 모습과, 그런 자신을 보며 얼마나 우스웠을까 싶은 어머니의 모습을 상상해 보았다.

눈을 감은 채 졸고 있는 중에도 끊임없이 귓속으로 파고드는 소리가, 주위에 메아리치는 사람들의 여유 넘치는 웃음과 대화, 또 아이들의 활기찬 뜀박질과 외침이 그를 과거의 향수에 흠뻑 젖어들게끔 하고 있었다. 그동안 까맣게 잊고 있었던 어린 시절의 따스한 정취가 잠결에 들린 그 모든 소리로부터 스미어 나와 그의 가슴을 천천히 적시고 있었다.

'아마도 그때의 내가 누렸던 행복을 저들은 지금 자신들의 집과 거리에서 누리고 있겠지.'

머나먼 타지 한가운데서 아스라이 밀려오는 그리움에 현진은 스스로도 의식하지 못하는 사이 아예 벤치에 드러누웠고, 그렇게 저만의 행복한 꿈에 오랫동안 취해 있었다.

한참이나 잠에 빠져 있던 그가 다시 눈을 뜬 것은 백금처럼 눈부시게 내리쬐던 햇살이 차츰 불그레한 옷으로 갈아입기 시작한 저녁 무렵이었다. 손바닥으로 두어 차례 쓱쓱 얼굴을 문지른 그는 잠시 멍하니 나무를 올려 보았다가 이내 상체를 들어 자세를 바로잡고 앉았다. 한없이 늘어지던 아까까지의 몸 상태와는 달리 몸도 정신도 한결 가볍고 개운해져 있었다. 시원스레 기지개를 켠 그는 곧 자리에서 일어나 광장을 가로질렀고, 마을의 주도로를 따라 올라가던 중 가게 한 곳에 들러 다음 날의 여정을 위한 빵과 음료를 구입했다.

이윽고 도로가 양 갈래로 나뉘는 지점에 다다르자 낯익은 숙소의 모습이 보였다. 안으로 들어서자마자 현진은 식당부터 찾아 들어갔다. 그는 몽골식 군만두라 할 수 있는 호쇼르를 주문했고, 머지않아 표면에 기름기가 좔좔 흐르는 큼직한 튀김 만두 다섯 개를 눈앞에 마주할 수 있었다. 식사를 가져다준 이는 예의 중년 여인이었는데, 그녀는 금세 다시 돌아와 그에게 우유를 섞어 만든 따끈한 수태차 한 잔을 따라 주었다.

입으로 후후 불어가며 현진이 만두를 두 개째 집어 들었을 때, 바깥이 잠시 왁자해지는가 싶더니 식당 안으로 세 명의 남성이 들어와 그와 조금 떨어진 탁자에 자리를 잡고 앉았다. 그로부터 얼마 뒤 두 명의 남성이 더 들어와서는 먼저 들어온 이들과 합석을 했다. 그들은 음식을 주문한 후 저들끼리 시끌벅적 대화를 나누기 시작했고, 홀로 구석에 앉아 있던 현진에게 거의 관심이 없었다. 그래서 현진은 여유롭게 식사를 하며 틈틈이 그들을 관찰할 수 있었다.

차려입은 행색으로 보아 그들은 막 하루 일과를 끝마치고 온 인부들 같았다. 한때 그 자신이 인부가 되어 적지 않은 시간 동안 현장에서 일을 했던 현진으로서는 그들에게 자연히 친근감이 일 수밖에 없었고, 그러다 웃옷을 벗은 그들의 몸 위로 여럿의 찢기고 긁힌 상처를 발견했을 때는 저도 모르게 안쓰러움을 느끼고 말았다.

다섯 명분의 음식을 주문했음에도 불구하고 남자들 앞으로 식사가 나오기까지는 생각보다 오랜 시간이 걸리지 않았다. 곧 고릴태슐[3]로 보

---

3 초이왕과 함께 몽골의 대표적인 음식 중 하나로 고기와 채소, 면을 넣고 끓여 만든다. 우리나라의 칼국수와 비슷하다.

이는 뜨끈한 국물이 가득 담긴 면국과, 호쇼르가 푸짐히 쌓인 접시가 그들의 앞에 놓였다. 이상하게도 중년 여인은 그들에게는 따로 차를 내주지 않았는데, 처음에는 이미 뜨거운 국물이 있어 주지 않은 건가 싶었던 현진은 이내 몽골 사람들이 식사와 차를 별도의 메뉴로 여긴 다는 사실을 떠올렸고, 그래서 그녀가 자신의 모국을 방문한 낯선 이 방인에게 특별한 호의를 베푼 것이라고 생각하기로 했다.

얼마 후 마지막 호쇼르를 입에 넣고 수태차까지 모두 들이켠 현진은 여전히 떠들썩하게 식사를 즐기고 있는 남자들을 뒤로 한 채 자신의 방으로 올라왔다. 그는 침대에 엎드려 그날의 일지를 쓰며 한동안 시간을 보내다가 좀 더 밤이 깊어지자 돌아누워 잠을 청했다.

'피곤하긴 해도 여정의 시작치고는 나쁘지 않은 하루였어. 그렇지?'

잠에 빠지기 직전 그가 스스로를 향해 물었다.

'응, 일도 많고 탈도 많았지만 그래도 밀도 높은 하루였어.'

내일은 과연 또 무슨 일이 벌어질까 잠시 상상해 보던 그는 그러나 얼마 뒤 그토록 원하던 깊고도 달콤한 잠에 푹 빠져들었다.

아직 어스름이 녹아 있는 아침, 여관에 머무는 그 누구보다도 일찍 일어난 현진은 빠르게 정비를 마친 후 아래층으로 이어지는 계단을 내려왔다. 조심스레 걷는다고 걸었지만 50kg이 넘는 수레를 아무런 소음도 없이 갖고 내려오기란 불가능한 일이어서, 그가 1층 데스크 앞에 다다랐을 때는 이 이른 시각부터 대체 무슨 소란인가 싶어 졸린 눈을 비비며 방에서 나오고 있던 여관 주인과 정면으로 맞닥뜨리게 되었다. 현진은 미안한 마음에 그녀에게 사과부터 하고는 방 키를 건네주었다.

그가 건물 밖으로 수레를 끌고 나오는 동안 그녀는 잠겨 있던 정문을 열어 주었고, 잘 가라고 손을 흔들어 보인 뒤에는 졸음이 만연한 얼굴로 곧 안으로 들어갔다.

지난 저녁 사람들로 그토록 활기 넘치던 도로는 그저 몇 마리 개들만 어슬렁거리며 배회하고 있을 뿐 한산하기 그지없었다. 그 고요한 도로 위를 현진은 약간은 쌀쌀하다 싶은 아침 공기를 만끽하며 느긋하게 걸어갔다. 그렇게 남쪽으로 20분 정도 걸어가자, 마을의 경계가 나타나며 난데없이 아스팔트 도로가 끝이 났다. 눈앞으로는 흙과 초목으로 뒤덮인 구릉이 펼쳐져 있었다.

"이제부터… 진짜 시작인가?"

처음으로 마주친 흙길다운 흙길에 현진은 한편으론 가슴이 설레면서도 다른 한편으론 긴장할 수밖에 없었다. 하지만 그런 우려가 무색하게도 내심 마음을 옹골지게 먹고 디딘 흙길은 의외로 단단히 다져져 있어, 군데군데 복병처럼 깔린 자갈밭을 지날 때 약간의 주의와 노력을 기울여야 한다는 사실만 제외한다면 걷기에 큰 어려움이 없었다. 물론 구릉을 오를 때면 묵직한 짐의 무게가 계속해서 뒤로 몸을 잡아끌었지만, 그마저도 전날 차들을 피하며 오른 언덕길에 비하면 정말 아무것도 아니었다.

'도로보다 흙길이 편하다고 느끼다니. 아이러니도 이런 아이러니가 없네.'

현진은 한동안 실소를 금치 못했다.

흙길을 걷기 시작한 지 반 시간 정도가 흘렀을 때, 그는 꽤나 큼직한 구릉 중턱에서 끼리끼리 모여 풀을 뜯거나 누워 쉬고 있는 여남은 마리의 송아지를 발견할 수 있었다. 그리고 그와 동시에 송아지들 역시 그를 발견했는데, 현진이 등장한 순간부터 그에게 시선을 못 박은 채미동도 않던 그 작은 소들은 그가 다가가자 앉은 자리에서 벌떡 일어났고, 좀 더 접근하자 이내 그 큰 대가리를 들썩거리며 몸을 돌려 도망치기 시작했다. 각자의 덩치가 현진보다도 큰 어린 소들은 그러나 몸집에 비해 경계심이 지나치게 많았다. 이후로 십 수 걸음 뛰다가 고개만 돌려 그를 빤히 주시하는 과정이 적어도 세 차례 이상 재연되었다.

"하하…."

혹시나 근처 어딘가에서 자신을 지켜보고 있을지도 모를 소들의 주인을 찾아 현진이 재빨리 주위를 살폈지만, 다행히 주인은 녀석들을 방목한 채 자기 볼일을 보러 갔는지 보이지 않았다. 그래도 행여 보이지 않는 곳에서 경계하고 있을지도 모를 누군가의 오해를 미연에 방지하고자 현진은 더 이상 다가가는 대신 일부러 멀찍이 떨어진 곳에 멈춰 섰고, 이어 배낭에서 빵과 주스를 꺼내 들고는 자리를 잡고 앉았다. 물론 그가 앉은 방향은 소들이 잘 보이는 위치였으며, 그는 그 귀여운 새끼소들을 구경하면서 겸사겸사 식사도 할 작정이었다. 그러는 동안에도 멈춘 자세 그대로 고개만 돌려 자신을 탐색하는 송아지들의 모습에 현진은 입술을 비집고 새어 나오는 웃음을 참기 힘들었다.

겁 많고 순진한 새끼소들 덕분에 그는 내내 유쾌함 속에서 식사를 할 수 있었다. 요기를 마치고 반 시간쯤 더 쉰 다음에야 그가 앉은 자리에서 몸을 일으켜 세웠다. 송아지들은 어느새 처음 머물던 장소로부터 한참이나 떨어진 곳으로 자리를 옮겨 쉬고 있었다. 현진은 송아지들을 향해 저만의 아쉬운 작별을 고하고는 천천히 걸음을 뗐다.

다시 출발하고 오래지 않아 그는 남쪽으로 뻗은 아스팔트 도로 위에 올라서게 되었는데, 도로에 다니는 차들의 수가 전날 같은 시각에 비해 확연히 줄었다는 사실을 쉽사리 알아차릴 수 있었다.

'그럼 어제 그 많던 차들은 대부분 울란바토르와 종모드 사이를 오가는 차들이었나 보군.'

그 추측이 맞다는 걸 입증이라도 하듯, 그날 저녁까지 이동하는 내내 현진은 차 때문에 힘들다는 느낌을 거의 받지 않았다. 차들은 여전히 빠르게 그의 옆을 스쳐 갔지만, 워낙 유동 차량이 적다 보니 이제는 그들 쪽에서 먼저 알아서 피해간 덕분이었다. 쉬지 않고 앞뒤를 신경 쓰며 일일이 차를 피해야 했던 전날과는 달라도 너무 다른 상황이었다. 앞으로 울란바토르에서 멀어지면 멀어질수록 통행 차량의 수는 더욱 줄어들 게 분명했고, 그럼 보다 걷는 데에만 집중할 수 있으리라는 생각에 그는 돌연 마음이 즐거워졌다.

"와아, 그냥 걷기만 했는데도 하루가 후딱 가네."

의식하지도 못한 사이 어느덧 날이 저물 기미를 보이고 있었다. 현진은 야영할 장소를 물색하기 위해 도로에서 벗어나 평원 쪽으로 들어갔고, 그 일대를 둘러보던 중 비교적 풀과 돌이 적은 장소를 발견할 수 있었다. 그곳을 그날 야영지로 정한 그가 곧 수레에서 배낭을, 배낭에서 텐트를 분리해 냈다. 이번 여행을 위해 새로이 장만한 1인용 텐트는 딱 그의 몸 하나 들어갈 만한 공간을 갖추고 있었고, 그다지 큰 어려움 없이 설치가 가능했으며, 크게 솟기보다는 앉은키 정도의 높이로 낮게 펼쳐지는 모양새라 공간이 협소하다는 단점 외에는 강풍이 몰아쳐도 잘 견딜 것만 같았다.

텐트 설치와 짐 정리마저 끝낸 현진은 마지막으로 수레를 텐트 근처에 뉘여 놓은 다음 별도의 방수포를 그 위에 덮고는 다시 끈으로 수레와 방수포를 한데 묶어 놓았다. 혹시라도 비나 이슬을 맞아 수레에 녹이 스는 것을 방지하기 위해서였다. 그런 후에는 근처 흙바닥에 주저앉아 저녁으로 또다시 빵과 주스를 먹었으며, 그래도 허기가 가시지 않자 한국에서부터 가지고 온 미숫가루와 단백질 보충제를 섞어 만든 분말을 몇 숟가락 퍼먹었다.

저녁까지 먹고 나니 더 이상 할 일이 없어진 그는 앉은 자세 그대로 해가 기우는 서쪽 하늘을 멀거니 바라보기 시작했다. 때마침 올려다

본 하늘에서는 저녁놀이 화려하고도 고요히 불타고 있었다.

'그러고 보니 그때도 지금처럼 노을이 참 예뻤었지…'

기억이란 참 신기한 것이어서, 하나의 장면으로부터 과거의 여러 장면을 이끌어 내기도 하고, 평소에는 아주 먼 과거의 일처럼 여겨지던 사건을 마치 지금 이 순간 일어나는 일처럼 실감나게 만들기도 한다. 그리고 현진은, 예나 지금이나 변치 않는 그 선연한 햇살에 몸을 싣고 자신도 모르는 사이 5년이라는 시간을 거슬러 올라가고 있었다.

어느 순간부터였을까. 저녁밥을 짓기 위해 열심히 주워 모은 가축 똥을 태울 때 퍼지던 그 매캐하고도 친숙한 냄새를 그의 코는 똑똑히 맡고 있었고, 그의 귓가로는 모닥불 주위에 둘러앉은 벗들의 웃음과 그 사이로 울려 퍼지던 노랫소리가 생생히 메아리치고 있었다. 매일 석양이 질 무렵이면 살갗에 와 닿곤 하던 햇볕과 바람의 온도가 어떠했는지, 또 밤마다 나란히 앉은 그녀로부터 전해진 체온이 얼마나 따스했는지 그는 눈물겹도록 체감할 수 있었으며, 그 당시 함께했던 모든 이의 별빛처럼 반짝이는 눈이 흡사 즉석에서 뽑아 올린 사진 속 그것처럼 또렷하고도 선명히 그를 마주 보고 있었다.

핏빛 석양만큼이나 타는 가슴으로 그렇게 과거 속을 헤매는 한 남자를 홀로 남겨둔 채 시간은 무심히 흘러, 태양은 어느덧 지평 아래로 가라앉았고 이제는 그 희미한 빛의 끝자락만이 하늘 구석을 채우고 있었다. 그때까지도 현진은 마치 꿈을 꾸듯 꼼짝 않고 앉아만 있었다. 그러다 살갗에 닿는 공기가 차츰 차가워지고, 옅은 빛의 흔적마저 완전히 사라지고 나서야 마침내 그가 비치적거리며 자리에서 일어났다. 한차례 수직 운동을 끝낸 그의 그림자가 잠시 멈추었다가 이내 수평 운동을 이어 갔다. 느릿느릿 텐트를 향해 걸어가는 검은 실루엣이 사뭇 위태롭게 저녁 공기를 가르고 있었다.

입구를 열고 안으로 몸을 들이기 직전 그가 잠시 멈칫거렸다. 다시 고개만 돌려 뒤를 바라본 그의 눈길이 이제는 확연히 어두워진 서쪽 하늘에, 그리고 방금 전까지 자신이 앉아 있던 텅 빈 바닥에 스치듯 머물렀다.

'…이제 다신 누릴 수 없는 것들이겠지.'

마치 그 하늘의 어둠과 텅 빈 바닥의 쓸쓸함을 담아낸 듯, 그의 두 눈은 깊게 침잠되어 있었다.

"그래, 잠시 환상을 본 것뿐이야."

쓸쓸하게 내뱉은 독백은 그의 몸이 텐트 안으로 사라지기도 전에 주변 공기 속으로 녹아들어 갔다. 그 후 몇 차례의 부스럭거림이 있었고, 그러나 사위가 어두워진 것 이상으로 주위에는 곧 깊은 적막이 내렸다. 그리고 그 사이로 마지막까지 남아 있던 텐트의 흐릿한 윤곽조차 잠시 뒤에는 어둠 속으로 완전히 파묻혀 버렸다.

기억하던 것보다 그 수가 월등히 많은 구릉의 수에 놀라기는 했지만, 종모드에서부터 만달고비까지의 길은 현진의 예상을 크게 벗어나지 않았다. 구릉을 오르거나 굽이굽이 돌아야 할 경우라도 드넓게 펼쳐진 하늘과 지평선을 쉽게 맞닥뜨릴 수 있었으며, 대부분의 시간을 남쪽으로부터 불어오는 역풍을 맞으면서 나아가야만 했고, 그러나 다행히도 걷는 속도 자체가 워낙 느리다 보니 바람의 저항을 심하게 받지는 않았다.

도로를 걷는 그의 옆으로 종종 차를 멈춰 가며 탑승을 권유하는 사람들의 친절 넘치는 배려가 몇 차례 있었으나 현진은 그 모든 제의를 완곡히 거절했다. 이유는 단순했다. 아직 사막을 제대로 밟지도 못한 상황에서 벌써부터 차를 타고 이동하고 싶지는 않았기 때문이었다.

종모드를 출발한 지 닷새째 되는 날, 그날도 현진은 이른 아침부터 걷기 시작해 정오 무렵에 이르러 차도로부터 조금 떨어진 곳에 그늘막을 치고 휴식을 취하고 있었다. 그것은 그동안 200km에 달하는 길을 걸어오며 그가 터득한 하나의 이동 방식이었다.

보통 밤사이 차가워진 공기는 일출과 동시에 데워지기 시작해 정오를 지날 무렵 가장 뜨거워졌는데, 출발할 때에는 날씨가 다소 쌀쌀하더라도 수레를 끌고 움직이다 보면 몸에 열이 나면서 금세 견딜 만해진 반면, 한낮의 뙤약볕만큼은 도무지 감당해 낼 재간이 없었다. 정오 즈음이면 이미 출발하고부터 6, 7시간이 지난 뒤라 체력적으로 많이 지쳐 있을 때였고, 거기에 무참히 쏟아지는 햇볕까지 고스란히 받으며 길을 가기란 이만저만한 고역이 아니었다. 결국 사흘째 되는 날부터 현진은 정오 이후로 2시간 정도는 아예 걸음을 멈추고 푹 쉬고 있었다. 다만 땡볕 아래서 쉴 수는 없었으므로 지금처럼 그늘막을 세운 뒤 그 아래 드러눕곤 하는 것이었다.

그렇다고 한창 길을 걷는 와중에 걸음을 멈추고 몇 시간을 내리 쉰다는 것이 처음부터 쉬운 일만은 아니었다.

'아니, 오히려 굉장히 어려웠지.'

고개만 들면 지평 끝까지 뻗어 있는 도로가 버젓이 눈에 들어왔고, 비록 불볕이 쏟아지고 있을망정 두 다리를 움직이는 데는 큰 무리가 없어 보이는데 어찌 쉽게 멈춘단 말인가? 끝도 보이지 않는 그 긴 길을 어쨌거나 지나야만 한다면 한시라도 서둘러 걷는 게 나을 것이며, 도중에 멈추는 일이란 스스로와의 싸움에서 패배하는 것인 동시에 시간을 허비하는 일이고, 또 게으름을 피우는 게 아닌가?

'아직은 좀 더 가도 괜찮아. 좀만 더 가자, 조금만 더.'

이만하면 됐다 싶으면서도 정체 모를 압박감에 그렇게 '조금만 더'

를 되뇌다 보니 그의 걸음은 계속 이어질 수밖에 없었고, 그럴수록 그는 자신도 모르는 사이에 조금씩 지쳐 갔다. 그러다 그는 어느 순간 현기증이 나면서 급속도로 체력이 고갈되는 걸 느꼈는데, 심지어 고개를 약간만 옆으로 돌렸을 뿐인데도 시야가 까매졌다 원래대로 돌아오는 현상이 거듭되자 덜컥 걱정이 들기 시작했다. 한때 마라톤을 하는 중에도 오랜 달리기 훈련 끝에나 찾아오는 현상이었고, 한여름 공사판의 작업에서조차 기껏해야 일시적으로 겪은 증상이지 않은가?

'혹시 그 머리 문제 때문에 그러나? 그럼 안 되는데. 벌써부터 이러면 안 되는데…. 이러다 사막을 제대로 밟지도 못하고 쓰러지는 건 아니겠지? 그래도 거기까진 어떻게든 가야 하는데….'

한창 걷는 도중 갑작스레 바닥에 고꾸라지는 스스로의 모습이 머릿속에 그려지자 걱정은 급격히 덩치를 불려나갔다.

그럼에도 불구하고 같은 증상을 다음날 한 번 더 겪고 나서야 그는 오랜 길을 가기 위해서는 충분한 휴식이 필요하다는 사실을 인정하게 되었고, 그래서 사흘째 되는 날부터는 햇살이 강하게 내리쬐는 정오의 휴식만큼은 반드시 지키기로 마음먹었다.

그늘막 아래서 바람은 더 이상 그의 앞길을 막는 원수가 아닌 뜨겁게 달궈진 몸을 식혀 주는 친구가 되어 있었다. 살랑이며 살갗에 와 닿는 부드러운 감촉 속에서 현진은 한 시간 가까이 단잠을 자고 일어났고, 남은 시간 무얼 할까 고민하다가 노래를 듣기로 했다.

휴대폰에 저장되어 있는 곡을 틀어 놓고 얼마간 흥얼거리며 따라 부르던 그는, 그러나 아무리 듣기 좋은 음악이라도 홀로 누리는 사막의 적막과, 그 적막 속에서 산들산들 불어오는 바람 소리에 비하면 시끄러운 소음에 불과하다는 사실을 깨달았으며, 그래서 다시 노래를 끈 후 상체만 비스듬히 세운 채로 먼 지평에 시선을 던지거나, 이따금 도로를 지나는 차들을 바라보면서 하릴없이 시간을 보냈다. 그러다 멀리 지나는 차 속에서 누군가 팔을 뻗어 흔드노라면 그에 힘차게 마주 손을 흔들어 주기도 하는 것이었다.

그날 저녁이 되기 전에 현진은 '델게르척토'란 이름의 마을에 도착했다. 마을에 도착하기 전 그는 큼직한 구릉을 하나 올라와야 했는데, 그 어느 때보다 오르기 버겁게 느껴지던 구릉은 실제로도 그 크기나 높이 면에서 여타의 구릉을 압도했다.

"휘유!"

정상에 올라 뒤를 돌아본 그의 입에서 그동안의 노고가 마침내 끝이 났음을 알리는 새된 휘파람 소리가 터져 나왔다. 도로는 흡사 긴 뱀처럼 굽이치고 돌면서 까마득히 아래로 뻗어 있었고, 그 언덕길을 땡볕을 견디며 억척스럽게 올라온 자신이 현진은 대견하면서도 한편으로는 독하다는 생각이 들었다.

그렇게 크지 않은 델게르척토는 종모드에서부터 만달고비를 향해 출발한 이래 그가 만난 처음이자 마지막 마을이었고, 마을에서부터 만달고비까지의 거리는 GPS상으로 40km 남짓에 불과했다. 근처에서 하룻밤을 묵고 아침 일찍 출발한다면 별다른 일이 없는 한 내일 저녁이 되기 전에는 만달고비에 도착할 수 있을 것 같았다.

그러나 그러기 위해서는 한 가지 먼저 끝내야 할 일이 있었다. 불현듯 머리를 스친 생각에 현진은 서둘러 시간을 확인했고, 더 망설일 여유 없이 마을 안으로 바삐 걸음을 옮겨 갔다.

현재 시각은 오후 5시 37분. 만약 마을의 가게가 지금껏 그가 지나쳐 온 여타의 노상 가게들과 마찬가지로 오후 6시쯤에 문을 닫는다면, 그래서 어느덧 바닥을 보이고 있는 물을 다음 날 가게가 문을 열 오전 9시나 되어서야 보충하게 된다면…

'낭패도 그만한 낭패가 없겠지.'

만약 지금 가게를 들를 기회를 놓친다면 다음 날 온종일 쉬지 않고 걷는다 하더라도 한밤중에야 간신히 만달고비에 도착할 터였다. 뿐만 아니라 걷기에 가장 좋은 아침 시간을 활용하지 못한 채 가게가 열릴 때까지 하릴없이 기다려야 하는 것도 예상되는 고역 중 하나였다. 고작 20분 차이로 쉽게 갈 수 있는 여정을 굳이 그렇게 어렵게 만들 필요는 없었기에 그의 걸음이 부산스러워지는 것도 당연한 일이었다.

　"저기요! 잠깐만! 웨이트으!"

　천만 다행히도, 현진이 사람들에게 물어물어 겨우 가게를 찾아냈을 때에는 마침 10대 중반쯤 되는 소녀 하나가 가게 문을 잠그고 나오던 참이었다. 현진은 비명을 지르듯 그녀를 불렀고, 그러자 깜짝 놀라 고개를 돌린 소녀가 그를 발견하고는 입을 벌린 모습 그대로 굳어 버렸다. 그러다 뛰듯이 다가온 현진이 온몸으로 애원하며 "오쓰! 오쓰! (물! 물!)"하고 외치자, 그제야 눈앞의 외국인의 절박한 사정을 알아챘는지 이를 드러내며 싱긋 웃고는 다시 문을 열어 주었다.

　외친 것은 물뿐이었지만, 정작 현진이 집어 든 것은 물을 비롯해 주스와 빵, 그에 더해 요구르트와 아이스크림, 또 맥주 두 캔까지 한 보따리 가득한 양이었다. 그중 요구르트와 아이스크림은 요 며칠 가게를 지나올 때마다 너무나 먹고 싶었음에도 간신히 억눌러 참은 것들이기도 했다.

　종모드에서부터 걸어오는 동안 그는 도로가에 위치한 간이식당과 가게를 네댓 군데 발견할 수 있었는데, 두 차례 방문했던 식당과는 달리 가게에는 단 한 번도 들른 적이 없었다. 애당초 닷새를 버티기에 충분하다고 여겨지는 양의 음료를 챙기고 종모드에서 출발했기 때문이기도 했거니와, 장차 사막을 걷게 될 때를 대비해 하루에 소모되는 음료의 양을 정확히 계산하고 몸을 갈증에 익숙한 상태로 적응시킬 필요가 있다는 생각에서였다. 그렇게 억눌러 온 욕구가 이제 와 봇물 터지듯 일시에 쏟아져 나왔다고 해서 크게 이상한 일은 아니었다.

"바야를라! (고마워요!)"

퇴근 시간을 늦춘 외국인에 대한 마뜩찮은 인내심보다는 순수한 호의로써 여러 물품을 쓸어 담는 자신을 끈기 있게 기다려 준 소녀에게 현진은 진심으로 고마움을 표했고, 그런 그가 가게를 나오자마자 가장 먼저 한 일은 냉큼 아이스크림부터 한 입 베어 무는 것이었다. 그와 동시에 양인지 염소인지, 그도 아니라면 소 또는 말인지, 그로서는 좀처럼 짐작이 가지 않는 어느 가축의 비릿하고도 시큼한 젖 냄새가 혓바닥부터 입 안 가득 퍼졌고, 그러자 그 짜릿하고도 황홀한 감각에 현진은 저도 모르게 부르르 몸서리를 치고 말았다. 그렇게 한 손으로는 아이스크림을 들고 남은 한 손으로는 수레를 끄는 그의 걸음걸이는 불과 몇 분 전과는 달리 느긋해져 있었고, 저녁 무렵의 거리를 지나던 마을 주민들이 그 괴상한 행태를 보이는 이방인을 발견하고는 하나같이 재미난 구경거리 대하듯 쑥덕거리며 쳐다보았다.

마을 어귀에 이르렀을 때, 현진은 곧바로 그 근처에 야영지를 잡을 것인지 혹은 좀 더 남쪽으로 움직여 갈 것인지 잠시 갈등했는데, 결국 후자를 택하기로 했다. 날이 저물기까지는 아직 시간이 꽤나 남아 있었고, 어차피 다음날 지나야 할 길이라면 조금이라도 그 거리를 줄여 놓는 편이 모름지기 편할 거라는 생각에서였다.

그러나 그로부터 미처 한 시간도 지나기 전에 그는 급히 도로에서 벗어나 텐트 칠 장소를 찾아야만 했다.

"뭐야! 저 커다란 게 대체 어디서 나타난 거야?!"

그의 오른편, 그러니까 서쪽 하늘로부터 어느새 거대한 먹구름이 성큼 다가와 있었다. 문득 이상한 낌새가 들어 옆을 돌아보았기에 망정이지, 까딱했다간 발견하지 못하고 지나칠 뻔했단 생각에 현진은 내심 가슴을 쓸어내렸다. 불과 반 시간 전만 하더라도 밝게 빛나던 하늘에 이제는 칙칙한 검회색의 뭉치들이 떠다니고 있었고, 그 아래로 비가 쏟아 내리는 장면이 그의 눈에 똑똑히 들어왔다. 처음에는 단순히 지나가는 소나기라고 여겼고, 또 그러기를 간절히 바랐지만, 바람을 타고 굽이굽이 흔들리며 떨어져 내리는 비의 양이 급격히 불어나기 시작하자 그는 곧 생각을 고쳐먹을 수밖에 없었다.

이미 손에 익을 대로 익은 텐트 설치에 큰 어려움은 없었다. 자리를 정한 후 빠르게 텐트를 세우고, 방수포로 수레를 덮은 현진이 바로 앞까지 다가온 먹구름을 망연히 올려다보았다. 이제는 지평 부근을 제외하고는 온 하늘이 먹색으로 물들어 옅은 미광만 발하고 있었다. 그 넓었던 하늘이 이토록 짧은 사이에 철저히 가려졌다는 사실이 정말이지 놀라울 따름이었다.

그러던 어느 순간이었다. 두텁고도 빽빽이 하늘을 채운 먹구름의 융단을 뚫고 돌연 먼 하늘로부터 몇 가닥 부신 빛살이 날아들었다. 그와 동시에 현진의 시선이 그 근원지를 향해 무심코 돌려졌다.

"아…!"

'…빛의 군주.'

어둠이란 어둠은 남김없이 불사르고 말리라는 활활 타오르는 의지, 마치 그 자체인 양 지평만큼이나 드넓게 깔린 구름 아래로 태양이 그 찬연한 모습을 드러내고 있었다. 느릿느릿 지평으로 몸을 박아가는 그 빛의 정수로부터 쏟아진 수백의 주홍빛 살들은 세계를 뒤덮은 어둠을 단호히 갈라내기 시작했고, 아무런 저항도 못한 채 무력하게 당한 어둠으로부터 흘러내린 피가 온 하늘을 붉게 적시고는 이내 자욱한 분수가 되어 땅으로 뿜어져 내렸다.

현진은 눈앞에서 벌어지는 광경을 넋을 잃은 채 바라보았다. 빛과 어둠의 경계가 불분명해지고 그것들이 서로 뒤범벅된 세계는 차마 무어라 형용할 수 없을 만큼 찬란했고, 또 아름다웠다.

후드득.

이윽고 그의 머리 위로도 어둠의 상처로부터 뿜어진 진홍빛 피가 세례처럼 쏟아져 내렸다. 몸에 부닥쳐 오는 빛과 어둠이 벌인 전투의 산물은 그러나 정작 빛나지도 어둡지도 않았으며, 다만 맑고 투명할 따름이었다. 메마른 살갗과 입술을 적시는 그 촉촉한 느낌이 좋아 현진은 하늘을 향해 머리를 쳐든 채 가만히 눈을 감았다. 광막한 땅 위에 홀로 서서 지금 이 순간을 맞이할 수 있음에 그는 진한 감동과 환희를 느꼈으며, 그 순간만큼은 고독은 외로운 것이 아니었다.

빗발이 점차 거세졌기 때문에 현진은 곧 저만의 감상을 끝내고 텐트 안으로 들어와야만 했다. 그는 가게에서 새로 사온 요구르트와 빵으로 저녁을 먹었다. 몽골의 요구르트는 한국의 그것과 비교할 수 없을 정도로 맛과 향이 진하고 풍부했으며, 다음 날 아침이 되면 그 탁월한 효과를 여지없이 체감할 수 있었다. 다만 효과가 너무나 좋았던 만큼 많이 먹으면 뱃속이 과도하게 부글거린다는 문제점이 있었지만, 그 점에만 주의를 기울인다면 영양만점의 더할 나위 없이 훌륭한 음료였다. 그 특유의 비린내는 아이스크림의 경우와 마찬가지로 그에게만큼은 조금도 문제가 되지 않았다.

현진이 한 평 남짓한 텐트에서 식사를 하는 동안 텐트 외피에서 수선스럽게 퍼지던 빗소리는 묘한 아늑함을 느끼게 했는데, 애석하게도 그런 기분은 오래 가질 못했다. 바람이 차츰 거칠고 높은 비명을 지르는가 싶더니 텐트가 심하게 들썩이기 시작했고, 급기야,

구구구궁

마치 테너와 소프라노를 받쳐 주는 웅장한 베이스의 음처럼, 빗소리와 바람 소리의 야단스러운 화음을 뚫고 돌연 둔중한 울림이 터져 나

왔다. 그 소리는 아주 멀리서 발생한 것 같았으나 동시에 어떤 섬뜩함을 동반하고 있어, 현진은 저도 모르게 온몸의 털이 올올이 곤두서는 느낌을 받았다.

소리는 한 번으로 그치지 않고 계속 이어졌으며, 점차 커졌고, 또 잦아졌다. 텐트를 요란스레 후려치는 바람의 횡포로부터 느끼는 것과는 다른 종류의, 보다 은밀하면서도 근원적인 공포가 소리가 터질 때마다 그의 가슴속에서 급격히 덩치를 불려갔다. 밖을 내다볼 엄두는 아예 낼 수도 없었으며, 순식간에 두려움으로 마비된 그의 머릿속은 이런 상황에서 어떻게 행동해야 하는지 아무것도 떠올리지를 못했다.

'어떡하지?! 사방이 뚫린 이런 벌판에서 천둥 번개를 만나면 어떡해야 돼? 피해야 하는데, 피해야 하는데… 그런데 피할 데가 아무 데도 없잖아!'

뇌우가 몰아치는 사막 한복판에 덩그러니 놓인 텐트는 그를 보호하기는커녕 저 홀로 서 있는 것조차 버거울 만큼 연약해 보였다. 더구나 텐트를 지탱하는 폴 대가 모두 금속으로 이루어졌다는 사실을 떠올린 현진은 협소하고 밀폐된 텐트 안에 머무는 것이 점차 힘겹게 느껴졌고, 급기야는 이 나약한 천 쪼가리를 믿느니 차라리 아까 지나온 마을 쪽으로 뛰어가는 게 더 낫지 않을까 심각하게 고민하기 시작했다.

'하지만 이 밤중에 폭우를 뚫고 거기까지 뛰어가는 게 과연 가능할까? 어디가 어딘지를 어떻게 알겠어?'

그리고 그렇게 갈등하는 동안에도 한시라도 빨리 텐트를 탈출해야 한다는 외침이 그의 머릿속을 끊임없는 경종처럼 울려대고 있었다.

"아, 진짜! 나도 몰라, 일단 살고 보자!"

결국 현진은 스스로 낼 수 있는 가장 빠른 속도로 배낭을 뒤져 랜턴을 꺼낸 뒤 그 불빛에 의지해 주섬주섬 우의를 챙겨 입었다. 그는 휴대폰과 GPS, 휴대용 칼, 심지어 지퍼가 달린 바람막이까지, 몸에 지니고 있던 금속이란 금속은 어느 것 하나 남기지 않고 모두 텐트 안에 던져 놓았다. 평소에는 그토록 중요하다고 여기던 물건들이 눈앞에 맞닥뜨린 실제적인 위협 앞에서 하등의 쓸모없는 것들로 전락하고 마는 순간이었다. 그래도 안심이 되지 않아 재차 몸을 훑고 나서야 그는 밖으로 나가기 위해 텐트의 입구 지퍼를 내렸다.

그리고 그때였다.

번쩍―

한차례 섬광이 일었다.

눈부시도록 하얗고 거대한 빛줄기가 멀지 않은 땅 위로 내리꽂히는 장면이 아무런 여과 없이 현진의 시야 안으로 들어왔다. 그와 동시에 그의 모든 움직임이 일제히 멎어 버렸다. 아니, 움직임만이 아니었다. 너무나 생생하다 못해 비현실적으로까지 느껴지는 그 찰나의 섬광에 마치 감전이라도 된 듯 그의 머릿속 또한 백지처럼 새하얘졌다. 살갗 위로 빳빳이 일어난 수백의 소름들만이 강제된 침묵에 빠져 버린 그의 심정을 대변해 주고 있었다.

"아…"

잠시 뒤에야 그가 가까스로 신음을 토해 냈다.

그러나 그건 끝이 아니라 시작이었다. 마치 거짓말처럼 조금 전 벼락이 떨어져 내린 옆으로 다른 하나의 빛줄기가, 그리고 그 옆으로 연이어 또 다른 빛줄기가 내리꽂혔다. 그리고 그때마다 어김없이 둔중한 뇌성이 뒤따르며 주변 공기를 뒤집어엎고 지나갔다. 살갗에는 전율이 흘렀고, 그 감각이 곧이곧대로 전해진 심장은 더 이상 버텨내지 못하고 금세라도 터져 버릴 것만 같았다.

눈과 귀, 온몸으로 생생히 겪고 있는 벼락이 다발로 내리는 그 믿기지 않는 광경은, 아이러니하게도 넋을 잃은 현진의 정신을 번쩍 일깨워 놓았다. 흡사 잊고 있던 사실을 홀연히 기억해 낸 사람처럼 그는 거친 신음을 토하면서도 부랴부랴 텐트 밖으로 빠져나왔고, 텐트로부터 최대한 멀어지기 위해 벼락이 떨어지는 반대편으로 냅다 달리기 시작했다. 그러는 동안에도 등 뒤에서는 누군가 전등으로 장난이라도 치듯, 세상 전체가 하얘지고 검어지기를 반복하며 깜박거리고 있었다.

'낮은 곳, 낮은 곳으로 가야 해!'

그러나 구름이 짙게 깔린 어둔 밤에, 더구나 공포에 질린 채로 지형을 살피는 일이란 그에게는 턱없이 무리한 요구였다. 결국 십여 분을 경황없이 뛰던 현진은 더 이상 내리막 찾기를 포기하고 그대로 땅바닥에 납작 엎드렸다. 그러나 곧바로 땅과의 접지면을 최대한 줄여야 한다는 생각이 들자, 그는 다시 몸을 일으켜 뒤꿈치는 든 채 발끝만 땅에 디딘 자세로 쭈그려 앉았다. 그리고 그것으로도 부족하다 싶어 두 눈을 질끈 감고 양손으로 귀까지 단단히 틀어막았다.

그리고 그 모든 노력을 비웃듯이, 그의 닫힌 귀로는 여지없이 뇌성이 파고들었고, 그의 감은 눈은 번개가 칠 때마다 산산이 부서지는 어둠을 생생히 감지하고 있었다. 설상가상으로 그 두 감각 모두로부터 유추된 하나의 결론은, 천둥 번개가 점차 자신 쪽으로 다가오고 있다는 도저히 믿고 싶지 않은 사실이었다. 그럼에도 불구하고 현진은 도망치는 대신 그 보잘것없는 행위야말로 스스로의 안전을 보장해 주리라 굳게 믿는 사람처럼 꿈쩍도 않고 앉아 있었는데, 그러나 실제로는 자신의 시도가 얼마나 효과가 있을지 조금도 확신하지 못했으며, 그의 행동은 그저 겁에 질린 짐승의 발악과도 같은 몸부림에 지나지 않았다.

그러다 그가 가장 두려워했던 순간이 마침내 오고야 말았다.

까가가가가가강

그의 머리 바로 위에서, 돌연 세계가 찢어지는 비명을 질러냈다.

눈 한 번 깜박일 틈에 쇠와 쇠가 수십 번 연달아 부딪치면 과연
저런 소리가 날까?
……그래, 저것은 세계를 집어삼키려 드는 맹수의 강철 이빨이 서
로 요란히 맞물리며 내는 소리다!

그 무시무시한 굉음이 터지자마자 곧바로 어마어마한 압력이 밀려
와 몸을 짓누른 탓에 현진은 순간적으로나마 숨이 턱 막히고 말았다.

'지금 내 바로 위에 번개가 흐르고 있어!'

빳빳이 굳어 버린 몸이 제멋대로 달달 떨리기 시작했고, 급기야 쪼
그리고 앉아 있던 다리에 힘이 풀린 나머지 그는 진창 바닥에 그대로
고꾸라지고 말았다. 그러나 그는 다시 몸을 일으킬 생각도 못한 채 땅
에 머리를 박은 자세 그대로 제발 이 순간이 무사히 지나게 해 달라고
간절히 빌기 시작했다.

"하나님, 예수님, 제발 살려 주세요! 평소에 허망하다고 말한 거 모
두 죄송해요! 다신 안 그럴 테니 제발 살려 주세요! 부처님, 신령님! 제
발 제가 여기서 무사히 살아 나가게 해 주세요! 제발요!"

그런 그의 절박한 기도는 오래지 않아, 그러나 그에게만큼은 영원처
럼 느껴지는 시간이 흐르고 나서야 이루어졌다. 그가 고꾸라진 시점부
터 일각 남짓이 지났을 무렵, 마침내 천둥소리가 먼 곳으로부터 아스
라이 들려왔다. 빗발의 세기가 줄어듦에 따라 중언부언 떠들던 그의
중얼거림도 차츰 잦아들기 시작했다.

이윽고 그가 천천히 고개를 들었다. 캄캄하리라 예상했던 세상은,
그러나 아까 전보다 좀 더 밝아진 모습이었다. 이상하다는 생각에 눈

을 들어 살펴보니 하늘이 온통 불길한 붉은 빛깔의 구름으로 메워져 있었다.

현진은 몸을 완전히 일으켜 세웠다.

"......"

여전히 뇌성이 퍼지고 있는 어둠 저편으로 한차례 시선을 준 그가 잠시 후 몸을 돌려 반대 방향으로 걸음을 옮기기 시작했다.

예상대로 텐트는 쉽게 발견되지 않았다. 그러나 그는 조급해하지 않고 천천히 신중하게 움직여 갔다. 랜턴 빛이 주변 땅을 샅샅이 할퀴고 지나기를 수차례, 마침내 텐트의 그림자가 불그레한 세상 가운데서 그 왜소한 모습을 드러냈다. 현진은 터벅터벅 텐트를 향해 걸어갔다. 그런 그의 입이 한일자로 굳게 다물려져 있었다.

텐트 외피를 툭툭 쳐서 빗방울을 털어낸 현진은 이윽고 텐트 내부를 확인해 보았다. 다행히 나가기 전과 크게 바뀐 것은 없었다. 그는 우선 비와 진흙에 젖은 옷부터 갈아입었다. 그러던 그의 눈에 텐트를 나서기 전 팽개치듯 던져 버린 물건들의 모습이 들어왔다. 그러자 그동안 꽉 다물려 있던 그의 입꼬리가 한쪽으로 비스듬히 치켜 올라갔다. 잠시 후 그의 어깨가 들썩거리는가 싶더니 이내 조소인지 실소인지 모를 웃음이 그의 입술을 비집고 흘러나왔다.

"뭐가 어쩌고 어째? 죽으면 죽으리라고? 이건 뭐, 혼자 쌩쑈하며 드라마 찍는 것도 아니고…"

그의 머릿속에 불과 몇 분 전 땅바닥에 오체투지 하듯 납작 엎드려 있었던 자신의 모습이 떠올랐다. 그 꼴사나운 모습이라니! 죽음에 대한 각오? 결연한 의지? 그런 게 과연 어디 있었단 말인가!

그는 한참 동안 끅끅 소리 내어 웃었다. 스스로를 향해 실컷 비웃음을 던지지 않고는 도저히 견딜 수가 없었다. 몸이 닳아 없어지는 한이 있더라도 두 다리로 사막을 걸어내고야 말겠다던 자신이 품어 온 결의란 그저 그렇게 믿고 싶었을 뿐인, 그래서 이 여정을 무언가 특별하고 도 거창한 의미를 지닌 것으로 치장하기 위한 그 자신의 은밀한 조작에 불과했음이 드러나고 만 것이다.

'뭐가 그렇게 두려웠던 거냐.'

현진은 텐트 구석에 나뒹굴고 있는 맥주 캔을 집어 들었다. 이윽고 뚜껑을 딴 그가 흡사 물을 마시듯 벌컥벌컥 목구멍 안으로 맥주를 쏟아 넣었다. 그런 그의 모습은 도저히 가시지 않는 갈증을 씻어 내려고 하는 부질없는 노력처럼 보였다.

필사의 의지를 품고 광막한 황야를 떠도는 고독한 방랑자.

그러나 정말로 고독하지는 않은, 그저 결연해 보일 뿐인 이미지. 스스로를 향해 일삼아 온 거짓말은 이미 조금 전 적나라하게 까발려졌다.

현진은 재차 스스로에게 물어보았다. 대체 무엇이 두려워 그런 거짓된 믿음으로 꽁꽁 두르지 않고는 사막에 올 용기를 내지 못 했느냐고. 그렇게 스스로를 위장하면서까지 이곳에 오려고 한 이유가 대체 무엇이냐고.

오랜 시간 자문해 보았지만, 그는 그 질문에 대한 답을 끝내 찾아내지 못했다. 왜 자신이 그런 이미지로 무장해야만 했는지, 또 그것이 대체 무슨 의미가 있었는지 그 어느 것에도 대답할 수가 없었다.

'어쩌면 그 답을 찾는 것이야말로 이번 여행에서 내가 풀어내야 할 숙제인지도 몰라.'

한결 차분해진 눈으로 현진은 마지막 맥주를 입 안에 쏟아 부었다.

그리고 목구멍을 자극하는 탄산의 쓰라림마저 개의치 않고 그가 마지막 모금을 삼키던 그 순간, 그의 가슴에는 앞으로의 여정이 지금까지와는 많이 달라져야 하며, 또 실제로도 바뀌게 되리라는 믿음이 어떤 강력한 확신이 되어 단단히 자리 잡고 있었다.

마치 지난밤의 뇌우가 모두 한바탕의 꿈이었다는 듯, 아침에 나가 맞닥뜨린 풍경은 구름 한 점 없는 창창한 날씨였다. 투명한 하늘에는 어느새 해가 반쯤 공중에 솟아 있었고, 햇살이 닿는 텐트의 앞면은 이미 바싹 말라 있었다. 뒷면에만 약간의 물기가 남아 있을 뿐이었다.

'확실히 사막은 사막이구나.'

성큼 다가와 있는 사막을 여실히 체감하며, 현진은 빠르게 텐트를 걷은 후 아직 마르지 않은 부위에도 고르게 햇볕이 내리도록 넓게 펼쳐 놓았다. 그는 전날 먹다 남은 빵과 요구르트로 배를 채운 뒤 여유롭게 뜨끈한 커피까지 한 잔 데워 마셨고, 텐트가 얼추 마른 것으로 보이자 곧장 떠날 준비를 했다.

능숙한 솜씨로 재빨리 짐을 정비한 그는 평야를 가로질러 다시 도로 위에 올라섰으며, 이내 남쪽을 향해 걸음을 옮겨 나갔다. 처음부터 오르막이 펼쳐졌지만 막 하루의 여정을 시작한 그에게는 큰 장애가 될 수 없었다.

저녁 안으로 만달고비에 도착하겠노라 내심 작정하고 있었던 터라 그의 걸음은 상당히 빠른 속도를 유지하고 있었다. 그러나 그는 어느 순간부터 마음 한구석이 불편해지는 걸 느꼈는데, 곰곰이 그 이유를 생각해보던 중 그것이 만달고비를 그냥 지나치고 싶어 하는 스스로의 바람 때문임을 깨닫고는 크게 놀라지 않을 수 없었다.

'만달고비.'

이름만 들어도 가슴을 헤집는 애틋함이 너울바람처럼 밀려드는 곳.

정박할 데라곤 없이 표류하기만 했던 자신의 삶이 처음으로 닻을 내리고 쉴 수 있게끔 도와준 고향과 같은 땅. 현진에게 있어 그곳은 모든 것이 시작된 장소이자, 만약 삶이 끝나게 된다면 마지막으로 숨을 거두고 싶은 그런 장소이기도 했다.

'그런데 그토록 그리워하던 땅을 지금은 방문하길 꺼려하다니?!'

떠올리기만 해도 가슴 저릿한 향수는 여전했건만 왜일까, 그 심리의 전환이 그로서는 놀라울 따름이었다. 그러나 이번에는 어렵지 않게 그 이유를 짐작할 수 있었다.

'역시 그녀 때문이겠지. 그녀와 연관된 땅이라서, 아직 그녀를 못 잊어서, 그래서 그 땅을 만나기엔 준비가 덜 되었다고 믿는 거야.'

2년. 그녀와 헤어지고 벌써 그만한 시간이 흘렀다. 그리고 그것은 사막을 향해 불쑥불쑥 솟구쳐 오르던 그리움을 그가 부단히 억눌러 온 시간이기도 했다. 그녀를 떠나보낸 후 단순한 도피를 위해서, 혹은 더 이상 곁에 없는 그녀의 빈자리를 메울 추억이나 곱씹고자 사막을 다시 찾고 싶지는 않았기 때문이었다.

그러나 그 긴 시간을 기다렸음에도 불구하고 자신이 여전히 준비가 되어 있지 않다는 사실을, 현진은 만달고비를 목전에 앞둔 지금에 와서야 깨달을 수 있었다.

'당신의 그림자, 정말 오래가네…'

그가 몇 걸음 앞으로 나아갈 때마다 도로의 끝도 그만큼 뒤로 물러났다. 쉬지 않고 이어지는 새로운 길의 출현은 벌써부터 길을 걷고자 하는 그의 의욕을 꺾어내고 그를 지치게 만들었다.

'하지만 끝날 것 같지 않은 이 전진과 후퇴도 결국 오늘 안으로 끝나고 말겠지. 그리고 그 끝에서 나는 마침내 그 땅에 서게 될 테고. 늘 닿기를 꿈꿔 왔지만… 아직은 가고 싶지 않은 그곳에.'

그러나 그런 생각이 그의 걸음을 멈춰 세운 건 아니었다. 그 속마음이야 어찌 됐든 간에 현재 그는 아무도 없는 허허벌판에 홀로 놓인 상황이었고, 무엇보다 이대로 주저앉는 것은 그 스스로 더욱 용납할 수 없었다.

'그거야말로 용기없는 자의 도피며 포기일 뿐이야. 정말 만달고비에 머물고 싶지 않다면 그때 가서 결정해도 늦지 않아.'

당장의 좋고 싫음을 그는 감내하기로 마음먹었다.

그리고 그런 그의 고민은 오래지 않아, 그 자신에 의해서가 아닌 외부로부터 불어온 새로운 힘에 의해 말끔히 해결되었다. 마치 그가 그토록 골머리를 썩이며 갈등하던 것을 비웃기라도 하듯, 전연 뜻밖의 만남이 그를 구원하기 위해 기다리고 있었다.

정오 무렵, 현진은 어느 야트막한 구릉의 중턱에 앉아 주스로 목을 축이고 있었다. 주스의 감미로움은 혀로부터 전해진 그 맛에 액체가 목구멍을 타고 넘을 때의 청량한 감각이 더해지면서 금세 배가 되었다. 그는 이번만큼은 그늘막을 치지 않았는데, 이후에 어떤 결정을 내리게 되든 우선은 조금이라도 서둘러 만달고비에 도착하는 게 좋겠다는 생각에서였다.

뙤약볕에 앉아 쉬고 있는 그를 가끔씩 차들이 지나쳤고, 그때마다 하나같이 자신을 향해 고개를 돌리는 사람들의 그림자를 현진은 어렵지 않게 발견할 수 있었다.

끼이익—

그러던 어느 순간이었다. 막 그의 앞을 빠르게 지나쳤던 차 한 대가 먼 앞에서 날카로운 금속성을 내지르며 멈춰 섰다. 잠깐 뒤를 돌아보는 분주한 움직임이 차 내부에서 있었고, 곧이어 하얀색의 승용차는 꽤나 난폭하다고 여겨질 만한 속도로 후진을 하기 시작했다. 갑작스레 일어난 그 일련의 상황을 멍하니 지켜보던 현진은 차가 코앞까지 다가

오고 나서야 겨우 정신을 추스르고 그 안을 살펴보았다. 차에는 이미 앞뒤로 세 사람이 타고 있었다. 젊은 남자 둘과 그와 비슷한 또래로 보이는 여자 하나였다.

이윽고 차 오른쪽에 위치한 운전석의 문을 열고 커다란 덩치의 남자가 차에서 내렸다. 웃통을 벗고 흙색의 몸뚱이를 적나라하게 드러내고 있던 그는 나이가 현진보다 서너 살쯤 아래로 보였는데, 밖으로 나오자마자 눈을 찔러오는 부신 햇살에 그의 미간이 찌푸려진 순간 현진은 저도 모르게 움찔하고 말았다.

"생 베노."

잠시나마 긴장한 속마음이 부끄러워 현진이 급히 웃으며 먼저 인사를 건네자 남자가 묵묵히 고개를 끄덕이는 것으로 인사를 대신했다. 그의 시선이 곧 현진의 얼굴에서 옮겨져 그 옆에 세워져 있던 수레로가 닿았다.

"비 설렁거스 홍."

이어지는 소개에도 남자는 여전히 고개만 주억거렸고, 그러는 내내 그의 눈길은 수레에 고정된 채 떨어질 줄을 몰랐다. 더 이상 꺼낼 말이 없었던 현진이 입을 다물자 짧은 침묵을 깨고 드디어 남자가 말문을 열었다.

"유, 고우 사우쓰?"

'응? 영어를 할 줄 알아?'

소도 통째로 잡아먹을 것 같은, 몽골 어느 벽촌에서 몇 년간 박혀만 있다가 이제야 막 외출한 것처럼 보이는 남자의 입에서 떠듬거리나마 영어가 튀어나오자 현진은 조금 놀라고 말았다. 얼떨결에 "맞아요, 맞아."라고 몽골어로 대답하는 그에게 남자가 씩 웃어 보였다. 이내 남자는 현진의 것보다 두 배는 됨직한 두께의 팔을 들어 올려 수레를 한 차례 가리켰고, 만약 적으로 만난다면 상대에게 극도의 공포심을 가져다줄 그 커다란 몽둥이를 다시 한 번 휘둘러 자신의 차를 가리켜 보였다. 현진은 남자가 탑승을 제안해 올 것이라는 사실을 이미 차가 후진하던 시점부터 짐작하고 있었고, 그래서 지금까지 늘 그래왔듯 남자의 제안을 곧바로 거절하려 했다.

그러나 막 말을 꺼내려던 순간, 그가 멈칫했다. 돌연 그의 머릿속으로 어젯밤의 일이 주마등처럼 스쳐 갔다. 곧 스스로 세웠던 허상과, 그 허상에 의지해 간신히 버티고 있던 자신의 자존심이 떠올랐고, 문득 그런 자존심을 질끈 밟아주고 싶다는 생각이 무척이나 강하게 들었다.

'고독한 방랑자? 흥, 웃기지 말라지!'

결국 현진은 남자의 제안을 받아들이기로 했다. 그는 남자를 향해 고개를 끄덕였고, 그러자 기다렸다는 듯 성큼 다가온 남자가 그에게서 수레를 건네받았다. 때마침 조수석에 타고 있던 남자도 차에서 내렸는데, 스물 중반으로 보이는 그는 눈앞의 남자처럼 거구는 아니었지만 몸 구석구석마다 탄탄한 잔 근육이 오밀조밀 자리 잡고 있었다. 덩치 큰 남자가 차로 수레를 끌고 가며 무언가 큰 소리로 외치자 그가 다시 몸을 안으로 굽혀 트렁크의 문을 열어 주었다. 그사이 현진이 좀 더 세심히 살펴본 뒷좌석에서는 예의 젊은 여인이 두어 살쯤 되는 아이를 품에 안은 채 밖에서 일어나는 일을 흥미로운 얼굴로 지켜보고 있었다.

'응? 왜들 저러지?'

다시 고개를 돌린 현진의 눈에 트렁크 앞에 나란히 선 두 남자의 얼굴이 서서히 구겨지는 모습이 들어왔다. 이내 둘은 머리를 맞대고 무언가 심각하게 고민하는 눈치였다. 아닌 게 아니라 옆으로 다가가 살펴본 트렁크 안에는 온갖 잡동사니가 가득 차 있었는데, 스페어타이어부터 시작해 차량정비도구함, 겹겹으로 쌓인 네댓 장의 이불, 십여 벌의 옷가지, 그리고 보자기로 싸인 수많은 정체모를 짐까지, 현진으로서는 과연 자신의 수레가 들어갈 수나 있을지 절로 의구심이 드는 장면이었다. 이러다 그들이 사과를 하며 다시 걸어가야겠다고 말을 하더라도 전혀 이상할 것 같지 않았다.

그러나 그런 그의 의심을 불식시키겠다는 듯이, 잠깐의 상의를 마친 두 남자는 트렁크의 짐 중 절반 이상을 과감히 끄집어내기 시작했다. 그런 후에는 그 두꺼운 팔들로 남은 짐들을 꾹꾹 눌러 가며 현진의 수레가 들어갈 만한 공간을 만들기 시작했는데, 그래도 수레가 들어가지지 않자 현진은 잠시 그들을 제지한 후 끈을 풀어 수레로부터 배낭을 분리해 냈고, 그제야 트렁크 안으로 수레가 온전히 들어갈 수 있었다.

남자들은 꺼내 놓았던 짐들을 다시 꾹꾹 눌러 최대한 넣을 수 있는 만큼 트렁크에 실은 다음 남은 옷가지는 앞자리에 갖다 놓았다. 그 모든 과정이 끝나고 나자 현진은 배낭을 든 채로 뒷좌석에 올라탔고, 다리가 다소 불편하긴 했지만 곧 만달고비에서 내릴 거란 생각으로 꾹 참고 가기로 했다. 그렇게 한차례의 야단법석이 있은 후 현진과 두 남자, 젊은 여인과 그녀가 품은 아이까지, 총 다섯의 인원을 실은 차는 요란한 엔진 소리와 함께 출발했다.

예의 후진에서 보았던 것처럼 남자의 운전 실력은 상당히 과격했다. 그럼에도 불구하고 그는 도로 군데군데 파인 구멍들을 마주칠 때면 어김없이 속도를 줄여 신중하게 지나갔고, 그 모습으로부터 현진은 남자가 꽤나 자신의 차를 아낀다는 느낌을 받았다.

"어디로 가는 중이야?"

한창 운전을 하던 중에 거구의 남자가 떠듬거리며 영어로 물어왔다.

"남쪽."

"아니, 도시 말이야."

"아, …만달고비."

잠깐의 망설임 끝에 현진은 자신의 목적지를 말해 주었다. 실제로는 만달고비에 머물지 말지 아직 결정을 내리지 못하고 있었지만, 그에게는 그런 복잡한 사정을 일일이 상대에게 전달할 만한 능력이 없었다. 현진의 대답에 조수석의 남자가 웃으며 두어 마디 내뱉자 나머지 두 사람이 와락 크게 웃었고, 그래서 현진도 멋모르고 따라 웃었다.

"만달고비 나빠."

"나쁘다고?"

"응, 나빠."

'좋지 않은 것도 아니고 나쁘다니… 만달고비에 무슨 원한이라도 졌나?'

사람이 아닌 지명을 주어로 쓰기에는 다소 이상한 어감의 단어 사용에 현진이 의아해하는 사이 남자가 다시 입을 열었다.

"달란자드가드 좋아."

그러더니 곧바로,

"나 달란자드가드 살아. 너, 남쪽 가? 그럼 나랑 달란자드가드 갈래?"

하고 묻는 것이었다.

그 순간 지금 자신이 몽골의 지역감정을 마주하고 있는 건 아닌가, 그런 우스운 상상과 더불어 현진은 무어라 딱 잘라 말할 수 없는 복잡한 감정에 휩싸이고 말았는데, 그건 방금 전까지만 해도 얼키설키 헝클어져 있던 머릿속이 일순간에 깨끗이 청소되는 개운함이었고, 그의 권유를 받아들이기만 한다면 더 이상 고민할 필요 없이 이대로 만달고비를 지나칠 수 있다는 사실로부터 오는 해방감이었으며, 만달고비를 반나절 거리에 앞두고 맞닥뜨린 이 공교로운 만남이 마치 운명의 장난처럼 여겨지는 데서 오는 유쾌함이었다. 그러나 그런 잠깐의 희열들이 지나고 나자 곧바로 밀려드는 짙은 안타까움이었으며, 가슴이 아릿하다 못해 먹먹해져 종국에 가서는 목까지 메여 버리는 크나큰 슬픔이기도 했다.

"좋아. 달란자드가드로 갈게."

상당히 오랜 시간이 흐른 뒤에야 현진이 짜내듯 말을 꺼냈다. 그러자 남자가 눈을 치켜뜨며 반색을 해 왔다.

"정말? 정말 달란자드가드로 갈 거야?"

"응. 가자, 달란자드가드로."

현진은 이번에는 좀 더 확고한 어조로 대답했다. 그러자 그때까지 그의 옆에서 가만히 앉아만 있던 여자가 남자를 향해 무슨 말인가를 했고, 고개를 몇 번 주억거린 남자는 이내 뭔가 말을 꺼내려다 잘 생각이 나지 않는지 머뭇거렸다. 그러다 휴대폰을 열심히 만지작거린 후에 그가 보여 준 것은 두 개의 영어 문장으로 된 글이었다.

'당신을 나의 집에 초대합니다. 당신은 나의 손님입니다.'

그렇게 졸지에 현진의 다음 목적지가 결정되었다. 남자가 보여 준 말을 속으로 몇 번이고 중얼거려 본 그는 잠시 후 남자에게 고맙다고 인사를 했다. 이어 조수석의 남자에게도, 옆의 여자에게도, 새근새근 자고 있는 아이에게도 속삭이듯이 말했다.

'고마워요. 날 구해 줘서 정말로 고마워요.'

현진이 꼬박 반나절을 예상했던 거리를 남자는 불과 반 시간 만에 주파했다. 멀리 만달고비가 보이기 시작했고, 그러자 옆에 앉아 있던 여자가 현진의 어깨를 톡톡 치더니 고개를 돌린 그에게 숟가락으로 밥을 떠먹는 시늉을 해 보였다.

'점심을 먹고 갈 거야.'

현진은 알았다는 의미로 고개를 끄덕였다.

차는 시내로 들어가는 대신 외곽 도로를 타고 빙 둘러 이동했고, 그러다 만달고비를 반 바퀴쯤 돌았을 때 도로 옆으로 커다란 식당이 하나 나타났다. 식당 앞에는 이미 여러 대의 차가 주차되어 있었다. 그들 역시 그 사이의 빈 공간에 차를 주차시킨 후 식당으로 들어갔다.

때가 때인지라 식당 안은 상당히 북적거렸다. 그들은 소란스런 사람들 틈을 지나 빈자리로 가 앉았고, 각자 먹을 음식을 말했으며, 그것을 덩치 큰 남자에게 아이를 맡긴 여자가 계산대로 가서 한꺼번에 주문했다. 그 사이 현진은 새로운 장소에 방문하면 곧잘 해 오던 버릇대로 식당 안을 유심히 둘러보았다.

가장 먼저 눈에 띈 것은 창가에서 국수를 먹고 있던 어느 부부의 모습이었다. 그리고 그 옆에는 아마 댓 살쯤 되었을까, 금세라도 꽃피울 봉오리같이 탐스럽고도 발그레한 볼을 지닌 사내아이가 의자 등받이의 귀 부분을 붙든 채 주변을 두리번거리고 있었다. 그러다 우연히 현진과 눈이 마주치자 잠시 빤히 쳐다보던 아이는 그러나 금세 그에게서 흥미를 잃고 새로운 흥밋거리를 찾아 눈길을 돌렸다. 아이와 현진 일행 사이의 탁자에는 두 명의 젊은 남녀가 서로 마주 보고 앉아 있었는데, 어느 나라에서나 사랑에 빠진 연인이라면 흔히 그러하듯 그들 역시 애정 어린 대화를 나누기에 여념이 없었고, 그래서 그들 앞의 음식은 몇 숟가락 떠지지도 않은 채 차갑게 식어 가고 있었다. 그들 옆으로는 늙수그레한 남자 하나가 탁자 위에 모자를 벗어 놓은 채 홀로 식사를 하고 있었으며, 그보다 좀 더 옆인 출입문 쪽에서는 젊은 여성 하나가 할머니뻘 되는 백발의 여성을 부축하며 막 밖으로 나가려 하는 참이었다. 그 뒤를 한 명의 소년과 소녀가 새끼 오리처럼 뒤따르고 있었고, 손님들로 가득 찬 식탁 사이를 오가며 느긋하게 그릇을 치우던 중년의 남자가 늘어진 뱃살을 출렁거리며 때마침 그들 뒤로 지나가고 있었다.

그 모두가 어디서나 쉽게 마주칠 수 있는 식당 안의 정경이었고, 그럼에도 현진은 사람들이 피워내는 그런 분방함이 새삼 생기롭게 느껴졌다. 사람들이 내는 소리, 이를테면 서로 담담히 주고받는 대화와 그 속에 섞여든 아이의 칭얼거림, 연인을 향해 재잘거리듯 쏟아 내는 웃음과 목소리, 입과 접시 사이를 왕래하는 부산스런 손놀림, 심지어 식기 부딪치는 소리까지 그 모든 것이 오랜 시간 귀에 익은 동요처럼 정겨움을 피워내면서도, 다른 한편으로는 전혀 새로운 사실인 양 신선하게 다가오는 것이었다.

"이름이 뭐야?"

문득 귓속을 파고든 남자의 물음에 현진은 혼자만의 사색에서 빠져나왔다.

"현진이야. 현—진—. 네 이름은?"

그러자 남자가 곧바로 자신의 이름을 말했고, 이어 주문을 마치고 온 젊은 여자를 가리키며 자신의 아내라고 소개하자 그녀 역시 자신의 이름을 말해 주었으며, 마지막으로 체구가 작은 남자가 짤막히 몇 마디 내뱉자 남자가 그를 여자의 '형제'라고 소개해 주었다.

그러나 하나같이 몽골어로 말해진 그들의 이름이 현진에게는 난해하기만 했고, 그래서 그는 몇 차례 떠듬거리며 발음하려 시도하다가 결국 포기하고 말았다. 그런 그를 보며 둘러앉은 이들이 깔깔거리며 웃음을 터뜨리자 마침 탁자 위에 올라가 있던 아이가 까르르 덩달아 따라 웃었다.

"스타르, 해피, 아이런맨."

한바탕의 웃음이 휩쓸고 지나간 뒤 덩치 큰 남자가 자신과 아내, 그리고 처남을 차례로 가리키며 소개한 영어식 이름이었다. 그는 마지막으로 탁자 위의 아이를 가리키며 '아난드'라고 몽골어 이름 그대로 소개해 주었다. 아이가 몇 살이냐는 현진의 물음에 그는 두 살이라고 대답했다.

그렇게 현진은 그들 가족과 정식으로 인사를 나누었다. 크고 작은 두 명의 강인한 몽골인 남성과 그런 둘 사이에 낀 작달막한 체구의, 양쪽으로 처진 눈매가 선하고도 푸근한 인상을 주는 여인, 그리고 그녀의 두 살배기 아이까지. 스스럼없이 차에 이방인을 태우고, 그 이방인을 자신들의 집에 초대하며, 또한 그와 함께 점심을 먹고 있는 눈앞의 사람들이 현진은 낯설게 느껴지지 않았다. 어쩌면 그들 덕분에 식당 안의 공기가 새삼 따습게 느껴졌는지도 모르겠다고 그는 생각했다.

"…응? 왜, 왜들 그래?"

어느 순간, 식사를 기다리는 동안 서로 주거니 받거니 대화를 나누던 두 남자가 약속이라도 한 듯 동시에 고개를 돌려 현진을 쳐다보았다. 저도 모르게 움츠러들어 더듬거리며 묻는 그의 질문에도 두 사람은 대답 없이 그를 주시하기만 했다. 아니, 정확히 말하면 지난 며칠간 햇볕에 까맣게 그을린 그의 팔로 강렬한 눈빛을 쏘아 보낸 것인데, 잠시 후 나지막이 뱉어낸 아이언맨의 말에 대뜸 웃음을 터뜨린 스타르가 이내 탁자에 팔꿈치를 갖다 대고는 자신의 오른팔을 현진에게 내밀어 보였다.

"컴 온!"

그 호전적이면서도 익숙한 몸짓이 뜻하는 바가 무엇인지 금세 알아차린 현진은 방금 전까지의 긴장을 풀고 피식 웃음을 터뜨렸다. 지금 눈앞의 남자는 자신에게 팔씨름을 하자고 덤비는 것이었다.

'이봐, 당신이 그렇게 덩치가 커도 날 우습게 봤다간 큰코다칠걸?'

그 역시 팔씨름이라면 어딜 가서도 꿀리지 않을 자신이 있었다. 또래의 남자애들로 바글바글하던 학창 시절 내내 그는 팔씨름이라면 늘 전교에서 순위를 다투곤 했었고, 이후 여러 운동과 노동으로 꾸준히 단련된 데 더해 요 며칠간 수레를 끌며 더욱 억세진 그의 팔은 비록 우락부락하진 않지만 굉장히 질기고 단단해져 있었다.

'과연, 강자는 강자를 알아본다고 했던가?'

스타르가 팔씨름을 청한 데에는 호승심을 불러일으키는 그런 그의 외양도 한몫했을 것이 분명했다.

현진은 추호의 망설임도 없이 스타르의 손을 맞잡았다. 예상대로 손아귀를 통해 강한 힘이 전해져 왔다. 쉽지 않은 싸움이 되리라는 것을 그는 직감했다. 그러나 그는 짐짓 웃으며 여유로움을 과시했고, 그런 그에게 스타르가 의미심장한 미소를 지어 보였다. 일촉즉발의 긴장된 시간이 지났고, 이윽고 옆에 있던 아이언맨으로부터 시작을 알리는 외침이 터져 나왔다. 그와 동시에 현진은 자신의 오른팔에 힘을 주었다.

"어? 어? 어어… 아!"

예상과 달리 승부는 허망하리만치 순식간에 결판이 났다. 현진은 믿기지 않는다는 얼굴로 탁자에 벌러덩 드러누운 자신의 오른팔을 내려다보았다. 껄껄껄 한차례 만족스러운 웃음을 터뜨린 상대는 그런 그에게 여유 만만한 표정으로 '한 판 더?'하고 묻고 있었다. 현진은 오기가 솟는 걸 느꼈다. 그는 고개를 끄덕였다. 이럴 리 없다며, 자신이 이렇게 쉽게 무너질 리 없다며 그는 재차 승리에의 의지를 불태웠다. 그리고 이번에는 방심하지 않고 처음부터 전력을 쏟기로 작정했다.

"…아?"

시작과 동시에 상대의 팔이 아주 잠깐 탁자 쪽으로 기우는가 싶었다. 내심 회심의 미소를 지은 현진은 그러나 잠시 후 아연한 기분에 빠지고 말았다. 어느새 스타르의 장난기 가득한 얼굴이 그를 쳐다보고 있었다. 그리고 그 앞에서는 현진 본인의 의지와는 무관하게 그의 손이 좌우로 오거니 가거니 흔들거리고 있었다. 흡사 풍랑을 맞아 이리저리 나부끼는 한 장의 여린 나뭇잎을 연상시키는 움직임이었다.

"……."

어린애를 상대로 놀아 주는 어른의 그것과 같은 스타르의 손짓에 현진은 완전히 의욕을 잃어버렸고, 곧 침울한 표정으로 팔을 빼냈다. 그런 그에게 스타르가 엄지손가락을 들어 보였다.

'이건 뭐, 병 주고 약 주는 것도 아니고….'

울적해진 그의 앞에서 잠시 후 또 한 번의 격돌이 일어났다. 이번에는 스타르와 아이런맨의 접전. 둘의 싸움은 승부를 점칠 수 없을 정도로 팽팽했다. 부들부들 떨리는 그들의 맞잡은 손으로 주위에 있던 모든 이들의 눈길이 일제히 쏠렸다. 그러나 그 싸움을 지켜보는 현진의 눈에서는 이미 흥미의 불씨가 완전히 사그라져 있었다.

'세상은 참으로 넓고, 강자는 모래알처럼 많구나.'

그 세상에서 자신은 앞으로 좀 더 겸손히 살아야겠다고 그는 굳게 다짐했다.

만달고비에서부터 달란자드가드까지의 길은 300km 남짓. 종모드에서부터 만달고비까지의 길보다 약 70km는 더 긴 거리였다. 아무리 빠르게 도로를 질주하더라도 그 거리는 생각 외로 멀어 스타르와 아이런맨은 서로 운전대를 바꿔 쥐며 교대로 잠을 청했다.

달리는 내내 차의 스피커에서는 음악이 쉬지 않고 흘러나오고 있었다. 운전을 하는 와중에도 그들은 새 노래가 나올 때마다 어김없이 힘차게 따라 불렀는데, 그러면 운전대를 넘긴 채 옆에서 잠들어 있던 이가 시끄럽다고 타박하기는커녕 도리어 눈을 감은 채로 함께 콧노래를 흥얼거리는 것이었다.

그런 흥겨운 분위기에 휩쓸린 것인지, 차 안을 신나게 기어 다니며 아빠와 외삼촌의 머리를 몇 차례 타 넘으려 시도하던 아난드는 결국 엄마한테 혼나 울다가 지쳐 잠이 들었고, 그런 아난드를 품에 안은 해피 역시 어느 틈엔가 시트에 등을 기댄 채 잠에 빠져 있었다. 오로지 현진만이 내내 눈을 뜨고 앉아 지루한 줄도 모르고 창 너머로 비친 사막의 모습을 지켜보았다.

타 넘어야 할 구릉이 많았던 만달고비까지의 길과는 다르게 남쪽으로 내려갈수록 구릉은 점차 얕아지거나 아예 사라져 보이지 않았고, 대신 지평까지 시원하게 뻗은 평야가 오랫동안 이어졌다. 도로 위의 차량은 한 시간에 서너 대 만나기도 힘들 정도로 드물어져 있었다. 처음에는 반 시간 간격으로 연달아 모습을 드러냈던 마을 역시 내리 한 시간을 움직이는 동안 이제 겨우 하나 지나쳤을 뿐이었다.

'이 길을 걸어서 갔다면 어땠을까?'

그리 힘들었을 거라는 생각은 들지 않았다. 오히려 구릉의 수가 줄었으니 지금까지 걸어온 길보다 수월하면 수월했지 더 어려울 것 같지는 않았다. 설사 다음 마을이 100km 넘게 떨어져 있다 하더라도 지금까지의 경험상 그 길을 닷새 안으로 가지 못할 리는 없었기에, 물이나 식량에 대한 걱정 역시 크게 하지 않아도 될 터였다.

막상 거기에까지 생각이 미치자, 현진은 길 위를 대강 훑듯이 지나는 작금의 상황이 조금은 아쉽게만 느껴졌다. 어쩌면 다른 것에 방해받지 않고 오롯이 사막을 체험할 수 있는 좋은 기회였을지도 모르건만, 그 기회를 날려 버렸다는 기분이 들었다. 그러나 그는 곧 스스로의 그런 생각에 코웃음을 쳤다.

'선택하지 않은 길에 미련을 갖는 것만큼 허망한 일이 과연 또 있을까?'

지금 지나는 이 길을 차를 타지 않고 걸어갔다면 여정의 모양이 어떻게 변했을지, 어떤 또 다른 만남과 위험을 맞게 되었을지, 과연 어느 누가 장담할 수 있단 말인가? 가정이라면 얼마든지 할 수 있었다. 그러나 그 모든 것은 지나고 난 뒤에 늘어놓는 결과론적인 이야기일 뿐이었다.

현진은 자신이 스타르의 가족을 만나지 못했다면, 또 만났더라도 그가 던진 제안을 거절했다면 자신이 소중한 많은 것을 놓쳤으리라는 사실을 짐작할 수 있었다. 어쩌면 자신은 여전히 울적한 감상에 빠져 있었을지도 모르고, 그래서 앞으로 몇 날 며칠을 만달고비에 머물렀을 수도 있었다. 그런데 이들 가족을 만나 함께 오게 되면서, 아직은 그 윤곽을 제대로 알 순 없지만 전연 뜻밖의 변화가 시작되었다는 것을 그는 느낄 수 있었다.

'응?'

한동안 저만의 사색에 빠져 있던 현진은 문득 옆에서 들려온 부스럭거림에 무심코 고개를 돌렸다. 그러나 그는 이내 그보다 배는 빠른 속도로 다시 앞으로 고개를 움직였고, 저도 모르게 운전석의 아이런맨을 보았으며, 이어 조수석에서 잠에 빠져 있던 스타르의 기척을 살폈다. 그런 그의 눈빛에는 다소의 민망스러움이 배어 있었다.

한차례 다른 이들을 살피던 그의 눈길이 잠시 후 다시 슬쩍 오른쪽으로 향했다. 방금 전 잠에서 깨나 칭얼대던 아난드는 어느 틈엔가 도로 잠잠해져 있었다. 그런 아이의 부리 같은 조그마한 입에는 둥글고 소담스런 해피의 젖이 물려져 있었고, 아이는 가만히 누워 엄마의 젖을 받아먹고 있었다. 마침 서쪽으로 기울어 가는 해가 두 모자의 머리 위로 따사로운 볕을 내리비췄다. 그러다 짙은 그림자가 걸린 해피의 얼굴이 우연히 현진 쪽으로 돌려졌으며, 그 순간 둘의 시선이 소리 없이 부딪쳤다. 아직 잠에서 덜 깬 여인의 눈이 곧 그를 향해 부드럽게 휘어졌다. 당황한 현진은 또 한 번 황급히 시선을 돌렸고 그런 그의 귓불은 어느새 벌겋게 물들어 있었다.

오랜 시간이 지나 쑥스러움이 가실 즈음, 현진의 입가에 가만히 한 가닥 곡선이 그어졌다. 그는 이제 확신할 수 있었다. 이들 가족과의 동행은 아직 먼 계획으로만 염두에 두고 있던 남쪽 사막까지 보다 쉽고 빠르게 이동한다는 그런 일차원적인 계산 이상의 훨씬 큰 의미가 있었다. 그것은 앞으로의 여정이 그동안 그 자신의 독선적인 선택에 따라 계획하고 재단했었던 여행, 그래서 고만고만한 짐작과 기대로 충분히 예상하고 헤아릴 수 있었던 여행, 그와는 전혀 다른 성격의 여행으로 뒤바뀔 것임을 알리는 신호탄이었던 동시에, 지금껏 갇혀 있었던 좁은 주관의 틀에서 벗어나 보다 넓은 세계로 나아가고픈 그 자신의 의지의 표현이기도 했던 것이다.

문득 조수석에 누워 있던 스타르가 한차례 몸을 뒤척거렸다. 아이런 맨은 또 흥얼흥얼 노래를 따라 부르고 있었다. 해피는 아난드에게 젖을 물린 채 다시 잠이 들었고, 가슴을 적셔 오는 어떤 푸근함 속에서 현진 역시 어느샌가 휘청휘청 고개를 떨구기 시작했다. 그리고 그들 모두를 태운 차는 바람처럼 남쪽을 향해 달려가고 있었다.

"저기가 달란자드가드야. 보여?"

이미 오래전 잠에서 깨나 노래를 부르고 있던 스타르가 돌연 앞을 향해 자신의 큼지막한 손을 들어 보였다. 그러나 그가 가리키는 방향을 아무리 뚫어져라 보아도 현진의 눈에는 그저 지평에 가로놓인 큼직한 산맥의 모습만 들어올 뿐이었다. 그와 같은 상황이 벌써 세 차례나 되풀이되고 있었다.

'아까부터 대체 어디에 도시가 있다는 건지 원.'

"아! 저기구나!"

잠깐 눈에 뭔가 보인 듯도 싶어 현진이 탄성을 내질렀다.

"저거, 저기 보이는 저거 맞지?"

"아니, 거기가 아니야. 이쪽, 이쪽이 달란자드가드야."

스타르가 현진이 뻗은 손을 한참이나 왼쪽으로 틀어 주었다. 머쓱해진 현진은 슬그머니 팔을 내렸다.

그리고 그로부터 얼마 후 이번에는 스타르가 아닌 해피가 앞으로 팔을 뻗어 한 지점을 가리켰을 때, 마침내 현진에게도 산맥 아래로 자리 잡은 희끄무레한 도시의 모습이 보이기 시작했다. 그것이 네 번째로 가리킨 것이라는 사실이 놀라울 정도로 도시는 무척이나 멀리 떨어져 있었는데, 얼핏 보기에도 그 규모가 만달고비에 비해 크다는 걸 알 수 있었다. 지금껏 몇 차례 몽골에 왔지만 이 남쪽까지 온 것은 그로서도 처음이었던지라 순간적으로 마음이 설레는 건 어쩔 수가 없었다.

차는 오랜 시간을 더 달린 후에야 도시 어귀에 도착했고, 본격적으로 시내로 진입하기 직전 왼쪽으로 방향을 틀었다. 크고 작은 골목을 누비고 들어가던 차는 양쪽으로 나무를 세워 만든 어느 울타리의 기둥 사이에 멈추어 섰다. 차가 멈춘 앞으로는 넓게 트인 공터가 있었고 한쪽 울타리 끝에서 다른 울타리 끝으로 길게 늘어진 밧줄 하나가 공터와 그들 사이에서 출입구의 역할을 대신하고 있었다. 스타르가 조수석 문을 열고 나가 밧줄을 걷어내자 아이언맨이 그 안의 널찍한 공간으로 차를 몰고 들어가 주차를 했다.

"다 왔어! 내려도 돼!"

여전히 차 안에서 미적거리고 있는 현진을 향해 이미 밖으로 나가 있던 스타르가 손을 흔들었다.

차에서 내리자마자 현진은 적지 않은 수의 차들이 주위에 늘어져 있는 광경을 보고 꽤나 놀라고 말았다. 공터인 줄만 알았던 그곳을 열 대가 넘는 차량이 둘러싸고 있었으며, 그 대부분이 일반적인 승용차였지만, 사이사이 SUV도 더러 끼어 있었다. 좀 더 유심히 살펴보니 차들은 하나같이 서넛 이상의 부품이 떨어져 나갔거나 일부가 파손되어 있는 등 다소 문제가 있어 보이는 차들이었다.

'폐차장이라도 하는 건가? 아니면 중고차 사업?'

그가 의아해하고 있는 사이 앞서 나가 있던 스타르가 다시 한 번 목청을 돋우어 그를 불렀다. 스타르는 마당의 오른 귀퉁이에 세워진 큼직한 게르 앞에 서 있었다. 그에게로 다가가는 동안 현진은 터 한가운데 파인 우물과, 지금 향하고 있는 게르의 맞은편, 그러니까 터의 왼쪽 귀퉁이에 위치한 또 하나의 게르를 발견할 수 있었다.

스타르에게 이끌려 안으로 들어간 게르에는 해피와 아이언맨 외에도 새로운 얼굴의 두 사람이 앉아 있었다. 놀랍게도 한 명은 스타르보다도 곱절은 커 보이는 중년 남성이었고, 다른 한 명은 그 아내로 보이는, 역시 남자 못지않은 비대한 몸집을 자랑하는 중년 여성이었다. 현진이 먼저 인사를 건네자 그들이 고개를 끄덕여 인사를 받았다.

"이쪽은 해피의 아버지, 그리고 여기는 어머니."

스타르가 두 사람을 차례로 가리켜 보이며 현진에게 소개시켜 주었다. 다시 말해 그에게는 장인, 장모가 되는 이들인 셈이었다. 그 말을 듣고 다시금 살펴보니 해피는 어머니를, 아이언맨은 아버지를 보다 닮아 있었다.

'물론 체구는 둘 다 어느 쪽도 닮지 않은 것 같지만…'

이후 그들 가족은 오랜만의 재회에서 오는 기쁨을 가감 없이 드러내며 떠들썩하게 이야기꽃을 피우기 시작했다. 현진은 해피가 내어 준 차를 마시며 그들 사이에 조용히 앉아 있었는데, 오가는 대화 중 그가 알아들을 수 있는 말이라고는 거의 없었고, 그래서 가끔씩 힐끔거리며 자신을 쳐다보는 이들에게 은근한 미소를 날려주거나 와락 터지는 그들의 웃음에 영문도 모른 채 따라 웃는 것만이 그가 할 수 있는 전부였다. 다행히 꿰다 놓은 보릿자루처럼 앉아 있던 그를 얼마 후 스타르가 구원해 주었다. 스타르는 손짓으로 현진을 부른 뒤 게르 밖으로 나가자는 뜻을 전해 왔다.

밖으로 나와 그들이 향한 곳은 터의 또 다른 곳에 세워진, 아까는 왜 미처 발견하지 못했을까 의아해질 정도로 큰 규모를 자랑하는 조립식 건축물이었다. 건물 안으로 들어서자마자 현진은 또 한 번 놀라고 말았는데, 그곳에는 한국의 웬만한 카센터 부럽지 않은 정비소가 버젓이 차려져 있었고, 한때 운전병으로 복무했던 그의 안목으로는 차량 정비에 필요한 대부분의 공구와 부품을 갖추고 있는 듯 보였다. 연이어 터지는 그의 감탄사에 기분이 좋아졌는지 스타르의 얼굴에는 금세 웃음꽃이 피었다.

"스타르, 너 여기서 일해?"

현진의 물음에 그가 고개를 저었다.

"아니, 여기는 아이런맨이 일하는 곳이야. 걘 여기서 일 진짜 잘해. 정말 베스트야! 그리고 난 울란바토르에서 일해. 소방관으로."

"뭐? 소방관?!"

전혀 예상치 못한 대답에 현진이 저도 모르게 언성을 높이며 되물었다. 긍정의 의미로 고개를 끄덕여 보인 스타르는 돌연 무슨 생각에선지 다시 나가자며 그를 밖으로 이끌었다. 이윽고 그들이 걸음을 옮긴 곳은 아까 전 보았던 또 하나의 게르가 있는 방향이었고, 때마침 예의 게르에서 해피가 아난드를 데리고 나와 그들을 따라 걷기 시작했다.

"우와…!"

새로 들어간 게르의 내부는 해피의 부모가 머물던 게르보다 훨씬 현대적으로 꾸며져 있었다. 안으로 들어서자마자 정면으로 커다란 모니터형 TV가 보였고, 그 좌우로는 커다란 수납장과 컴퓨터가 비치되어 있었다. 컴퓨터가 놓인 책상 옆으로는 나무로 만들어진 탁자와 의자가 있었으며, 다시 그 옆으로 키 낮은 선반과 중형 냉장고가 차례로 위치해 있었다. 해피 부모의 게르에서는 정중앙을 차지하고 있었던 화로는 보이지 않았고, 냉장고 옆 선반에 놓인 전기스토브가 그 역할을 대신하고 있었다. 그래서인지 게르 전체의 면적이 무척이나 넓게 느껴졌다.

"여기가 달란자드가드의 내 집이야."

스타르의 얼굴은 정비소를 소개할 때보다도 더 의기양양해져 있었다. 그렇지 않아도 내심 놀라고 있었던 현진은 정말 멋진 집이라는 칭찬을 아끼지 않고 쏟아 부어 주었다.

곧 해피가 현진에게 자리를 권하며 또 한 번 차와 빵을 내다 주었고, 그사이 수납장을 뒤적거리던 스타르는 얼마 뒤 꽤나 두꺼운 앨범을 하나 꺼내 들고는 현진의 곁으로 다가와 앉았다. 이윽고 그는 앨범을 넘기며 거기에 수록된 사진들을 보여 주기 시작했는데, 앨범에는 정말 많은 수의 사진이 빼곡히 갈무리되어 있었고, 그것들 대부분이 그의 가족사진으로 보였다. 사진 하나하나마다 상세히 덧붙인 스타르의 설명에 따르면, 울란바토르의 동쪽 헨티 지역에 살고 있다는 그의 아버지와 어머니, 또 그의 형이라는, 하지만 그와는 영 딴판인 매우 마른 체형의 남자, 그리고 얼굴뿐 아니라 덩치까지 그를 빼다 박은 듯한 여동생의 모습이 차례로 지나갔고, 그다음으로는 모두가 행복해 보이는 해피와 스타르의 결혼식 장면과, 지금보다 더 어렸을 때의 아난드의 모습이 연달아 채워져 있었다.

그러다 앨범의 뒤쪽으로 갈수록 가족사진이 줄고 스타르 본인의 사진이 많아졌는데, 그중에는 소방관 제복을 입고 동료들 사이에 늠름하게 서 있는 그의 모습과, 사람들 앞에서 소화 시범을 보이고 있는 모습도 있었다. 현진은 스타르가 바로 그 사진들을 자신에게 보여 주고 싶어 했음을 어렵지 않게 알아차릴 수 있었다.

"그런데 너, 지금은 뚱뚱한데 사진에서는 엄청 날씬하네?"

해피와의 결혼식 때만 하더라도 지금 체격의 절반도 되지 않는 그의 모습을 현진이 지적하자, 스타르가 자신의 불룩한 뱃살을 쓰다듬으며 멋쩍게 웃어 보였다.

앨범의 가장 뒷부분에 수록된 몇 장의 사진은 현진으로서는 정말 의외의 것이었다. 거기에는 UN 평화유지군 복장을 갖춘 스타르가 아프리카에서 활동하는 장면이 찍혀 있었다. UN 로고가 붙은 거대한 중장비들의 모습과, 아프리카 주민들의 모습, 그리고 몽골의 초원과는 또 다른 느낌의 광막한 평원을 찍은 사진이 차례로 나타났고, 그제야 현진은 그가 떠듬거리나마 영어로 소통할 만큼의 실력을 갖추게 된 이유를 어느 정도 짐작할 수 있었다.

"현진! 너, 샤워하러 갈래?"

마지막 사진까지 모두 보고 나자 스타르가 다시 앨범을 갖다 놓으면서 별안간 그런 질문을 던져 왔다.

'응? 난데없이 웬 샤워?'

갑작스런 질문에 의아해하던 현진은 문득 아까 전 마당에서 본 우물을 떠올렸고, 그러자 자신이 비록 며칠째 땀과 먼지로 뒤범벅된 처지이긴 하나, 한 명의 건장한 성인 남성으로서 그렇게 훤히 트인 공간에서 발가벗고 몸을 씻을 수는 없다고 생각했다. 그래서 자신의 몸에서 날 냄새가 심히 미안하긴 했지만 괜찮다면서 그의 제안을 거절했다.

"왜? 너, 샤워 필요해!"

그런 현진의 대답이 정말 의외였는지 스타르가 두 눈을 홉뜨며 버럭 소리를 질렀다.

"아냐, 정말 괜찮대도. 나 샤워 안 해도 돼."

115

상황이 조금 이상하게 흘러가고 있었다. 집 주인은 샤워를 해야 한다고 주장하는 반면 손님은 샤워하기를 거절하는 기묘한 상황이 벌어지고 있었다. 그 후 두 사람 사이에서 잠깐의 옥신각신이 있었고, 결국 현진이 먼저 자신의 우려를 드러내 보였다.

"그럼 나보고 저 우물에 가서 씻으란 말이야?"

그 말에 돌연 입을 다문 스타르는 잠시 뒤 게르가 들썩일 정도로 박장대소를 터뜨렸고,

"아니, 아니! 그게 아냐! 달란자드가드에 샤워하는 곳 있어! 우리 모두 거기로 가서 씻을 거야."

비로소 현진이 염려하는 바를 이해했다는 듯 고개를 끄덕이며 친절히 설명해 주었다. 이윽고 그에게서 상황을 전해 들은 해피 역시 재미있다는 듯 작게 따라 웃었다. 그들의 웃음은 그로부터 한참이 지나도록 이어졌다.

'아니, 그런 거야 모를 수도 있지, 뭐 그리 웃기다고 저렇게 웃어댄데? 사람 참 민망하게시리…. 그건 그렇고 시내에 목욕탕 같은 게 있나 보네. 이건 꽤 유용한 정본데?'

현진은 그제야 안심하고 스타르를 따라나서기로 했다. 그는 배낭에서 빈 봉지를 꺼내 짐을 챙겼는데, 애초에 비누나 샴푸를 따로 준비하지 않았기에 갈아입을 옷과 수건만 들어 있는 그의 짐은 단출할 수밖에 없었다.

아난드를 외할머니에게 맡긴 후 스타르 부부는 아까 전 타고 왔던 차에 몸을 실었다. 이번에는 현진이 조수석에 올라탔다. 나무 울타리와, 그것이 둘러싸고 있는 마당으로 구성된 비슷한 구조의 집들이 늘어선 골목을 지나 그들은 곧 주도로로 나왔고, 크고 작은 건물들 사이를 빠르게 질주해 갔다. 저녁임에도 불구하고 도로에는 차들이 꽤나 많았으며, 인도에도 적지 않은 사람들이 걸어 다니고 있었다.

곧바로 샤워할 장소로 가리라는 예상과 달리 스타르는 도시 곳곳에 들르면서 시간을 많이 지체했다. 시내에 또 다른 정비소를 차리고 있는 자신의 친구를 만났으며, 해피의 언니라는 좀 더 나이 든 여성이 일하는 옷가게에 잠시 멈췄고, 웬만큼 규모가 있다 싶은 건물을 지날 때면 어김없이 이곳은 영화관이고 저곳은 체육관이라는 둥, 마치 투어 가이드라도 된 것처럼 상세하고도 일일이 설명을 해 주는 것이었다.

결국 차가 완전히 멈춰 선 것은 게르를 출발하고 오랜 시간이 흐른 뒤였다. 그들이 내린 곳은 황색 벽돌로 이루어진 커다란 건물 앞이었는데 건물 전면으로는 각각 잡화점, 미용실, 샤워장으로 들어가는 문이 왼쪽에서부터 차례대로 나 있었다. 샤워장 출입구에는 나이 든 여성 한 명이 앉아 입장객에게 돈을 받고 있었고, 스타르는 현진의 것까지 포함해 총 세 명분의 돈을 그녀에게 건넸다. 샤워실은 총 다섯 개였으며, 그들은 각기 칸 하나씩을 차지하고 들어가 몸을 씻기로 했다. 스타르는 샤워실로 들어가기 전 '20분'이란 단어를 몇 번이고 강조했는데 현진은 그 말이 20분 내로 샤워를 마치고 나오라는 뜻이겠거니 짐작했고, 그것은 그에게 넘치도록 충분한 시간이었다.

"후아! 이게 대체 얼마 만에 하는 샤워냐!"

뜨뜻한 물이 머리를 적시고 이내 몸을 타고 내리자 현진의 입에서 절로 기쁨에 겨운 탄성이 흘러나왔다. 그저 물만 묻혔을 뿐인데도 일주일 가까이 눌러앉은 흙먼지가 상당했는지, 그의 발 주위로는 금세 몸에서 흘러내린 땟물이 시커먼 도랑을 이루기 시작했다.

오랫동안 모자를 써 온 탓일까. 바짝 짓눌려 있는 머리카락을 감는데 그는 가장 큰 고생을 했다. 비누나 샴푸 없이 물로만 감는 머리칼은 좀처럼 기름기가 씻기지 않아 뻣뻣하고 억셌으며, 그래서 문지를 때마다 누군가 머리털을 쥐고 흔드는 것처럼 눈물이 나도록 아팠다. 더구나 그렇게 쥐어뜯다시피 하며 한참 동안 머리를 씻어 내도 끝내 머리가 풀리기는커녕 도리어 기름기 묻은 손가락만 미끄덩거리자 결국 현진은 머리 감는 것을 포기하고 몸을 닦는 것으로 만족하기로 했다.

몇 번을 박박 밀고 나서야 마침내 몸에서 땟물이 나오지 않았고, 그때쯤 돼서야 그는 샤워를 끝마쳤다. 제 딴에는 오래 걸렸다고 생각했음에도 불구하고 그는 셋 중에서 가장 빨리 나왔으며, 시간을 확인해 보니 겨우 10분 남짓 머물러 있었을 뿐이었다. 현진이 나오고 5분쯤 뒤에 스타르가 웃통은 벗은 예의 모습 그대로 나왔고, 20분을 다 채울 즈음 마지막으로 해피가 젖은 머리칼을 수건으로 닦아내며 밖으로 나왔다.

그들이 다시 게르로 돌아왔을 때는 이미 어둠이 컴컴하게 내린 뒤였다. 아이런맨이 어디로 갔는지 보이지 않아 궁금해진 현진이 그의 행방을 묻자 자기 집으로 돌아갔다는 스타르의 대답이 돌아왔다. 부모와 같이 사는 줄 알았건만 그 역시 일찍 결혼을 해 분가를 한 모양이라고 현진은 생각했다.

해피가 저녁 식사로 초이왕을 준비하는 동안 현진과 스타르는 바닥에 나란히 앉아 함께 TV를 보았다. 여러 채널을 돌리던 중 스타르가 문득 한 채널에서 멈췄는데, 거기서는 다름 아닌 한국 드라마가 방영되고 있었다. 몽골어로 더빙을 한 탓에 무슨 말을 하는지 알아들을 수는 없지만 낯익은 배우들의 얼굴을 보게 되니 자연스레 이는 반가움은 어쩔 수가 없었다.

아마도 스타르는 현진을 배려해 그 방송을 튼 것이었을 테지만, 그러나 현진은 곧 TV에서 흥미를 잃고 대신 아까부터 지치지도 않는지 쉬지 않고 게르 안을 뛰어다니고 있는 아난드에게로 관심을 돌렸다. 그러던 중 현진과 눈이 마주치자 아이가 별안간 그에게로 달려들었고, 그런 아이를 그는 얼떨결에 안아 들었다.

현진의 손에 잡힌 아이는 뭐가 그리 좋은지 한참을 깔깔대다가 갑자기 두 눈을 동그랗게 뜨고는 그의 얼굴을 만지려 했는데, 마침 탁자에 앉아 그들을 보고 있던 해피가 그러지 말라고 엄하게 소리쳤으나 현진은 아이가 하고 싶은 대로 하게 내버려 두었고, 곧 자신의 무성히 자란 턱수염을 쓱쓱 문질러 보고는 화들짝 놀라 제 손을 내려 보았다가 다시 수염을 보며 까르르 자지러지는 아이의 모습이 너무나 사랑스러웠던 나머지, 문득 자신에게도 저만한 아이가 있었으면 좋겠다는 생각을 하게 되었다. 그리고 곧바로 스스로의 그런 생각에 까무러칠 듯 놀라고 말았다.

'맙소사! 내가 아이를 갖고 싶어 한다고?!'

그건 그에게 있어서만큼은 결코 괜한 호들갑이 아니었으며, 실로 충격적인 사건이었다.

지금껏 머무르고 싶을 때 머물고, 떠나고 싶을 때 떠날 수 있는 그런 자유를 동경해 왔고, 그래서 언제 어디서나 제 한 몸 챙기면 그만인 삶을 사는데 만족해했던 그였다. 그렇다고 무책임한 삶을 산 것도 아니었고, 도리어 스스로의 욕망과 행복을 위해 부단히도 애를 써 왔다. 사랑하는 연인이 있었을 때조차 그는 가정을 꾸리거나 애를 낳고 키우겠다는 생각은 해 본 적이 없었으며, 솔직히 말해, 아이를 가지라는 말은 이제까지 꾸준하고도 정성껏 걸어온 스스로의 길을 포기하고 자청해서 고생길이 훤한 길로 가라는 이야기로밖에 들리지 않았다.

그는 애당초 가정을 꾸리는 데 관심이 없었다. 그것은 그가 어렸을 때부터 접한 두 차례의 이혼과 재혼을 번복하다 끝내 완전히 갈라선 부모의 불화에 넌더리가 났기 때문일 수도 있었고, 워낙 하고 싶은 것도, 경험하고 싶은 것도 많은 그 자신의 욕심 때문일 수도 있었다. 요 몇 년 사이 한국의 젊은 세대에 대해 이야기할 때면 으레 수식어처럼 따라붙곤 하는 '결혼 기피'니, '출생 절벽'이니 하는 말들이 나오기 훨씬 이전부터 그는 결혼과 육아를 포기하고 있었다.

'그런데 그랬던 내가 어떤 강요에 의해서가 아니라 스스로 원해서 아이를 갖고 싶어 한다고?'

그건 그사이 삶의 가치관에 상당한 변화가 생겼음을 의미하는 동시에, 앞으로 삶의 궤도가 많이 달라질 수도 있음을 시사하는 것이기도 했기 때문에 그에게는 심각한 문제가 아닐 수 없었다. 대체 무엇이 자신에게 그런 생각을 심어 준 것인지 현진은 진심으로 궁금했고, 그래서 진지하게 고민해 보았다. 단지 눈앞의 아이가 사랑스럽게 느껴졌다고 해서 그런 생각을 갖게 된 것 같지는 않았다.

'지금껏 살아오면서 아이가 사랑스럽다고 느꼈던 게 어디 이번 한 번뿐일까?'

그러나 얼마간 이어지던 그의 고민은 스타르가 별안간 달란자드가드 시내를 구경하러 가자는 말을 꺼냈을 때 자연스레 중단되고 말았다. 현진에게 있어 새로운 장소에서 새로운 사람들의 모습을 접하는 일은 다른 무엇에 앞서 늘 최대의 관심사였고, 그래서 시내 구경이라는 말에 그는 귀를 쫑긋 세우며 반색할 수밖에 없었다.

곧 그들은 게르 밖으로 나왔고, 그런 그들이 막 길을 나서려는 참에 어느 틈엔가 뒤따라 나온 해피가 스타르의 등을 부드럽게 쓸어안고는 아마도 너무 늦게 돌아오지는 말라고 짐작되는 말을 속삭이며 그들을 배웅해 주었다.

스타르의 집이 워낙 도시 외곽에 있었던지라 둘은 꽤나 오랜 시간 어두운 밤거리를 걸어야 했다. 걷는 동안 그들은 끼리끼리 어울려 다니는 서너 무리의 젊은이들과, 어둠 속에서 불쑥불쑥 튀어나오는 몇 마리의 개들하고만 마주쳤을 뿐, 아무리 때늦은 시간이라 하더라도 거리는 이상하리만치 한산했다.

그렇게 얼마쯤 걸었을까. 그들이 향하던 멀지 않은 앞쪽에서 웅성거리는 소리가 들려오나 싶더니, 좀 더 걸어가자 눈앞으로 커다란 광장이 나타났다.

"와아! 이게 대체 뭐야?"

놀랍게도 광장은 이루 셀 수 없이 많은 사람들로 북적이고 있었다. 마치 도시에 사는 사람이란 사람은 모두 모여 축제를 벌이고 있는 것 같은 그 모습에 현진은 한순간 넋을 잃고 말았다.

잠시 후 정신을 차린 그가 크고 작은 조명에 둘러싸인 그 면면들을 살펴보니 수십 명의 어린아이와 나이 든 이들, 남자와 여자가 한데 뒤섞여 어울리고 있었고, 그중 아이들은 농구를 하거나 스케이트 또는 자전거를 타고 있었으며, 어른들은 벤치에 앉아 담소를 나누거나 광장 한편에 마련된 공간에서 다트 던지기를 즐기고 있었다.

스타르는 현진을 다트판이 있는 쪽으로 이끌었고 이내 그 앞을 지키는 여성에게 두 명분의 돈을 건넸다. 그가 먼저 던지고 그 다음으로 현진이 던졌는데, 번번이 표적을 비껴가는 현진의 다트 던지기 실력을 지켜보던 스타르가 이내 고개를 설레설레 저으며 "유, 배드!"라고 외쳤다. 그런 그에게 현진이 멋쩍게 웃어 보였다.

사람들 틈바구니에 섞여 와자지껄 활기로 가득 찬 광장을 돌아다니는 동안, 현진은 서로 약속한 것도 아닐 텐데 이렇게 다 같이 나와 늦은 시각까지 벌이고 있는 그들만의 축제가 너무도 신기했던 나머지 줄곧 주위를 두리번거리기에 여념이 없었다. 마치 온 도시 사람들이 하나의 가족처럼 스스럼없이 즐거워하는 듯 보였다.

이따금 걷고 쉬기를 반복하며 돌아다니던 두 사람이 그런 광장을 벗어난 것은 한참의 시간이 흐른 뒤였다. 다시 어두컴컴한 골목을 지나오며 스타르는 길에서 마주치는 사람이라면 남녀노소를 가리지 않고 반갑게 인사부터 건넸고, 혹여 잠깐이라도 상대와 대화를 나눈다 싶으면 여지없이 현진을 끌어들여서는 자신의 한국인 친구라고 자랑스럽게 떠벌리곤 했다.

마침내 그들이 게르로 돌아온 것은 밤 11시가 넘은 매우 늦은 시각이었다. 마침 안에서는 해피가 요와 이불을 깔며 잠자리를 준비하고 있었다. 스타르와 해피는 아난드를 가운데에 눕히고 그 양쪽으로 자리를 잡고 누웠으며, 현진은 그들에게서 조금 떨어진 곳에 몸을 뉘었다. 게르 안의 공기는 춥지도 덥지도 않았다.

푹신한 요와 이불 덕분이었을까, 혹은 스타르 가족이 베푼 살갑고도 푸근한 정 때문이었을까. 낯선 집이라는 어색함보다는 도리어 간만에 제집에 돌아온 것 같은 편안함을 느끼며 현진은 자리에 누운 지 얼마 지나지 않아 깊은 잠에 빠져들었다.

☽✰

다음 날 아침 7시가 되기도 전에 일어난 현진과 달리 스타르와 해피는 9시가 넘어서야 잠에서 깼다. 그 시간 동안 현진은 홀로 지난 며칠간의 여정을 돌아보고 기억에 남는 사건들을 글로 옮겨 적었다. 매일같이 꼬박꼬박 일기를 쓰는 편은 아니었지만, 이런 작업은 하는 당시에는 다소 귀찮더라도 이후 여행을 반추할 때 많은 도움이 된다는 사실을 그는 경험을 통해 익히 깨닫고 있었다.

스타르 부부와 함께 그는 전날 먹다 남은 초이왕을 아침 식사로 먹었고, 밥을 다 먹은 후에는 따끈한 차를 두 잔 연거푸 마셨다.

"홍고린엘스. 홍고린엘스로 갈 거야."

앞으로 어디로 갈 거냐는 스타르의 물음에 잠깐의 틈을 두고 한 현진의 대답이었다. 일어난 후 내내 고민하다가 정한 다음 목적지였다.

그의 말에 무심코 고개를 끄덕이던 스타르가 돌연 고갯짓을 멈추고 두 눈을 치켜떴다. 이어 그는 현진을 향해 두 팔로 수레를 끄는 시늉

122

을 해 보였고, 그 무언의 질문에 현진은 수긍의 의미로 고개를 두어 차례 끄덕여 보였다.

'저 친구가 다 알면서 새삼 왜 저래?'

"홍고린엘스까지 200km야! 알고 있어?"

"응, 알아."

"그런데도 걸어서 가겠다고? 저 수레를 끌고?"

도저히 이해할 수 없다는 그의 표정이 급기야 별 미친놈 다 보겠다는 얼굴로 바뀌어 갔다. 그러면서도 그는 거듭 현진의 마음을 돌리려 애를 썼다.

"500,000 투그릭. 그 돈이면 홍고린엘스까지 충분히 차로 갔다 올 수 있어."

"아냐, 정말 괜찮아. 그냥 천천히 걸어가 볼게."

시종일관 담담히 내뱉는 현진의 말에 결국 스타르가 포기했다는 듯 고개를 흔들었다. 그 옆에서는 해피가 염려 섞인 얼굴로 현진을 바라보고 있었다. 한차례 작게 한숨을 내쉰 스타르가 곧 다시 입을 열었다.

"알았어. 너 하고 싶은 대로 해. 하지만 도시 밖까지는 내가 태워다 줄게. 알았지?"

"응, 정말 고마워!"

현진이 잡다한 짐을 챙기는 동안 스타르가 양젖을 말려 딱딱하게 굳힌 아롤[4] 한 봉지와 집에 있던 비스킷 세 봉지, 거기에 더해 사탕까지 두 주먹 가득히 챙겨 주었다.

"모두 챙겨 넣어. 나중에 도움이 될 거야. 우린 아직 집에 많아."

"아니, 뭘 이렇게나 많이…."

고마움에 몸 둘 바를 몰라 하던 현진은 문득 자신의 배낭에 있던 커

---

4 말린 우유 가루로 반죽을 해 틀에 찍어 말린 유제품으로서 몽골의 전통 음식 중 하나.

피믹스를 떠올렸고, 그래서 지니고 있던 십여 봉 전부를 그에게 건네주었다.

"홍고린엘스에 도착한 다음엔 어디로 갈 생각이야? 만약 달란자드 가드에 다시 오게 되면 꼭 우리 집에 들러야 해. 알았지?"

'물론 살아서 돌아온다면.'이라고, 그가 진심과 농이 반쯤 섞인 말을 덧붙였다.

베풀고, 베풀고 그렇게 많은 걸 베풀고도 또 한 번 자신을 집으로 초대하는 그의 말에 현진은 가슴 언저리가 뭉클해지는 걸 느꼈다. 처음 그를 봤을 때 그 큼직한 덩치로부터 받았던 압박감 따위는 이미 씻은 듯 사라진 지 오래였다.

"그럴게. 꼭 다시 올게."

현진이 짐 정리를 마치길 기다려 밖으로 나온 그들은 곧 차에 올랐다. 스타르와 현진이 각각 운전석과 조수석에 탔고, 얼마 후 아난드를 안고 나온 해피가 뒷좌석에 몸을 실었다. 그렇게 그들이 막 출발하려던 찰나, 언제 왔는지 아이언맨이 정비소에서 뛰쳐나와 손을 들어 그들을 제지한 후 뒷좌석의 빈자리에 부리나케 올라탔다. 그 역시 마지막까지 현진을 배웅하고 싶어 하는 눈치였다.

한창 시내의 도로를 운전해 가던 스타르는 그러다 한 가게 앞에서 차를 멈추고 현진에게 새로 사야 할 물건이 없는지 물어왔다. 그렇지 않아도 장거리 여행을 위한 보충이 절실하다고 느껴 부탁하려던 참에, 먼저 물어와 준 그에게 현진은 감사를 표한 뒤 재빨리 가게로 들어가 필요한 물품들을 구입했다. 구매 목록은 간단했다. 며칠을 버티기 위한 물과 빵, 주스가 전부였다.

"너, 지갑 보이지 않도록 조심해."

다시 차에 오르기 전, 스타르가 가슴팍의 휴대 주머니에 건성으로 지갑을 쑤셔 넣는 현진을 보며 주의를 주었다. 현진은 그러겠노라 대답하고는 지갑을 제대로 넣은 후 주머니의 지퍼를 끝까지 올려 채웠다.

마침내 도시 밖으로 나왔을 때는 어느덧 정오가 지나 있었다. 이상하게도 오전 내내 날씨가 뿌옇던 탓에 햇볕은 그리 강하게 내리쬐지 않았는데, 처음에는 비가 내린 뒤의 수증기인 줄로만 알았던 그것은 유심히 살펴보니 대기를 가득히 채우고 있는 모래 먼지였다. 달란자드가드를 포함해 주변 일대 전부를 이른 아침부터 미세한 황사가 둘러싸고 있던 것이었다.

도로를 따라 얼마쯤 달리던 차는 도시 입구로부터 약 2km 떨어진 지점에서 멈춰 섰다. 차에서 내린 스타르와 아이런맨이 합심해서 트렁크 깊숙이 박혀 있는 수레를 꺼내는 동안 현진은 앞으로 자신이 걸어가야 할 서쪽 방향을 가만히 살펴보았다.

"와아… 정말 굉장한데."

끝이 보이지 않는 도로와, 그런 도로의 왼편에 평행을 이루며 역시나 끝 모르고 뻗어 있는 산맥. 선과 면이 만들어 낸 그 단조로운 세계는 그의 시선뿐 아니라 마음까지 순식간에 사로잡았다. 눈길이 닿는 끝까지 평평히 놓인 대지의 모습은 그에게 약간의 현기증을 불러일으키기도 했으나, 당분간 구릉을 오르내릴 걱정은 하지 않아도 된다는 사실이 그나마 작은 위안이 되어 주었다. 스타르의 설명대로라면 도로 옆의 산맥은 홍고린엘스까지 뻗은 200km 길 내내 이어질 터였다.

'지금 보이는 것만으로도 감당하기 버거운데 200km라니…. 정말 제대로 가늠조차 되질 않네.'

산맥의 웅대함에 비하면 개미보다도 못한 자신의 존재를 새삼 자각한 현진은 그러나 위축되기보다는 도리어 새로운 각오로 마음을 다졌다. 그는 새로 구입한 음료와 빵을 배낭에 차곡차곡 집어넣은 후 그 어느 때보다 배낭을 수레에 단단히 동여매었다.

스타르는 산 부근에는 뱀이 많으니 텐트를 칠 때 반드시 조심하라고 경고해 주었다. 마치 모든 위험을 사전에 대비시키겠다는 듯 배려 넘치는, 하지만 쉽사리 끝날 것 같지 않은 설명을 계속해서 덧붙이는 그에게 현진이 먼저 작별의 악수를 건넸다. 스타르와 한차례 뜨겁게 악수를 나눈 현진은 다시 아이런맨과 악수를 했고, 그 시커먼 얼굴에 쑥스런 웃음을 담으며 아이런맨이 "잘 가."라고 나지막이 말했다. 마지막으로 해피와 아난드를 향해 손을 흔들어 보인 현진이 이윽고 수레의 손잡이를 잡았다. 손아귀에 감겨드는 고무의 촉감이 기분 좋게 팔을 타고 전해져 왔다. 그는 모두를 향해 다시 한 번 손을 흔들었고, 그러자 나란히 선 채로 그를 지켜보던 이들이 마주 손을 흔들어 주었다. 마침내 서쪽을 향해 현진이 걸음을 옮기기 시작했다.

소리 없이 등에 꽂히는 시선들을 의식하며 그가 서른 걸음쯤 나아갔을까. 문득 차의 시동을 거는 소리가 한차례 울려 퍼졌고, 이어 요란한 기염을 토한 엔진 소리가 빠르게 멀어져 가는 것이 느껴졌다. 차 소리가 아스라해질 즈음, 현진이 고개만 돌려 어깨 너머로 시선을 주었다. 차는 어느덧 작은 점으로 변해 달란자드가드 입구 너머로 사라지고 있었다. 도시가 그들의 모습을 완전히 삼킬 때까지 그는 눈길을 떼지 않은 채로 가만히 서 있었다.

'언젠가 다시 만날 날이 오겠지.'

그때는 작은 보드카 한 병이라도 사 들고 가야겠다고 그는 생각했다.

누렇게 먼지를 뒤집어쓴 도시를 마지막으로 일별한 그가 다시 몸을 돌려 걸음을 옮겨 나갔다. 이따금 크고 작은 차들이 굉음을 내지르며, 그에 더해 반가움의 인사인지 조심하라는 경고인지 모를 새된 경적을 울려대며 그의 옆을 빠르게 스쳐 갔다.

출발하고 얼마 지나지 않아 현진은 평야 곳곳에 조성된 나무 농장을 발견할 수 있었는데, 놀랍게도 그중 어떤 나무들은 이미 꽤나 크게 자라난 상태였다. 조금 더 걷다 보니 나무들 사이에서 물을 주고 있는 이들의 모습이 언뜻언뜻 눈에 들어왔다. 황막한 땅 위에 덩그러니 놓인 그 이색적인 농장을 처음 목격할 때만 해도 사막에 나무를 키우려는 그들의 시도는 다소 허황되게 느껴졌지만, 어느 순간부터 사람 키보다 더 높이 키워 올린 나무들이 곧잘 보이기 시작하자 현진은 과연 저런 노력이 얼마나 더 지속될 수 있을까 의아해지면서도, 막연한 불가능에 도전장을 내민 그들의 시도에 진심에서 우러나오는 찬사를 보냈다.

근교의 몇몇 농장마저 지나고 나자 이제는 정말 문자 그대로 끝없는 평야가 그를 기다리고 있었다. 널따란 평야 사이로 난 탄탄대로를 걸어가는 동안 처음에는 그 앞에 놓인 무한한 공간을 이리저리 헤집고 다니던 현진의 눈길은, 그러나 시간이 지날수록 그 움직임이 점차 둔화되어 갔고, 그의 머릿속에 떠오르던 생각 역시 낱낱의 문장들로 해체되었다가 나중에는 그마저도 희미해지고 말았다.

그렇게 무심코 3시간이 흘렀다. 평소라면 걷는 것에 익숙한 그에게 3시간은 그리 긴 시간이 아니었다. 그러나 한 치의 흐트러짐도 없이 곧바른 궤도를 유지하는 길과, 가끔씩 돌아볼 때마다 처음 봤던 그대로 아무런 변화도 없는 먼지 속 도시의 모습은 도무지 그에게 전진하고 있다는 느낌을 주지 않았다.

그리고 그로부터 다시 한 시간 남짓 흘렀을 때, 지루하리만치 직진을 고집하던 도로에 마침내 변화가 생겼다. 그러나 오랜 따분함을 깨뜨렸다는 그 강력한 이점에도 불구하고 그건 결코 반가운 변화라고 할 수 없었으며, 차라리 따분함이 온종일 이어지기를 간절히 바라게 되는 그런 변화였다.

길은 어느덧 조금씩 오르막으로 바뀌고 있었고, 왼쪽 산맥 너머로부터 몇 덩이의 소나기구름이 산발적으로 비를 뿌리며 접근하고 있었다. 그러나 그런 건 사실 문제 축에도 끼지 못했다. 현진의 관심은 정작 다른 데 쏠려 있었는데, 그는 얼마 전부터 먼 앞쪽에서 시선을 떼지 못하고 있었고, 그곳에는 왼쪽 산맥과는 별개의 또 다른 산맥에 속한 봉우리가 십여 개 솟아 있었으며, 이미 그 봉우리들은 물론 산의 중턱까지 불길한 먹구름이 일제히 잠식하고 있었다. 멈출 기미라고는 조금도 없이 산맥 전체로 빠르게 세를 확장해 가는 그 시커멓고도 거대한 구름의 모습은 마치 세상을 삼키려 드는 악랄한 악마의 군단처럼 보였다.

그리고 그보다 더 그의 신경을 곤두서게 만드는 것, 아니 멀리서 스치듯 본 것만으로도 가슴이 벌벌 떨리고 심장이 쪼그라들어 숨쉬기조차 버거워지는 것, 이따금 구름과 구름 사이를, 또 구름과 대지 사이를 가르며 그 찬란한 몸체를 과시하는, 현진으로서는 다시는 마주치고 싶지 않았던 거대한 빛줄기의 출현이 있었다. 주위를 덮은 구름의 색과는 너무도 극명히 대조되는 그 새하얀 섬광은 아주 찰나간 지나갈 뿐이었지만, 그 잔상은 오래도록 선명히 남아 그의 가슴을 매 순간 섬뜩하게 도려냈다. 그리고 여지없이 이어지는, 흡사 수백 마리의 악마가 깊은 굴로부터 울부짖는 듯한 끔찍한 함성. 대기를 찢어발기는 그 소리는 산맥을 넘어 아직은 멀리 떨어져 있는 그에게까지 찌릿찌릿 부딪쳐 왔다.

현진은 그만 아연해지고 말았다. 그로서는 불과 이틀 만에 다시 만난 뇌우였다. 그리고 그것은 마치 영혼에 새겨진 낙인처럼, 본능적인 만큼 근원적이었고, 또 이미 한차례 학습된 만큼 보다 구체적이고 치밀해진 공포를 그의 가슴속에 신속하고도 생생히 불러일으키고 있었다. 다행히 일전과는 달리 지금은 사위가 똑똑히 드러나는 한낮이었고, 아직은 뇌우와 그 사이의 거리가 충분히 떨어져 있었다. 그래서 여차하면 일정한 간격마다 도로 아래에 뚫려 있는 굴 속으로 도망쳐 들어갈 여유가 있다는 게 그나마 위안이 되어 주었다.

굴로 말할 것 같으면, 그것은 도로의 좌우를 이어주는 일종의 통로

128

였는데, 평원에 도로를 내고자 지대를 높이는 바람에 양쪽의 왕래가 여의치 않자 군데군데 뚫어 놓은 것으로 보였다. 콘크리트 벽으로 덮여진 그것은 현재로서는 뇌우로부터 그를 보호해 줄 유일한 생명 줄과도 같았다.

현진은 번개가 칠 때마다 어김없이 깜짝깜짝 놀라면서도, 뇌우를 정면으로 마주 본 상태로 계속해서 걸음을 이어 갔다. 그는 틈틈이 악마 군단과 자신 사이의 거리를 가늠하는 것을 잊지 않았다. 그러다 자연히 깨닫게 된 놀라운 사실 하나는, 눈으로 보기에는 족히 10km도 넘어 보임직한 거리였음에도 불구하고 바람에 실려 온 빗방울이 이따금씩 몸에 부딪쳐 온다는 것이었다.

"세상에… 바람이 얼마나 세면 이 먼 데까지 날아오는 거야?!"

아닌 게 아니라, 어느 순간부터 앞으로 나아가기가 버거울 정도로 바람의 세기가 강해져 있었다.

앞쪽을 노려보며 아득바득 전진하던 그는 구름이 떠가는 방향과 지상에 부는 바람의 방향이 전혀 다르다는 사실을 발견하고는 또 한 번 놀라고 말았다. 불과 반 시간 전만 하더라도 북쪽으로 흐르던 구름은 얼마 전부터 완전히 방향을 틀어 남동쪽으로 움직이고 있었던 데 반해, 바람은 오래전부터 줄곧 동쪽을 향해서만 불고 있었다. 지상에 부는 바람과 저 높은 하늘에 부는 바람의 방향이 서로 전혀 다를 수도 있음을 새삼 깨닫게 되는 순간이었다. 바뀐 구름의 방향 덕분에 왼쪽에서 다가오던 소나기구름은 이미 한참 전에 산맥 너머로 사라져 있었다.

마침내 몸에 부닥치는 빗발의 세기가 감당하기 힘들 정도로 거세졌을 때, 현진은 더 이상 지체하지 않고 도로 아래로 뛰어 내려갔다. 그는 가장 가까운 굴을 찾아 수레를 밀어 넣은 다음 자신 역시 안으로 몸을 피했다. 굴의 직경이 그의 키에 비해 많이 작았기 때문에 쭈그려 앉은 자세로 뒤뚱뒤뚱 들어가야 했지만, 그마저도 감지덕지할 따름이었다. 그가 자리를 잡고 앉기가 무섭게 굴 안으로 몰아치는 바람의 세기가 한층 더 강해졌고, 곧이어 세찬 빗줄기가 쏟아지기 시작했다. 조금만 더 늦었더라도 온몸이 비로 흠뻑 젖었을 게 분명했다. 비가 어찌나 많이 내리던지 짙은 안개라도 낀 것처럼 사위가 뿌옇게 변하면서 바로 옆에 있는 산맥의 모습조차 희미해질 정도로 시계가 좁아졌다. 어두컴컴한 굴 안에서 가만히 웅크린 채 그 광경을 보고 있자니 무섭도록 내리는 폭우만큼이나 거부할 수 없는 졸음이 한가득 쏟아져 내렸다.

'그저 콘크리트 벽 하나 두르고 있을 뿐인데 그제와는 이리 다른 느낌이라니…'

태평히 졸음 타령이나 하는 스스로의 처지에 실없이 웃고만 그는 곧 매트를 풀러 바닥에 펼친 다음 그 위에 드러누웠다. 아까 전 보았던 먹구름의 크기로 짐작건대 뇌우는 앞으로 한동안 지속될 게 틀림없었다. 그는 그동안 눈을 붙이며 쉬기로 마음먹었다. 밖에서 폭풍이 몰아치건 벼락이 떨어지건 자신의 안전은 보장될 거라는 사실에 진심으로 깊은 안도를 느끼면서.

잠깐 눈을 붙이겠다고 청한 잠이 생각보다 오래 이어졌다. 눈을 뜨자마자 시간을 확인한 현진은 어느덧 2시간이 지났음을 깨닫고는 화들짝 몸을 일으켜 세웠다. 줄기차게 쏟아 내리던 비는 이제 산발적으로 흩날리고 있었다. 그 거대했던 먹구름조차 그사이 왼쪽 산맥 너머로 흘러간 것인지 아무리 찾아도 보이질 않았다.

굴 밖으로 나온 현진은 한차례 낑낑 용을 써 가며 수레를 도로 위에 올려놓았다. 예의 먹구름은 사라졌지만 주변 하늘은 여전히 우중충했고, 아까 전 정면으로 마주했던 산맥 위로만 파란 하늘 조각이 슬쩍 모습을 드러내고 있었다. 비 온 뒤라 그런지 춥다고까지 여겨질 만한 바람이 불고 있었고, 그래서 걷기에는 더할 나위 없이 좋은 날씨였다. 현진은 입고 있던 바람막이의 지퍼를 끝까지 올려 채운 뒤 이제는 완연한 오르막으로 바뀐 도로 위로 걸음을 재촉해 나갔다.

처음에는 무난했던 발걸음은, 그러나 오르막의 경사가 일정 수준 이상으로 기울어지자 그 속도가 현저히 낮아지기 시작했다. 오후 6시를 넘기면서부터는 거의 100m에 한 번꼴로 쉬게 되었고, 결국 그날 능선 하나를 넘고 말겠다는 애초의 계획과 달리 그는 8시가 되기 전에 도로에서 멀지 않은 산 중턱에 야영지를 세우기로 마음먹었다.

그가 텐트를 친 곳은 멀리 달란자드가드가 보이는 시야가 환히 트인 곳이었고, 도로를 사이에 두고 그리 멀지 않은 곳에는 유목민의 게르가 하나 세워져 있었다. 그래서인지 눈에 들어오지는 않았지만 어디선가 양과 염소 떼의 울음이 끊이지 않고 들려오고 있었다. 그가 텐트를 치는 동안 근처의 유목민들이 오토바이를 타고 두 차례 방문했는데, 그들 모두 현진을 신기하다는 눈으로 쳐다보았을 뿐 별다른 말 없이 금방 떠나갔다.

현진이 야영 준비를 모두 마친 것은 저녁 8시가 한참이나 지난 때였다. 그러나 출발을 워낙 늦게 한 데다 도중에 2시간 정도를 쉬기까지 했기 때문에 그가 그날 하루 이동한 거리는 그렇게 많지 않았다. 그럼에도 현진은 이런저런 이유로 시간을 소요한 것이 차라리 잘된 일이라고 생각하고 있었는데, 그만큼 그는 현재 자리를 잡은 터가 무척이나 마음에 들었다.

달란자드가드를 내려다보며 앉은 그의 왼편으로는 마침 진한 주황빛으로 하늘을 물들이며 해가 봉우리 너머로 지고 있었고, 그 맞은편 하늘에는 조금씩 배를 불리기 시작한 하얀 달이 드높게 떠올라 있었다. 그리 멀지 않은 도로 위로는 화물차의 검은 그림자가 일렁이는 석양 사이로 느릿느릿 산을 오르고 있었으며, 어느 틈에 다가왔는지 근처를 어슬렁거리며 풀을 뜯고 있던 말 떼는 때때로 격한 콧김을 내뿜으며 호기심 어린 고갯짓으로 낯선 외지인을 살피고 있었다. 그 모든 정경들 사이로는 고요히 바람이 흐르고 있었고, 사위는 오랜 그대로 외롭지도 슬프지도 않았다. 다만 선명한 얼굴로 자신을 굽어보는 달과 이따금 눈이 마주칠 때면 현진의 가슴에만 유독 싸한 외로움이 번지곤 했는데, 그러나 그조차 나쁘지 않다고 그는 생각했다.

하루의 끝을 알리는 붉은 자락이 봉우리 너머로 완전히 사라지고, 점점이 밝혀진 불빛들이 산 아래 도시를 빼곡히 덮을 때까지 그는 오랫동안 묵묵히 자리를 지키고 있었다. 그 시간 그 자리에서, 오직 그만이 느낄 수 있는 어떤 감상에 빠져든 채 그는 그렇게 앉아만 있었고, 마침내 그가 몸을 일으킨 것은 어느덧 맑아진 하늘 사이로 별들이 뭉텅뭉텅 얼굴을 드러내기 시작한 한밤의 어느 무렵이었다.

"…잘 자."

그의 입에서 누구를 향한 것인지 모를 인사말이 나직이 흘러나왔다.

잠시 우두커니 서 있던 그가 이윽고 몸을 돌려 텐트로 느릿느릿 걸어갔다. 얼마 후에는 그런 그의 미미한 움직임마저 어둠 속에 묻히듯 사라졌고, 그러자 오랜 시간에도 미처 풀어내지 못한 그 고적함을 달래듯, 달빛은 은은히 내려 밤이 다 가도록 그가 떠난 빈자리에 머물러 있었다.

그녀의 꿈을 꾸었다. 꿈속에서 다시 만난 그녀는 쉽게 사랑을 말했지만, 현실의 그녀는 참으로 멀리 떨어져 있었다. 몸도, 그리고 마음도.

평소와 다르지 않게 현진은 이른 아침에 잠에서 깨났다. 그러나 다른 때와 달리 눈을 뜨자마자 메어 오는 가슴에는 오래된 상흔처럼 짙은 그리움이 남겨져 있었다. 누군가 집요하게 파내기라도 한 것처럼 가슴 한편이 시큰거려 왔다. 도대체 잠결에 무슨 일이 있었던 것일까. 벌써부터 기억나지 않는 꿈은 그에게 오래도록 슬픔을 안겨 주었다.

말없이 천장만 바라보다 한참 후에야 텐트 입구를 들추고 나온 현진은 이제 막 동터 오는 하늘을 볼 수 있었고, 그래서 자신이 운이 좋다고 생각했으며, 그러나 예상보다 차갑게 부딪쳐 오는 아침 공기에 밖으로 나가려던 생각을 접고는 입구를 반쯤만 열어 둔 채 침낭을 뒤집어쓰고 앉아 있기로 했다.

산 중턱에서 내려다본 대지는 모두가 엇비슷하게 고른 평야처럼 보였다. 그 넓은 대지에 아직은 옅은 어둠이 드리워져 있었다. 먼 지평 부근에만 구름이 길게 띠를 이루고 있을 뿐 남보라 빛 하늘은 티 한 점 없이 맑았으며, 그렇게 위아래로 하나같이 광활한 세계는 불그레한 기운을 은밀하고도 꾸준히 품어 가고 있었다. 잠시 뒤 동쪽으로부터 기지개를 켜듯 노랗고도 부신 빛이 뻗쳐오르자 마치 거대한 기적처럼 세계는 온통 환한 금빛으로 물들기 시작했고, 하늘과 땅의 경계, 세계의 정 가운데에 제 몸의 절반을 걸친 태양은 흡사 만물을 지그시 응시하는 세계 그 자체의 반개한 눈처럼 보였다. 시간이 지나면서 그 눈이 점차 크게 뜨이면 뜨일수록 만물 역시 제 형상과 이름을 조금씩 갖추어 가고 있었다.

밤사이 차가워졌던 공기는 태양이 쏘아 낸 빛들로 빠르게 데워지기 시작했다. 그리고 그러한 과정이 진행되는 정교하고도 과학적인 원리를 떠올리기에 앞서 현진은 태양에 대해, 또 그것이 몰고 온 확실하고도 두드러진 변화에 대해, 즉 세계에 두루 미치는 그 따사로움과 환함에 대해, 까마득한 옛적부터 수많은 이들에 의해 비슷하게 경험되고 찬미되어 온 감정, 바로 경외심을 느꼈다. 그리고 그것은 그의 가슴에 어젯밤의 몽환적인 감상과는 또 다른 마음의 작용, 그러니까 새로운 날의 새로운 삶을 맞이하기 위해 망각을 먹고 자라난 반짝이는 힘, 희망을 불러일으켰다.

장엄한 일출을 구경하는 동안에도 빵과 주스로 배를 채우는 것을 잊지 않은 현진은 어느 정도 공기가 덥혀졌다고 생각되었을 때 밖으로 나와 텐트를 걷기 시작했다. 이어 그는 꺼내 놓은 물품들을 차례로 배낭에 넣었고, 다시 배낭을 수레에 동여매었다.

빠르게 떠날 채비를 마치고 도로에 오른 그가 눈을 들어 산 정상이 있음직한 방향을 바라보았다. 그러나 그사이에 봉우리가 여럿 있는지 그가 있는 자리에서는 정상이 보이지 않았다. 그는 고개를 돌려 이번에는 반대편 하늘을 올려다보았다. 바람에 맑게 씻긴 하늘과, 온화하게 볕을 뿜어내고 있는 태양이 그곳에 있었다.

'…서둘러야겠어.'

다시 앞으로 시선을 돌린 그가 이내 단단히 각오를 다진 얼굴로 경사면을 오르기 위한 첫발을 떼었다. 전날과는 딴판으로 너무도 화창한 날씨가 그의 등을 떠밀고 있었다. 방금 전까지 그의 입에서 감탄을 자아내게 했던, 또 지금은 어깨 위로 따사롭게 내리고 있는 햇살이 언제 따갑다 못해 입에서 상스러운 욕설이 나오게 만들지 알 수 없었다. 할 수 있는 한 그전까지는 산 정상에 오르자고 그는 굳게 마음을 먹었다.

그러나 한 시간이 지나고 2시간이 지나고, 그러다 결국 3시간을 거쳐 4시간이 흘렀건만 산 정상은 끝내 그 모습을 드러내지 않았다. 몇 차례나 오르락내리락하면서도, 또 굽이굽이 돌면서도 길은 꾸준히 오르막을 유지했고, 태양은 이제 하루 중 가장 뜨겁고도 강렬한 볕을 쏘아 내릴 준비를 하고 있었다. 산 곳곳에 위치한 회갈색 바위들 위로 벌써부터 이글이글 열기가 피어오르는 게 보였다.

점차 기진해 가는 몸을 이끌고 겨우겨우 걸음을 옮겨 놓던 현진은 마지막 휴식 시점으로부터 불과 20분이 지나지 않아 다시금 쉬기 위해 걸음을 멈췄다. 수레의 한 뼘 남짓 되는 그림자 속으로 쓰러지듯 앉은 그가 물끄러미 자신의 손바닥을 내려다보았다. 얼마 전부터 수레 손잡이와 맞닿은 손가락 부위가 찌릿찌릿 따가운 것이 조만간 물집이라도 잡힐 것 같았다. 미끄럼을 방지하기 위해 오돌토돌한 형태로 만들어진 손잡이를 오르막을 오른답시고 힘껏 틀어쥐었던 게 문제인 듯싶었다. 겉보기에는 아직 멀쩡했지만 앞으로는 최대한 손에 힘을 빼고 움직여야겠다고 그는 생각했다.

다시 고개를 들어 앞을 바라보자 길은 여전히 그의 눈높이보다 한참이나 위를 향하고 있었다.

"…그래. 날 죽여라, 죽여."

공기가 죄다 빠져 비루해진 풍선처럼, 열없는 한숨이 그의 입에서 새어 나왔다. 이번이 벌써 몇 번째 갖는 휴식인지 몰랐다. 휴식은 갈수록 그 간격이 짧아졌고, 앉고 일어서는 간단한 행동조차 이제는 무척이나 버겁게 느껴졌다. 심지어 그는 생각하는 것마저 아끼고 있었다. 너무나 힘이 들었던 나머지 그늘막을 칠 엄두는 아예 내지도 못했다. 가끔씩 차들이 빠르게 스쳐가노라면 그의 망연한 눈빛이 차가 완전히 사라질 때까지 그 꽁무니를 뒤쫓곤 했다.

"웃—차! 조금만 더 힘내자, 현진아!"

그래도 쉬는 동안 다소 기력을 되찾은 덕분일까. 얼마 뒤 그가 외마디 기합 소리와 함께 몸을 일으켜 세웠다. 천천히 손목과 어깨, 발목을 풀어 준 그는 선글라스를 끼고 모자를 눌러 쓴 후 다시 한 번 비장한 눈으로 산길을 올려다보았다. 이번에는 불필요한 힘을 최대한 빼고 걷자고 다짐하는 것을 끝으로 그가 다시 굼뜬 걸음을 이어 갔다.

그리고 그로부터 겨우 반 시간이 지났을 무렵, 그토록 길고도 험난했던 오르막이 느닷없이 끝이 났다. 그건 정말이지 예상치 못한 지형의 변화였다. 고개를 푹 수그린 채 발끝만 응시하며 걷다가 정신을 차리고 나니 길이 어느새 평지로 뒤바뀌어 있었다.

"뭐야… 설마 정상인가?"

그러나 아직 확신하기엔 이르다고 그는 생각했다. 이미 몇몇의 봉우리를, 그러니까 하나같이 정상이기만을 기도했고 그러나 결국엔 그것이 헛된 바람이었을 뿐임을 깨닫게 한 여럿의 가짜 정상들을 거쳐 오면서 그는 희망과 좌절 사이를 오르락내리락하는데 진절머리가 나 있었다. 단순한 산등성이를 정상이라고 착각한 나머지 장차 느끼게 될 절망감을 부풀리지 않기 위해서라도 그는 잠시 판단을 유보하기로 했다.

막연한 기대감으로 쉽사리 한쪽으로 치우치려는 마음을 애써 추스르며 현진은 다시 걸음을 이어 갔고 그러기를 20여 분, 마침내 그가 산등성이의 끝자락에 다다랐을 때, 그리고 길이 완연한 내리막으로 바뀌고 먼 아래로 까마득한 광야의 모습이 들어왔을 때, 지금 서 있는 위치가 정상이라는 더할 데 없는 확실한 증거가 그렇게 홀연히 눈앞에 나타났을 때, 흡사 곰의 울음 같은 환호가 그에게서 우렁차게 터져 나왔다.

"우와아아아!"

마침내 그가 걸음을 세웠다.

'정상.'

그 한 단어가 이토록 반가웠던 적이 없었다. 꼬박 하루하고 반나절을 걸어 겨우 도착한 정상이었다. 다른 어느 때보다 감회가 남다른 것도 당연한 일이었다. 드넓은 대지로부터 밀려오는 청량감, 그 이상으로 가슴에 번지는 장쾌한 해방감을 만끽하느라 현진은 시간 가는 줄도 모른 채 한동안 우두커니 서 있었다.

그가 다시 출발하기로 마음먹었을 즈음에는 어느 틈엔가 샘솟은 활력이 이미 몸 구석구석을 기운차게 흐르고 있었다. 무슨 생각에서였을까. 지금껏 아등바등 끌고 왔던 수레를 그가 슬쩍 몸 앞으로 위치시켜 놓았다. 그다지 힘도 주지 않았건만 수레는 저 홀로 알아서 잘 굴러갔다. 남은 길이 지금까지와는 비교할 수 없을 만큼 쉬우리라는 예감이 그의 머릿속에 강한 확신으로 박혀 들었다.

다시 뗀 걸음은 들뜬 마음만큼이나 가벼워져 있었다. 구름이라곤 고작 두어 덩이 떠 있는 새파란 하늘에서 햇볕은 여전히 쨍쨍히 내리고 있었지만, 그는 더 이상 힘든 줄을 몰랐다.

미끄러지듯 산을 내려가기 시작한 지 한 시간이 조금 안 된 시점, 문득 먼 등 뒤로부터 오토바이 소리가 들렸고, 그저 지나는 사람이겠거니 생각한 현진은 구태여 걸음을 멈추면서까지 뒤를 돌아보지는 않았다. 그런데 그의 예상과 달리 배기음은 점차 커지는 대신 오히려 줄어들었고, 급기야 그의 바로 옆까지 와서는 아예 멈추어 버렸다.

'아아, 또로군.'

고개를 돌린 곳에는 30대 중반으로 보이는 남자와 예닐곱 살쯤 됐을 법한 작고도 귀여운 소녀가 하나 앉아 있었다. 아이의 신기해하면서도 호기심 가득한 눈빛이 벌써부터 현진과 수레 사이를 분주히 오가고 있었다. 잠시 아이에게 눈웃음을 지어 보인 현진은 이내 남자를 향해 까딱 고개를 숙여 인사를 건넸다. 남자 역시 겉으로는 점잖음을 유지하는 듯 보였으나 두 눈만큼은 현진을 구석구석 면밀히 탐색하고 있었다.

"말이요? 아뇨, 본 적 없어요."

짧은 인사를 마치고 남자와 소녀가 현진에게 번갈아 물은 것은 자신들의 말(馬)에 관한 것이었다. 남자가 말을 뜻하는 몽골어 단어 '머르'를 뱉어내자, 현진이 알아듣지 못할 거라고 생각했는지 소녀가 곧바로 영어로 덧붙였고, 부녀로 보이는 그 둘의 이야기를 듣고 현진이 추론한 대로라면 그들은 그날 아침 말 한 마리를 잃어버렸으며, 지금은 그 잃어버린 말을 찾으러 돌아다니는 중이었다. 하지만 현진으로서는 그들을 돕고 싶어도 도울 수가 없었다. 그가 이른 아침부터 걸어오며 본 움직이는 것이라고는 두셋씩 짝을 이루며 도로 위를 질주해 간 차들이 전부였던 것이다.

고개를 젓는 현진의 대답에도 부녀는 실망하는 기색 없이 도리어 그를 좀 더 흥미 있게 쳐다볼 뿐이었다. 그러다 그들은 짤막한 인사만을 남기고 왔던 것만큼이나 빠르게 멀어져 갔는데, 그로부터 오래지 않아 그를 마주 보며 다시 돌아왔다. 그 꼴을 보아하니 아무래도 끝내 자신들의 말을 찾지 못한 것 같았다.

부녀의 모습이 먼 도로 위로 나타났을 때 현진은 반갑게 손을 흔들어 주었고, 그러자 그냥 지나쳐 갈 거라 여겼던 남자가 서서히 그의 앞에 멈추어 서더니 재차 말을 건네 왔다. 그러나 현진이 계속 알아듣지 못하는 눈치를 보이자, 잠시 아버지와 이야기를 주고받던 소녀가 손짓으로 현진의 주의를 끌고는 자신의 뒷좌석 빈자리를 톡톡 두드려 보였다.

"타라고? 지금 이걸 가지고?"

그들이 자신을 초대하고 있다는 사실은 그리 어렵지 않게 파악할 수 있었으나, 그토록 유심히 자신을 관찰했으면서도 지금껏 대체 뭘 본 거냐고 질책하고픈 심정을 현진은 간신히 억눌러 참아야만 했다. 그렇게나 기를 쓰며 지나온 길을 다시 되돌아가는 방향으로 그들이 가고 있다는 사실은 차치하고라도, 대체 이 큰 수레를 어떻게 하고 오토바이에 타라는 말인가!

그러나 남자는 너무도 당연하다는 듯 양손으로 수레를 붙잡고 앉는 시늉을 해 보였고, 그 표정과 몸짓이 어찌나 천연덕스럽던지 현진으로서는 순간적으로나마 그가 얄밉게 느껴질 정도였다.

"아니, 차도 위에서야 그렇게 가도 상관이 없겠지만…."

현진은 뒷말을 흐렸다.

'설마 도로에서 벗어날 즈음해서 한 번은 멈추지 않겠어? 조금이라도 생각이 있다면 당연한 거잖아? 설마 자갈길에서도 저걸 붙들고 있으라고 하진 않겠지….'

그는 더 군말 않고 그들의 제안에 응하기로 했다.

현진이 자신의 수레를 끌고 오토바이로 다가가자 소녀가 엉덩이를 남자 쪽으로 붙여 앉으며 그가 앉기에 충분한 공간을 마련해 주었다. 현진은 팔을 뒤로 뻗은 자세로 수레를 잡고 앉았고, 그가 완전히 자리 잡기를 기다려 남자가 오토바이를 출발시켰다.

오토바이는 생각보다 훨씬 빠른 속도로 달렸다. 아무리 차도 위라지만 예상 밖의 속도에 수레를 잡은 현진의 손아귀에 잔뜩 힘이 들어갔다. 오토바이가 커브라도 돌라치면 무게가 한쪽 바퀴로 쏠리면서 수레가 금방이라도 뒤집힐 것처럼 기우뚱거리는 일이 몇 차례나 이어졌다. 다행히 그는 균형을 잡는 법을 곧 터득했고, 손아귀에 있는 대로 힘을 주기보다는 힘을 빼고 느슨히 잡는 편이 오히려 더 낫다는 사실을 깨우쳤다.

하지만 그가 염려했던 대로 진짜 문제는 자갈길에 들어서면서부터 시작되었다. 도로에서 벗어나자마자 한차례 덜컹, 크게 요동친 오토바이는 속도를 줄이기는커녕 울퉁불퉁한 자갈길을 곧장 내달렸고, 그 거침없는 속도에 현진은 저도 모르게 신음을 터뜨렸다. 손바닥이 얼얼한 것은 물론, 구릉을 타 넘을 때마다 널뛰는 수레의 무게가 그로서는 점차 감당할 수준을 벗어나고 있었다.

"아저씨! 천천히…! 조금만 천천히 가 주세요!"

그러나 그의 발작적인 외침에도 불구하고 남자는 아주 조금 속도를 줄였을 뿐이었다. 그런 무신경함이 핏줄을 타고 전해진 것인지 소녀 역시 뒤에서 벌어지는 일의 급박함은 깨닫지 못한 채 천진난만하게 깔깔거리고만 있었다.

"으아악!"

결국 우려했던 일이 현실이 되고 말았다. 돌부리에라도 걸렸는지 잠시 기우뚱한 수레가 곧이어 나타난 턱에 번쩍 뛰어 오르면서 현진은 간신히 붙잡고 있던 수레의 손잡이를 놓치고 말았다.

쿵, 쿵, 쿠웅.

바닥에 엎어진 수레가 제 속도를 못 이겨 땅바닥을 두어 바퀴 구른 후 발라당 드러눕는 장면이 먼지구름 속에서도 현진의 눈에 똑똑히 들어왔다. 그제야 남자가 천천히 오토바이를 세웠다.

"……"

치밀어 오르는 분을 삭이지 못한 채 현진은 원망스러운 눈으로 남자를 쳐다보았다. 그러나 그는 태연자약했다. 슬쩍 뒤쪽으로 시선을 준 그는 그저 묵묵히 앉아만 있었고, 그래서 현진은 남자가 자신이 다시 수레를 가지고 오기만을 기다리고 있다는 사실을 깨달았다. 별수 없이 오토바이에서 내린 그는 터벅터벅 수레가 있는 쪽으로 걸어갔고, 뒤늦게야 수레를 잡고 있던 손목과 팔꿈치가 시큰거려 오는 것을 느낄 수 있었다.

그 잠깐 사이 한참이나 멀어져 버린 수레는 흙먼지를 뒤집어쓴 채 무참한 꼴로 나동그라져 있었다. 배낭에 묻은 먼지를 털어 내던 현진은 곧 매트가 빠져나갔다는 사실을 깨달았고, 잠시 주위를 살펴보다 좀 더 먼 앞쪽에 떨어진 매트를 발견할 수 있었다.

매트를 동여매고, 끈을 조여 다시 배낭을 수레에 고정시킨 그가 천천히 오토바이로 다가갔다. 그리고는 남자를 향해, 그 속마음을 고려해 본다면 정말 놀라우리만치 정중한 태도로, 오토바이를 타고 가는 대신 자신이 직접 수레를 끌고 가겠다는 뜻을 전해 보였다. 그러나 무던한 인내심을 발휘한 그런 노력에도 불구하고 현진의 의사를 완전히 무시한 채, 남자는 다시 오토바이에 올라 수레를 보다 꽉 붙들라는 손짓만 되풀이해 보였다.

'그래, 끝까지 내 잘못이라 이거지? 당신이 반나절 동안 수레를 끌어 봐. 과연 그런 말이 쉽게 나오나!'

결국 남자의 막무가내식 요청에 현진은 울며 겨자 먹기로 다시 오토바이에 몸을 실을 수밖에 없었다. 다만 팔만 뒤로 뻗었던 아까와는 달리 이번에는 아예 몸을 뒤로 돌린 채 수레를 잡고 있기로 했다.

다시 출발한 오토바이는 방금 전보다 속도가 한결 줄어 있었다. 이전에 비해 남자가 좀 더 신경을 써 구릉을 타고 넘는 것 같았다. 그럼에도 불구하고 몇 차례 수레를 놓칠 뻔한 고비가 있었고, 다행히 그리 오래지 않아 오토바이가 멈춰 섰다. 주위를 살펴보니 멀지 않은 곳에 게르가 한 채 서 있었다. 생각보다 먼 거리를 되돌아오지는 않았다는 생각에 현진은 내심 안도의 숨을 내쉬었다.

오토바이에서 내린 남자는 곧바로 게르 안으로 들어갔고, 이어 소녀와 현진이 그 뒤를 따라 차례로 몸을 들였다. 안에는 새로운 얼굴이 둘 있었다. 남자의 아내로 보이는 크지도 작지도 않은 체구의 젊은 여인 하나와, 현진과 함께 들어 온 아이의 언니로 여겨지는, 십 대 중반쯤 됨직한 또 한 명의 소녀였다.

소녀는 눈이 크고 맑았으며, 현진과 눈이 마주치자 빠르게 다른 곳으로 시선을 돌리는 모습이 꽤나 수줍음을 타는 성격인 것 같았다. 그런 언니의 곁에 나란히 앉은 보다 작은 소녀는 그 얼굴에 씩씩한 웃음을 담으며 현진을 마주 보았다. 서로 다른 자매의 모습이 참으로 예쁘게 보여 현진의 입가에 절로 미소가 지어졌다.

"내 이름은 현진이야. 너흰 이름이 뭐야?"

그의 물음에 어린 소녀는 스스럼없이 자신을 '자이야'라고 소개했고, 이내 부끄러워하는 언니를 대신해 그녀의 이름이 '아짜'라고 알려 주었다.

"잉쿠아트."

두 소녀의 아버지가 뒤따라 자신의 이름을 말해 주었다. 그러나 그의 아내는 그저 조용히 웃으며 침묵을 지켰고, 혹시라도 외간 남자가 남의 집 안주인의 이름을 묻는 것이 실례가 되진 않을까 걱정한 현진 역시 구태여 캐묻지는 않았다.

소녀들의 어머니는 마른 헝겊으로 빈 그릇을 쓱쓱 닦아낸 다음 그곳에 차부터 따라 주었다. 그렇지 않아도 심하게 목이 말랐던 현진은 뜨거운 찻물에 혓바닥과 목구멍을 데이면서도 금세 한 그릇을 비워냈고, 그러자 잉쿠아트가 자신의 그릇에 한차례 차를 따른 후 현진의 앞으로 아예 주전자를 가져다 놓았다. 이어 그는 아짜를 시켜 과자를 담은 그릇도 가져오게 했는데, 소녀는 여전히 현진과 눈을 마주치지 못한 채 그릇만 내려놓고는 재빨리 자기 자리로 돌아가 앉았다. 먹을 것을 앞둔 잉쿠아트의 친절한 배려와 소녀의 아이다운 순수함에 금세 기분이 좋아진 현진은 방금 전까지 꽁해 있던 마음이 모두 풀리는 걸 느꼈다.

뜨끈하면서도 짭짜름한 차는 갈증 해소에 탁월했다. 일단 목을 축이고 나자, 그날 아침 먹은 것이라곤 빵 몇 덩이뿐인 데다 산을 넘겠다는 일념으로 점심까지 걸렀던 현진은 꾸역꾸역 입 안으로 과자 넣기를 멈추지 않았고, 그런 굶주린 속사정을 잉쿠아트에게 금세 간파당하고 말았다. 느긋이 담배를 태우며 자신의 손님을 살피던 잉쿠아트가 잠시 후 아내에게 무슨 말인가를 넌지시 건넸고, 그러자 한차례 큰 웃음이 게르 안을 휩쓸고 지나가더니 곧 여인이 화덕에 불을 지펴 솥에 물을 끓이기 시작했다.

이어 소녀들도 분주하게 움직였다. 자이야는 도마를 가져왔고, 아짜는 어디선가 둥글게 뭉쳐진 밀가루 반죽을 찾아내 왔다. 여인은 건네받은 반죽을 도마 위에 올려놓고 차근히 펴나가기 시작했으며, 그녀의 꾸준하고도 오랜 작업 끝에 반죽이 넓고 둥글게 펴질 즈음해서 때맞춰 솥뚜껑 아래로 수증기가 새어 나왔다. 그러자 여인은 다시 반죽을 접어 가며 얇게 썰기 시작했고, 얼마 후 도마 위에는 얇은 면 모양의 반죽이 산처럼 수북하게 쌓이게 되었다. 그녀는 그것을 솥 안으로 모두 쏟아 부은 뒤 자이야가 가져다준 고기 한 대접까지 그 위에 뿌려 넣었다. 몇 차례 휘적거려 내용물을 섞어 준 그녀가 이내 솥뚜껑을 닫았다.

어느 틈엔가 과자로 향하던 현진의 손길이 뚝 멎어 있었다. 대신 그의 눈길이 티를 내지 않으려는 그 자신의 부단한 노력에도 불구하고 솥, 정확히 말하면 그 상상만으로도 입 안 가득 침이 고이는 초이왕을 쪄 내고 있는 양철 솥에 머물렀다 떨어지기를 반복하고 있었다.

그에게는 지난하게만 느껴지는 시간이 흐른 후, 마침내 여인이 솥 안을 슬쩍 확인해 보고는 그의 그릇을 들어 초이왕을 담아 주었다. 고봉으로 넘치도록 쌓인 그릇을 현진은 황송한 심정으로 떠받치듯 받았고, 그 순간 콧속을 메워 오는 진한 향내에 황홀함마저 느꼈다. 그래도 모두가 밥그릇을 받아들기까지 기다려야 한다는 생각에 그가 애써 욕구를 억누르고 있자 잉쿠아트가 껄껄 웃더니 어서 먹으라는 시늉을 했다. 그에 현진은 더 기다리지 않고 한 입 크게 초이왕을 떠 넣었다.

"흐하아…!"

그의 벌려진 입으로부터 격한 탄성과 함께 뜨거운 김이 뿜겨져 나왔

143

다. 지켜야 할 체면 따윈 더 이상 그의 머릿속에 남아 있지 않았다. 그는 얼굴을 파묻고 허겁지겁 그릇을 비우기 시작했고, 이따금 데인 혀를 식히려 고개를 들 때마다 그와 눈이 마주친 소녀들이 저마다 개성 어린 웃음과 미소를 그에게 보내 왔다.

현진의 식사는 그가 세 그릇을 비우고 나서야 끝이 났다. 마지막으로 차까지 한 그릇 마시고 나자 홀쭉했던 배가 그 어느 때보다 빵빵해져 동산처럼 부풀어 있었다. 너무도 만족스러웠던 식사에 그가 자신의 배를 보란 듯 두드리는 것으로 고마움의 인사를 대신했다. 어쩌면 그들 가족에게는 평소 하던 식사에 단순히 입 하나(어쩌면 둘) 붙은 것일지 몰랐지만, 대부분의 끼니를 빵과 주스로 해결해 왔던 그에게는 귀하디귀한 한 끼일 수밖에 없었다.

"헤이!"

"아, 전 괜찮아요! 제가 담배를 안 펴서요."

밥을 다 먹고 나자 소녀들은 자리에서 일어나 밖으로 나갔고, 잉쿠아트는 담배를 꺼내 입에 물면서 현진에게도 한 대 권해 왔다. 마침 게르 밖 멀지 않은 곳으로부터는 염소 울음소리가 들려 왔다. 잉쿠아트의 제안을 거절하느라 소녀들을 따라나설 타이밍을 놓친 현진은 그가 담배를 피우는 동안 그저 멀뚱히 앉아만 있었고, 그러다 얼마 후 밖에서 외치는 소녀들의 부름에 몇 차례 대꾸하던 여인이 뭔가 마음에 들지 않는 듯 몸소 밖으로 나가려 하자 그 뒤를 따라 부리나케 게르를 빠져나왔다.

"으악! 이게 다 뭐야?!"

밖으로 나가자마자 전신을 덮어 오는 모래먼지에 현진은 소스라치게 놀라며 질겁했다. 아닌 게 아니라 주위에서는 한창 소녀들이 염소 떼 사이를 휘젓듯 뛰어다니고 있었고, 그때마다 마치 자석의 서로 반대되는 극처럼 염소 떼는 아이들을 피해 황황히 도망쳤는데, 바로 그 수십의 발굽으로부터 일어난 먼지구름이 게르 주변을 뿌옇게 잠식하고 있었던 것이다.

현진의 뒤를 이어 잉쿠아트 역시 곧 게르 밖으로 나왔다. 한동안 현진의 옆에 나란히 서서 소녀들이 쫓고 있던 염소 떼를 유심히 살펴보던 그는, 그러다 현진이 미처 무슨 일인지 깨달을 겨를도 없이 성큼성큼 그 혼란의 도가니 한복판으로 걸어 들어가서는 염소 한 마리의 뒷다리를 기민한 솜씨로 낚아챘다.

"와아…!"

그건 말 그대로 순식간에 일어난 일이었다. 혼잡한 전장 속을 홀로 유유히 헤치는 그 영웅과도 같은 걸음걸이에, 또 먹이를 낚아채는 독수리와 같은 예리한 손놀림에 현진은 감탄을 뱉어낼 수밖에 없었다.

"어? 어어… 조심해요!"

그러나 염소 역시 순순히 당하고 있지만은 않았다. 과연 그 맞수답게 녀석은 격한 발버둥을 쳐 영웅의 손으로부터 벗어나 무리에게로 도망을 쳤고, 곧 현진에게는 다 비슷비슷해 보이는 동료들의 틈바구니 속으로 서둘러 자취를 감춰 버렸다.

이후로 비슷한 양상의 추격전이 몇 차례 반복되었다. 어떻게 그토록 쉽게 찾는지 불가사의할 정도로 잉쿠아트는 수십의 비슷한 얼굴들 사이에서 예의 그 염소만을 어김없이 골라내었고, 마침내 세 번째 시도 끝에 염소를 땅바닥에 쓰러뜨리는 데 성공했다. 잠시 버둥거리던 염소는 이미 많이 지쳐 버린 것인지, 혹은 짓눌러 오는 그의 무게에 지레 포기를 한 것인지 이따금 움찔거리기만 할 뿐 전과 같이 심하게 몸부림치지는 않았다.

그 몸통을 깔고 앉은 채로 염소를 살펴보는 잉쿠아트의 주위로 현진과 소녀들이 다가갔고, 곧 아버지의 지시에 따라 아짜가 흙바닥에 자리를 잡고 앉아 양손으로 염소의 뒷다리를 비틀어 쥐고는 좌우로 활짝 벌렸다. 이어 아이가 염소의 사타구니 사이로 발을 집어넣어 그 급소 부분을 누르자, 미약하나마 간헐적으로 이어지던 염소의 몸부림이 완전히 멎고 말았다. 딸이 염소를 단단히 붙든 것을 확인한 잉쿠아트는 품에서 주머니칼을 꺼낸 뒤 그대로 염소의 목을 그어 버렸다.

"헉!"

순식간에 전개된 상황에 놀란 것은 오로지 현진 혼자뿐이었다. 염소를 붙잡고 있던 아짜도, 그 장면을 옆에서 지켜보고 있던 자이야도 눈살 하나 찌푸리지 않은 채 태연함을 유지했고, 심지어 자이야는 현진을 보며 생글생글 웃었는데, 그 웃음은 잉쿠아트가 염소의 명치 부근을 칼로 째 창자를 꺼내 올릴 때까지도 그치지 않았다. 명치에 틈이 생기자 안팎의 기압 차로 인해 풍선처럼 급격히 부풀어 오른 창자를 잉쿠아트는 손으로 잡아당겨 완전히 끊어내서는 옆의 바닥에 휙 던져 버렸다.

철퍼덕—

터진 창자 주위로 역한 풀냄새가 퍼지자 그제야 자이야가 코를 막는 시늉을 하며 장난스럽게 얼굴을 찡그려 보였다.

이윽고 신속하고도 정교한 염소의 해체 작업이 시작되었다. 피가 흐르고 뼈와 근육이 잘리는 장면을 더 이상 온전히 마주 보기 힘들었던 현진은 잠시 주위를 살피다가 얼마쯤 떨어진 곳에서 동료가 죽어가는 광경을 지켜보고 있던 염소 떼를 발견하고는 그쪽을 향해 걸어갔다. 특유의 가느다란 목소리로 돌림노래처럼 이어지는 그들의 울음소리는 마치 동료의 죽음을 애도하는 것 같기도, 또 동료를 죽인 이들을 원망하는 것 같기도 했다. 그걸 들으면서 현진은, 어쩌면 자신이 속한 종(種)이란 것이 등 뒤의 철혈의 도살자 가족보다는 눈앞의 염소 무리에 더 가깝지 않을까, 그런 생각이 들었다.

그러나 그건 그만의 생각이었는지, 그가 몇 걸음 다가서면 염소 떼는 그보다 배 이상 물러나는 상황이 이후로 몇 차례 재연되었다. 결국 이유 모를 배신감을 느끼며 현진이 더 이상 다가가기를 포기하려는데, 그 순간 그의 옆을 빠르게 지나쳐 염소 떼에게 달려가는 인형이 하나 있었다.

"……!"

인형의 정체란 다름 아닌 자이야였다. 소녀는 순식간에 염소 떼에게 도달해 움직임이 굼떠 무리의 가장 바깥에 머물러 있던 작달막한 새끼 염소를 번쩍 낚아채었다. 아이의 앙증맞은 팔이 그만한 힘을 발휘했다는 사실에 놀라워하던 현진은, 그러나 금세 힘에 부치는지 얼굴을 구기며 낑낑거리는 자이야의 모습에 서둘러 그쪽으로 다가갔고, 그러자 소녀가 방실 웃으며 그에게 염소를 내밀었다.

"나한테 안아 보라고 주는 거야?"

웃음 띤 얼굴로 고개를 끄덕여 보인 아이가 다시 얼굴을 찌푸렸다. 그 수고를 덜어 주고자 현진은 얼른 팔을 내밀어 염소를 받았고, 그러나 갑작스레 전개된 상황에 이내 얼떨떨한 얼굴이 되어 자신의 품을 내려다보았다.

앞다리는 접고 뒷다리는 뻗은 채로 그의 팔에 걸쳐져 있던 새끼 염소는 곱슬곱슬한 갈색 털을 지닌 자그마한 녀석이었다. 축 늘어진 귀와, 역시나 양쪽으로 처진 눈이 흡사 빙그레 웃는 듯 둥글게 말려 올라간 입선과 조화를 이루며 무척이나 순한 인상을 주었다. 미세하게 떨고 있는 새끼 염소를 현진은 한동안 달래듯 쓰다듬었고, 이윽고 녀석이 어느 정도 진정된 듯 보이자 소녀에게 다시 염소를 건네주었다. 아이가 바닥에 풀어주자마자 녀석은 기다렸다는 듯이 달음박질쳐 무리에게로 도망갔다.

그들이 다시 게르로 돌아왔을 때에는 이미 덩이덩이 조각난 염소의 몸뚱이가 게르 지붕에 널린 채로 햇볕을 쬐고 있었다. 그걸 본 현진의 머릿속으로 방금 전 자이야가 새끼 염소를 안고 있던 모습과, 염소의 숨을 끊는 광경을 천진하게 웃으며 바라보던 모습이 차례로 떠올랐다. 처음에는 심한 위화감이 들 정도로 너무도 상반되는 느낌의 두 장면은 그러나 곧 자연스레 겹쳐졌고, 오히려 그것들을 전혀 별개의 것으로 분리해 생각하고 있는 자신이야말로 자연스럽지 못한 게 아닌가, 그런 의아함이 그의 머릿속을 치고 지나갔다. 나이 어린 소녀에게조차 아무런 거리낌 없이 받아들여지는, 오랜 세월 하나의 문화가 이어 온 방식을 자신은 왜 부조리하다고 여긴 것일까. 어떻게 한 생명이 스러지던 그 짧은 순간에 삶과 죽음을 '긍정적인 삶'과 '부정적인 죽음'이란 상반된 개념으로 단정 짓고 후자를 외면하려고까지 했던 것일까. 현진은 그것이 무척이나 궁금해졌다.

'사실 한국에서는 그런 장면 자체를 마주칠 일이 없었지.'

지금껏 그가 살아온 사회에서는 가축의 사육과 도축이 제각기 분리된 곳에서 이루어졌고, 역시 그 둘 모두로부터 멀리 떨어진 소비를 위한 단순 공정으로 전락해 버린 지 오래였다. 설사 매 끼니마다 고기를 먹는 사람이라도 실제로는 가축을 마주할 일이 거의 없었으며, 가축이 사육되고 도축되는 현장을 직접 접할 기회는 더욱이 없었다. 상황이 그렇다 보니 단순 소비자로서 오랜 시간 그 사회에서 살아왔던 이에게는, 피가 뿜어지고 생명이 죽어 가는 장면이 단순히 생소한 것을 넘어 잔인하고 충격적인 것으로까지 인식되는 것도 당연했다.

그리고 또 하나, 그 사회의 다른 한편에서는 삶과 죽음을 양극단에 놓고 그것들에 대해 지나치게 부풀리거나 축소하는 사회운동과 종교가 만연해 있었다. 생명은 그 자체로 경이롭고 찬양받아 마땅하다고 외치는 그들의 주장은 수많은 생명의 권리를 신장시키는 데 막대한 기여를 했으나, 동시에 죽음을 삶의 대척점에 놓은 탓에 그저 가리고 외면해야 할 그 무엇으로 보이게끔 만들었다. 생명을 영위하는 존재라면 죽음을 접할 때 본능적으로 겪게 되는 공포의 감정에 그들은 섣불리 도덕적인 잣대를 들이밀었고, 그래서 자칫 삶은 '옳은 것', 죽음은 '그른 것'으로 여기는 풍조가 굳어지고 말았다.

복잡하게 분화된 만큼 그가 살던 사회에서는 수많은 설명이 가능했고, 그래서 현진은 자신의 사고를 형성하는 틀이 그중 어디에 뿌리를 내리고 있는지 정확히 알 수 없었다. 그러나 한 가지 사실, 즉 자신이 오랫동안 살아온 사회가 너무도 당연하다고 믿게끔 만든 그런 개념의 분리가, 또 그로부터 파생되어 당연시되어 온 감정들이, 저만의 고유한 전통을 지닌 또 다른 문화권의 사회에서는 그저 불필요한 군살에 불과할 수도 있음을 새삼 확인할 수 있었다.

잉쿠아트가 염소를 잡은 이유가 손님으로 온 자신을 접대하기 위한 것이었음을 알게 되기까지는 그리 오랜 시간이 걸리지 않았다. 뱃속에 든 밥이 미처 소화되기도 전에 현진은 염소 고기로 만든 수십 개의 만두를 마주하게 되었는데, 만두는 지금껏 그가 즐겨 먹곤 했던 군만두인 호쇼르와는 달리 머리 부분이 동글게 오므려진 형태의 찐 만두였고, 배가 부른 탓에 식욕이 크게 일지 않았던 그는 처음에는 그저 호기심으로 몇 입 베어 물었으나, 곧 씹을 때마다 알차게 배어나오는 육즙에 반한 나머지 순식간에 댓 개를 먹어치웠다. 그런 다음에야 그는 옆에서 단풍잎 같은 오밀조밀한 손으로 만두를 집어 먹고 있던 자이야에게 만두의 이름을 물어보았고, 그러자 아이가 '보츠'라고 알려 주었다.

"후아! 더는 못 먹겠어요. 진짜 배가 터질 것 같아요!"

다시 열 개 가까운 만두를 뱃속으로 집어넣고 났을 때, 더 이상 먹다가는 잉쿠아트의 게르에 도착한 뒤로 자신의 배로 들어간 모든 음식들의 혼합물을 눈으로 직접 확인하게 될 것만 같아 현진은 엉덩이를 뒤로 빼며 물러앉았다. 그런 그에게 잉쿠아트가 거듭 더 먹으라는 손짓을 했으나, 그는 자신의 배를 두드려 보이며 완곡한 거절의 의사를 표했다.

다른 이들은 보츠를 그리 열성적으로 먹지 않았는데, 그걸 본 현진은 자신을 대접하기 위해 그들이 염소를 잡았다는 생각에 더욱 확신을 갖게 되었고, 그런데 자신은 지금 배가 부르다고 먼저 물러나 버린 게 아닌가, 그런 생각에 못내 미안해졌다.

그렇게 먹고, 먹고 또 먹다 보니 시간은 쏜살같이 흘러 어느새 저녁 무렵이 가까워져 있었다. 그날 하루 꾸준히 걸어 다음 목적지인 바얀달란에 도착하리라 내심 작정하고 있었던 현진은 게르에 머무는 시간이 길어질수록 차츰 마음이 초조해져 갔다. 오늘 마을에서 정비를 갖추고 내일 아침부터 새 여정을 시작하겠다는 것이 애초의 계획이었는데, 자칫하다간 그 계획을 전면적으로 수정해야 할 위기에 처한 것이었다.

결국 오후 6시가 되었을 때, 그는 더 지체하지 말고 일어나야겠다고 생각했다. 그가 이만 가 봐야겠다는 뜻을 내비치자 잉쿠아트가 의외로 선선히 고개를 끄덕이며 몸을 일으켜 세웠다. 그가 먼저 앞장서 나갔고, 현진이 뒤따라 나가 게르 옆에 세워 둔 자신의 수레를 끌고 왔다. 몸을 돌리니 어느새 두 소녀가 어머니 옆에 나란히 선 채로 그를 물끄러미 바라보고 있었다.

"아짜, 자이야."

현진은 잠시 말을 멈추고 두 쌍의 투명한 눈들을 마주 응시했다.

'저 눈들을 언젠가 다시 볼 수 있기를.'

"바야를라. 그리고, 바이르테."

소박한 바람을 담아 그가 작별 인사를 건넸다.

"바이르테! (안녕히 가세요!)"

"…바이르테."

어머니와 동생의 힘찬 목소리 사이로 나지막한 아짜의 인사가 들려

왔다. 처음으로 들은 소녀의 목소리는 낮고도 부드러웠다. 여전히 수줍어하는 기색이 역력했지만 이번에는 눈을 피하지 않고 자신을 똑바로 마주 보는 소녀를 향해 현진이 빙그레 웃어 주었다.

잉쿠아트는 어느새 자신의 오토바이 위에 앉아 있었고, 현진과 눈이 마주치자 고개를 뒤로 까딱해 보였다. 그 명확한 의사의 표현에 현진은 망설임 없이 오토바이에 올라탔고, 이번에는 아예 처음부터 뒤를 보는 자세로 돌아앉았다.

곧 오토바이가 출발했다. 다행히 시작은 급하지 않았다. 그럼에도 불구하고 지나치게 빠르다 싶은 속도로 멀어지는 이들을 향해 현진은 아쉬운 마음을 한 차례 더 토해 냈고, 그러자 작은 점이 된 이들이 멀리서부터 손을 흔들어 주었다. 얼마 후 서너 개의 큼직한 구릉을 넘으면서 그들의 모습은 시야에서 완전히 사라져 버렸다. 그리고 그로부터 다시 몇 분 뒤 오토바이가 아스팔트 도로 위에 올라섰다.

기껏해야 도로까지만 태워주리라고, 아무리 멀리 가더라도 처음 만났던 부근까지만 태워주리라 여겼던 잉쿠아트는 그러나 한참이 지나도록 현진을 내려 주지 않았다. 산굽이를 돌고 돌아 봉우리를 넘은 그는 오랜 내리막이 끝나고 평지에 다다랐을 때에도 멈추지 않았고, 아스팔트 도로가 끝나고 아직 포장 공사가 시작되기 전의 자갈밭이 눈앞에 나타날 즈음에야 서서히 속도를 줄여나갔다.

"바얀달란."

오토바이에서 내린 그가 멀리 보이는 흐릿한 마을의 모습을 한차례 가리킨 후 도로 위에 쭈그려 앉아 손가락으로 '18km'라고 써 보였다.

'18km라…'

아스팔트 도로 위였다면 그 정도는 3시간이면 주파할 수 있는 거리였다. 그러나 앞에 펼쳐진 자갈길은 비교적 높낮이가 고른 평탄한 길이었을망정 그렇다고 아스팔트 도로처럼 편하게 갈 수 있는 길은 아니었

151

다. 잉쿠아트가 베푼 친절 덕에 먼 거리를 빠르게 올 수는 있었지만 목적지를 눈앞에 두고 뜻밖의 복병을 만난 셈이었다. 더딘 도로 공사에 큰 아쉬움을 느끼며 현진은 별 수 없이 오늘은 근처에서 야영을 해야겠다고 점차 포기하는 쪽으로 마음이 기울어 갔다. 홀로 갈등하는 그를 잉쿠아트는 옆에서 가만히 기다려 주었다.

그때였다. 돌연 그들이 내려온 도로 쪽에서 미약한 배기음이 들리는가 싶더니 얼마 뒤 푸른색의 러시아산 푸르공[5]이 구릉 위로 힘차게 모습을 드러냈다. 그 각지고 못생긴 차체를 발견한 즉시 현진의 머릿속에는 하나의 생각이 빠르게 스쳐 갔는데, 그러나 그에 앞서 잉쿠아트는 이미 몸을 움직이고 있었다. 그는 달려오던 차를 멈춰 세우고 잠시 운전석의 인물과 대화를 나누었고, 이내 상대에게서 흔쾌한 대답이 터지는 것과 동시에 멀찌감치 떨어져 있던 현진을 손짓하여 불렀다. 현진이 가까이 다가가자 그는 손을 들어 수레를 한 번, 그리고 다시 푸르공을 한 번 가리켜 보였다.

"고맙습니다, 고맙습니다!"

단박에 그 몸짓의 의미를 파악한 현진이 연신 고개를 조아리며 그에게 감사의 인사를 전했다. 그러자 한차례 웃음으로 답한 잉쿠아트가 옆으로 다가와 차에 수레 싣는 것을 도와주었다.

차 안에는 운전석과 조수석에 탄 두 사람을 포함해 이미 다섯의 사람이 타고 있었는데, 문을 열고 들어오는 현진을 그들 모두가 흥미롭다는 표정으로 쳐다보았다. 그들에게 짧막히 눈인사를 건넨 현진은 다시 고개를 돌려 막 문을 닫고 떠나려는 잉쿠아트와 눈길을 마주쳤다. 둘 사이에 잠깐의 조용한 웃음이 흘렀고, 그들은 서로를 향해 까닥 고

5　냉전 당시 소련의 소규모 병력 수송차. 높은 서스펜션을 갖추고 있어 몽골과 같은 지형이 험한 지역에서는 아직까지 많이 운용되고 있다.

개를 숙여 보이는 것으로 이별의 인사를 대신했다. 자신을 위해 귀한 양을 잡아 대접하고, 늦은 저녁 먼 거리를 태워준 데다, 끝내는 차를 잡아 주는 호의까지 베푼 그가 잃어버린 자신의 말을 꼭 찾을 수 있기를 현진은 진심으로 바랐다.

곧 석양이 질 시간이었음에도 불구하고 자갈길을 달리는 그들의 옆으로는 시커먼 연기를 줄기차게 뿜으며 도로 공사가 한창이었다. 처음에는 지금 타고 가는 길이 아스팔트 공사를 위한 사전 작업으로서 자갈을 깔아 놓은 것이라 생각했는데 그게 아닌 모양이었다. 하루 빨리 공사가 마무리되길 바라야 할 정도로 쉬지 않고 덜컹거리는 푸르공 안에서 뒷좌석에 있던 네 사람의 몸은 널뛰듯 들썩거렸고, 현진은 행여나 다른 이의 몸에 수레가 부딪치진 않을까 걱정이 되어 수레를 발로 단단히 누르고 있어야만 했다.

약 반 시간의 우여곡절 끝에 그들은 마침내 바얀달란에 도착했다. 마을 어귀에서 세워 달라는 현진의 부탁에 따라 그를 내려준 푸르공은 쏜살같이 골목 사이로 사라졌고, 현진은 탐색하듯 주위를 살펴가며 천천히 마을 안으로 들어섰다.

진한 석양빛을 머금은 마을의 모습은 결코 크지 않았다. 그래서였을까. 자그마한 마을은 그 경계 너머로 보이는 장엄한 사막의 풍광과 어우러져 저만의 고즈넉한 정취를 자아내고 있었다. 이미 어스름이 내리기 시작한 거리에서는 인적을 찾아보기 어려웠고, 멀리 떨어진 놀이터에서 두엇의 아이가 뛰노는 모습만이 보일 뿐이었다.

길을 묻기 위해 별수 없이 놀이터로 향하던 중, 현진은 마침 맞은편에서 오토바이를 타고 다가오는 노인 한 명을 발견할 수 있었다. 그를 멈춰 세운 후 여관의 위치를 묻자 노인은 무심히 손을 들어 한쪽 방향을 가리켜 보이고는 현진이 미처 감사를 표할 틈도 주지 않은 채 휙 떠나가 버렸다.

다행히 노인이 알려준 방향으로 걷기 시작한 지 얼마 지나지 않아 작은 공터가 하나 나타났고, 그 주위로 늘어선 서넛의 가게 맨 끝에 몽골어로 '여관'이라고 적혀 있는 건물이 보였다. 다행히 가게도, 여관도 아직까지는 불이 환히 켜져 있었다. 현진은 가게 중 하나에 들러 다음 날 여정을 위한 식료품을 구입한 뒤 곧장 여관으로 향했다.

"안녕하세요?"

"네에! 안녕하세요?"

수레를 문 옆에 세워 둔 뒤 안으로 들어서자 곧바로 식당으로 보이는 공간이 나왔고, 그중 문에서 가장 가까이 놓인 탁자 앞에 마흔 초반으로 보임직한 여자가 홀로 앉아 있었다. 그녀는 마침 커다랗고 네모난 푸주 칼로 날고기의 뼈를 바르고 있었는데 현진을 보자마자 반색하며 그를 맞이했다. 피로 범벅된 손을 옆에 있던 헝겊으로 대강 닦아낸 그녀는 이윽고 현진에게 식사를 할 것인지 물어왔고, 그러나 이미 잉쿠아트의 집에서 배가 터지도록 먹고 온 현진은 고개를 저은 뒤 그저 하룻밤 묵고 갈 예정이라고 말해 주었다. 그리고는 곧바로 수레를 안으로 들여도 되는지 물어보았다. 그녀는 흔쾌히 그러라고 말하고는 그를 식당 안쪽에 위치한 여러 방들 중 하나로 안내해 주었다. 크지 않은 방에는 달랑 침대 하나만 놓여 있었고, 그것만으로도 이미 공간의 반이 사라져 있었지만, 하룻밤 묵기에는 크게 손색이 없어 보였다. 현진이 수레를 들여놓기를 기다려 그녀는 화장실의 위치를 알려 주며, 원한다면 거기에서 샤워와 빨래를 해도 된다는 말을 덧붙였다.

그녀를 따라다니는 동안 현진은 다른 방들에도 넌지시 귀를 기울여 보았는데, 상당한 시간이 흘렀음에도 불구하고 또 다른 이들의 기척은 들려오지 않았다. 결국 그날 머무는 손은 자기 혼자뿐이라고 내심 결론 내린 그는 꽤나 늦은 시간이었음에도 불구하고 과감히 빨래를 하기로 결심했다. 일전에 뇌우를 만났을 때와 달란자드가드에서 샤워했을 때, 두 차례 옷을 갈아입긴 했으나 정작 빨래를 한 적은 없었으므로 현재 그에게는 여분의 옷이 한 벌뿐이었고, 지금 입고 있는 옷 역시 땀에 절어 퀴퀴한 냄새가 진동을 하고 있었기 때문에 번거롭더라도 옷부터 빠는 것이 급선무였다.

침대에 곧바로 누워 쉬기를 바라는 몸을 어렵사리 부려가며 그는 화장실로 향했고, 마침 화장실에 놓여 있던 빈 통에 옷들을 한데 넣은 후 역시나 구석에 비치되어 있던 가루 세제와 물을 붓고는 열심히 주물럭거리기 시작했다.

"허어! 이런 걸 여태껏 입고 다녔단 말야?"

물은 경악스러울 정도로 순식간에 탁해졌다. 더러울 거라 예상은 했지만 설마 그 정도일 줄은 몰랐던 현진이 양 미간 사이를 잔뜩 찌푸렸다. 다시 새 물을 받아 헹구는 과정을 네댓 번 반복하고 나서야 옷에서 나오는 구정물의 양이 다소 줄어들었다.

건져 낸 옷들에서 물기를 짜낼 즈음 이미 상당히 지쳐 버린 현진은 몸은 대충 씻은 뒤 방으로 돌아왔다. 그는 한쪽 벽에 박혀 있던 못과 수레를 연결해 임시로 빨랫줄을 만들고 그 위에 빨래를 널어놓았다. 꼭 짠다고 짰는데도 바닥으로 뚝뚝 물이 떨어져 내렸다. 그저 다음 날 출발 전까지 빨래가 모두 마르기를 바라는 수밖에 없었다. 그 모든 일을 마치고 난 뒤에야 자신이 해야 할 일을 남김없이 끝냈다는 만족감 속에서 그가 침대 위에 벌러덩 드러누웠다.

"이제 잘 자고 일어난 뒤에 사막으로 출발하는 일만 남았구나!"

그러나 그런 바람과는 달리 잠시 후 그는 다시 몸을 일으킬 수밖에 없었는데, 한쪽 벽에 나 있는 창문을 활짝 열어 놓았음에도 불구하고 바람 한 점 들어오지 않는 방의 온도가 견디기 힘들 정도로 오른 탓이었다. 날씨 자체가 더워서 그런가 싶어 여관 밖으로 나가 봤더니 다시 들어가고 싶지 않을 만큼 시원한 공기가 살갗에 맞닿아 왔다.

"몸 좀 식혔다 들어가면 곧 괜찮아지겠지."

그렇게 흙바닥에 앉아 있기를 한참, 그러나 다시 들어간 방은 여전히 찜통처럼 후덥지근했다. 널어놓은 빨래가 습도를 올린 탓도 있겠지만 가장 큰 문제는 환기가 전혀 되지 않는 방의 구조였다. 일전에 종모드에 머물 때도 햇볕이 고스란히 내리는 방 구조로 인해 더위에 시달린 적이 있었지만 이번에는 그보다도 더 심각했다.

'게다가 당장 내일부터 본격적으로 사막에 진입할 텐데 이렇게 잠조차 못 자면 어떡하라고!'

최상의 컨디션으로 사막을 밟으리라 작정했던 애초의 계획이 틀어질 위기에 처하자 불끈 짜증이 솟구친 현진은 아예 매트를 밖으로 가지고 나가서 잘까 진지하게 고민해 보았고, 그러나 하루 숙박비를 이대로 날릴 수는 없다는 생각에 우선 여관 주인부터 찾아가 보기로 했다. 다행히 그녀는 아직 식당에 있었고, 이제는 고기를 썰던 작업을 얼추 마무리 짓고 있었다.

"방이 너무 더워서 도저히 못 자겠어요! 어떡하죠?"

양손으로 부채질하며 하소연하는 현진을 보고 그녀가 고개를 갸우뚱해 보였다. 이윽고 그를 따라 방으로 들어가 본 그녀 역시 확실히 방 안의 온도가 높다고 느꼈는지 방문을 젖힌 후 이어 여관 문까지 활짝 열어 놓았는데, 그럼에도 불구하고 방 안의 열기는 이상하리만치 빠지지를 않았다.

"휴우, 별수 없죠. 그냥 이대로 잘게요."

그래도 그녀가 보인 성의를 생각해서 그가 방문을 연 채로 자겠다고 하자, 그녀가 미안해하는 표정을 지으며 식당으로 돌아갔다.

등덜미를 적셔 오는 축축한 땀의 감촉에 이리저리 뒤척이면서도 어떻게든 불쾌감을 억누르며 잠을 자려 시도하던 현진은 그러다 문 쪽에서 들려온 인기척에 고개를 들었고, 이내 팔에 선풍기를 들고 있는 여관 주인을 발견할 수 있었다.

"어? 선풍기가 있었어요?"

놀라워하는 그에게 그녀는 식당 벽에 걸려 있던 것을 떼어 왔다고 알려 주었다. 그리고는 손짓을 통해 바닥에 선풍기를 틀어 놓고 자라는 뜻을 전해 왔다.

"…감사합니다. 정말 감사합니다!"

그 순간 물밀듯이 밀려오는 미안함과 고마움을 주체할 수 없었던 현진은 그녀로부터 선풍기를 건네받으며 거듭 고개를 숙여 감사를 표했고, 그런 자신에게 괜찮다며 손을 휘휘 젓고는 몸을 돌려 나가는 그녀의 뒷모습을 보면서, 이젠 아무리 더워도 나가서 자면 잤지 더 이상 그녀를 귀찮게 하지 않겠노라 굳게 다짐했다.

다행히 선풍기를 틀어 놓자 뜨듯한 공기였을망정 바람이 불면서 더 이상 불쾌감 때문에 잠을 못 잘 것 같지는 않았다. 그래서 그는 다시 방문을 닫고 잠을 청했으며, 그로부터 얼마 후 그토록 간절히 원하던 잠에 들 수 있었다.

"홍고린엘스?"

막 걸음을 떼려던 현진은 갑작스레 들린 목소리에 깜짝 놀라 뒤를 돌아보았다. 반쯤 열린 여관 문 앞에서 부스스한 머리를 한 여관 주인이 게슴츠레한 눈으로 그를 바라보고 있었다. 최대한 조용히 움직인다고 주의를 기울였음에도 문턱에 부딪치는 수레 소리에 그만 잠에서 깨버린 모양이었다. 전날 밤, 길을 묻다가 스치듯 말해 준 다음 목적지를 그녀는 기억하고 있었다.

'여관 주인들은 어째 다 이리 귀가 밝은 거야?'

문득 든 생각에 현진은 속으로 웃었다.

"네, 홍고린엘스."

담담히 뱉는 그의 대답에 그녀가 걱정스럽다는 얼굴로 그와 수레를 번갈아 보았다.

"괜찮아요."

그런 그녀에게 현진은 짐짓 환하게 웃어 보였다. 그리고는 며칠 사이 더욱 단단해진 자신의 팔뚝을 툭툭 쳐 보이며 나름 옹골지게 맺힌 알통을 과시했다. 잠이 덜 깬 와중에도 그녀가 풋, 소리를 내며 웃음을 터뜨렸다.

"새흥 아얄라래."

"바야를라!"

자신을 위해 기꺼이 선풍기를 떼어다 준, 그리고 이른 새벽부터 구태여 나와 배웅해 주는 그녀에게 현진이 진심으로 감사를 표했다. 그는 곧 몸을 돌려 어젯밤 그녀가 가르쳐 준 마을 입구를 향해 걷기 시작했다.

몇 걸음 걸어가자 등 뒤에서 문 닫는 소리가 들렸다. 현진은 흘끔 뒤를 돌아보았다. 아직 어스름이 내린 사이로 그가 떠나온 건물 주위를 두터운 정적이 감싸고 있었다. 그를 제외하고는 모두가 아직 단잠에 빠져 있을 시간이었다.

그리 크지 않은 마을이었기에 그는 금세 목표로 한 마을 서쪽 어귀에 도착할 수 있었다. 입구를 나서자마자 양 옆으로 끝이 보이지 않게 늘어선 두 줄기의 거대한 산맥과, 그 사이로 펼쳐진 아득한 평야가 기다렸다는 듯이 그를 반겨 왔다.

"그래, 저 사이를 지나가야 한단 말이지?"

현진은 한차례 크게 심호흡을 했다. 지금까지 거쳐 왔던 그 어느 길보다도 험난한 여정이 자신을 기다리고 있으리라는 생각에 온몸이 절로 팽팽히 긴장되어 왔다.

앞으로 120km. 그 위에 있는 것이라곤 그저 모래와 흙, 자갈과 가시덤불이 전부인 망망한 대지. 더구나 그 사이에는 음료나 음식을 보충할 가게도, 묵을 마을 따위도 전혀 없었다.

'과연 갈 수 있을까?'

현진은 이미 수없이 되풀이한 질문을 다시금 던져 보았다.

'이번엔 다른 때랑 달라. 정말 죽을지도 몰라.'

'그래서? 애초에 그럴 각오로 온 거 아니었어?'

그가 속 약한 생각을 하기가 무섭게 마치 그에 반발하듯, 드센 목소리가 안으로부터 터져 나왔다.

'아니, 그야 그렇지만….'

'이제 와서 포기하려는 건 아니지?'

'…저기, 그런데 이건 어떨까? 그쪽이라면 그래도 가는 사람들이 꽤 있잖아. 그러니까 그중 차 한 대를 빌려 타는 거야. 그리고 길의 중간쯤에서 내려달라고 한 다음 거기서부터 걸어가는 거지. 그럼 움직이기도 훨씬 수월한 데다 그 정도 거리라면 죽네 마네 이런 걱정도 할 필요 없잖아. 어때? 내가 보기엔 훨씬 좋은 방법 같은데….'

'너, 진심으로 하는 말이야? 정말로 그러길 원해? 애초에 다른 사람의 힘을 빌려 그렇게 조금이라도 편히 가고 싶은 거냐고! 한 여정을 오롯이 네 힘으로 시작해서 네 힘으로 마칠 수 있는 좋은 기회야. 그런데 다시는 없을지도 모를 이 기회를, 그런 식으로 놓치겠다고? 왜, 그럴 바에야 아예 홍고린엘스까지 차 타고 가서 그 근방이나 몇 시간 걷다 오지 그래!'

'아냐, 나도 이 길을 내 힘으로 끝까지 가 보고 싶어.'

'그럼 대체 뭘 망설이는 거야? 당장 한 걸음부터 떼라고!'

현진은 약해지려는 자신의 마음을 호되게 질책하며 짐짓 힘 있게 걸음을 옮겨 나갔다. 홀로 이 길을 완주해 어쩌겠다는 건지, 또 그게 대체 무슨 의미가 있는지, 왜 굳이 쉬운 길을 마다하고 고생스러운 길을 택하는 것인지, 그 어떤 질문에도 스스로조차 납득할 만한 대답을 할 수 없었지만, 그는 그래도 나아가기로 했다.

오롯이 홀로 사막을 걸으리.

그것은 그가 이 여행을 처음 가슴에 품은 이후로 끊임없이 다짐해 온 바였다. 사막을 걷는 고독한 방랑자라는 이미지에 대한 집착은 지난번 뇌우를 조우했을 때 이미 산산이 부서져 내렸지만, 그와는 별개로, 아니 어쩌면 애초에 그런 이미지를 만들어 낸 뿌리였을지도 모를 이것은 스스로 완수해야만 한다는 의무감이었고, 목숨과 맞바꿔서라도 반드시 짊어져야 한다는 사명감이었다.

'왜? 아무도 그걸 강요하지 않았어!'

'알아. 하지만 이건 내가 꼭 해야만 하는 일이야. 이유는 모르겠지만 그것 하나만은 확실해. 그리고 난 내가 해야 할 일을 미루고 싶지 않아. 아니, 정말로 하고 싶어.'

문득 그의 머릿속에 한 여자의 얼굴이 그려졌다. 그러자 심장 언저리에서 욱신거리는 통증이 일었고, 그 즉시 그것은 전염병처럼 순식간에 그의 가슴 전체를 아릿하게 덮어 왔다. 온 가슴을 저미는 감각에 그가 막힌 숨을 짧게 몰아쉬었다.

'또, 또, 또! 또 그 여자 때문이야?'

다시 그의 머릿속에 아련한 추억들이, 그러나 가까이 들여다보려 할 때마다 당장이라도 튀어나올 듯이 그 명료성과 구체성을 갖추는 기억들이, 마치 연속되는 여러 장의 스냅사진처럼 떠올랐다.

160

저도 모르게 그것들이 머금은 온기에 취해 있던 현진은 그러나 곧 기억과 현실의 괴리를 깨달았고, 그의 입가에는 이내 자조적이면서도 씁쓸한 미소가 걸렸다.

'그러게, 그럴지도 모르겠다.'

그는 솔직히 인정했다. 그리고 그 순간, 어떤 강력한 확신이 홀연히 그의 가슴에 박혀 들었다.

"아⋯."

그것은 이 여행의 시작부터 끝까지 그녀와 관계되지 않은 것은 아무것도 없다는, 지금껏 외면해 왔지만 이제야 간신히 마주할 용기를 낸 사실이었고, 그러니까 이 여정 동안, 설령 죽음과 맞대면하는 순간이 오게 되더라도 최소한 한 번쯤은 홀로 그 모든 것을 감내하는 시간을 거쳐야 한다는 것, 즉 다른 무엇에도 그녀를 빼앗기지 않고 다른 무엇도 그녀를 대신할 수 없는 시간을, 오로지 그녀와 단 둘만의 시간을, 아니 이제는 떠나간 존재의 공백, 그 텅 빈 고독과 홀로 대면하는 시간을 가져야 한다는 사실이었다.

그리고 현진은 한때 자신이 왜 그토록 고독한 방랑자의 이미지에 집착했는지 비로소 그 이유를 깨달을 수 있었다.

유예

미루고 싶었다. 반드시 거쳐야만 하는 그 시간을 너무도 미루고 싶었다. 완전히 홀로 남겨진 시간을 피하고 싶었고, 그래서 그녀의 빈자리를, 도저히 감당할 자신이 없는 그 차디찬 공백을 다시는 느끼고 싶지 않았다.

그녀를 잊기 위해 그는 이미 수많은 방법을 시도했었고, 그것들은 예외 없이 모두 실패로 끝나고 말았다. 밤낮을 가리지 않고 들이부은 술,

161

몸을 혹사시키는 고된 노동과 운동, 하릴없이 시간을 때우기 좋은 온갖 잡다한 흥밋거리들, 또 이유도 모른 체 가진 여러 만남들…. 그러나 그 모든 뒤에는 결국 더 짙어진 공허함만 남아 있을 뿐이었다.

'그래서 사막을 찾아온 거였나?'

과연 자신은 마지막 남은 유일한 수단이라 믿고 이곳을 찾아온 것일까? 그녀와 처음 만난 이곳에서 그 끝도 맺기 위해서?

그러나 오랜 기다림 끝에 방문한 이곳에서마저 자신은 여전히 그녀로부터 도망치고 있었다. 스스로 만들어낸 허구의 이미지 속에 빠진 채, 그러니까, 이미 자신이 고독한 처지로 그 모든 것을 훌륭히 감내하고 있다는 착각 속에 빠진 채, 그래서 정말로 고독해지지는 않은 채.

"……."

길에 대한 더 이상의 갈등은 없었다. 오로지, 묵묵히 이어지는 걸음만 있었다.

자박거리는 발소리, 달그락달그락 쉬지 않고 이어지는 바퀴 소리. 적막한 때, 적막한 공간 사이로 그렇게 한 남자가 조용한 소란을 일으키며 나아가고 있었다. 그가 멈추면 세계는 침묵했고, 그가 움직이면 세계도 살아 움직였다. 그렇게 세계와 하나 된 시간이, 이른 새벽 사막으로 향하는 작은 발걸음으로부터 조금은 쓸쓸하게 피어나고 있었다.

"10km?! 아침부터 지금까지 온 게 겨우 10km라고!"

비명과 같은 외침이 현진의 입에서 터져 나왔다. 그의 놀란 얼굴이 이내 어이없다는 표정으로, 그리고 다시 허탈함 가득한 표정으로 바뀌었다.

"…말도 안 돼."

이윽고 맥없이 흘러나온 짙게 체념 배인 한마디.

바얀달란을 떠난 이래 오늘로 사흘째였다. 그리고 불과 어제까지만
하더라도 그는 예상보다 많은 거리를 이동할 수 있었다. 비록 모래와
자갈이 뒤섞여 있긴 했지만 길은 대부분 평지였고, 그래서 스스로 사
막 길을 과대평가한 나머지 괜한 고민을 자초했던 것은 아니었나, 그렇
게 생각한 것도 사실이었다.

그런데 오늘 아침 이후로 상황이 뒤바뀌기 시작했다. 길은 완만하면
서도 조금씩 기울어졌고, 넘어야 할 구릉도 심심치 않게 등장했으며,
무엇보다도 모래의 양이 점차 불어나고 있었다. 비록 아직은 그 양이
많지 않았으나 모랫길을 통과하는 것은 흙길을 지나는 것에 비해 몇
배의 인내와 수고를 요구했는데, 수레를 미는 것은 애초에 불가능했
고, 앞에서 끌고 가다 그마저도 꿈쩍하지 않으면 결국 몸을 돌린 채 수
레를 잡고 뒷걸음치는 식으로 겨우겨우 전진, 아니 정확히 말하면 후
진을 해야만 했다. 그러다 보니 속도는 평소의 1/3 수준으로 떨어졌고,
동일한 시간에 훨씬 적은 거리를 이동하면서도 체력의 소모는 전과 비
교할 수 없을 만큼 막대해졌다.

문제는 그뿐이 아니었다. 뒷걸음을 치다 보니 계속해서 경로를 살피
는 것이 어려워졌고, 그래서 풀이나 자갈에 걸려 발을 헛디디는 경우가
다반사였으며, 이따금 빳빳한 덤불에 찔리고 할퀸 종아리에는 이미 열
개 가까운 생채기가 나 있었다. 심지어 미처 발견하지 못한 조막만 한
돌멩이에 수레의 바퀴가 걸리기라도 할 때면, 그 큰 수레가 드디어 핑
계거리를 찾았다는 듯 덜컥 멈춰서는 바람에 손잡이를 놓치고 넘어질
뻔한 적도 한두 번이 아니었다.

결국 어느 순간부터 현진의 입에서는 십 분이 멀다 하고 욕설이 튀어
나왔고, 몸이 고되면 고될수록 그가 쉬기 위해 멈춰 서는 간격 또한 한

163

시간에서 반 시간으로, 그러다 다시 그 반으로 줄어들고 말았다. 휴식이 빈번해진 만큼 지니고 있던 물의 양 역시 애초의 계획보다 훨씬 빠른 속도로 줄어든 것은 말할 것도 없었다.

때는 어느덧 정오. 그날의 출발 시각은 오전 6시. 그렇게 꼬박 6시간 동안 걸어온 거리가 겨우 10km라는 도저히 믿겨지지 않는 사실은 간신히 남아 있던 의욕마저 무참히 꺾어 버리기에 충분했다.

"하아, 이를 어쩐다?"

예상보다 한참이나 모자란 이동 거리에 조금이라도 더 움직여야 한다는 생각이 마음을 조급하게 만들었지만, 현진은 애써 그런 마음을 다독인 후 잠시 쉬어 가기로 했다. 몸도 많이 지쳐 있었지만, 이러다가는 스스로의 의지가 먼저 버텨내질 못하고 무너질 것 같았다.

그는 빠르게 그늘막을 친 후 그 아래로 들어가 빵과 주스를 꺼내 먹었다. 텁텁한 빵이라도 달달한 주스에 적셔 먹으면 기운을 북돋는 데 나름의 효과가 있다는 사실을 수차례의 경험을 통해 익히 알고 있었지만, 그마저도 잦아진 휴식 때마다 너무 먹은 탓인지 이제는 속만 메슥거릴 뿐 별 효과가 없었다. 오히려 힘이 나기는커녕 몸만 더 무거워지는 느낌이었다.

'이대로라면 홍고린엘스까지의 절반도 가지 못할 거야.'

현진은 자신의 계획이 완전히 틀어져 버렸다는 사실을 인정하지 않을 수 없었다.

가장 큰 문제는 급속도로 줄어들고 있는 물이었다. 현재 그가 지닌 물의 양은 기껏해야 지금까지 온 거리만큼을 갈 정도로밖에 남지 않았고, 그마저도 길이 지금보다 더 험난해지지 않으리라는 전제가 붙어야만 가능했다.

'이럴 줄 알았으면 수레보다는 차라리 배낭을 메고 올 걸 그랬나?'

그렇게 생각한 그는 그러나 곧 고개를 흔들었다. 40kg이 넘는 짐을

지고 이 길을 가는 것 또한 크게 현실성 있는 이야기로 생각되지는 않았던 것이다.

진퇴양난에 빠진 그가 망연해 하고 있는 그 순간에도 멀리로는 매우 드물게나마 홍고린엘스로 향하는 차들이 지나가곤 했다. 따라서 엄밀히 말한다면 그는 현재 아무도 없는 사막에 외따로 고립된 것이 아니었다. 지나는 사람들 중에는 먼지구름만 잔뜩 일으키고 떠나는 이가 있는 반면, 일부러 방향을 틀어 다가오는 이도 더러 있었고, 그들은 때로 현진에게 동승을 권유하기도 했다. 그럴 때면 매번 마음이 솔깃해지면서 당장이라도 차에 몸부터 싣고 싶었지만, 그러나 현진은 끝내 그 모든 제안을 거절했다.

'차라리 죽으면 죽고 말지.'

그런 심정이었다. 바로 눈앞에서 내리꽂히는 벼락과 달리 몸도 정신도 서서히 허덕거리게 만드는 뙤약볕 속을 걸어 무감해진 탓일까, 천둥 번개를 직면했을 때의 압도적인 공포는 느껴지지 않았다. 그런 그를 움직이는 것은 강한 체력도, 그렇다고 목적지까지 반드시 가고야 말리라는 확고한 의지도 아니었으며, 오히려 몸이 고되고 정신이 지쳐 갈수록 이상하리만치 더욱 짙어만 지는 사명감이었다.

자신의 사명. 사막 길을 홀로 걸어내야 한다는 그 사명을 제대로 이행하지 못한 채 다른 이의 도움을 받아 사막을 통과하는 일은 그에게 아무런 의미가 없었다. 그럴 바에야 차라리 죽는 게 낫다고 그는 생각했다. 그는 자신의 생명이란 스스로 짊어져야 할 사명을 저버리면서까지 살려내야 할 그런 별스러운 것이 아니라고 믿었고, 그러한 믿음이 너무나 컸던 나머지 현재의 상황에 이르러서조차 자신의 죽음이 대수롭지 않게 여겨졌다. 물론 그런 그의 믿음과 달리 그의 몸과 정신은, 단 한 모금의 물을, 또 찰나의 휴식을 바라며 살고 싶다고 끝없이 아우성을 치고 있었지만….

'그건 그렇고, 이제 정말 어쩌지? 다시 마을로 돌아가 재정비를 하고 와야 하나?'

지금껏 겨우겨우 밟아 온 길을 그대로 되돌아갔다가 다시 오겠다는 생각은, 그 생각을 한 자체만으로도 기운을 쭉 빠지게 만들었다. 하지만 달리 방법이 없었다. 보다 많은 날수를 버틸 만한 물과 음식을 준비하는 것 말고는 이 길을 나아갈 다른 방도가 없어 보였다.

'그냥 좋은 교훈 하나 배웠다고 생각하자. 애초에 시행착오 없이 편히 갈 수 있는 길이 아니었어.'

오랜 갈등 끝에 현진은 바얀달란으로 돌아가야겠다고 마음먹었다. 어차피 시간에 쫓기는 여정은 아니었다. 스스로 조급해하지만 않는다면 몇 날 며칠이 걸리는지는 그에게 큰 문제가 되지 않았다.

그런데 그때였다.

"…응?"

바닥에 드러누운 채로 고개만 지평 쪽으로 돌리고 있던 그의 눈에 멀리서부터 먼지를 일으키며 달려오는 차 한 대의 모습이 들어왔다. 가까이 다가올수록 점차 형체가 또렷해지는 그것은 이제는 눈에 익다 못해 친근감마저 느껴지는 지프 차량이었다.

'홍고린엘스로 가는 몽골인 가족이거나 외국인 관광객이겠군.'

그런 그의 생각은 이내 전자 쪽으로 기울었다. 그동안 그가 겪은 바로는 외국인 관광객의 경우 차 한 대로 이동하기보다는 두 대 이상씩 짝을 지어 이동하는 경우가 많았고, (아마도 소요 경비를 보다 많은 인원에 할당하여 개인 부담을 줄이려는 이유가 가장 크겠지만) 한 대로 이동하는 경우라도 지프보다는 좀 더 규모가 큰 차량을 이용하고는 했기 때문이다.

'차라리 잠든 척을 해야겠어.'

현진은 표나지 않도록 천천히 고개를 돌렸다. 그건 귀찮은 상황을 피하기 위한 그 나름의 자구책이었는데, 아무래도 계획된 일정에 쫓기

166

는 외국인 관광객에 비해 몽골인들은 보다 자주 멈춰 그에게 호기심을 드러내곤 했고, 평소라면 그런 관심과 호의가 결코 싫지 않았을 테지만, 지금만큼은 이미 결론이 정해진 의미 없는 문답을 벌이느라 소중한 휴식을 방해받고 싶지 않았던 것이다.

'제발 그냥 지나가라.'

점차 가까워지는 차를 선글라스 너머로 곁눈질하며 현진은 간절한 마음으로 바랐다.

끼이익―

그러나 그 절실한 바람을 비웃기라도 하듯, 그대로 지나치나 싶었던 차량은 조금 떨어진 앞에서 보란 듯이 멈춰 섰다. 차는 곧 자욱한 먼지구름 속에 파묻혔고, 얼마 후 그 사이로 인기척과 함께 차 문 여는 소리가 들려왔다.

'설마… 누워 있는 게 뻔히 보이는데 일부러 여기까지 와서 깨우지는 않겠지?'

그는 온 신경을 차 쪽으로 곤두세운 채, 그러나 겉보기로는 미동도 하지 않고 가만히 누워 있었다.

"…네가 물어보면 되겠다! 넌 몽골어에 영어까지 잘하잖아!"

"그래! 일단 영어로 인사부터 건네 보면 되겠네!"

'한국인?!'

차례로 들려온 괄괄한 남녀의 목소리에 현진은 순간 자신의 귀를 의심했다. 그는 저도 모르게 번쩍 고개를 쳐들었다.

이윽고 먼지구름이 걷히면서 그 사이로 한 젊은 여성이 모습을 드러냈다. 그를 보자마자 깜짝 놀라며 쭈뼛거리는 모양새가 방금 전 들린 목소리의 주인공들 같지는 않았다.

"……."

"……."

제각기 다른 이유의 침묵 속에서 그들은 잠시 서로를 마주 보았고, 그러다 현진 쪽에서 먼저 움직임을 보였다. 누워 있던 그는 천천히 몸을 일으켜 세운 뒤 그녀를 향해 느릿하지만 똑바르게 걸어갔다.

"...하이!"

그가 가까이 다가갈수록 안절부절 못하는 기색이 점차 심해지던 여인이 끝내 엉거주춤 손을 들어 올리며 먼저 인사를 건네 왔다. 그런 그녀의 모습에 현진은 절로 웃음이 났다.

'누가 잡아먹기라도 하나, 왜 저렇게 긴장하는 거야? 이러면 내가 무슨 나쁜 사람이라도 된 것 같잖아?'

그는 여인과 조금 떨어진 곳에 멈추어 섰다. 그들 사이로 또 한 번의 침묵이 흘렀다.

"하이!"

그리고 여전히 어정쩡히 서 있는 그녀를 향해, 마침내 현진이 반가움을 한껏 담아 인사를 건넸다.

3장

도나 일행이 동쪽 지평으로 향하는 동안 현진은 그들이 멀어지는 모습을 내내 지켜보았다. 금세 지평 너머로 사라질 것만 같던 차는 그러나 뭉게뭉게 먼지구름을 피워내며 이리저리 방향을 틀어댔고, 때로 큰 구릉을 타고 넘느라 잠깐잠깐 모습을 감추기는 했지만 완전히 사라지기까지 꽤나 오랜 시간이 걸렸다.

그들의 모습이 사라진 후로도 아쉬움은 여전히 가슴에 머물러 있었다. 그들은 지저분한 몰골에 냄새까지 심했을 자신을 먼 거리를 마다하지 않고 태워주었으며, 홀로 다니겠다던 자신의 고집에도 불구하고 지난 이틀간 구태여 함께 다니며 즐거운 시간을 보낼 수 있도록 도와주었다.

물론 도나 일행이 그를 도와준 유일한 사람들은 아니었다. 첫날 공항에서 종모드로 가는 길에 만나 물과 빵, 그에 더해 돈까지 쥐여 주고 떠난 남자와, 만달고비 근처에서부터 달란자드가드까지의 먼 거리를 태워주고 이어 자신의 집으로 초대해 하룻밤 재워 주기까지 했던 스타르의 가족 역시 현진에게는 더없이 고마운 이들이었다.

어디 그들뿐이랴. 길 위에서 만난 얼마나 많은 이들이 그에게 선뜻 친절과 호의를 베풀었던가. 설사 그것이 무심코 던진 짤막한 관심 한 자락이었을지라도 그 모든 이로부터 받은 선의는 물질적으로 받은 것 이상으로 그의 가슴 깊이 새겨져 있었다.

그런데 이번에 도움을 준 도나 일행이 현진의 마음속에 위치한 자리는 그들과 비슷하면서도 또한 미묘하게 달랐다. 그 어느 때보다 지쳐 있던 상황에서 만난 도움의 손길이었고, 같은 한국인에게서 받은 첫 도움이었지만, 그럼에도 불구하고 마냥 고마워할 수만은 없는 마음을 불편하게 만드는 무언가가 있었다.

'…왜지?'

애초에 홀로 사막을 걷겠다는 일념으로 시작한 여행이었고, 저 무자비한 햇볕 아래서 갈증에 시달리건, 허기에 괴로워하건 차라리 죽으면 죽었지 절대 포기하지 않겠다는 나름의 결단을 품고 떠나온 길이었다. 처음 바얀달란에서 홍고린엘스로 출발할 때, 그 여정의 반만이라도 다른 이의 차를 타고 가자던 스스로의 생각을 물리친 것도 바로 그런 이유 때문이지 않은가? 그래서 아무리 힘들었을지언정 도중에 누군가의 차를 타고 왔다는 사실이 처음의 비장했던 각오를 다소 흐리게 만든 것도 사실이었다.

그러나 현진은 자신의 마음을 불편하게 만드는 진짜 원인이 그런 문제가 아님을 알 수 있었다. 문득 그의 머릿속으로 유난히 자신을 배려해 주던 한 여자의 얼굴이 떠올랐다.

'도나…'

섣불리 단정 지을 수는 없었지만, 그렇다고 해도 세심한 부분까지 꼼꼼히 자신을 챙겨 주던 그녀의 모습을 어찌 아무렇지 않게 무심히 지나칠 수 있단 말인가? 그것은 분명 학범이나 상미가 자신에게 보였던 관심이나 호의 그 이상이었고, 그래서였을까, 그녀에게 느끼는 고마움과는 별개로 그는 자신도 모르게 어떤 거부감을 느낄 수밖에 없었다.

'아서라, 현진아. 쓸데없는 생각 말고 마음 단단히 먹어라.'

그의 가장 깊은 내면에서 아직도 확고부동한 진리처럼 꿈틀거리며 수시로 일어나는 한 여자에 대한 애타는 그리움은, 감히 그녀 외의 다른 여자가 그에게 다가오는 것도, 또 그가 다른 여자를 마음에 품는 것도 쉽사리 허락하질 않았다. 한때 서로의 귓가에 속삭이며 나누었던 사랑은 이제 그녀에게서는 참으로 멀어져 있었지만, 그에게는 아직도 견고한 진리, 아니 혹독한 저주처럼 남아 있었다.

벌써 2년이었다. 계절이 바뀌고 해가 지나는 동안 인내하고 인내하면 끝내 그 저주의 사슬에서 풀려날 수 있으리라 믿었다. 그러나 시간이 지날수록 사슬의 매듭은 헐거워질 기미를 보이기는커녕 도리어 더욱 단단해졌고, 더 고통스럽게 그의 마음을 옥죄어 왔다. 지난날 그녀와 함께했던 추억이 주던 따스하고도 포근한 느낌은 점차 사그라지고, 대신 차가운 현실 인식으로부터 오는 비탄만 늘고 있었다.

바로 그 저주를 풀기 위해서, 현진은 그녀를 처음 만난 이 땅을 다시 찾았다. 아니, 풀기 위해서라는 말은 옳지 않았다. 다만 당시에는 정체를 알 수 없었던 절박하고도 막연한 감정에 쫓겨 사막을 다시 찾지 않고서는 배길 수가 없었다. 오지 않으면 안 될 것 같아서, 꼭 와야 할 것 같아서 그래서 왔다. 어떻게든 끝장을 보지 못한다면 이곳에 몸을 묻어도 좋다는 심정으로.

'어쩌면 내심 그걸 바랐는지도 모르지…'

그는 스스로 작성한 유언장의 내용을 떠올렸다. 그간 몇 푼 모으지 못한 돈이나마 이리저리 유용하게 써 달라는, 몇 번이나 지웠다 쓰기를 반복한 그 한 장의 종이를 그는 자신의 방 안에 남기고 왔다. 그녀와 살갗을 부비며 3년 동안 함께 지낸 그곳, 벽이고 문이고 스치듯 훑기만 하더라도 금세 그녀의 웃음과 울음소리가 고스란히 들릴 것만 같은 그 작은 방의 책상 위에.

또다시 도나의 얼굴이 떠올랐지만 현진은 곧 그 얼굴을 머릿속에서 깨끗이 지워냈다. 어차피 도나가 자신에게 베푼 호의라는 것은 유별난 상황에서 조금 독특한 방식으로 여행하는 이를 만나 품게 된 호기심을 그녀 스스로 착각한 것에 불과하다고 여겨졌다. 그러니 이미 그녀로부터 받은 호의야 그저 고마운 기억으로 새겨 두면 족할 뿐이고, 어차피 앞으로 서로 볼 일이야 없을 테니 그녀 스스로도 자신의 감정이 착각이었음을 곧 깨닫게 되리라고 믿었다.

"현진! 이제 어디로 갈 거예요?"

별안간 뒤에서 들려온 목소리에 그는 길고도 은밀했던 혼자만의 사색에서 깨어났다. 몸을 돌리자 싱글벙글한 얼굴로 만다가 그를 쳐다보고 있었다.

"음, 설베이? 그 이름이 맞는지 모르겠네요. 어쨌든 우선은 그쪽으로 가려고요."

"…설베이? 설베이? 거기가 어디야?"

만다가 잠시 고개를 갸웃거리며 고민하다가 도저히 모르겠던지 그에게 되물었다.

아무리 자신의 몽골어 발음이 이상하다고 해도 가장 가까운 곳에 위치한 마을의 이름조차 상대가 알아듣지 못한다면 앞으로 길을 물을 때 난처해지라는 생각에, 현진은 재빨리 GPS를 켠 후 홍고린엘스로부터 약 20km 남쪽에 위치한 마을의 지명을 가리켜 보였다. 그러나 그 사이에 거대한 모래 산맥이 가로지르고 있었던 탓에 실제 경로는 한참을 돌아가고 있었고, 그래서 목적지까지의 거리는 직선거리의 두 배가 넘는 '45km'란 수치를 가리키고 있었다.

"아, 세브레이! 세브레이로 갈 거구나!"

돌연 만다가 손뼉을 치며 외쳤고, 그 말에 잠시 GPS 화면을 지그시 노려보던 현진은 이내 자신이 몽골어의 'v'발음과 'r'발음의 순서를 바꿔 말했음을 깨닫고는 살짝 얼굴을 붉혔다. 머쓱한 웃음을 흘리는 그를 만다는 한동안 의미심장한 눈으로 주시했다.

"현진! 혹시 바빠? 빨리 가야 하는 거야?"

이미 한국에서의 일을 모두 정리하고 온 뒤라 (깔끔하게 유언장까지 쓰고 온 뒤라) 현진으로서는 하등의 바쁠 이유가 없었고, 그래서 그는 그렇지 않다고 대답했다.

"그럼 여기에 며칠 머물러도 돼! 밥 먹고 자는 거, 또 돈 걱정 안 해도 돼! 그냥 여기서 있고 싶을 때까지 있어요!"

만다가 꺼낸 말은 너무나 뜬금이 없어 현진은 그 말뜻을 파악하기 위해 상당한 시간을 소요해야만 했다.

'아니, 이게 대체 무슨 말이야? 이 아저씨가 지금 무슨 말을 하는 거야?'

"나, 너처럼 사막에 구르마 끌고 다니는 사람 처음 봐! 그래서 응원해! 네가 정말로 몽골 좋아한다니까 나도 기쁘고, 그러니 원할 때까지 내 캠프에서 푹 쉬어. 그리고 네가 떠나고 싶을 때 떠나요!"

"구르마? 구르마란 말을 알아요?"

여전히 그 말뜻을 온전히 이해하는 데는 한계가 있었기에 현진이 얼떨결에 입 밖으로 내뱉은 말은 그의 제안과는 전혀 상관없는 엉뚱한 대답이었다.

"말했잖아. 나 한국에서 3년 살았어! 나, 한국에서 정말 안 해 본 일 없어!"

그러면서 만다는 자신이 한국에 있을 당시 전전했던 일자리를 지하철 노선 읊듯이 주욱 늘어놓았는데, 거기에는 이삿짐센터, 김치 공장, 플라스틱 공장, 물류센터, 건설현장, 목공소 등 정말이지 온갖 장소가 뒤섞여 있었다. 그러면서 그는 자신이 3년 내내 전북 전주에 머물렀으며, 당시만 하더라도 그곳에 거주하던 몽골인 수가 500명이나 되었다고 덧붙였다. 그러고는 손으로 제 가슴을 탕탕 소리가 나도록 두드리면서 "몽골 사람들 중 일 못하는 사람 아무도 없어!"라고 자랑스레 외치며 말을 맺었다.

그의 말을 듣는 동안 현진은 놀라움과 함께 어떤 감격에 빠져들었는데, 그것은 말도 제대로 통하지 않는 먼 타지에까지 나가 온갖 풍파를 겪으며 억척스럽게 삶을 이어 온 한 사람에 대한 자연스런 탄복이었고, 그래서 그는 곧장 세브레이로 가기보다는 '저 사람 곁에서 저 사람을 조금이라도 더 알아가고 싶다.'는 생각을 품게 되었다. 그래서 만다가 자신의 제안대로 하는 것이 어떻겠느냐고 다시 물어왔을 때 그는 망설임 없이 그 제안에 따르겠노라고 대답했고, 그러자 만다는 정말 기쁘다는 듯이 양손을 짝 소리 나게 부딪치고는 그 특유의 호쾌한 웃음을 기분 좋게 터뜨렸다.

"하지만 조건이 있어요."

"응? 조건?"

갑작스런 현진의 말에 만다가 잘 이해되지 않는다는 얼굴로 되물었다.

"네, 저도 여기서 머물고 싶지만, 먹고 자는 건 제가 제 돈 내고 하게 해 주세요."

비록 만다가 그러라고는 했지만 현진은 이곳에서 무위도식하며 지내고 싶은 마음이 조금도 없었다. 그는 음식을 사 먹을 충분한 돈이 있었고, 사막 한가운데서조차 자신의 몸 하나만큼은 쉽게 누일 수 있는 텐트도 갖고 있었다. 그런 처지에 만다가 엄연히 업으로 삼고 있는 캠프 시설을, 또 그에게 임금을 받고 일하는 직원들의 서비스를 아무런 대가 없이 이용한다는 것은 마음을 불편하게 하는 걸 떠나 순전히 도둑놈 심보라는 생각이 들었다.

"음식은 식당에서 사 먹고, 잠은 캠프에서 조금 떨어진 곳에 텐트를 치고 잘 거예요. 그러니 그냥 캠프 안만 자유롭게 돌아다니게 해 주세요."

174

현진이 단호한 어조로 다시 한 번 못 박아 말했다.

"아니야, 잘 데 충분히 있어! 남는 게르 얼마든지 있어! 그런데 네가 게르 싫다면 직원들 식당 옆에 조그만 방 하나 있어. 거기서 지내도록 해. 먹는 거는 우리 먹을 때 함께 먹으면 돼. 돈 걱정은 정말 하지 마!"

"아니, 내가 불편해서 그래요, 아저씨. 그럼 자는 건 그 방에서 잘 테니 먹는 것만이라도 사 먹게 해 주세요. 네?"

예상 밖으로 완강한 태도를 보이는 만다와 실랑이를 벌이면서 현진은 문득 지금 그와 자신의 꼴이 꽤나 우습다는 생각이 들었다. 대체 이게 무슨 상황이란 말인가? 값을 조금이라도 더 높여 부르려는 주인과 어떻게든 값을 깎으려는 손님이 아닌, 오히려 공짜로 먹고 자라고 사정하는 주인과 어떻게든 돈을 주겠다는 손님의 처지라니….

그러나 한동안 답보 상태에 놓여 있던 그들의 실랑이는 갑자기 꺼낸 만다의 말을 들은 현진이 한 발 물러서는 것으로 일단락되었다. 만다는 돌연 자신의 안경 너머로 현진을 강렬히 쏘아보았는데, 그때 그가 한 말을 현진은 절대 잊을 수가 없었다.

"나, 한국에 있을 때 좋은 사람, 나쁜 사람 모두 만났어. 만약 한국에서 좋은 사람 못 만났다면 나 한국에서 3년 동안 살지 못했을 거야. 나 처음 이삿짐센터에 일하러 갔을 때 도와준 할아버지 있었어. 아무도 어떻게 일하라고 알려 주지 않고 다들 자기 일만 하러 갔는데, 그 할아버지 내게 일 알려 주었고, '만다, 이리 와서 밥 먹어.' 하면서 밥도 사 줬어. 나 만다, 도움받은 것 절대 잊지 않아. 나 그때 한국 할아버지 도움받았고, 그래서 지금은 이렇게 큰 캠프도 갖게 됐어. 그래서 이제는 내가 너 도와주려는 거야."

그의 말이 계속될수록 현진은 저 깊은 밑바닥서부터 지펴진 정체 모를 불길이 가슴을 메우고 급기야 목구멍 너머로까지 넘실넘실 뻗쳐오르는 걸 느낄 수 있었다. 얼굴도 모르는 누군가 베풀었던 도움이 서로

매듭으로 얽힌 끈과 끈처럼 이어져 마침내 자신에게 이르렀다는 사실이, 그리고 본인이 받았던 은혜를 잊지 않고 기필코 다른 이에게 베풀려 애쓰는 눈앞의 남자의 마음이 어찌나 경이롭고 귀하게 느껴졌던지 그의 가슴은 주체 못할 격정으로 벅차올랐다.

밀려오는 먹먹함을 해소할 길이 없어 괜스레 헛기침을 해 보았지만 별 소용이 없었다. 눈시울이 뜨거워진 그는 알겠노라고, 아저씨 말대로 하겠노라고 그저 고개를 끄덕이며 웃을 수밖에 없었고, 그러자 만다는 언제 진지했냐는 듯 예의 환한 얼굴로 돌아와 그를 향해 빙그레 웃어 주었다.

"현진, 이리 와! 같이 나무 자르러 가자!"

"예, 아저씨! 금방 가요!"

멀리서 지나가며 외치는 만다의 부름에 목청을 돋우어 호응한 현진은 막 가득히 채운 20L 물통을 양손에 하나씩 들고 식당으로 걸어갔다. 마침 주방 쪽에서 나오던 스물 중반의 여성이 그가 들어가기 수월하도록 문을 잡은 채 기다려 주었다. 짙은 눈썹을 가진 키가 크고 몸매가 날씬한 여성이었다.

"고마워, 예루카."

그가 고맙다고 몽골어로 인사를 하자 그녀가 싱긋 이를 드러내며 웃음으로 답했다. 현진은 물통을 식당 구석에 세워 두고는 아까 전 만다가 향했던 쪽으로 부리나케 걸음을 옮겼다.

예상대로 만다는 자신의 작업실 안에 있었다. 캠프로부터 조금 떨어져 세워진 허름한 건물 안에는 전동드릴과 그라인더, 절단기 따위의 중소형 공구부터 시작해 대패기, 테이블 톱과 같은 대형 기계들까지 골고루 구비되어 있었다. 만다는 그 건물을 작업실 겸 창고로 사용했는데, 지난 사흘간 현진이 관찰한 바로는 캠프 식당을 비롯해 주방, 휴게실, 마당 등에 비치된 탁자나 의자, 침대 따위의 가구 대부분은 그가 이곳에서 직접 제작한 것들이었다.

"아저씨, 오늘은 손님이 많지 않나 봐요? 이 시간이 됐는데도 어째 다들 조용하네요?"

이쯤 되면 한두 팀 새로 올 법도 한데, 그런 생각을 하며 현진은 작업실 구석에 쭈그린 채 담배를 피우고 있던 만다에게 물었다.

"응, 괜찮아! 이런 날, 우리 직원들 쉬는 날이야. 우리, 쉬는 날도 있어야 해!"

낮고 굵직한 목소리로 점잖게 몽골어를 할 때와는 달리 조금 떠듬거리면서도 그 끝을 감탄사처럼 올려 맺는 만다의 한국어는 흡사 씩씩한 노래를 부르는 것도 같아서, 우람한 체구에도 불구하고 그가 천진난만한 아이 같다는 인상을 주곤 했다. 그 경쾌한 어투가 재밌으면서도 참으로 정감이 가 현진은 그 몰래 웃은 적도 많았다.

"에이, 그래도 손님이 있어야 돈을 벌죠. 직원들 월급도 줘야 하잖아요."

"아냐, 직원들 줄 돈 아직 있어! 나 젊을 때 열심히 일해서 돈 많이 모았어. 그리고… 돈!"

말의 후미에서 돌연 낯빛을 진지하게 바꾼 만다가 왼손을 주머니에 넣어 뭔가 꺼내는 시늉을 했다. 그리고는 마침 담배를 피우기 위해 꺼내 놓은 라이터를 오른손으로 들고서 왼손에 불을 붙이는 동작을 취해 보였다. 곧 그가 입으로 "쉬이이이!"하는 소리를 뱉으며 무언가 타서 증발해 버리는 손짓을 해 보였고, 이윽고,

"돈, 이렇게 태우면 아무것도 없어! 재만 남아!"

별생각 없이 꺼낸 자신의 말에 그가 예상외로 진지하게 반응하자 현

진은 조금 놀라고 말았다. 그런 그를 한차례 강렬히 응시한 만다는 곧 옆에 놓인 기계들을 하나하나 짚어 보였고 이내 작업실의 벽을, 그리고는 문 밖으로 보이는 캠프 전체를 휘저어 가리켜 보였다.

"내가 지은 건물들, 캠프! 불로 태워도 이것들 쉽게 안 타! 이것들 다 나, 만다 거야. 이것들 돈보다 더 중요해! 하지만…,"

잠시 뜸을 들인 그는 곧,

"이것들보다 훨씬 중요한 거, 사람! 사람이 제일 중요해!"

기염을 토하듯 그렇게 마지막 말을 뱉어냈다.

그의 열의에 찬 말을 들으며 현진은 저도 모르게 마음이 복잡해 오는 걸 느꼈다. 90년대 초부터 시작된 민주화에 힘입어 급속도로 자본주의가 진행된 몽골에서, 더구나 온갖 궂은일을 마다 않고 해 오며 마침내 이토록 커다란 규모의 캠프까지 일구어낸 그가 어찌 요즘 세상에 돈이 불에 타는 지폐만이 아니라는 사실을 모르겠는가!

그러나 지금 그는 돈이란 가장 중요한 것이 아니라며, 정작 제일 중요한 것은 사람이라면서 두 눈을 부릅뜨고 열변을 토하고 있었다. 한국에서 외국노동자를 대하는 시선이 그리 곱지만은 않다는 사실을 오래전부터 익히 들어 온 현진으로서는, 결코 강자의 입장이 아닌 약자의 입장에서 그 험한 자본주의의 숲을 헤쳐 온 그가 어떻게 아직까지 저런 신념을 지키고 있을까, 그 점이 놀랍다 못해 자못 신비롭게까지 느껴졌다.

"그런데 아저씨, 오늘은 뭘 만들 거예요?"

잠시 격앙되었던 분위기가 가라앉기를 기다려 현진이 재빨리 묻자, 어느 틈엔가 그 뜨거운 눈길을 갈무리한 만다는 두고 보면 안다는 듯씩 웃어 보일 뿐 명확한 답을 주지 않았다. 이내 그가 작업을 시작하자 현진은 그가 부탁하는 족족 작업실 한편에 쌓인 크고 작은 목재와 공구들을 가져다주었고, 그러면 만다가 목재를 재단한 후 공구를 사용해 잘라냈다. 현진은 만다의 옆에서 성심껏 보조를 하면서 내내 그의 작업을 흥미롭게 지켜보았는데, 지금껏 누군가 나무를 가지고 작업하는 장면을 이토록 가까이서 본 것은 처음이었던지라, 투박한 목재가 한 사람의 손을 거쳐 실생활에까지 이용되는 가구로 완성되어 가는 과정은 그에게 단순한 흥미 이상의 감탄을 자아내게 했다.

마침내 한 시간이 조금 넘는 작업 끝에 만들어진 것은 견고해 보이는 커다란 탁자였고, 이걸 과연 어디에 쓸까 궁금해하던 현진의 고민은 만다와 함께 탁자를 주방과 식당 사이의 빈 통로에 들여놓자마자 말끔히 해결되었다. 마치 그들이 탁자를 옮기기만을 기다렸다는 듯, 주방에서 식재료를 손질하고 있던 예루카를 비롯한 캠프 직원들이 금세 보온병이며, 커피잔이며 하는 것들을 줄줄이 가져다 놓았던 것이다. 그리고 그제야 만다는 후식으로 마시는 차나 커피를 지금까지처럼 종이컵에다 따라 주니 손님들이 그것들을 마시고 아무 데나 버려 마당을 어질러 놓는다면서, 앞으로는 직원들이 직접 잔에 따라 가져다주는 방식으로 바꿀 계획이라고 말해 주었다.

"그럼 오늘 작업은 끝난 거예요? 오늘은 뭐 페인트칠하거나 날라야 할 것도 없어요?"

"없어! 오늘 작업은 이걸로 끝! 그러니 너, 이제 원하는 대로 마음껏 돌아다니다 와! 저녁까지 돌아다니다 캠프로 와서 꼭 밥 먹어!"

마치 내쫓듯 팔을 휘휘 젓는 만다에게 현진은 웃으며 마주 손을 흔들어 보인 후 곧바로 캠프 밖으로 나왔다. 캠프 입구에 서서 그는 정면으로 보이는 거대한 모래 산들을 잠깐 주시했고, 오늘은 지금까지와는 달리 그 반대 방향으로 가 보자고 결심했다. 현진은 사구의 맞은편을 바라보았다. 그곳에는 여느 사막의 구릉처럼 흙과 자갈로 이루어진 큼직한 언덕들이 넓게 자리 잡고 있었고, 그 높이만 따진다면 가장 큰 언덕이 지난번 도나들과 올랐던 모래 산보다도 높아 보였다. 언덕 꼭대

179

기에는 작은 점 하나가 삐죽이 솟아 있었는데, 지금 그가 있는 자리에서는 그 정체를 알 길이 없었다.

'어워[6] 같긴 한데… 그래도 직접 가 봐야 알겠지, 뭐.'

어쨌거나 일단 그쪽으로 가 보자고 결정을 내린 현진은 더 망설이지 않고 걸음을 옮겨 나갔다. 때는 오후 3시를 지나고 있었지만 아침부터 하늘에 만연히 깔린 구름 덕분인지 날은 그리 덥지 않았다. 가는 도중 그는 평화롭게 풀을 뜯고 있는 낙타 한 무리를 지나쳤으며, 좀 더 지대가 높은 곳에 이르자 그날도 어김없이 모래 산을 향해 달려가는 차량들을 뜨문뜨문 발견할 수 있었다.

"후우, 이쯤이면 되겠지?"

캠프에서 상당히 멀어졌다고 생각되고, 그러나 그로부터 다시 한참이 더 지난 후에야 현진은 신중히 주위를 둘러본 다음 웃옷을 벗어 한 팔에 칭칭 동여매었다. 몽골인들의 시력은 늘 그의 예상을 벗어났기 때문에 항상 예상 밖으로 행동하는 편이 좋았다. 때마침 목덜미와 겨드랑이 사이로 불어온 바람이 한차례 그에게 기분 좋은 간질임을 선사하고 지나갔다.

물론 현진은 몽골 남성들이 뭇사람 앞에서 아무렇지 않게 웃옷을 벗고 활동하는 장면을 지금껏 수없이 목격한 바 있었고, 때문에 그들이 자랑처럼 과시하곤 하는 큼직하고 두툼한 뱃살을 본의 아니게 구경해야 했던 경우도 여러 번 있었다. 그러나 그들의 야성적인 강인함에 아무리 매료되었다 할지라도, 현진 자신은 웃통을 드러내는 것을 풍기문란이라고 가르치는 사회에서 오랜 기간 살아왔기 때문에 그들처럼

---

6 우리나라의 서낭당과 비슷한 돌무더기. 몽골에서는 어워에 돌을 얹고 그 주위를 돌며 소원을 비는 전통 신앙이 있으며, 별도의 지형지물이 없는 사막이나 초원에서는 구릉 정상과 같이 눈에 잘 띄는 곳에 쌓아 길을 알리는 이정표로서의 역할도 한다. 여행을 하다가 어워를 만나면 멈춰서 예의를 갖추는 것이 오랜 전통이다.

시도 때도 없이 옷을 벗어 던지지는 못했다. 그래서 지금처럼 다른 이들로부터 충분히 멀어졌다는 확신이 들 때에만 조심스레 옷을 벗곤 하는 것이었다.

"그건 그렇고 참 신기하단 말야. 어떻게 이렇게 한 사람도 안 보일 수가 있지?"

볕도 한풀 수그러든 데다 바람까지 불고 있어 걷기에는 더할 나위 없이 쾌적한 날씨였다. 하지만 현진은 그 너른 벌판 어디에서도 자신과 같이 홀로 돌아다니는 이를 찾아볼 수가 없었다. 그리고 그건 비단 지금뿐 아니라, 지난 사흘간 만다의 캠프에서 지내며 그가 매일같이 경험한 일이기도 했다.

그는 햇살이 비교적 약한 이른 아침이나 늦은 저녁 시간대뿐 아니라 땡볕이 내리는 한낮에도 내키는 대로 주변 사막을 돌아다니곤 했는데, 그 어느 때라도 무리와 동떨어져 사막을 거니는 이를 본 적이 한 번도 없었다. 차를 타고 와서 차를 타고 떠날 때까지, 서로 모여 투어를 하거나 잡담을 나누고, 또 술을 마시며 흥얼거리는 것이 할 수 있는 전부라고 믿는 양 관광객들의 모습은 천편일률적으로 똑같았다.

'어떻게 이 멋진 땅을 눈앞에 두고도 혼자 있고 싶지 않을 수가 있지? 그게 가능한 일인가? 아니면 정말 내가 유난을 떠는 건가?'

그에게는 실로 불가사의하게까지 여겨지는 일이었다. 그리고 그 점을 상기할 때마다 그는 어떤 쓸쓸함과 외로움을 느끼곤 했는데, 그럼에도 지금처럼 다른 이를 신경 쓸 필요 없이 마음껏 사막을 활개 치고 다녀도 좋다는 자유로움을 느낀 적이 더 많았다.

언덕은 크고 높았지만, 달랑 몸 하나 이끌고 언덕을 오르는 일이야 그간의 수고에 비하면 정말 아무것도 아니었다. 숨 한 번 가빠지지 않은 채 그는 쉽사리 정상에 올랐고, 막연히 어워라고 짐작했던 언덕 위의 깨알 같은 점이 다름 아닌 거대한 통신 탑이었다는 사실을 새로이 발견할 수 있었다.

정상에 올라 앞으로 몇 발자국 더 내딛자, 그동안 언덕에 가려져 있었던 북서쪽 지역이 마침내 모습을 드러내 보였다. 그리고 그 아래로 대해처럼 잠든 광대한 평야를 마주한 순간, 현진은 당장이라도 그 망망한 지평의 바다를 향해 몸을 내던지고 싶다는 강렬한 유혹에 휩싸이고 말았다.

"그쪽으로 계속 올라가면 바얀홍고르야."

"바얀홍고르요?"

"응, 거기 정말 좋아! 그래서 몽골 사람도 많이 가! 그, 뭐라고 하더라? 뜨거운 물 말야!"

"뜨거운 물요?"

"그, 그, 아, 그 호수 같은 것! 그걸 뭐라고 하는지 이름이 기억이 안 나!"

"뜨거운 물? 호수? 혹시… 온천?"

"그래! 바로 그거! 온천도 있어! 너도 꼭 한 번 가 봐. 사막 말고 거기도 가면 정말 좋을 거야!"

그날 저녁 식사 도중, 현진이 낮에 본 언덕 너머의 풍경을 언급하자 돌연 반색하며 꺼낸 만다의 말이었다. 정말 좋다며 추천하는 그의 표정이 어찌나 실감났던지 현진은 무심코 고개를 끄덕일 뻔했다.

"거긴 얼마나 먼데요?"

그동안 현지인들에게 여러 차례 길을 물으며 현진이 경험한 바로는 대부분의 몽골인들은 특정 지역과 지역 사이의 거리를 매우 정확한 수준까지 암기하고 있었다. 가령 도시민이라면 도시와 도시 사이의 거리를, 유목민이라면 그에 더해 자기 집과 근처 마을까지의 거리를 1km 단위까지 외우고 있는 것이었다. 일전에 잉쿠아트가 바얀달란까지의 거리가 18km라고 알려주었던 것 역시 그 단적인 예라 할 수 있었다. 하지만 홍고린엘스와 바얀홍고르를 직접 왕래하는 사람은 거의 없었는지, 만다는 '250'과 '300'이라는 숫자를 두고 한참 동안 고민하더니 끝내는, "350km?"라고 말해 현진을 아연실색하게 만들었다.

"350km요?! 아니, 250km라고 해도 너무 먼데요?"

"현진! 너 저번에 세브레이랑 노욘 거쳐서 달란자드가드로 갈 거라고 했잖아? 그 거리도 300km가 넘어!"

막상 그가 그렇게 응수해 오자 현진은 대답이 궁해졌다. 그렇다고 자신은 사막만 돌아다닐 생각이라고, 애초에 관광이나 휴양을 즐기러 몽골에 온 것이 아니라고 말하고 싶어도 그것을 만다가 납득할 수 있도록 설명할 재간이 없었다. 아니, 어디 그에게 뿐이랴. 자신의 속사정은 다른 누구에게도, 심지어 스스로에게조차 몇 마디 말로 명확히 설명할 수 있는 그런 류의 것이 아니었다.

그럼에도 마치 자신의 일처럼 안타까워하며 바얀홍고르로의 여행을 종용하는 만다의 거듭되는 권유에 현진은 점차 난감함을 느낄 수밖에 없었고, 그러다 마침내 한 가지 묘안을 떠올렸으며, 그래서 이내 만다가 눈을 휘둥그레 뜰 정도로 목소리를 돋우어 "고비사막! 하늘! 바람!"이라고 내지른 뒤, 곧바로 엄지손가락을 세우며 역시나 크고 걸쭉하게 "거이!"하고 외쳤다. 그런 그를 잠시 놀란 눈으로 바라보던 만다는 이윽고 껄껄 웃음을 터뜨리며 알았다는 듯이 고개를 끄덕였고, 더 이상 추가 설명이 필요치 않은 자신의 대답에 현진 스스로도 만족해했다.

"현진, 술 먹어? 오늘 나랑 맥주 마실래?"

"오! 맥주 좋죠!"

식사가 끝날 즈음 불쑥 꺼낸 만다의 말에 현진은 반색하며 흔쾌히 그의 제안을 받아들였다.

　그러고 보니 몽골에 온 지 2주가 다 되어 가는 지금까지 그는 그토록 흔하고, 또 그렇게나 즐겨 마시던 맥주를 입에 댄 적이 거의 없었다. 그것은 비단 여행을 떠나오기 전 발생했던 머리의 문제가 재발할까 두려웠기 때문만은 아니었다. 가장 현실적인 이유, 그러니까 물과 주스만으로도 감당하기 벅찬 짐의 무게에, 유흥에 불과한 맥주의 무게를 더할 엄두가 나지 않았기 때문이었다. 다행히 그는 지금 사막을 걷는 처지가 아니었고, 무엇보다 만다와의 술자리 기회를 놓치고 싶지 않았기에 기쁘게 그의 제안에 응할 수 있었다.

　만다는 곧 식당의 냉장고에 보관되어 있던 맥주병 네 개를 들고 왔고, 병째로 마시려는 현진을 만류한 뒤 다시 잔을 가져와 그곳에 맥주를 따라 주었다. 현진은 만다가 잔을 채우길 기다려 "짠!"하고 외치며 그의 잔에 자신의 잔을 부딪쳐 갔고, 그러자 만다가 작게 웃더니 그를 따라 똑같이 짠, 하고는 맥주를 들이켰다.

　"너 정말 내일 떠나? 세브레이로 가는 거야?"

　현진은 만다가 느닷없이 술을 마시자고 한 이유를 이미 어느 정도 짐작하고 있었다. 요 며칠 사이 서로 간에 든 정은 생각보다 깊어, 저녁 식사 중에 꺼낸 "내일 떠날 거예요."라는 그의 말에 만다는 예상보다 큰 아쉬움을 드러내 보였고, 아마도 그것이 지금의 술자리를 부른 주된 이유일 거라고 현진은 생각했다. 그러자 그는 왠지 이런 이별은 한국식이지 않은가, 라는 생각이 들면서도 가슴 한편에 몽글몽글한 감각이 기분 좋게 퍼지는 것을 느낄 수 있었다.

　"네, 이제 다시 걸어야 할 때인 것 같아요. 아저씨 덕분에 그동안 너무 잘 쉬었어요."

　또렷한 눈동자만큼이나 흔들림 없는 대답에 만다가 잠시 그를 바라보더니 느릿느릿 고개를 끄덕였다.

이제 다시 걸을 때라는 자신의 말, 즉 머물 때와 움직일 때가 따로 있다는 그 말이 단순히 날씨나 체력에 관한 이야기가 아닌, 자신의 내밀한 심리 변화와 관련된 이야기라는 것을 과연 그가 짐작할 수 있을까? 복잡한 심경이 고스란히 드러난 만다의 눈빛을 마주하며 현진은 문득 그것이 궁금해졌다. 그리고 그라면, 왠지 그럴 수 있을 거라는 생각이 들었다.

사막을 걸어왔다는 말을 처음 들었을 때만 하더라도 고개를 절레절레 젓던 만다였다. 쉽고 빠르게 움직일 수 있는 차가 있음에도 불구하고 굳이 두 다리로 사막을 걷겠다는 자신을 보고 과연 어떤 몽골인이 고개를 흔들지 않을 수 있겠는가? 이미 여러 차례 마주한 그런 반응을 어느 순간부터 현진은 예사로 받아들이고 있었다.

그런데 그랬던 만다가 현진이 도나 일행과 헤어져 홀로 캠프에 남게 된 날을 기점으로 조금씩 변하기 시작했다. 현진이 이튿날 아침, 또 볕이 가장 뜨거운 점심나절에 나갔다 올 때만 하더라도 이해할 수 없다는 눈빛을 보내던 만다는, 그러나 그날 늦은 저녁까지 이리저리 떠돌다 온 그와 마주쳤을 때 말없이 고개를 끄덕여 보였다. 어쩌면 그때의 만다는 스스로의 이해 여부를 떠나, 그저 무언가에 정말로 빠져 있고, 또 거기에 온 정성을 쏟고 있는 한 사람으로서의 자신을 있는 그대로 바라봐준 것이 아닐까, 그런 생각이 현진의 머릿속을 스치고 지나갔다.

"아저씨, 아저씬 한국에서 3년이나 살았다면서요. 그때 어땠어요? 나쁜 사람들 많이 만나진 않았어요?"

자신의 이야기로 인해 분위기가 침체되려는 듯 보이자 현진은 얼른 화제를 바꾸었다.

"다 똑같아! 한국도 몽골도, 사람 사는 곳 다 똑같아! 좋은 사람 있고, 나쁜 사람 있어!"

다행히 만다는 방금 전까지의 아쉬움을 금세 떨쳐내고 화통하게 대답했다. 그러나 세상사 이치에 통달한 것 같은 그 말이 어눌한 한국어로 그의 입에서 나오자 다소 무게감이 떨어진 탓에, 현진은 "그죠? 사람 사는 데는 어디든 다 똑같죠?" 그렇게 맞장구치면서도 저도 모르게 터져 나오려는 웃음을 억눌러 참아야만 했다.

"응, 정말 다 똑같아! 나, 많은 나라 가 봤어! 이태리도 가 봤고, 프랑스도 가 봤고, 도배도 가 봤어. 정말 많은 나라 다니면서 많은 사람들 만났고, 그래서 이제 좋은 사람, 나쁜 사람 구분할 줄 알아!"

"도배? 도배가 어디에요? 혹시 독일 말하는 거예요?"

"아니, 독일 아냐! 거기 말고, 그 작은 나라!"

만다는 한참 골몰하다가 다시 입을 열었다.

"몽골, 사막 많이 있어! 그런데 도배, 바다 많이 있어! 홍고린엘스, 모래 산 많아! 그런데 도배, 모래 산 없지만 모래 정말 많아!"

그러면서 '도배' 사람들이 자기들 나라에는 없는 신기한 모래 산을 구경하기 위해 홍고린엘스에 많이들 놀러 온다고 덧붙였다.

그럼에도 여전히 현진이 알아듣지 못하는 눈치를 보이자, 다른 외국인들은 '도배'하면 금세 알아듣는데 어떻게 이렇게 모를 수가 있느냐며 무척이나 답답해했다. 그러다 한참만에야 생각이 났는지 그가 휴대폰으로 철자를 적어 보여 준 도배의 영어 표기는 'Dubai'였고, 그제야 현진은 손바닥을 힘껏 맞부딪치며 "아하, 두바이요!"라고 말함으로써 자신을 납득시키기 위해 기나긴 노력을 기울인 만다에게 큰 기쁨을 선사해 주었다.

"그런데 아저씨. 다른 곳을 보면 죄다 자갈이랑 흙밖에 없는데, 어떻게 저 한가운데에 모래 산들이 떡하니 세워진 거죠?"

현진은 오래 전부터 궁금했던 점을 그에게 물어보았다. 그리고 그 말을 들은 만다는 흡사 중대한 비밀을 발설하려는 사람처럼 낯빛을 진지하게 바꾸더니 돌연 손을 들어 허공의 세 방향을 차례로 가리켜 보였는데, 그가 가리킨 방향을 잠시 가늠해 본 현진은 이내 각 방향으로 큼직한 산맥들이 뻗어 있다는 사실을 떠올렸으며, 그중 하나가 달란자드가드서부터 홍고린엘스까지 오는 200km 길 내내 줄곧 자신을 따라왔음을 기억해 냈다.

"저 산과 산 사이, 또 이 산과 산 사이, 그렇게 세 곳에서 불어온 바람이 모두 여기서 만나! 그 바람들이 오랫동안 모래를 싣고 와서 조금씩 쌓았어. 그래서 저렇게 커다란 모래 산들이 만들어진 거야!"

그제야 현진은 암석 사막 한가운데 형성된, 처음 봤을 때만 하더라도 흙과 자갈이 대부분인 고비사막과는 너무도 이질적으로 느껴졌던 거대한 사구들의 생성 비밀을 알 수 있었다.

"참! 이번 5월, 6월에 한국 사람들 정말 많이 홍고린엘스에 왔어! 그래서 나, 여기 몽골이에요? 한국이에요? 그거 구분하지 못했어!"

5, 6월이라면 불과 한두 달 전의 일이었고, 그렇다면 한창 학기 중에 있었을 대학생들보다는 좀 더 나이 든 사람들이 왔겠거니 생각했는데, 만다는 크게 손사래를 치며 그중 대부분이 젊은 여자들이었다면서,

"한국 여자들 술 정말 좋아해!"

대뜸 그렇게 말하는 것이었다.

"에이, 어디 여자들뿐이겠어요? 한국 사람들은 남자, 여자 할 것 없이 모두 술을 좋아할 걸요?"

"아냐, 한국 여자들 술 정말 잘 마셔! 다른 외국인들 술 그렇게 많이 안 마셔! 다른 외국인들 술 조금 마시고 자. 그런데 한국 사람들 '이제 식당 끝났어요.' 해도 술 계속 마셔. '마셔, 마셔! 만다, 여기 맥주 더 가져와!' 하면서 계속 마셔!"

재차 삼차 강조하는 그의 말이 거듭될수록 현진은 저도 모르게 얼굴이 화끈거려 왔다. 그동안 한국인들에게 쌓인 게 많았던 모양인지

만다의 이야기는 쉽사리 그치지 않았는데, 다른 캠프 손님들이 자고 있음에도 불구하고 늦도록 떠드는 사람이 있는가 하면, 숙소 옆에 딸린 화장실에서 소변을 보라고 부탁을 해도 그의 표현을 그대로 빌리자면, '오줌을 아무 데나 버리는' 사람이 있는 등 그 만행이 듣는 이조차 낯부끄럽게 하는 것이 많았다.

결국 현진은 저도 모르게 "죄송해요, 아저씨."라고 말하고 말았고, 그제야 스스로 지나치게 격앙되었음을 깨달은 만다가 멋쩍게 웃어 보이고는 "하지만 좋은 한국 사람도 많아! 현진, 너처럼!"이라는, 이제는 그 의미가 다소 퇴색되어 버린 말을 부질없이 덧붙였다.

"아! 아저씨, 궁금한 게 하나 더 있어요. 제가 보니까 다른 캠프에는 다 게르만 있던데 아저씨 캠프에는 통나무집도 있잖아요. 그 집들 모두 아저씨가 직접 지은 거예요?"

"맞아! 그거 내가 홉스골에서 사온 나무로 지은 거야! 몽골 땅 제일 위 홉스골에서, 제일 아래 홍고린엘스로 나무들 사 가지고 왔어!"

전혀 예상치 못했던 대답에 현진이 자신의 놀라움을 있는 그대로 드러내 보였다.

"허어, 정말요? 저게 홉스골에서부터 사온 나무라고요? 홉스골에서부터 여기까지, 음… 1,000km도 넘을 것 같은데요?!"

스스로 말해 놓고도 도무지 믿기지 않는 수치를 가늠해 보려 애썼지만, 솔직히 그로서는 상상조차 잘 되지 않았다. 놀라움을 넘어 경악하는 그의 반응에 만다는 만면에 자랑스러운 웃음을 지으며 이내 자신의 가슴을 탕탕 소리 내어 두드렸다.

"몽골 사람 중 아무도 그 생각 못했어! 나, 만다만 그런 생각했지! 여기 캠프들 많이 있지만 나무집은 여기 만다네 캠프에만 있어! 그래서 몽골 사람들, 만다네 캠프라고 하면 모르는 사람 없어! 다 알아!"

그 말이 사실인지 허풍인지 확인할 길은 없었지만, 충분히 그럴 만하다는 생각이 들었다. 고비사막에서 나무는 정말로 희귀한 것이었고, 더구나 집을 지을 만한 두께의 통나무는 눈을 씻고 찾아봐도 없었다. 그런데 그런 통나무로 만든 집이 한두 채도 아니고 십수 채가 저 모래사막을 마주한 채 당당히 서 있는 것이었다.

사실, 주변의 사막 풍광과는 어울리지 않는 나무집의 모습을 처음 접했을 때만 하더라도 현진은 어색하다고 느낀 동시에, 이윤 창출을 위해서라면 수단 방법을 가리지 않는 자본주의의 폐해가 마침내 이 사막 끝자락까지 미쳤다는 생각으로 마음이 뒤숭숭했었다. 자신이 좋아하던 사막이, 스스로 마음의 고향이라고까지 여기던 고비사막이, 문명이란 이름으로 위장한 인간의 악질적인 산물에 의해 벌써부터 오염되어 버린 것 같은 기분이 들었던 것이다.

그런데 만다의 말을 들으면 들을수록 그는 자신이 지나치게 이기적이고 편협하게 생각했었음을 알 수 있었다. 그리고 이 척박한 땅 한가운데 피워 올린 한 남자의 노력의 결실이 오히려 거대한 위업처럼 느껴지기 시작했고, 기발한 아이디어를 착상한 데 그치지 않고 1,000km라는 장애를 넘어서면서까지 그것을 용기 있게 실행에 옮긴 그에게 존경심마저 느끼게 되었다.

"그런데 나무로 집을 짓겠다는 생각은 대체 어떻게 하셨어요?"

한껏 흥이 오른 만다는 그러나 즉답하는 대신 의미심장한 눈으로 현진을 보며 뜸을 들였고, 그러다,

"이거 한국에서 배웠어! 한국에서 찾아낸 생각이야!"

사뭇 놀라운 대답을 꺼내 놓았다.

"…한국에서 배웠다고요?"

"그래! 한국 고속도로 지나가면 휴게소 있잖아. 나무로 지은 예쁜 휴게소! 나, 그거 보고 어느 날, '이거 몽골로 가져가야겠다!' 그렇게 생각했어!"

"하하…"

한국에서 흔하게 볼 수 있는, 그래서 자신으로서는 아무런 감흥도 느끼지 못했던 평범한 목조 건물이 이 사람에게는 그렇게 달리 보일 수도 있구나, 그런 깨달음은 현진에게 불현듯 어떤 통쾌감을 가져다주었다. 세상을 향한 자신의 안목이 여전히 협소하다는 사실을 두 번씩이나 연달아 확인한 순간, 그의 가슴은 오히려 이상하리만치 유쾌함으로 가득 차올랐다.

그 후로도 그들의 이야기는 얼마간 더 이어졌고, 맥주를 세 병째 비우고 났을 때 마침내 그들은 자리에서 일어났다. 헤어지기 전 만다는 다음 날 언제 떠날 거냐고 물었으며, 현진은 이른 아침에 떠나겠노라고 답했다.

식당에서 방으로 돌아오는 길에 현진은 하루 일과를 마치고 합숙소 문 앞에 옹기종기 모여 앉아 담소를 나누고 있는 캠프 직원들을 발견할 수 있었다. 때는 어느덧 자정이 넘은 시각. 이른 아침부터 일어나 움직이던 그들의 모습을 떠올리며 현진은 문득 짙은 애환을 느꼈고, 과연 그들 자신도 그렇게 느끼고 있을지 잠시 의문을 가져 보았다.

"새홍 아므라래! (안녕히 주무세요!)"

"새홍 아므라래, 현진!"

스쳐 가며 인사를 건네는 그에게 이제는 다소 친숙해진 목소리들이 돌림노래처럼 화답해 왔다. 이어 밤공기 속으로 퍼져 나가는 여럿의 숨죽인 웃음소리가 잔잔한 파문처럼 그 노래의 끝을 장식했다.

한때 크고 둥글었던 달은 그 크기가 다소 줄긴 했으나 여전히 하늘 가운데서 휘영청 빛나고 있었고, 그 아래서는 홍고린엘스의 마지막 밤이 그렇게 외롭지도 들뜨지도 않은 채 파르스름한 색채를 더하며 조용히 지나고 있었다.

"아저씨! 제게 물 한 박스랑 주스 세 통, 이렇게 주실 수 있어요?"

만다의 눈을 똑바로 응시하며 현진은 스스로도 놀랄 만큼 당돌하게 부탁했다. 돌이켜보면 만다는 이미 많은 것을 그에게 베풀어 주었고, 그 친절에 조금이라도 보답하고자 현진은 지난 며칠간 캠프의 소일거리를 성심껏 도와 왔다. 그럼에도 고마움은 좀처럼 가시지 않아 늘 빚을 진 기분이었으므로, 그는 마지막 떠날 때만큼은 반드시 수중에 있는 돈으로 필요한 물품들을 구입할 생각이었다.

그런데 참 이상한 일이었다. 정작 떠날 때가 다가오니 그런 마음이 바뀌기 시작하는 것이었다. 별안간 돈이 아까워져서라거나 계속되는 호의를 당연시하게 되었다는, 그런 얼토당토않은 이유 때문이 아니었다.

"그래, 가져가! 필요한 만큼 가져가! 그런데 주스는 세 통이면 되겠어?"

'저 눈빛, 그리고 저 웃음.'

현진은 만다의 얼굴을 뚫어져라 바라보았다. 어찌 보면 뻔뻔스럽다고까지 여겨지는 자신의 부탁에도 아무렇지 않게 가져가라고 말하는, 혹여 부족하지는 않을까 더 얹어 주려고 하는 그의 마음을 현진은 믿었고, 그래서 그에게 신세 지기 싫다는 스스로의 자존심 때문에 그 마음을 먼저 무시하고 싶지는 않았던 것이다.

"네! 그 정도면 충분해요!"

만다가 그랬듯 그 역시 힘차게 대답했다. 음료와 식자재를 저장해 놓은 창고로 만다가 걸음을 옮기는 동안, 그 뒤를 따르면서 현진은 마음이 더없이 든든해져 오는 걸 느꼈다.

만다로부터 새로이 얻은 500ml 물 16개들이 1박스와 1L 주스 3통, 그리고 본래부터 가지고 있던 1.5L 물 2통. 이로써 새로운 여정을 시작하기 위한 모든 준비가 끝이 났다. 사막 길을 직접 걷기 전까지만 해도 그 정도 양이라면 아무리 못해도 엿새, 아끼고 아낀다면 하루나 이틀은 더 버틸 수 있을 거라고 생각했을 현진이었다. 그러나 이제 그는 그것을 넉넉히 나흘, 최대 엿새를 버틸 수 있는 양으로 계산하고 있었다. 나흘이라면 결코 길다고 할 수 있는 시간이 아니었지만, 이번에는 그렇게 먼 거리가 아닌 세브레이까지의 45km 남짓 되는 비교적 짧은 거리를 갈 예정이었기에 그 정도로도 충분하리라 생각됐다.

진짜 문제는 세브레이 남쪽으로 50km 떨어진 노욘을 지나고 나서부터였다. 중간에 마을이라곤 하나 없이 저 먼 동쪽 바얀달란까지 뻗어 있는 130km의 장대한 사막 길이 그를 기다리고 있었다. 비록 동일한 경로는 아니지만, 도나 일행을 만나기 전 이미 한차례 심한 좌절을 겪은 바 있는 홍고린엘스로 향하던 길과 크게 다르지 않으리라 예상되는 길이기도 했다.

'그만. 나중 일은 나중에 생각하자. 괜히 지금부터 생각한다고 속 썩이지 말고.'

그간의 여정 동안 온종일 골머리를 썩이며 세운 계획이 다음 날, 심지어 그날 하루조차도 제대로 이루어지지 않는 경우를 종종 경험해 왔던 그였기에, 이런 경우 눈앞의 여정에 집중하는 편이 보다 낫다는 걸 잘 알고 있었다. 사막을 걸어오면서 어느덧 그는 먼 미래보다는 오늘을 사는 데 더 익숙해져 있었다.

그가 짐을 꾸리는 동안 그사이 꽤나 친해진 캠프 직원 몇이 다가와 옆에서 그를 지켜보았다. 그들은 때론 흥미롭다는 듯, 또 때론 염려스럽다는 듯 저희들끼리 말을 주고받았고, 그러나 그가 모든 짐을 싸고 몸을 일으켰을 때에는 하나같이 환한 미소를 지어 주었다.

"현진! 이리 와 봐!"

현진이 짐을 다 싸기를 기다려 가까이 부른 만다는 품에서 명함을 하나 꺼내더니 그에게 건네주었다.

"내 명함이야. 무슨 일 있으면 꼭 연락해! 여행 마치고 한국 돌아가서도 연락해!"

"네, 그럴게요. 꼭 연락할게요! 그동안 너무 감사했습니다!"

또 한 번 몽글한 감정이 가슴 언저리를 긁어대자 현진은 지갑에 명함을 넣는답시고 괜히 몸 여기저기를 들쑤셔 가며 시간을 끌었다.

"지갑 보이지 않도록 조심해! 몽골에 나쁜 사람도 많아!"

현진으로서는 스타르에게 이어 두 번째 듣는 경고였다.

"네, 조심할게요, 아저씨!"

"지금부터 나 만다, 형! 현진 너, 동생! 이제 나 아저씨 아니야!"

만다가 현진에게로 성큼 다가서며 자신의 크고도 두꺼운 손을 내밀었다. 잠시 자기 앞에 뻗어진 손을 멍청히 내려다보던 현진은 다시 눈을 들어 만다를 바라보았다. 그런 그의 얼굴에 서서히 미소가 번져 나갔다.

"알겠습니다. 형님!"

그는 손을 들어 만다의 솥뚜껑 같은 손을 굳게 맞잡았다. 순간 그의 눈시울이 저도 모르게 뜨거워졌다. 붉어진 눈을 감추기 위해 그는 재빨리 몸을 돌려 수레로 다가갔고, 이어 캠프 앞마당을 가로질러 입구를 향해 걸어갔다. 그사이 캠프 곳곳에서 나머지 직원들이 하나둘 모이는가 싶더니 그가 입구에 도착할 즈음에는 어느새 직원 모두가 그를 뒤쫓고 있었다. 입구에 멈춰 뒤따라 온 이들을 발견한 현진은 크게 놀랄 수밖에 없었고, 그러나 이내 그들 하나하나와 차례로 눈을 맞춰 가며 인사를 나누었다.

"그럼 잘 쉬다 갑니다. 모두들 잘 지내요! 바이르테!"

"바이르테! 새홍 아얄라래!"

마지막으로 그들 모두를 향해 큰 소리로 인사하는 현진에게 늘어선 이들로부터 작별을 고하는 외침이 합창처럼 터져 나왔다.

'그럼 다들 정말 안녕히.'

현진은 짐짓 힘차게 걸음을 내딛었다. 등 뒤로 많은 이들의 시선이 따라붙는 게 느껴졌다. 이제 감상에서 벗어나 한국에서부터 온 강인한 여행자의 모습을 그들에게 보여줘야 할 때였다. 그렇게 생각하자 어깨에 저절로 힘이 들어갔다.

그러나 그에게는 애석하게도, 이별의 여운이 미처 가시기도 전에 그는 난관에 부딪치고 말았다.

'어라? 왜 그동안 저걸 못 봤지?!'

아닌 게 아니라 그의 앞 그리 멀지 않은 곳에 싯누런 모래밭이 길게 가로지르고 있었다.

지난 며칠간 지나치게 사구 쪽에만 치중했던 자신의 발걸음을 한차례 자책한 현진은, 처음에는 그 주위를 빙 둘러 갈까도 생각해 보았지만, 그러나 그러기에는 지나치게 먼 거리를 돌아야 한다는 사실을 깨닫고는 이내 포기했다. 대신 그는 최대한 힘든 기색을 숨기고 그곳을 지나야겠다고 마음먹었다.

'아직도 뒤에서 보고 있을지 모르는데 벌써부터 비실비실한 모습을 보일 수야 없지!'

그리고 그런 그의 결심은, 그로부터 불과 몇 분 뒤 극심한 후회로 뒤바뀌고 말았다.

"헉헉, 내가 모래밭이라면 후우, 앞으로 무조건 둘러 가고 만다! 내 참, 헉, 더러워서… 허억, 아니, 뭔 놈의 길이… 흐아! 이렇게 가기가 힘든 거야!"

그 잠깐 사이 단내가 나도록 거칠어진 숨을 몰아쉬면서도 그는 이를 빠득빠득 갈며 욕설을 내뱉기를 그치지 않았다.

모래밭을 지나는 게 어찌나 힘들었던지 고작 30m의 모래밭을 헤치고 나오자 현진은 기진맥진해져 그대로 바닥에 주저앉고 말았다. 물론 캠프 쪽은 아예 등지고 앉은 채 눈길도 주지 않았다. 어차피 몇 시간 내리 걷지 않고서야 캠프는 계속해서 시야 안에 머물러 있을 테고, 눈물 짠한 환송식을 가진 지 얼마 지나지도 않았건만 자칫 뒤를 돌아보았다가 누군가와 눈이 마주친다면 그건 그것대로 우스운 꼴이 될 게 분명했다.

'더구나 지금 이런 몰골로 어떻게… 에휴, 말을 말자. 나 참 쪽팔려서.'

현진은 모래밭이 한층 더 원망스러워졌다.

날은 지나치게 맑았다. 앞으로 도처에 도사리고 있을 가시덤불과 모래밭을 피하며 수레를 끌고 갈 생각을 하니 지난 며칠간 잊고 있었던 악몽이 슬금슬금 되살아났다. 그래도 어쨌거나 다시 나선 새로운 여정이었다. 느릿하더라도 꾸준히만 가자고 그는 옹골지게 마음을 다졌다. 다행히 모래를 싣고 와 저 커다란 산들을 쌓았다는 강력한 사막의 바람은, 아직까지는 달궈진 그의 몸을 식혀 주는 소중한 벗의 역할을 맡고 있었다.

한차례 세찬 바람이 불었다. 큼직한 산맥을 배경으로 잠잠하던 대지에 돌연 옅은 노란색의 먼지구름이 일었다. 먼지구름은 금세 하늘로 솟구쳤고, 그러나 허공으로 흩어지는 대신 보이지 않는 원통에라도 갇힌 듯 주위를 뱅글뱅글 돌기 시작했다.

"아, 씁! 또야?!"

그로부터 멀지 않은 곳에서 회오리가 형성되는 과정을 가슴 졸이며 지켜보던 현진의 얼굴이 와락 일그러졌다.

갓 생성된 회오리는 일부러 노리기라도 한 듯 곧장 그가 있는 쪽으로 다가오기 시작했다. 심지어 거리가 가까워질수록 그 크기가 점차 커지고 있었다.

"…씨발. 정말 욕 나오게 만드네."

내 입이 더러워진 건 모두 네 탓이다. 그렇게 푸념을 뱉으면서도 현진은 재빨리 수레 뒤로 돌아가 바람을 등지고 앉았다. 그리고는 쓰고 있던 모자를 벗어 얼굴을 가린 다음 무릎 깊숙이 고개를 파묻었다.

피이이잉—

얼마 후 가슴을 서늘케 하는 고음의 휘파람 소리가 귓전을 스쳐 갔다. 그리고 마치 그 서슬에 베이기라도 한 양, 주위로 불어오던 바람이 별안간 그쳐 버렸다. 그와 동시에 사위가 거짓말처럼 고요해졌다.

그러나 현진은 고개를 들지 않았다. 누군가 인위적으로 만들어낸 것 같은 그러한 정적이 앞으로 일어날 사건의 전조 현상에 불과하다는 사실을 그는 이미 잘 알고 있었다.

타닥 타닥 타다다다닥

그건 정말이지 순식간에 일어난 일이었다. 불길한 정적 사이로 뜨거운 불판에 기름 튀는 소리 같은 것이 들리는가 싶더니, 곧이어 그의 드러난 목덜미와 팔다리 위로 수백의 모래알이 사정없이 몰아치기 시작했다. 살갗을 따갑게 물어뜯는 모래알의 엄습에 그는 두 눈을 질끈 감고는 속으로 또 한 차례 욕설을 내질렀다.

다행히 돌풍은 들이닥친 만큼이나 빠르게 떠나갔다. 천천히 고개를 든 현진의 눈으로 미끄러지듯 멀어져 가는 모래의 소용돌이가 보였다. 절로 한숨이 나왔다. 벌써 세 번째 겪는 회오리였지만 이번 것은 유난히도 그 강도가 셌다. 십 분이 멀다 하고 사막 여기저기서 일어나는 뿌연 모래 기습자들이 이제는 새삼스럽지도 않았다.

"참, 어떻게 이렇게 다를 수가 있나? 산맥 이쪽과 저쪽이 완전히 딴 판이네."

정말로 그랬다. 산맥 남쪽으로 넘어오면서부터 대기의 질이 완전히 달라져 있었다. 온종일 먼지로 뿌옇게 변한 하늘을 보고 있자니 마치 홍고린엘스의 모든 모래가 이곳으로 불어온 게 아닐까 생각될 정도였다. 만다의 말마따나 이 정도 모래바람이 사방에서 계속 불어 닥친다면 그 큰 모래 산을 쌓는 일도 불가능할 것 같지는 않았다.

"아니, 애초에 이쪽에도 홍고린엘스가 생겼어야 하는 거 아냐?"

시야를 덮은 어마어마한 먼지의 양에 현진이 결국 체념한 듯 고개를 흔들었다.

그는 곧바로 몸을 일으키는 대신 배낭 윗부분을 풀러 물통을 꺼내 들었다. 그리고 다시 빵을 꺼냈고, 먼지로 텁텁해진 목구멍을 몇 모금의 물로 적신 후 좀처럼 들어가지지 않는 빵을 억지로 입 안으로 밀어 넣었다. 그러면서 그는 잠시 지난 여정을 돌아보았다.

'이제 겨우 하루 지났어.'

세브레이에서 하룻밤을 보내고 노욘으로의 여정을 시작한 지 이제 이틀째였다. 불과 어제 아침까지만 하더라도 따뜻한 음식으로 배를 채우고 세브레이 외곽의 샤워 시설에서 몸도 씻을 수 있었건만, 그로부터 채 이틀이 지나기도 전에 벌써부터 꼴이 말이 아니었다. 옷은 말할 것도 없고 팔이며 다리에 잔뜩 눌러 앉은 먼지는 손으로 훑어낼 때마다 여성의 짙은 화장 분처럼 묻어 나왔다.

그러나 사실 먼지야 문제랄 것도 없었다. 진짜 문제는 선글라스마저 비집고 시도 때도 없이 눈을 찔러 오는 모래알이었고, 그보다 더 심각한 문제는 모래로 꽉 막힌 코를 풀려 들 때마다 여지없이 터지는 코피였다.

"아!"

코피에까지 생각이 미치자, 현진이 반사적으로 손을 들어 코 밑을 더듬거렸다. 만져지는 것은 없었다. 그의 행동은 그저 이제는 인이 박이다시피해서 조건반사적으로 진행되는 일련의 반응일 뿐이었다.

코피로 말할 것 같으면, 그건 사막에 온 후로 그가 숙명처럼 떠안게 된 짐이었다. 고지대인 몽골 자체의 낮은 기압과 건조한 대기 탓인지, 혹은 지나치게 몸을 혹사시켰기 때문인지, 그도 아니라면 일찍이 시작된 머리의 문제가 알게 모르게 영향을 끼친 것인지 그는 하루에도 몇 번씩 코피를 흘렸는데, 한창 움직이는 중에 코피가 터져 지혈한답시고 부산을 떨다 보면 다시 움직이려고 할 즈음에는 어느새 기운이 쭉 빠져 있는 것이었다. 그나마 이젠 습관처럼 터지는 코피마저 다소 익숙해진 나머지, '그래, 이왕 이렇게 된 거 아예 푹 쉬었다 가자.'라며 낙관적으로 생각하게 되었지만, 그럼에도 숨쉬기 어렵다는 이유로 무턱대고 코를 풀기에는 뒤따르는 심력의 소모가 두려운 건 사실이었다.

얼핏 평지처럼 보이긴 했으나 길은 살짝 내리막이었다. 그럼에도 불구하고 다른 곳에 비해 유난히 모래밭이 많이 분포된 땅은 몇 걸음 나아가는데도 상당한 애를 먹이고 있었다. 엎친 데 덮친 격으로 먼 앞의 지평에는 이미 지나온 것만큼의 크기는 아니지만 분명 '산맥'이라고 부를 만한 것이 가로놓여 있었고, 그걸 본 현진의 입에서는 또 한 차례 짙은 한숨이 흘러나왔다.

'왜 이런 고생을 자초하고 있는 거야?'

그는 힘겨운 상황에 마주칠 때마다 여지없이 나오는 질문, 이미 수십 번도 더 한 질문을 다시금 자문해 보았다. 그리고 늘 그랬듯이, 그만한 횟수로 항상 비슷한 결론에 도달했던 답을 얻는데 만족할 수밖에 없었다.

'이미 알고 있잖아. 이러지 않고서는 도저히 풀 수가 없다는 걸.'

다른 이들로부터 질문을 받을 때마다 항상 했던 대답처럼 사막이 좋아서, 또 그 하늘과 땅이 좋아서라는 말은 맞았다. 그러나 그것은 경치가 좋아서라는 말이 결코 아니었으며, 오히려 자신의 마음을, 그러니까 자기 안에 깊게 똬리를 튼 채로 수시로 터져 나오는 사무치는 그리움과 외로움을, 오직 사막 안에서만 간신히 풀어낼 수 있기 때문이었다. 그 감정들은 사막이 아니면 절대 풀 수 없는 것들이었고, 또 사막을 걸을 때만이 간신히 풀어낼 수 있는 것들이었다.

그의 경험상, 사막이라는 같은 공간에 있더라도 언제든 탈출로를 제공할 자동차라는 든든한 보험을 낀 채로 그것을 마주하는 일과, 기껏해야 며칠 버틸 물과 음식만을 지닌 채 그 사이를 걷는 일은 사막을 어떻게 느끼고 받아들일 것인지에 대해 도저히 좁힐 수 없는 입장 차이를 발생시키는 것 같았다.

비록 그 안에서 겪는 자잘한 감정이야 상황마다 천차만별 달라졌다고는 해도 사막을 걷고 있노라면 그는 종종 하나의 강렬한 기분에 빠져들곤 했는데, 그것은 안전한 상황에서 느긋이 관람할 때 느끼는 풍광에 대한 찬탄이라기보다는 오히려 다소의 위험을 무릅쓴 상황에서 저 단조롭고도 망망한 지평이 은유하는 하나의 개념, 그러니까⋯

죽음, 혹은 무(無)

그것을 보다 확연해진 자아로, 그동안 겹겹이 두르고 있던 수많은 꺼풀들을 벗어던진 하나의 원시적인 생명체가 되어 맞대한다는 느낌이었다.

단순한 개인의 죽음을 넘어 세계 전체의 운명을 한순간에 개괄하여 보는 듯한 그 느낌은 너무도 강력한 마법과 같아 그것을 대면할 때면 한창 들끓던 마음도 한풀 잠잠해졌고, 그렇게 무심하고 텅 빈 운명을 날마다 마주한 채로 오랜 시간 사막을 걸어온 그로서는 언제부턴가 그보다 피상적인 경험, 가령 차를 타고 사막을 지난다는 식의 경험을 마냥 반길 수만은 없게 되었다.

"그놈의 느낌이 뭔지, 주인 잘못 만나서 너만 고생하는구나."

현진이 지친 눈으로 새카맣게 탄 자신의 두 다리를 내려다보며 쓴웃음을 지었다. 그러나 미안해하는 그런 말과 달리 그는 자신의 고집을 꺾을 생각이 조금도 없었다.

"…가끔은,"

문득, 잠자코 자신의 다리를 내려 보던 그가 여전히 그 눈길을 거두지 않은 채로 다시 입을 열었다.

"나도 이러다 정말 죽을지도 모른다는 생각이 들긴 해. 사실 그렇잖아. 땡볕에 말라 죽든, 목말라 죽든, 벼락을 맞아 죽든, 지쳐 죽든, 아니면 이놈의 머리가 언제 한 번 심하게 터져서 죽든… 여기선 죽을 건덕지야 얼마든지 있잖아?"

하소연을 하듯, 혹은 이해해 달라는 듯 현진은 다리를 향해, 그러나 실은 그 자신을 위해 속마음을 털어놓기 시작했다.

"솔직히 말해서… 지금 나, 너무 죽고 싶어. 그냥 이대로 여기에 잠들어 버릴 수만 있다면 좋겠어. 이젠 너무 힘들고, 너무 지쳐. 내가 얼마나 더 버틸 수 있을지 모르겠고. 이 짓거리가 대체 언제 끝날지도 모르겠어."

담담하던 그의 목소리가 언미로 갈수록 조금씩 떨리기 시작했다.

"그런데, 그렇게 죽고 싶은데… 아직은 이 걸음을 멈출 수가 없어. 마치, 지독한 저주에라도 걸린 것처럼. 죽을 때까지 이 짓을 계속하라는 것처럼. 아니, 어쩌면 정말, 내가 죽어야만 이 저주가 끝이 나려나?"

그는 마지막 말을 뱉으며 한껏 뒤틀린 웃음을 지었고, 잠시 격앙된 마음을 다스리려는 듯 입을 다물고 묵묵히 앉아 있었다. 그러다 그의 시선이 문득 다리로부터 들려져 자기 앞에 드넓게 펼쳐진 황색 대지로 향했다.

하지만 그토록 죽음을 바라며 걸어 왔다고는 해도… 사실 너무
도 살고 싶어서 난 그렇게 아득바득 몸부림쳐 온 게 아닐까?

초점마저 집어삼키는 망연한 세계로부터 무심코 솟아난 그 하나의
질문은, 지금껏 그를 단단히 감싸고 있던 벽에 작지만 또렷한 균열을
일으키는 예리한 정과 같았고, 바로 그 순간, 벽의 갈라진 틈을 뚫고
홀연한 깨달음이 그를 덮쳐 왔다.
"아…"
그리고 현진은, 그동안 수십 번도 더 욕설을 쏟아내면서도, 또 크고
작은 수많은 좌절을 겪으면서도 무엇이 자신으로 하여금 그토록 악착
스럽게 걸음을 이어 오게 했는지, 그 걸음 이면에 있던 욕망의 정체를
별안간 직시하게 되었다.
"아아…"
그의 입에서 신음인지 탄성인지 모를 소리가 연거푸 터져 나왔다. 아
니, 그것은 지난날의 자신을 돌아본 그의 신음이자, 동시에 현재의 자
신을 깨닫게 된 그의 탄성이었다.

…… 너무도 죽고 싶었다. 그녀가 없는 삶에 더 이상의 희망은 보
이지 않았고, 그런 삶 따위 구차하게 오래 붙들 이유가 없다고 생
각했다. 그래서 언제부턴가 죽음에 골몰했고, 죽기를 바랐으며,
또한 스스로 죽기를 바란다고 믿었다. …… 사막을 찾은 것 역시
마찬가지였다. 비록 말로는 죽음을 불사한다고 했지만, 사실 나
는 죽음을 바라며 내 자신의 무덤자리를 찾아 이곳에 온 것이었
다. 내 모든 것이 시작된 이곳만이, 내 모든 것을 끝낼 유일한 장

소라고 믿었기에…

'그런데 그렇게 찾아온 사막에서, 난 지금 무엇을 보고 있나?'

삶을 향한 간절함

그동안 스스로 내디딘 모든 걸음마다 배어 있는 순수하리만치 원초적인 열망. 자기 안에 있는 그 열망의 존재를 자각한 순간, 현진의 안에서 뜨거운 무언가가 울컥, 치밀어 올랐다.

더 이상 죽고 싶지 않아.

난데없이 튀어나온, 그러나 그 이상 명확할 수 없으리만치 분명하게 드러난 욕망.

아니, 살고 싶어.

그것을 인정하기 위해선 먼저 텅 빈 존재의 공백과 마주해야 했기에, 그 점이 두려워 차마 마주할 용기를 내지 못했던 욕망, 그래서 늘 죽고 싶다는 어긋난 말로 애써 부정하고 외면해 왔던 욕망.

행복하게, 정말 행복하게 살고 싶어.

그러나 그것은 이제 자신을 두르고 있던 단단하고도 오랜 벽을 허물고 그 모습을 적나라하게 드러내기 시작했고,
"나도…,"

나도 행복하게! 죽도록 잘 살고 싶다고오오!

이글이글 들끓던 심저로부터 분출하듯 솟구쳐 올라 마침내 크고도 거센 발악으로 토해져 나왔다.

툭―

그리고 그와 동시에, 지난 2년간 사랑했던 이와의 이별이 그에게 드리워 놓은 짐, 그 무겁디무거운 짐의 사슬이 거짓말처럼 떨어져 나갔다.

"씨발…"

그 견고했던 줄이 끊어지는 소리가 귀로 듣는 것처럼 생생히 가슴으로부터 들려 왔을 때, 흙먼지가 두텁게 쌓인 그의 볼 위로는 몇 방울의 눈물이 시커먼 자국을 내며 흘러내렸고, 그러나 그렇게 시작된 울음은 결코 시끄럽지 않았으며, 오히려 언젠가 들었던 바람의 쾌활한 웃음소리를 닮아 있었다.

긴 시간, 명료치 않은 사막의 어느 지점에 머물러 있던 현진의 시선이 조금씩 그 초점을 잡아갔다.

'행복하게 살고 싶다는 것. 그걸 깨닫고 인정하게 되기까지 참으로 오랜 시간이 걸렸구나.'

삶을 향한 갈애의 외침을 이미 한차례 거하게 쏟아 낸 뒤였다. 한풀이와 다를 것 없는 그 흐느낌과 욕설로 난무했던 소동을 묵묵히 받아 준 땅을, 삭막하다고만 여겼던 그 흙과 모래의 땅을 현진은 다른 어느 때보다 부드럽고 애정이 담긴 눈으로 바라보았다.

'이렇게 마음이 편해 본 게 얼마 만이더라.'

해묵은 체증이 내려간 듯, 마음이 무척이나 홀가분해져 있었다.

'무엇이 바뀐 걸까?'

크게 달라진 것은 없었다. 그는 여전히 외로웠고, 또 그리웠다.

'하지만 색깔, 그 색깔이 조금 바뀐 것 같아.'

마음의 색깔, 마냥 어둡고 음울했던 그 색깔이 지금은 한층 밝은 빛을 띠고 있었다. 마치 컴컴했던 음지에 불시에 햇살이 비친 것처럼.

갑작스레 찾아온 자유로움을 만끽하고 싶었던 것일까. 현진이 시원스레 기지개를 켜며 흙바닥 위로 천천히 드러누웠다. 몸을 땅에 눕히는 것과 동시에 작지만 실속 찬 자갈들의 촉감이 기분 좋게 그의 등을 압박해 왔다. 정면으로 올려다본 하늘은 여전히 뿌예 심지어 누렇게까지 보였지만, 그는 더 이상 서둘러 그 너머의 푸른빛을 찾을 필요는 없다고 생각했다.

한동안 사막의 천장에 시선을 박고 있던 그는 문득 자신이 언제부터 죽음에 골몰하기 시작했는지 그때를 가만히 돌이켜보았다. 그러나 아무리 머리를 굴려 보아도 그 정확한 때가 기억나지 않았다.

'그냥 어느 순간부터 늘 죽음에게로 몸을 돌린 채 전진하고 있었던 것 같아.'

처음에는 간헐적으로 일었던 죽음에의 충동은, 그러나 차츰 일관된 느낌으로 바뀌어 갔고, 결국 그가 거기로부터 벗어나려는 어떠한 시도도 해 보기 전에 이미 신앙과도 같은 믿음으로까지 굳어져 있었다. '죽어도 좋다'는 심정이 언제부터 '죽고 싶다'는 갈망으로까지 변하게 되었는지 현진은 그 명확한 경계를 알지 못했다. 그러나 그 모든 과정을 관통하고 심화시켜 온 이면에는 한 사람을 향한 도저히 해소할 길 없는 그리움이 있었다는 것만은 확신할 수 있었다.

'그러다 정말 죽었을지도 몰라.'

그랬던 자신이 사막을 다시 찾은 건 정말 행운이라고밖에 생각되지 않았다. 죽더라도 이왕이면 사막에서 죽겠노라고, 숨이 멎더라도 그 땅과 하늘, 바람 속에서 그러겠노라고 무작정 오른 여행길이 아니던가.

'그리고 그때와 마찬가지로, 넌 또 날 살려 주었구나.'

현진의 눈이 다시 한 번 사막의 지평을 부드럽게 쓸어 담았다.

저 아득한 지평, 극명히 드러나 있는 그 무심한 죽음을 향해 여전히 전진한다고 믿었던 자신의 걸음. 그러나 어느새 자신은 살고자 발버둥 치는 하나의 뜨거운 의지가 되어 이 길을 걷고 있었다. 언젠가 맞닥뜨리게 될 운명으로부터 눈길을 돌리지 않은 채, 그러면서도 오늘의 불꽃을 맹렬히 피워 올리며. 마치…

'사막에 피는 꽃처럼.'

오래전 우연히 마주쳤던 그 몇 송이의 꽃. 사막의 바람 속에서 열렬히 자유의 춤을 추던 그 이름 모를 꽃들의 모습이 현진의 뇌리 속에 또렷이 그려졌다. 그러자 바람에 실려 온 것일까, 그때의 순간들을 감싸고 있던 따스한 감정의 파편들이 그의 가슴에 씨앗처럼 박혀 들었다. 현진의 입가에 절로 미소가 배어 물렸다. 흐뭇한 눈길로 그가 자기 앞에 놓인 땅을 느릿느릿 훑어갔다. 나아갈 길은 여전히 멀고도 끝이 없었지만, 왠지 거뜬히 그 길을 갈 수 있으리라는 자신감이 솟아났다.

그리고 그렇게 나아갈 길 쪽으로 두고 있던 그의 시선이 앞쪽으로부터 돌려져 우연히 자신이 걸어온 뒤쪽으로 향했을 때였다.

"아… 제발, 쫌!"

신음을 흘린 것도 잠시, 금세 그의 얼굴에서 웃음기가 사라지고 이 악문 소리가 튀어나왔다. 그런 그의 눈길이 한 곳에 멈추어져 있었다. 그리고 거기에는 마치 그를 위해 준비된 깜짝 쇼처럼, 다른 어느 때보다 크고 자욱한 먼지구름이 기세 좋게 다가오고 있었다.

"야! 아무리 그래도 이 좋은 분위기에 이러… 응?"

볼멘소리를 터뜨리던 그가 갑자기 입을 다물고 먼지구름을 뚫어져라 주시했다. 그리고는 잠시 후 몸을 벌떡 일으켜 세우더니 꺼내 놓은 물과 빵을 빠르게 배낭 안에 욱여넣기 시작했다.

배낭 정리를 마치고 그가 다시 고개를 돌렸을 때에는 먼지구름이 한층 더 가까워져 있었다. 그리고 그것은 지금껏 그를 지긋지긋하게 괴롭혀 온 모래 회오리가 아니었다. 뭉게뭉게 피어나는 구름의 맨 앞으로는 작다란 점 하나가 움직이고 있었고, 그 움직이는 방향을 따라서는 구름이 길게 꼬리를 물고 이어져 있었다. 그러니까 그 점이란 다름 아닌, 그로서는 이틀 만에 마주친 차였던 것이다.

그 이동 경로를 재빨리 가늠해 본 현진은 곧 차가 멀지 않은 곳을 지나리라는 사실을 알았고, 그걸 깨닫자마자 수레를 끌고 빠르게 걸음을 옮기기 시작했다. 갑자기 없던 힘이라도 생긴 듯 방금 전까지 늘어져 있던 팔과 다리가 어느 틈엔가 활력을 되찾아 있었다.

다행히 현진이 어떤 신호를 보내기 전에 차는 멀리서부터 방향을 틀어 그에게로 다가왔다. 가까워질수록 또렷해진 그것은 흰색의 작은 트럭이었고, 가축을 실어 나르는 용도로 썼는지 화물칸 위로는 덕지덕지 정체 모를 딱지가 들러붙은 나무 울타리가 높게 둘러쳐져 있었다.

운전자는 마흔 초반쯤으로 보이는 인상이 썩 좋지만은 않은 거구의 남자였다. 남자의 옆으로는 그 아들딸로 보이는 십대 소년 둘과, 이제 갓 서너 살쯤 됨직한 여아가 하나 타고 있었다. 아이들은 하나같이 코를 바짝 창문에 들이민 채 밖을 내다보고 있었는데, 그 순간 차의 수용 인원이 모두 찼음을 깨달은 현진은 내심 실망하고 말았다.

"생 베노, 비 설렁거… 바야를라!"

그래도 내친김에 소개나 하자는 심정으로 인사부터 건네는 그에게 남자가 대뜸 뒤를 가리키며 타라는 시늉을 해 보였고, 그러자 '저 오물로 범벅된 화물칸에?!'라는 경악이 머릿속을 스쳐 간 것도 잠시, 자신의 근심을 속으로만 삼킨 현진은 감사의 말을 전하고는 곧장 수레를 뒤쪽으로 끌고 갔다.

'오물이 묻었으면 어떻고 똥밭이면 또 어떠냐? 내가 지금 그런 걸 일일이 가릴 처지도 아니고.'

내심 마음을 다부지게 먹고 화물칸에 타기로 작정한 그는 그러나 이내 한참이나 솟아 있는 울타리의 높이에 난감함을 느낄 수밖에 없었다. 그 혼자의 힘만으로는 수레를 울타리 너머로 넘길 방도가 없었던 것이다.

다행히 현진이 차 옆에서 머뭇거리고만 있자, 백미러를 통해 그를 지켜보던 남자가 운전석에서 내려 그에게 화물칸 위로 올라가라고 손짓해 보였다. 그가 화물칸으로 오르길 기다려 남자가 밑에서 수레를 들어 올려 주었고, 수레를 건네받는 순간 현진은 남자의 몸으로부터 어떤 위화감을 느끼게 되었는데, 그러나 수레를 내려놓을 때까지도 그는 자신이 느낀 위화감의 정체를 알아차리지 못했다. 한차례 고개를 갸웃한 그는 수레를 한쪽 구석에 뉘여 놓은 뒤 화물칸 가장 안쪽에 몸을 들여 앉았다.

"가축을 내린 지 얼마 안 되었나 보네."

화물칸은 벽이며 바닥이며 가릴 것 없이 진흙과 분뇨로 온통 뒤범벅되어 있었다. 그러나 밖에서 봤을 때보다 훨씬 심각한 그런 광경에도 불구하고 어느새 그 사이로 무신경하게 들어앉은 스스로의 모습에 현진은 무척이나 놀랐으며, 이어 자신이 몽골에 제대로 적응하고 있다는 생각에 내심 뿌듯함마저 느꼈다.

"안녕!"

문득 자신을 살피는 시선을 느낀 그가 옆으로 고개를 돌리자, 마침 운전석과 화물칸 사이로 난 창을 통해 그를 구경하던 아이들이 화들짝 놀라며 각자의 자리로 뿔뿔이 흩어졌다. 그러나 그가 손을 흔들며 반갑게 인사를 건네자 아이들은 이내 저희들끼리 웃고 떠들며 한동안 요란법석을 떨어댔다.

이윽고 차가 출발했고, 그로부터 채 몇 분이 흐르기도 전에 남자의 운전에는 뒤에 탄 사람에 대한 배려가 조금도 없다는 사실을 현진은 여실히 체감하게 되었다. 모래밭이라도 피하는지 차가 수시로 방향을 꺾을 때마다 그의 몸 역시 이리 쏠리고 저리 쏠리기를 반복했는데, 그러나 그는 불평을 토하는 대신 쉼 없이 출렁거리는 화물칸이나마 자신이 차에 앉아 있다는 사실에 깊은 안도감을 느꼈다.

'그러고 보면 참 무식하기도 했지.'

문득 지난 여정을 돌이켜본 현진이 작게 웃음을 흘렸다. 그로서는 지나던 차를 먼저 나서서 멈추려 든 건 이번이 처음이었다. 바얀달란에서부터 홍고린엘스까지의 그 길고도 뜨거웠던 사막 길에서조차 언제 자신이 다른 이에게 먼저 도움의 손길을 구한 적이 있었던가. 그런데 그토록 한사코 타인의 도움을 거절하던 자신이 이번에는 도움을 요청하기 위해 선뜻 나선 것이었다.

'뭔가 조금씩 바뀌고 있어.'

그는 변해 가는 자신의 모습이 싫지 않았다. 오히려 자신의 단단했던 독선이 깨져 나가는 걸 어느 순간부터 즐기고 있었고, 그럼에도 만약 그런 옹고집이 없었다면 애초에 사막을 홀로 떠돌 일도 없었을 것이며, 그렇다면 이토록 멋진 땅과 사람들을 만나지도 못했으리라는 생각에 지난날의 자신을 조금도 미워할 수가 없었다.

남자의 낡은 트럭은 그가 온종일 고생스럽게 걸어온 만큼의 거리를 한 시간도 안 되어 주파했다. 그 시간 내내 차바퀴로부터 불어온 엄청난 양의 먼지를 감당해야 했음에도 불구하고 그 놀랍도록 빠른 속도와 편리성에 현진은 새삼 감탄을 터뜨리지 않을 수 없었다.

노욘은 규모는 크지 않지만 정갈한 현대식 건물이 심심치 않게 보이는, 몽골 남서쪽의 변두리에 위치한 마을이었다. 마을에 다다르자 남자는 중앙에 위치한 공터에 차를 세운 뒤 이번에도 수레 내리는 것을 도와주었는데, 그제야 현진은 아까 전 남자로부터 느꼈던 위화감의 정체를 알 수 있었다.

'이 아저씨, 오른손이 불구구나…'

갈고리처럼 굽은 엄지와 검지를 제외한 그의 나머지 세 손가락이 어디로 갔는지 보이지를 않았다. 그 순간 현진은 안쓰러움을 느끼는 동시에 불편한 손에도 불구하고 선뜻 자신의 짐을 들어준 남자에게 깊은 고마움을 느꼈다. 그는 남자와, 그를 따라 옆으로 줄줄이 내려 선 아이들을 향해 감사의 말을 건넸고, 곧이어 아이들의 수줍은 요청에 따라 흔쾌히 몇 장의 사진을 함께 찍었으며, 그 후에는 숙소를 잡자는 생각으로 수레를 끌고 떠나려 했다. 그때였다.

"헤이!"

돌연 남자가 그를 불러 세웠다.

'응?'

"오늘 어디서 묵을 거요?"

고개를 돌린 현진에게 그가 손동작을 섞어 물어왔다. 그에 현진이 별생각 없이 여관에서 묵을 거라고 대답하자 남자가 미약하게 고개를 끄덕이고는 곧 다시 물었다.

"이제 어디로 갈 예정이오?"

"달란자드가드요."

역시나 짧게 현진이 대답했다. 그 말에 남자는 무척 놀라는 눈치더니 이내 눈살을 찌푸리며 절레절레 고개를 흔들었다. 그 찌푸려진 얼굴에 '이런 미친 사람을 봤나! 그 길이 대체 어떤 길인지 알고 하는 소리요?'라는 무언의 질타가 적나라하게 담겨 있어 현진은 그저 웃을 수밖에 없었다.

잠시 후 남자가 꺼낸 말은 너무도 뜻밖의 것이었다.

"오늘은 우리 집에서 묵어요. 나도 내일 달란자드가드에 볼일이 있어 그곳으로 가야 해. 그러니 내일 내 차를 타고 함께 갑시다. 어떻소?"

"내일? 당신 차? 달란자드가드?"

남자의 그 믿기지 않는 제안에 현진은 자신이 과연 그 말을 제대로 이해한 것인지 몸짓을 섞어 가며 거듭 확인했고, 달란자드가드까지 걸어가려 했던 애초의 의지가 저도 모르게 약해지는 것을 느꼈으며, 그러나 결국엔 남자의 제안에 따르기로 했다.

그러자 남자는 하나의 조건을 덧붙였는데, 현진이 이해한 대로라면 자신의 가족을 위해 그날 저녁 한국 음식을 해 달라는 것이었다.

'웬 한국 음식? 이 사막 한복판에서?'

자신의 요리 실력은 둘째 치고 과연 그만한 식자재를 구할 수 있을까 걱정이 되었지만, 이미 남자의 제안을 받아들이기로 한 상황에서 못하겠다고 할 수도 없어 그는 그러겠노라고 대충 얼버무렸다. 현진은 남자의 위압적인 외모에도 불구하고 그가 베푸는 선의를 조금도 의심하지 않았으며, 이미 남자가 보여 준 행동과 아이들의 순박한 모습으로부터 오히려 그들 가족에게 호감을 느끼고 있었다.

뒤늦게 알게 된 남자의 이름은 '어퉁바타르'였다. 그는 노욘의 빌라 2층에 집이 있었고 방 하나에 거실이 딸린 그의 집은 생각보다 넓었다. 들어서자마자 오른쪽으로 난 방의 벽에는 그와 두 아들, 그리고 그의 아내로 보이는 여인이 함께 찍은 가족사진이 걸려 있었으며, 아직 태어나기 전이었는지 막내아이의 모습은 보이지 않았다. 거실 한가운데에는 커다란 TV가 놓여 있었고, 그 왼쪽으로는 냉장고와 싱크대가 공간의 절반을 차지하고 있는 주방이 작지만 나름의 구색을 갖추고 있었다.

소년들은 안으로 들어서기가 무섭게 TV 앞에 모여 앉아 농구 채널을 시청하기 시작했고, 아이들 특유의 집중력으로 금세 거기에 푹 빠져 버렸다. 어퉁바타르는 현진의 짐을 방 한쪽에 옮겨 놓고는 곧바로 집 밖으로 나가자고 그에게 손짓해 보였다.

그를 따라나선 현진은 마을의 물 보급소에서 손이 불편한 그를 대신해 20L들이 물통 두 개를 가득 채워 왔으며, 그 후에는 아이들에게 먹을거리를 선물하고 싶다는 생각에 어통바타르에게 물어 근처의 가게로 찾아들었다. 그가 아이스크림과 콜라를 찾기 위해 가게를 둘러보는 동안 어통바타르는 계산대의 직원과 열심히 대화를 나누었는데, 이따금 '설렁거스'라는 단어가 들리는 걸로 봐서 그가 자신에 관한 이야기를 하고 있음을 현진은 어렵지 않게 짐작할 수 있었다.

살 물건들을 모두 고른 뒤 현진이 계산대로 가 줄을 서자, 그 즈음 이미 대화 상대를 가게의 다른 손님들로까지 확장해 있던 어통바타르가 한창 떠들고 있던 입을 다물더니 그에게로 다가왔다. 현진이 들고 있던 바구니를 한차례 쓰윽 훑어본 그는 말없이 가게 한편에 마련된 냉장고로 걸어갔고, 그런 그가 잠시 후에 꺼내 온 것은 한 봉의 김치 팩이었다.

'아! 한국 음식을 해 주기로 했었지?'

그제야 현진은 아까 전 그와 한 약속을 기억해 냈고, 이어 한국의 김치가 몽골의 외딴 마을에까지 퍼져 있다는 사실에 놀라는 한편, 다른 한편으로는 가슴이 뿌듯해지는 걸 느꼈다. 그는 김치를 건네받아 함께 계산했고, 이후 그들은 가게를 나와 집으로 돌아왔다.

TV에서는 어느새 몽골어로 더빙된 미국 애니메이션을 방영하고 있었다. 여전히 넋을 잃은 채 TV를 뚫어져라 바라보는 아이들에게 어통바타르가 몇 마디 큰 소리로 외치자, 언제 정신이 팔렸냐는 듯 아이들이 부리나케 일어나 주방으로 달려갔다. 그리고 일사불란하게 냉동실에서 얼린 고기를, 찬장에서 쌀 포대를 꺼냈으며, 마지막으로 탁자 위에 칼과 도마까지 꺼내 놓은 다음 우두커니 현진을 바라보았다.

"……"

저녁 준비를 맡기려는 어통바타르의 의도를 다시금 확인한 현진은 자신에게 쏠린 시선들에 조금은 부담감을 느끼면서도 천천히 고개를 끄덕였고, 그러자 어통바타르가 아이들에게 몇 마디 더 지시를 내린 후 집 밖으로 나갔다.

"우리 인사부터 하자. 내 이름은 현진이야. 너희 이름은 뭐야?"

"오츠카."

"소미야!"

갑자기 조용해진 집 안에서 묵묵히 서로를 마주 보다 현진이 먼저 말문을 열자, 큰 아이와 작은 아이가 기다렸다는 듯이 차례로 자신의 이름을 말해 주었다. 곧이어 맏이인 오츠카가 홀로 거실에서 놀고 있는 여아를 가리키며 아이의 이름이 '만다'라고 덧붙여 주었다. 현진은 그것이 '일출'을 뜻하는 몽골어임을 일전에 만다 형님으로부터 들어 알고 있었다.

"자, 그럼 오츠카, 소미야. 나 좀 도와줄래? 이제 본격적으로 요리를 할 거야."

그러나 그는 시작부터 난관에 부딪쳤다. 그는 보급소에서 떠온 물로 두어 번 쌀을 헹구어 내어 밥솥에 올린 후 옆에 놓인 고깃덩이를 집어 들었는데, 이렇게나 꽝꽝 얼려진 것을 도대체 어떻게 하라는 것인지 한참을 고민할 수밖에 없었다.

"응? 20분 후에 썰면 된다고?"

난감해 하는 그에게 소년들이 시계를 가리켜 보이며 그 정도 시간을 기다리면 된다고 알려 주었다. 그 짧은 시간에 과연 고기가 녹을까 의구심을 품으면서도 현진은 일단은 아이들의 말에 따르기로 했다. 그는 아이들과 함께 TV를 보다가 정확히 20분이 지난 뒤에 고기 써는 작업에 착수했다. 그러나 사실은 커다란 푸주 칼로 십수 차례 톱질을 해 가며 겨우겨우 한 점씩 베어내는 것에 가까웠으며, 때로는 도저히 잘리

지 않는 통에 제 화를 이기지 못하고 흡사 망치 휘두르듯 연거푸 내리
쳐 끊어내는 것이었다.

'이럴 바에야 좀 더 녹인 후에 썰 걸 그랬나?'

그러나 그런 생각도 잠시, 언제 돌아와 배고프다고 닦달할지 모를
어통바타르의 잔뜩 성난 얼굴이 떠오르면서 그는 결국 반 시간이 넘도
록 갖은 노력을 기울여 고기를 잘라냈다. 그리고 마침내 마지막 한 점
의 고기만 남겨 놓았을 때 그는 저도 모르게 방심을 하고 말았고, 그
래서 왼쪽 중지에 서너 번쯤 톱질을 한 다음에야 자신이 손가락을 자
르고 있음을 깨달았다. 그 사실을 알아차렸을 때는 이미 늦은 뒤여서,
그가 썰어낸 고기 색에 비해 훨씬 산뜻한 느낌의 선홍색 피가 살갗으
로부터 한참이나 들어간 상처로부터 꾸역꾸역 뿜어져 나오고 있었다.
그리고 그걸 발견한 소년들의 놀란 외침 속에서 현진이 느낀 감정은,
스스로 생각해도 참 어이가 없었지만, '아, 이제 난 좀 쉬어도 되겠구
나.'라는 안도감이었다.

"괜찮아, 괜찮아. 별로 안 아프니까 너무 걱정하지 마."

거실 쪽으로 물러앉으며 그는 다가오려는 아이들을 향해 괜찮다며
손짓해 보였다.

그러나 상처가 깊었던 만큼 피는 쉽사리 멈출 기미를 보이지 않았다.
신경 쓰지 말라던 그도 점차 걱정이 되기 시작했고, 과연 이런 손으로
앞으로 수레를 제대로 끌 수 있을까, 하는 걱정이 다른 무엇보다도 앞
섰다. 그가 비상약으로 챙겨 온 약품 중에는 소독약과 연고만 있었을
뿐 별도의 지혈제가 없었기 때문에, 그는 그저 휴지로 손가락을 동여
맨 다음 꾹 누르고 있을 도리밖에 없었다. 그러나 몇 차례나 갈아치웠
음에도 불구하고 삽시간에 피로 흥건히 젖어드는 휴지를 보면서 그는
차츰 난감함을 느끼기 시작했다.

그때였다. 주방에서 흘끔흘끔 그를 곁눈질하며 살피던 오츠카가 자

리에서 일어나 거실 선반을 뒤적거리는가 싶더니 이내 성냥과 솜 한 뭉치를 꺼내 들고 그에게 다가왔다. 현진이 의문 섞인 눈으로 바라보자 한차례 염려스런 시선으로 그를 마주 본 소년은 느닷없이 솜에 불을 붙였고, 솜이 다 타들어가기 직전 입으로 불을 끈 후 솜의 검게 그을린 부분을 현진의 상처 위에 조심스럽고도 신속하게 갖다 붙였다. 그리고 그와 같은 행동을 서너 번쯤 반복하자, 놀랍게도 촘촘한 그물막처럼 상처에 달라붙은 솜털에 막혀 출혈이 멎기 시작했다. 손가락을 내맡긴 채 그 모든 과정을 잠자코 지켜보던 현진은 이제 막 십 대 문턱을 넘었을 소년의 능숙하고도 기민한 솜씨에, 또 아이답지 않은 침착함에 진심으로 감탄하고 말았다.

더욱 고맙게도, 그가 따로 부탁하지도 않았건만 소년들은 알아서 냄비에 물을 붓고 고기를 삶고 있었다. 고기가 다 삶아질 즈음 때맞춰 어통바타르가 돌아왔는데, 그는 현진이 손가락을 다친 이야기를 전해 듣고도 한차례 고개를 저었을 뿐 그다지 염려하는 기색을 보이지 않았다. 호들갑스럽지 않은 그런 무심함이 현진은 오히려 좋았다.

곧 현진의 지시에 따라 소년들이 다 지어진 밥을 삶은 고기 위에 얹고, 거기에 다시 가게에서 사온 김치를 부은 뒤, 마지막으로 소금과 기름을 두르고 주걱으로 몇 차례 뒤적거리자 마침내 그날의 저녁 요리가 완성되었다. 한국에서부터 먼 길을 온 요리사 현진의 문자 그대로 '피나는' 노력이 깃든 김치볶음밥이 바로 그날의 저녁 메뉴였다. 그들은 주방에 둘러앉아 각자의 그릇에 밥을 덜어 먹었고, 오랫동안 배를 곯았던 현진은 금세 두 그릇을 비워 냈다.

저마다 만족스러운 식사를 마치고 그들은 후식으로 뜨끈한 차를 한 그릇씩 마셨으며, 이후에는 거실에 앉아 함께 TV를 보았다. 현진은 내심 소년들의 모친이 언제쯤 돌아올까 의아함 속에 기다렸지만, 밤이 깊어졌음에도 불구하고 그녀는 끝내 들어오지 않았다. 무슨 사정이 있겠거니 생각한 그는 이만 자러 가야겠다고 말을 꺼냈으며, 그러자 어통바타르는 유일하게 있는 방 하나를 그에게 내어 주고는 자신은 거실로 가 아이들과 함께 드러누웠다.

바람이 잘 통하지 않은 탓에 방 안은 다소 더웠지만 잠을 못 잘 정도는 아니었다. 손가락의 상처를 마지막으로 한 번 더 소독한 뒤 현진은 침대에 누웠고, 그 짧은 사이 벌써 잠에 들었는지 열어 놓은 방문을 통해서는 어통바타르의 우렁찬 코골이 소리가 규칙적으로 흘러들어 왔다. 어둠 너머로 흐릿하게 보인 그의 가족사진에 잠깐 시선을 준 현진은 이내 눈을 감고 잠을 청했고, 얼마 뒤에는 그 역시 깊은 잠에 빠져들었다.

거구의 사내는 거실 소파에 앉은 채 왼손의 엄지와 검지를 맞비벼 보였다. 그 옆에서는 소년들이 사뭇 긴장된 눈길로 자신들의 아버지와 외국인 손님을 번갈아 쳐다보고 있었다. 현진은 몽골인들이 돈을 말할 때 으레 보이곤 하는 것과 같은 남자의 손놀림을 보면서 할 말을 잃고 말았다.

눈앞의 남자가 원하는 것은 분명했다. 지금 그는 하룻밤 자신의 집에 묵은 것에 대한 돈을 요구하고 있었다. 남자가 자신을 순수한 손님으로서 집에 초대한 것이라 믿었던 현진이었기에 지금 남자가 보이는 행동은 그에게 심한 배신감을 느끼게끔 했다.

'그럼 어제 한국 음식을 해 달라던 부탁은 대체 뭐였던 거야?'

어통바타르가 그렇게 나오기 시작하자 현진은 졸지에 어제저녁 아이스크림이며 콜라며 선뜻 그들 가족을 위해 쓴 돈이 아까워졌고, 급기야 아이들과 웃고 떠들었던 시간조차 어쩌면 '고객'의 기분을 맞춰 주기 위한 일종의 부가서비스 같은 게 아니었을까, 그런 생각마저 들고 말았다. 그러다 그것만은 지나치게 비약적인 억측이라고 여겨 얼른 머릿속에서 떨쳐 내었고, 그러나 백 번 양보하더라도 어통바타르만큼은 자신을 처음부터 고객으로 여겼을 거라고 확신했다. 그리고 그 사실만 인정한다면, 고객이 자기 자신을 고객이라고 생각지도 못할 만큼 교묘했던 그의 능란한 사기 행각에도 불구하고 그의 요구 자체는 꽤나 정당한 것이라며 스스로를 납득시키고자 무던히도 애를 썼다. 정당함의 여부를 따진다는 것 자체가 이미 그들 가족에 대한 애정과 신뢰가 사라졌음을 의미하는 것이었지만, 짧은 시간이나마 그들에게 정을 주고 그들을 좋아했던 스스로의 마음을 위해서라도 현진은 어떻게든 그의 입장을 옹호해 주고 싶었다.

현진은 다시 시선을 들어 어통바타르와 눈을 마주쳤다. 그는 정확히 소규모 마을에서의 하룻밤 여관비 정도만을 요구하고 있었다.

'그럼 어제 산 콜라와 아이스크림은 차비로, 김치는 식사비로 생각하면 되겠군?'

그가 요구한 액수만큼의 돈을 건네면서 현진은 속으로 한껏 비아냥거렸다. 그는 홧김에 오늘 달란자드가드까지 함께 가기로 했던 결정도 도로 물릴까 하다가, 가까스로 마음을 돌이켜 본래 예정대로 그의 차를 타고 떠나기로 마음먹었다.

'그래, 나중에 차비를 받든 말든 까짓것 끝까지 가 보자!'

화는 단순한 화로 그치지 않고 새로운 오기를 불러일으키고 있었다. 고작 하루 여관비만큼의 돈을 뜯어내고자 좋은 추억으로 남을 수도 있었을 관계를 한순간에 무너뜨려 버린 어통바타르에게도, 또 그런 그를 아무런 의심 없이 믿고 마음을 준 자신에게도 모두 화가 치밀었지만, 그럼에도 불구하고 이 하나의 사건이 장차 어떤 식으로 일단락될지 무척이나 궁금해졌다. 다시 한 번 그가 돈을 요구할 것인지 혹은 그러지 않을 것인지, 끝내 돈을 향한 그의 욕망이 이길 것인지 아니면 사람과 사람 사이에는 돈보다 강력한 다른 무엇이 있으리라는 자신의 믿음이 이길 것인지, 그 끝을 두 눈으로 똑똑히 보고 싶었다.

차를 타고 가는 여정이었기에 이번에는 따로 더 음료를 구입할 필요가 없었다. 간단히 아침을 먹고 집을 나서는 그를 오츠카에 이어 만다를 등에 업은 소미야가 차례로 뒤쫓아 나왔다. 현진은 전날처럼 화물칸에 수레를 싣고 들어가 앉았으며, 아이들은 다함께 조수석에 올라탔다. 자리를 잡고 앉은 현진이 슬쩍 뒤쪽으로 눈길을 돌리니 마침 눈을 비비던 만다가 좌석 뒤로 마련된 공간에 엉금엉금 올라가 드러눕는 것이 보였다. 오동통한 팔다리를 꿈지럭거리는 그 모습이 어찌나 앙증맞고 귀엽던지, 현진은 어퉁바타르에 대한 화조차 잠시 잊은 채 웃음을 터뜨렸다.

예상대로 첫 출발부터 모래와 자갈이 뒤섞인 사막 길이 시작되었다. 차는 크고 작은 구릉의 밭을 거칠게 움직여 갔고, 그럴 때마다 널뛰는 엉덩이를 바짝 안으로 붙여 앉으면서도 현진은 연신 고개를 들어 주위를 살피기를 게을리하지 않았다.

'원래 내 두 다리로 걸어야 할 곳이었어.'

아침에 있었던 불미스러운 사건 때문이었을까. 흔쾌히 차를 타고 가기로 결심했던 전날과 달리, 시도도 해 보기 전에 차부터 얻어 탔다는 스스로를 향한 책망이 날카로운 비수가 되어 가슴을 찔러 왔다. 그래서 직접 걷지는 못할망정 머릿속으로라도 꼭꼭 기억해 둬야겠다는 생각에, 현진은 두 눈을 부릅뜨고 노려보듯 주위 풍광을 쳐다보았다. 마침 그의 양쪽으로는 끝이 보이지 않는 두 개의 산맥이 서로를 마주 본 채 늘어서 있었는데, 그의 추측이 맞다면 앞으로 100km가 넘는 길 내내 두 산맥은 계속 그와 같은 형세를 유지하고 있을 터였다.

하지만 자연이 만들어 낸 그러한 웅장함보다 그의 눈길을 더 사로잡은 것은, 모래와 바위로 뒤덮인 그 척박한 땅에서조차 군데군데 솟아 있는 게르들의 모습이었다. 놀랍게도, 그러나 또한 당연하게도, 게르 주위에는 적지 않은 수의 낙타와 염소 무리가 있었는데, 그 가축 무리는 초록빛보다는 회황색이 대부분인 그 땅 위에서 대체 무슨 먹을거리를 찾는지 머리를 아래로 숙인 채 느릿하게나마 꾸준히 움직이고 있었다.

그러나 사람의 정신력에는 늘 한계가 있기 마련이라, 현진은 어느 순간부터 따가운 볕을 피해 차머리 그림자 속으로 들어가 꾸벅꾸벅 졸기 시작했고, 그러다 별안간 차의 시동이 꺼지는 것을 느끼고는 화들짝 잠에서 깨났다.

'…응? 무슨 일이지?'

몽롱한 상태에서도 그는 벌떡 몸을 일으켜 화물칸 밖으로 고개를 내밀었다. 그런 그의 앞에서는 이미 어통바타르와 소년들이 분주하게 움직이고 있었다. 잠시 그들을 지켜보던 현진은 차가 멈춰 선 이유를 어렵지 않게 파악할 수 있었다.

"허어, 큰일일세!"

그의 입에서 절로 탄식이 터져 나왔다. 아닌 게 아니라 차는 왼쪽 두 바퀴가 모래 깊숙이 파묻힌 채 빠져나오질 못하고 있었다. 모래라면 이미 그 이름만 들어도 진저리가 날 만큼 시달려 온 그였기에, 현진은 벌써부터 마음이 착잡해지는 걸 느꼈다. 그러나 자신도 뭔가 도와야겠다는 생각으로 그는 곧 화물칸에서 풀쩍 뛰어내렸다.

어통바타르와 소미야가 바퀴 주위의 모래를 손으로 퍼내는 동안, 오츠카가 방금 전 현진이 뛰어내린 화물칸으로 다람쥐처럼 기어 올라가 굵고 기다란 각목을 찾아 바닥으로 던졌다. 그사이 만다는 홀로 저만치 달려가 소변을 보려는지 바지를 까 내리고 앉았는데, 그 순간 무언가 이상하다고 느낀 현진은 아이를 유심히 지켜보았고, 이내 자신이

218

지금껏 아이의 성별을 잘못 판단하고 있었음을 깨달았다.

오츠카가 던진 각목을 왼쪽 앞바퀴와 뒷바퀴 사이에 놓은 어통바타르는 여전히 모래를 파내고 있던 소미야를 뒤로 물러서게 한 후 차에 올라타 시동을 걸었다. 소년들이 부리나케 차 뒤로 이동하는 것을 보고 그제야 자신도 도울 일이 생겼음을 깨달은 현진 역시 차 뒤로 움직였으며, 운전석에서 외치는 어통바타르의 구호에 맞춰 그들은 있는 힘껏 차량을 밀기 시작했다. 몇 번의 밀고 물러섬이 있었지만 다행히 트럭은 비교적 쉽게 모래밭에서 헤어 나왔고, 탄력받은 속도를 이용해 아예 모래 언덕을 넘어간 후 먼 앞까지 이동한 다음에야 멈춰 섰다.

"이야호!"

차가 모래밭에서 헤어 나오자 신이 난 오츠카와 소미야는 모래 언덕 위에서 재주를 넘기 시작했고, 볼일 보기를 마친 만다가 그 짧은 다리로 아장아장 뛰어와 그런 형들 사이에 끼어들었다.

"어쭈! 지금 나한테 덤비는 거야?"

방방 뛰다 넘어지고 구르기를 반복하며 언덕을 제집처럼 헤집고 돌아다니는 아이들의 모습을 흐뭇하게 바라보던 현진은 갑자기 다가와 씨름을 하자는 소미야의 행동에 난처한 기색을 표하다가, 대뜸 자신의 다리를 잡고 넘어뜨리려는 소년의 손놀림에 코웃음을 친 후 아이를 번쩍 들어 올려 모래밭 위로 메쳐 엎는 시늉을 했다. 그러나 그는 아이의 머리가 땅에 닿기 직전 잡고 있던 아이의 몸을 비스듬히 뉘여 모래밭 위로 부드럽게 내던졌다.

제 몸이 허공 속을 붕붕 날아다니는 상황에서도 소년은 자지러지듯 깔깔 웃어댔고, 그러는 사이 소년의 형과 동생이 도우러 달려왔으나 모래 속에 굳건히 박힌 현진의 두 다리를 움직이기에는 역부족이었던지라, 결국 형제들은 일제히 모래밭 위로 내동댕이쳐졌다. 그렇게 아이들과 한바탕 어울리는 사이 현진은 그들 가족에게 꽁해 있던 자신의 마음이 어느새 완전히 풀려 버렸음을 알 수 있었다.

　한동안의 놀이를 끝내고 먼 앞에 세워진 차로 다가가던 중 현진은 담배를 태우며 그들을 지켜보고 있던 어통바타르와 우연히 눈이 마주쳤고, 그러다 그의 입가에 띄워진 미소를 발견했으며, 그 순간 사막 위에 굳건히 버티고 선 한 남자의 모습으로부터 불현듯 어떤 경이와 존경심을 느끼고 말았다. 그와 동시에 하나의 작은 깨달음이 번개처럼 그의 머릿속을 스치고 지나갔다.

　　결국 남자 역시 자신과, 자신을 바라보며 사는 또 다른 삶들을 위해 제 옷깃을 더럽힐 수밖에 없었던 것이다. 그 때묻은 옷깃을 과연 누가 미워할 수 있단 말인가? 그건 그의 모습이자 내 모습이기도 하며, 결국 우리 모두의 모습이기도 한 것을.

　사막의 바람처럼 불시에 찾아온 깨달음 속에서 현진은 설사 그가 다시 돈을 요구하더라도 그때는 기꺼이 내어 줄 수 있을 것 같다는 생각을 하게 되었으며, 불과 반나절도 지나지 않아 뒤바뀐 스스로의 심경의 변화가 사뭇 신기하게만 여겨졌다.

　그렇게 잠깐의 시련을 겪고 차는 다시 예와 다름없는 여정을 이어갔다. 그러나 그 안에 타고 있던 이들의 심경은 결코 예전과 같지 않았고, 각자의 마음이 그사이 어떻게 변하였는지는 서로 간에 약속한 듯 내린 침묵 속에서 오직 그 당사자들만이 알 뿐이었다.

　때론 여유롭게 풍경을 감상하며, 또 때론 온몸을 뒤덮는 모래 먼지에 괴로워하며 화물칸에 앉아 있던 현진은 서서히 속도가 줄어드는 차의 움직임에 재빨리 고개를 들어 주위를 살폈다. 그렇다고 아까의 경우처럼 차가 급정거를 한 것은 아니어서 딱히 큰 문제가 생겼다는 걱정은 들지 않았다.

'게르?'

이윽고 그의 눈에 그리 멀지 않은 곳에 세워진 게르 한 채의 모습이 들어왔다. 마침 그곳에서는 한 여인이 걸어 나오고 있었고, 여인이 모습을 드러낸 것과 동시에 차에 타고 있던 삼형제가 뛰듯이 내려 그녀에게로 곧장 달려가는 장면이 눈에 잡혔다. 처음 본 그녀의 얼굴이 꽤나 낯이 익다고 느낀 현진은 오래지 않아 그녀가 바로 어젯밤 사진에서 본 소년들의 어머니라는 사실을 알아차렸다.

"웃차!"

정황상 게르에서 머물다 갈 것이 자명해 보였기에, 그도 곧 울타리 밖으로 뛰어내렸다. 본래는 가축이 있어야 할 화물칸에서 난데없이 낯선 사람이 뛰어내리는 장면을 보고도 여인은 놀라는 대신 환한 웃음으로 현진을 반겼고, 이어 그를 안으로 이끌었다.

게르 안으로 들어서자마자 현진은 입구 정면에 누워 있던 초로의 노인과 눈이 마주쳤다. 노인 역시 문턱을 넘어오는 현진을 보고도 별달리 놀라는 기색이 없었으며, 다만 천천히 몸을 일으켜 담배를 꺼내 물고는 그가 자리에 앉는 동안 가만히 지켜볼 뿐이었다. 무표정하게 자신을 주시하는 노인의 주름투성이 얼굴을 곁눈질하며 현진은 그가 자신을 반기고 있는지 확신할 수가 없었다. 그러다 갑자기 담배를 권해오는 노인에게 얼떨결에 괜찮다고 대답하면서 최소한 그가 자신을 박대하지는 않는다는 사실에 안도했다.

잠시 뒤 모습을 보인 어통바타르는 문턱을 넘어서자마자 노인을 향해 우렁차고도 반가운 인사부터 건넸다. 마치 과시하듯 자신의 두툼한 뱃살을 있는 대로 드러낸 그는 편하게 누운 자세로 노인과 대화를 주고받았고, 그러는 사이 무표정했던 얼굴에 언뜻언뜻 웃음을 내비치며 자신을 흘깃거리는 노인을 보며 현진은 또 내 이야기를 하는구나 싶어 큰 관심을 기울이지 않았다.

"아, 바야를라!"

마침 어룽바타르의 아내가 빈 그릇에 차를 따라 주자 현진은 두 손을 들어 공손하게 받았다. 그녀는 이어 다른 이들에게도 모락모락 김이 나는 차를 한 그릇씩 따라 주었다. 화물칸에 있는 내내 먼지에 시달렸던 현진은 칼칼해진 목구멍을 씻어 내고픈 마음에 급히 차를 들이켰는데, 금세 한 그릇을 마신 후 또다시 주전자를 들이붓는 그의 모습에 두 남자가 껄껄 너털웃음을 터뜨렸다. 현진은 이들에게는 자신의 사소한 몸짓 하나하나가 다 재미난 모양이라고 생각하며 기분 좋게 따라 웃었다.

소년들은 잠시 안으로 들어와 앉는가 싶었으나 그 특유의 활력을 주체하지 못하고 금세 다시 밖으로 나가 뛰놀기 시작했고, 그 와자지껄한 외침에 놀랐던 것일까, 갑자기 게르 한쪽에 놓인 침대 밑에서 새끼 고양이 한 마리가 불쑥 튀어나오더니 귀를 쫑긋거리며 주위를 두리번거리기 시작했다.

"엉? 고양이?!"

현진은 그 뜬금없는 출현에 놀라고, 그동안 사막에서 개는 많이 봤어도 고양이를 본 것은 처음이라는 사실을 떠올리고는 다시 한 번 놀랐다. 그가 신기한 듯 바라보자 노인이 고양이를 끌어안더니 그에게 안아 보라고 건네주었다. 조심스레 받아든 현진의 품 안에서 새끼 고양이는 벗어나려는 시도조차 않은 채 귀만 달싹달싹 움직였다. 그 토실토실한 목덜미를 간질이듯 쓰다듬자 녀석이 기분 좋다는 듯 그르릉거리며 그의 손에 정수리를 비벼 왔다. 옆에서 그 모습을 지켜보던 어통바타르가 걸걸한 목소리로 몇 마디 내뱉자 또 한 번 큰 웃음이 게르 안을 휩쓸고 지나갔다.

그들이 게르에서 반 시간 정도의 휴식을 취한 뒤 다시 출발하기 위해 밖으로 나왔을 때, 돌연 아무도 예상치 못했던 문제가 터지고 말았다. 아니, 문제는 이미 발생한 지 오래였지만 출발할 때가 되어서야 다들 그걸 알아차린 것인데, 바로 차의 오른쪽 뒷바퀴에 펑크가 나 있었던 것이다. 출발은 자연스레 지연될 수밖에 없었다. 그럼에도 한차례 혀를 끌끌 찼을 뿐, 큰 문제라고 여기지는 않는 것 같은 어통바타르의 태도가 현진에게 묘한 안도감을 주었다.

"오츠카!"

아버지의 부름에 맏이는 움직이는 대신 동생에게 재빨리 눈짓을 보냈고, 그러자 소미야가 얼굴에 한껏 싫은 기색을 내비치면서도 기민한 동작으로 차 안에서 공구함을 꺼내 왔다.

공구함에서 유압자키와 스패너를 꺼낸 어통바타르는 금세 그것들을 이용해 차로부터 터진 바퀴를 떼어 냈다. 이어 그는 쇠 지렛대로 이리저리 들쑤시며 휠에서 타이어를 분리시키고자 애를 썼는데, 그동안 그의 아내는 쭈그려 앉은 채로 타이어가 움직이지 않도록 맨손으로 누르고 있었고, 현진은 어통바타르의 멀쩡하지 않은 오른손을 대신해 옆에서 그의 작업을 보조해 주었다.

군데군데 녹이 슨 오래된 휠로부터 타이어를 분리해 내는 일은 결코 쉽지 않았다. 설상가상으로 거센 바람에 실려 온 모래알이 수시로 눈꺼풀을 찌른 탓에 작업이 번번이 지연되었다. 결국 온전치 않은 손에도 불구하고 열렬히 쇠 지렛대와 씨름하던 어통바타르는 이대로는 안 되겠다 싶었던지, 차체를 들어 올릴 때 사용했던 유압자키를 타이어의 옆면에 고정시킨 후 공구함에서 꺼낸 체인으로 타이어와 한데 묶기 시작했다. 그런 다음 그는 파이프를 이용해 자키를 들어 올렸는데, 그에 따라 체인에 가해진 압력으로 자키의 아랫부분이 타이어의 고무 부분을 파고들면서 휠과 고무를 조금씩 떼어 놓기 시작했다. 그 작업을 오랫동안 반복하자 마침내 꽤나 큰 틈이 생겼고, 그 틈으로 현진이 지렛대를 넣어 위아래로 흔들기를 수차례, 마침내 "텅!"하는 가슴까지 뻥 뚫리게 만드는 경쾌한 소리와 함께 휠이 바퀴에서 분리되었다.

모두의 입에서 환호성이 터졌지만 본격적인 작업은 이제 시작이었다. 어통바타르는 타이어에서 튜브를 끄집어내고는 차량에 비치되어 있던 휴대용 컴프레서로 공기를 주입해 가며 튜브의 터진 부위를 찾기 시작했다. 그의 아내가 옆에서 침을 바르며 찾는 것을 도와주었고, 다행히 머지않아 그들은 새는 부위를 발견할 수 있었다. 거기에는 이미 여러 장의 고무패치가 겹겹이 붙어 있었는데, 그중 두 개의 패치가 너덜너덜해진 탓에 그 틈으로 공기가 새고 있었다.

어통바타르는 튜브에서 다시 공기를 빼내고 낡은 고무패치를 떼어낸 후 그 자리에 본드를 바르고 망치로 때려가며 새로운 패치 네댓 개를 꼼꼼히 겹쳐 붙였다. 그렇게 튜브에 공기를 주입하고 빼내면서 패치를 붙이는 몇 번의 시행착오가 있었고, 조금 시간이 걸렸다뿐이지 작업은 큰 어려움 없이 순조롭게 진행되었다. 아니, 현진이라면 이미 수차례나 짜증 내고 분통을 터뜨렸을 상황을 그들은 여유롭게 웃으며 차근히 넘어가고 있었다. 그리고 그 옆에서는 어느 틈에 왔는지, 예의 새끼 고양이가 쭈그려 앉은 채로 분주히 움직이는 일단의 사람들을 무심히 바라보고 있었다.

그러던 어느 순간이었다. 갑자기 그들 사이로 심한 돌풍이 불어 닥쳤다. 순식간에 시야가 뿌옇게 변하면서 이전에 비해 훨씬 많고, 또 훨씬 따가운 모래 알갱이가 모여 있던 모든 이들의 얼굴과 몸을 휩쓸어 왔다. 하나같이 비명을 지르며 바람을 등지고 돌아앉는 가운데, 새끼 고양이 홀로 느긋함을 유지한 채 차 밑으로 기어들어가 바퀴 뒤쪽에

태평스레 몸을 누이는 장면이 현진의 눈에 들어왔다. 그러나 그는 눈을 따갑게 찔러 오는 모래 바람을 피해 다시 고개를 돌렸고, 그러다 우연히 하나의 장면을 목격하게 되었으며, 그 순간 감전이라도 된 것처럼 찌릿한 전율이 몸을 관통해 가는 것을 느꼈다.

'……!'

　그곳에 한 여인이 있었다. 사막처럼 넓은 남편의 등을 조그마한 팔로 용기 있게 감싸 안는 한 명의 여인이.

　몽골의 어느 이름 모를 변방, 그곳의 낡고 초라한 게르에 오랜 시간 머물러 있던 여인의 팔은 시커먼 때와 흙먼지로 덕지덕지 얼룩져 있었다. 그러나 한 팔로는 타이어의 튜브가 바람에 날아가지 않도록 단단히 움켜잡으면서 다른 한 팔로는 어떻게든 남편을 모래 바람으로부터 보호하려는 그녀의 모습은 현진이 지금껏 보았던 그 어느 여인의 모습보다도 아름다웠으며, 심지어 그는 과연 인간에게 성스러움이 있다면 바로 저런 것이 아닐까, 그런 생각마저 품게 되었다.

　그리고 그 작지만 아름다운 팔 아래, 세 개의 허전한 자리에도 불구하고 꿋꿋이 망치를 잡고 있는 남자의 오른팔이 보였다.

　마치 미녀와 야수처럼 크고 작은 한 쌍의 팔은 그러나 하나같이 새까맣고 더러웠으며, 그래서 그 어떤 미녀의 팔보다도 빛났고, 또 어떤 야수의 팔보다도 늠름했다. 이 황량하고 거친 모래의 땅에서조차 그들은 결코 외롭지 않을 것이며, 앞으로도 서로를 의지한 채 끈질기게 삶을 이어 가리라는 사실을 현진은 그 순간 어떤 막연한 부러움 속에서 확신할 수 있었다.

돌풍이 그치기를 기다려 마침내 공기가 새는 부위가 완전히 막아졌음을 확인한 그들 부부는 다시 튜브를 뒤쪽으로 가져가 이전 작업의 역순으로 타이어를 조립해 갔다. 조립된 타이어를 차체에 연결하는 작업은 타이어 자체를 분리하고 조립하는 일보다 훨씬 수월하고 빠르게 진행되었다. 그 모든 작업이 끝나고 나자 어통바타르가 차에 시동을 걸어 게르 주위를 한 바퀴 시험 삼아 돌았고, 더 이상 바퀴에 문제가 없음을 확인한 모두의 환호가 매서운 강풍마저 뚫고 여기저기서 터져 나왔다.

소년들은 뛰어들다시피 차에 탔으며, 소년들의 아버지는 차에서 내리지 않은 채로 아내와 애정 어린, 그러나 과장되지는 않은 작별의 인사를 나눴다. 현진 역시 그녀와, 어느새 몽골 전통 복장을 갖춰 입고 나온 나이 든 남자를 향해 이별의 인사를 건넸고, 곧이어 그들 일행을 태운 차는 먼지구름 너머로 한 여인과 노인, 새끼 고양이 한 마리를 남겨둔 채 쏜살같이 동쪽을 향해 나아가기 시작했다. 묘한 감상에 젖어 화물칸에 꼿꼿이 선 채로 멀어지는 그들의 모습을 지켜보던 현진은 그러나 구릉을 오르내리는 차의 요동침에 위협을 느껴 금세 주저앉았고, 그런 그의 머리 위로는 한낮의 뙤약볕이 여과 없이 내리꽂혔다.

이후로 여정은 오랫동안 별 탈 없이 지속되었다. 너른 벌판을 달리다 갑자기 산을 타 넘고, 다시 평야를 지난다 싶으면 어느새 검회색의 바위로 이루어진 산이 앞을 가로막곤 했다. 그사이 현진의 팔과 다리, 얼굴과 같이 겉으로 드러난 부위란 모든 부위에는 땀과 뒤섞인 모래 먼지가 또 한 겹의 피부처럼 두껍게 눌러앉았다.

그렇게 요란하면서도 꾸준히 그 모든 길을 달려온 트럭이 어느 순간 다시 서서히 속도를 줄이기 시작했다. 이번에는 또 무슨 일인가 싶어 현진은 고개를 돌려 앞을 보았고, 이내 멀지 않은 곳에 키 낮은 건물들이 옹기종기 모여 있는 낯익은 마을의 모습을 발견할 수 있었다.

"바얀달란!"

그 즉시 그의 입에서 희열에 찬 외침이 터져 나왔다. 수 시간 동안의 지루하고 고된 여정이 마침내 끝이 났음을 알리는 그 구원의 징표에 그는 당장이라도 일어나 덩실덩실 춤을 추고 싶은 심정이었다.

"…어? 어, 어? 어디 가는 거야?!"

그러나 잠깐 들떠 올랐던 그의 기분은 어통바타르가 그대로 마을을 지나쳐 가는 것과 동시에 무참히 깨져 버렸다. 어차피 달란자드가드까지는 아스팔트 도로가 대부분인 80km 남짓 되는 길이 전부였기에 멈추지 않고 곧장 가려는 심산인 것 같았는데, 한나절 가까이 불볕을 쐬며 뜨뜻미지근한 물로 겨우 입만 축였던, 심지어 그마저도 차의 요동침 때문에 번번이 실패했던 현진의 입장에서는 참으로 애석한 일이 아닐 수 없었다.

여전히 도로 공사가 한창인 바얀달란 근처의 길을 지나고, 마침내 달란자드가드로 이어지는 포장도로 위에 올랐을 때 현진이 느낀 감정이란, 사막으로부터 멀어진다는 아쉬움이 아닌 문명의 이기에 대한 그 자신도 놀랄 만큼의 열광적이고도 과도한 반가움이었다. 더 이상 저 끔찍스러운 모래 먼지에 시달리지 않아도 된다는 생각에, 또 더 이상 허리와 엉덩이가 괴롭지 않아도 된다는 생각에 그는 진심에서 우러나오는 환희를 느꼈다.

산을 오른 지 얼마 되지 않아 잉쿠아트의 게르가 그 어디 즈음 있으리라 여겨지는 땅이 보였을 때, 현진의 가슴에는 아짜와 자이야 자매의 각기 개성 있는 얼굴이 떠오르며 소녀들을 향한 그리움이 물씬 피어올랐고, 봉우리를 넘어 일전에 하룻밤 야영을 했던 산 중턱의 낯익은 지형을 지날 즈음에는, 멀리 달란자드가드를 내려다보며 하룻밤 사이 일몰과 일출을 연달아 마주했던 순간들의 감정이 새록새록 되살아나면서 저도 모르게 애틋한 감상에 젖고 말았다.

그토록 오르기 어려웠던 가파른 비탈면은 이제 내리막이 되어 그를 기다리고 있었고, 나는 듯 그 위를 내달린 차는 끝 모르고 이어진 너른 벌판마저 빠르게 통과해 어느덧 저 앞으로는 그가 그렇게나 고대하던 도시, 달란자드가드가 보이고 있었다. 한때 이틀에 걸쳐 아등바등 걸었던 80km에 이르는 길을 고작 한 시간이라는 짧은 시간 만에 넘어오자 현진은 다소 어안이 벙벙하면서도, 그러나 만약 자신이 지금처럼 차를 타고 지나갔더라면 그때의 일몰과 일출을, 또 잉쿠아트의 가족을 결코 만나지 못했으리라는 생각에 자신의 지난 선택을 조금도 후회하지 않았다.

어통바타르는 도시의 입구를 거쳐 시내 쪽으로 좀 더 들어간 다음 비교적 차량 통행이 적은 도로가에 차를 멈춰 세웠다. 그리고는 지나는 사람들에게 물어 가장 가까운 여관의 위치를 현진에게 알려 주었으며, 현진이 떠날 채비를 마칠 때까지 잠자코 옆에서 기다리다가 그가 짐 정리를 마치고 일어나자 자신의 전화번호가 적힌 쪽지를 건네주었다.

한국을 떠나오기 전 이미 모든 통화 서비스를 중단해 놓았던 현진은 잠시 고민한 끝에 그에게 자신의 전화번호를 알려 주었고, 그러나 혹시나 하는 마음에 자신이 몽골에 있는 동안에는 통화가 불가능하다는 사실을 그에게 전달하기 위해 한동안 진땀을 빼야 했다.

헤어지기 직전 오츠카와 소미야의 부탁에 따라 그는 마지막으로 한 번 더 그들 가족과 사진을 찍었다. 이후 아이들은 늘 그랬듯 천진한 웃음으로 그에게 작별을 고했고, 소년들의 아버지는 굵직한 미소와 더불어 왼손을 들어 보이는 것으로 이별의 악수를 대신했다.

"바야를라! 바이르테!"

그들 가족을 태운 트럭이 길게 뻗은 도로를 따라 유유히 사라지는 동안 현진은 잠자코 서서 그 뒷모습을 지켜보았다.

얼마 뒤 트럭의 모습이 완전히 사라지자 그가 수레의 손잡이를 잡고 주위를 둘러보았다.

"보자, 거의 2주 만인가?"

두 번째 방문이라고는 해도 여전히 주위의 풍경은 그에게 생소하기만 했다. 나름 일도 많고 탈도 많았지만, 지난 2주 동안 매일같이 마주쳤던 그 황량한 땅이 그는 벌써부터 사무치도록 그리워졌다.

하지만 그는 곧 마음을 다잡았다. 사실 이곳도 전혀 낯선 곳만은 아니었다. 아니, 오히려 그에게는 추억이 깃든 장소였다. 멀지 않은 곳에 바로 그들이 있었다. 떠올리기만 해도 가슴이 따뜻해져 오는 그의 소중한 벗들이.

현진은 아까 전 어통바타르가 알려 준 방향이 아닌 그 반대 방향으로 천천히 수레를 밀어 나가고 있었다. 도시 남쪽으로 위치한 거대한 산맥과, 일전에 보았던 높은 건물들을 지표 삼아 차근히 길을 찾아 걷는 그를 많은 이들이 흥미로운 눈으로 돌아보았으며, 옆으로 지나는 차들은 마치 인사라도 하듯 지나치게 자주 경적을 울려대곤 했다. 그런 이들에게 현진은 가벼운 미소로 답하거나 짧게 눈인사를 했고, 그러면서도 틈틈이 방향을 가늠해 가는 걸 잊지 않았다.

약 반 시간 남짓 걸어 첫 목표지로 삼은 북쪽 외곽에 도착했을 때, 마침내 그의 앞으로 눈에 익은 몇몇 장소가 나타났다. 그곳은 달란자드가드를 나서서 만달고비로 향하는 도로가 시작되는 부근이었으며, 어느새 주변의 모습은 도심에 솟아 있던 현대식 건축물이 아닌 낡은 나무 울타리와 전통 게르들로 뒤바뀌어 있었다. 어찌 보면 외지인으로서는 두려움을 느낄 수도 있는 그 후미진 골목 사이로 현진은 망설임

없이 발길을 옮겼고, 실제로 이따금 마주치는 사람들의 눈빛 속에서 그는 경계심이 아닌 순수한 호기심을 읽었다.

일각 남짓 골목 사이를 누비던 그의 걸음이 기어코 한 지점에서 멈춰 섰다. 앞에는 나무판자를 연달아 세워 만든 울타리와, 빈 공간에 줄 하나를 걸쳐 입구임을 표시한 널따란 앞마당이 있었다. 그러나 낯익긴 하지만 또한 무언가 달라진 것도 같은 모습에 현진은 멈칫거릴 수밖에 없었다. 그로서는 자신이 제대로 찾아왔는지 의심이 드는 순간이었다.

"현진!"

바로 그때였다. 고개를 갸웃거리며 고민하고 있는 그의 옆에서 놀란 여성의 목소리가 터져 나왔다. 그 갑작스런 외침에 덩달아 놀란 현진은 황급히 고개를 돌렸고, 곧 반갑기 그지없는 얼굴을 마주할 수 있었다.

"해피!"

거의 2주 만에 만난 그녀는 등에 두 살배기 아들 아난드를 업고 있었다. 그녀의 얼굴에는 이미 웃음이 한가득 걸려 있었다. 잠시 현진과 그의 수레를 번갈아 보던 그녀가 입구에 걸어 놓은 줄을 들어 올리며 그에게 얼른 들어오라고 손짓해 보였다.

마당으로 들어서자마자 현진은 또 한 번 자신의 이름을 부르며 멀리서부터 성큼성큼 다가오는 사내를 발견할 수 있었는데, 사내는 마지막으로 봤던 그대로 자신의 시커멓고 우람한 상체를 가감 없이 드러내 놓고 있었다. 바로 앞까지 다가온 사내에게 현진이 먼저 힘차게 손을 내밀었다.

"오랜만이야, 스타르!"

스타르와 해피 부부. 2주 전 만달고비 근처의 도로에서 처음 만나 불과 하루 사이에 그의 소중한 벗이 된 이들. 여전히 스스럼없이 자신을 반기는 그들의 모습으로부터 현진은 진한 정을 느끼는 동시에 이곳으로 오기로 한 자신의 선택이 틀리지 않았음을 확인하고 내심 안도를 했다.

이윽고 스타르는 마당 양 귀퉁이를 차지하고 있던 두 채의 게르 중 오른쪽의 게르, 기억대로라면 그의 장인, 장모가 머물고 있는 게르로 현진을 이끌었다. 마침 안에서는 해피의 부모가 점심식사를 하고 있는 중이었다. 현진을 발견하자마자 그들 역시 반색하며 꽤나 살갑게 인사를 건네 왔는데, 그러한 환영 인사는 현진이 그곳으로 오는 길에 사온 보드카 한 병을 꺼내 건네주면서 더욱 요란해졌다.

현진이 자리에 앉기를 기다려 해피가 솥에 담겨 있던 고릴태슐을 한 그릇 가득 떠서 건네주었고, 스타르는 몽골의 전통 음식이라고 소개하며 염소인지 양인지 모를 가축의 간과 내장이 담긴 접시를 그의 앞으로 가져다주었다. 자신을 맞는 떠들썩한 분위기 속에서 현진 역시 그들의 식사에 기꺼이 동참했다. 그렇지 않아도 허기가 졌던 그는 금세 고릴태슐 한 그릇을 비우고 다시 한 그릇을 먹었으며, 귀한 음식 같다는 생각에 다소 눈치가 보이긴 했지만, 간과 내장이 담긴 접시로 향하는 손을 자제하지 못해 결국 접시의 절반 정도를 혼자서 비우고 말았다. 사실 그쯤 되어 속이 느글거리지 않았다면 좀 더 먹었을 수도 있을 거라는 아쉬움이 들 만큼 음식은 맛있었다.

스타르는 식사 내내 그의 옆에 앉아서 그간의 여행 이야기를 듣고 싶어 했다. 그러나 2주에 가까운 여정을 몽골어로는커녕 영어로도 설명할 재간이 없었던 현진은, 대신 그동안 찍은 사진들을 보여 주며 자신이 지나쳐 온 지역의 이름들 정도만 차례로 읊어 주었다.

"이 사진 봐봐. 이게 처음 내린 곳에서 조금만 더 가면 있는 산이야. 이 산에서 첫날 야영을 하고 다음 날 바양달란까지 갔어. 그리고 거기서 다시 하룻밤 묵고 홍고린엘스 쪽으로 걸어가다가…"

그렇게 홍고린엘스에서 세브레이, 노욘을 거쳐 다시 바양달란으로,

그리고 결국에는 달란자드가드에서 끝나는 그의 여정을 잠자코 듣고 있던 스타르는 다행히 그것만으로도 충분히 만족해하는 눈치였다. 현진의 말이 끝나기가 무섭게 그는 툭툭 불거진 현진의 다리 근육을 한 차례 손으로 찔러 보고는 이내 자신의 가족을 향해 큰 소리로 몇 마디 떠들어댔고, 그러자 다들 고개를 설레설레 저으면서 한마디씩 내뱉는 폼이 대충 무슨 말이 오갔는지 짐작할 만했다.

"어! 너 손가락은 왜 그래?"

한창 대화 중에 우연히 현진의 손가락 상처를 발견한 스타르가 어찌 된 일이냐고 물어왔다. 고기를 썰다가 실수로 베였다고 말하기에는 좀처럼 체면이 서지 않았던 현진은 문득 잉쿠아트와의 만남을 떠올렸고, 그래서 여정 중간에 오토바이를 얻어 탈 기회가 있었는데 속도가 너무 빨라 실수로 그만 수레를 놓쳐 버렸다고, 그리고 그때 어딘가(이 대목에서 그곳이 정확히 어딘지는 자기도 모르겠다는 듯 강하게 고개를 흔들면서) 날카로운 데에 베여 살이 찢기고 말았다고, 스스로도 꽤나 그럴듯하게 들리는 거짓말로 대답을 대신했다.

"저런, 조심했어야지!"

다행히 그 말을 아무런 의심 없이 믿었는지 스타르가 소리 나게 혀를 차는 것으로 대화는 순조롭게 마무리되었다.

얼마 후 식사를 마치고 밖으로 나와 마당을 걷던 현진은 아까 전 자신을 멈칫거리게 만든 생소함의 정체가 무엇인지 알 수 있었다. 본래 스타르의 집을 둘러싸고 있던 나무 울타리는 무척이나 낡아 큼직한 구멍들이 숭숭 뚫려 있었는데, 그것이 지금은 완전히 새롭고 튼튼한 판자들로 교체되어 있었던 것이다. 아무래도 내내 울란바토르에만 있다가 오랜만에 방문한 집이니 만큼 그사이 착실히 보수 공사를 한 것 같았다.

그리고 잠시 후 알게 된 또 하나의 사실은, 스타르 부부가 머물던 해진 회색빛 게르 역시 어느새 하얀색의 말끔한 게르로 교체되었다는 점이었다. 놀라워하며 게르 주변을 돌아보는 그에게 어느 틈엔가 곁으로 다가온 스타르가 자랑스러워하는 얼굴로 자신의 새집을 소개시켜 주었다.

뒤바뀐 외양과 달리 게르 안의 배치는 크게 바뀌지 않은 채 대부분이 예전과 비슷한 상태를 유지하고 있었다. 낯설지 않은 내부의 모습에 정겨움을 느끼면서 현진은 구석에 자리를 잡고 앉았고, 그러자 방금 전 배부르게 식사를 했음에도 불구하고 해피가 넘칠 정도로 차를 따라 그에게 건네주었다. 이어 그녀는 그의 먹성을 이제는 완전히 파악한 것인지, 원하는 만큼 마시라는 듯 차가 든 보온병을 아예 그의 앞에 내려놓았다. 그사이 현진의 맞은편에 앉은 스타르는 지치지도 않는지 이번에는 그의 앞으로의 일정에 대해 묻기 시작했고, 그래서 현진은 자신이 대답할 수 있는 범위 내에서 성심껏 대답해 주었다.

"꺄아아하!"

갑자기 문 쪽에서 들려온 아이의 웃음소리에 안에 있던 모두의 고개가 일제히 돌아갔다. 마침 그곳에서는 아난드가 그 짜리몽땅한 다리를 벌려가며 힘겹게 문턱을 넘어 들어오는 중이었다. 문을 다 넘어설 즈음 한차례 엉덩방아를 찧은 아이는, 그럼에도 아랑곳 않고 일어나제 아빠를 향해 제법 빠른 속도로 달려왔다. 꼭 오므려 쥔 손을 한껏 위로 치켜든 채 아장걸음으로 뛰어오는 모습이 그렇게 사랑스러울 수가 없었다.

"아난드으―!"

아이의 사랑스런 웃음은 아빠에게도 곧바로 전염돼 스타르의 만면에도 웃음꽃이 활짝 피었다. 자신의 품에 안기는 아들을 두 손으로 번쩍 들어 올린 그는 난데없이 자신의 등 뒤에 아들을 태우고는 히히힝말 울음소리를 내며 방바닥을 기기 시작했다.

'아니, 저 덩치라면 말보다는 황소라고 하는 게 더 맞을지도…'

그렇게 엉금엉금 바닥 위를 기어 다니던 황소는 그러다 한차례씩 크게 몸을 흔들어 대곤 했는데, 그때마다 아이는 떨어지지 않으려 제 머리통 굵기만 한 황소의 목을 안간힘을 써 가며 부둥켜안으면서도, 까르륵까르륵 해맑은 웃음을 잃지 않는 모습이 너무도 즐거워 보였다.

아난드 덕분에 스타르의 질문 공세에서 벗어날 수 있었던 현진은 한결 편해진 마음으로 눈앞에서 엎치락뒤치락하는 부자의 모습을 지켜보았다. 보는 것만으로도 마음이 절로 행복해지는 광경이었다.

그런 그의 머릿속으로 문득 2주 전의 일이 떠올랐다. 2주 전, 그러니까 자신의 수염을 신기한 듯 만지작거리던 아난드를 품에 안고 마주 보았던 그때, 자신이 그전까지는 단 한 번도 느껴 본 적 없는 욕망을 품었던 사실을 현진은 똑똑히 기억하고 있었다.

'아이를 갖고 싶다는, 정말 난생처음 느껴 본 기분이었지.'

물론 한국에서도 제 엄마의 품이나 등에 웅크린 채 그 순박한 눈망울을 데굴데굴 굴리는 아이를 보고 있을 때면, 당장이라도 달려가 그 호빵처럼 도톰히 부푼 볼을 눌러 보고 싶다는 유혹에 전혀 빠지지 않은 것은 아니었다. 그러나 놀랍게도 그 후에 자연스레 이어지는 생각은 '나도 저런 아이가 있었으면 좋겠다.'가 아닌, '저 아이에게도 앞으로 험난한 삶이 기다리고 있겠구나. 부디 지금의 순수함을 많이 잃지 않고 잘 살아갔으면 좋겠다.'라는, 상당히 비관적인 인식을 내포한 것이었다.

'사회를 얼마나 부정적으로 보고 있었으면 그런 생각부터 들었을까?'

만약 전자를 자연스럽게 느끼는 감정으로서 본능이라고 한다면, 후자는 그런 본능마저 압도해 버린, 어쩌면 사회가 만들어 낸 2차적 본능이라고 할 수 있지 않을까?

그는 서른두 해를 살아오는 동안 스스로 체감한 것보다도 한국 사회가 더 살기 어려운 곳이라고 은연중 생각하고 있었는데, 거기에는

234

하루도 빠짐없이 각종 위험과 경고를 쏟아 내는 뉴스의 영향이 실로 막대했다고 할 수 있었다. 그에 더해, 마치 먹잇감을 찾아 몰려든 하이에나 무리처럼 기사 밑으로 달리는 수십 수백 개에 달하는 댓글들을 보고 있노라면, 그 익명의 싸움꾼들은 수시로 갑론을박하며 치고 붙었으며, 때론 뉴스의 심각한 내용보다도 오히려 그런 그들의 싸움이 한국 사회에 더 많은 갈등과 불화가 내재해 있다고 믿게끔 만드는 것이었다.

그렇다고 십 대 후반부터 여러 일을 해 오며 직접 보고 들은 경험이 마냥 긍정적인 것만도 아니었다. 그토록 많은 사장님들이 한결같이 입에 달고 살던 것이 "먹고 살기 힘들다."는 말이었는데, 그들은 늘 자기 자신과 가족을 위해 열심히 사는 듯 보였으나 지나치게 자익을 추구하다 보니 남을 배려하지 못할 때가 많았고, 또 스스로를 너무 혹사시킨 나머지 도리어 가족과 함께하는 시간이 줄어드는 일도 비일비재했다.

'그리고 무엇보다 그 자녀들…'

현진이 목격한 그들 대부분은 부모의 고생을 전혀 체감하지 못하는 것 같았다. 그럴 나이가 한참이나 지났음에도 불구하고 일자리를 가질 생각이 전혀 없는 이도 있었고, 버젓이 직장을 다니고 있음에도 불구하고 부모에게 돈을 타 친구의 경조사금을 내는 어이없는 경우도 보았다. 심지어 하루가 멀다 하고 돈을 타 가면서 습관처럼 부모에게 욕을 지껄이는 이도 있었다.

무언가 잘못되고 있다는 사실을 누구나가 느끼고 있었다. 그러나 그 누구도 상황을 더 낫게 변화시키고자 엄두를 내지 못하고 있었다. 사장과 직원, 부모와 자식, 또 그걸 지켜보는 제3자까지도 모두가 힘들어하고 있었지만, 결국엔 서로를 향한 오해와 불신, 분노만을 차곡차곡 가슴에 쌓아갈 뿐이었다. 그런 상황들을 빈번히 접하다 보니 한국 사회를 긍정적으로 보기란 점차 어려워질 수밖에 없었다.

'그럼 난 몽골은 더 낫다고 생각한 걸까? 아이들을 키우고, 또 아이들이 살아가기에 한국보다 좀 더 나은 사회라고 믿은 걸까?'

오랜 자문 끝에, 그는 스스로 그렇게 믿어 왔음을 인정해야만 했다. 그러나 그것은 오랜 시간 몽골에 거주하며 얻게 된 결론도, 그렇다고 사회적 요인이나 통계적 수치를 일일이 따져 보고 내린 결론도 아니었다.

'아이들의 얼굴, 그것부터가 너무나 달라.'

가장 솔직하고도 명백한 증거. 그러니까 지금껏 이 땅을 여행하는 동안 그가 만났던 아이들의 표정이 모든 것을 말해 주고 있었다. 그리고 아이들을 대하는 부모와 주변 어른들의 태도가 그 믿음을 더욱 확고히 뒷받침해 주었다.

아짜와 자이야, 오츠카와 소미야, 그리고 만다와 아난드. 이름을 기억하는 그 아이들만이 아니었다. 그가 본 대부분의 몽골 아이들은 부러울 만큼 생기 넘치고 활달했으며, 서로 거리낌 없이 어울렸고, 넘어지거나 우는 경우가 있더라도 곧잘 떨쳐내고 다시 구르며 뛰놀기를 서슴지 않았다. 또 그들은 어린 시절부터 한 가족의 구성원으로서 가족일에 동참하며 일손을 돕는 것을 당연하게 여겼다. 한국에서라면 이제 갓 유치원에 들어갔을 법한 아이가 말을 타고 가축 떼를 모는 장면을 현진은 심심치 않게 볼 수 있었다. 주변 어른들은 물론 그 부모마저도 아이를 일일이 감시하거나 보호하지 않았고 아이 홀로 알아서 뛰놀도록 내버려 두었으며, 실제로 아이는 그런 상황 속에서도 훌륭한 소년과 소녀로, 또 청년으로 자라났다. 아이는 어른을 믿었고, 어른은 아이를 믿었으며, 또 그들 모두는 주변 사회를 신뢰하는 듯 보였다.

물론 현진이 접한 아이라고 해 봐야 그 대부분은 수도인 울란바토르가 아닌 지방의 도시나 사막에 사는 유목민 가정의 아이들이었다. 울란바토르의 집약적이고도 경쟁적인 환경은 한국과 크게 다르지 않을 터였고, 지방 도시도 점차 그 추세가 한국과 비슷해질지 몰랐다. 그것은 그 나름대로 씁쓸한 일이었으나 그가 어떻게 할 수 있는 일은 아니었다. 더구나 지금까지 그가 해 온 일이라곤 스스로의 결혼과 육아에조차 일찌감치 무관심한 채 어쩌다 한 번 그것들을 고민하는 정도에 불과하지 않았던가?

그런데 2주 전 아난드와 눈이 마주친 그때 현진은 처음으로 아이를 갖고 싶다는 욕망을 품게 되었고, 서로 뒤엉켜 노는 부자의 모습을 눈앞에서 지켜보는 지금 이 순간 그 욕망마저 잊은 채, 그의 가슴에는 자신이 살고 있는 사회에도 저 두 사람의 것과 비슷한 웃음들이 좀 더 많아지면 좋겠다는 소망이 그 싹을 무럭무럭 돋우어 내고 있었다. 그건 한국 사회를 부정적으로, 심지어 구제불능이라고까지 여겼던 그의 이전 모습을 생각해 본다면 자못 놀라운 변화였다.

'할 수 있어. 2차적 본능이니 뭐니 해도 결국 우리가 그렇게 믿고 만들어 낸 거니까. 앞으로 어떻게 믿고 만드느냐에 따라 조금씩 달라질 수 있을 거야.'

아이를 갖느냐 갖지 않느냐는 것은 그에게 더 이상 큰 문제가 아니었다. 이미 있다면 모를까, 언제 가질지 모를 아이에 대한 고민을 그는 잠시 제쳐 두기로 했다. 다만 저 사회에 진즉에 태어나 살아가고 있는, 그리고 앞으로 새로이 태어나게 될 아이들의 얼굴에 조금이라도 더 환한 웃음이 피어나기를 그는 진심으로 바랐고, 그 아이들이 자라게 될 수많은 가정에서 자식과 부모가, 또 남편과 아내가 서로 반목하기보다는 좀 더 행복할 수 있기를 또한 간절히 바랐다.

"……"

문득 앞에서 웃고 떠드는 스타르 부자의 모습이 흐릿해졌다. 그리고 이제는 서로 남인 사이보다도 못해진 아버지와 어머니의 얼굴이 차례로 떠올랐다. 저도 모르게 코끝이 시큰거린 현진은 한차례 크게 숨을 들이켠 후 꽉 메인 목을 그들 몰래 가다듬었다.

점심시간 내내 어디 갔나 궁금했던 아이런맨은 정비소 바닥 아래 길게 파인, 현진이 운전병 시절 '도꼬다이'라고 숱하게 듣고 부르던 구덩이 안에 들어가 있었다. 따로 차량용 리프트를 갖추지 못한 열악한 상황에서도 그는 자동차 밑 부분을 몇 차례 만지작거리더니 능란한 솜씨로 이상이 생긴 부품을 새 부품으로 갈아 끼웠다. 방금 전 차주로부터 몇 마디 설명만을 듣고 대번에 문제점을 고친 그의 작업은 과연 일전에 스타르가 했던 말마따나 '베스트'였다.

지금껏 몽골 남성들의 능숙한 자가 정비 모습만을 접했던 현진으로서는 남의 차를 고치는 그의 모습이 꽤나 신선하게 다가왔고, 그래서 그는 쭈그려 앉은 채로 최고라고 일컬어지는 이의 작업을 유심히 지켜보았다. 마침 구덩이 안에서 무심코 밖을 올려다본 아이런맨이 그와 눈이 마주치자 하얀 이를 드러내며 싱긋 웃어 보였다. 그 모습이 너무나 보기 좋아 현진이 카메라를 꺼내 들자, 그의 구릿빛 웃음에 금세 수줍음이 수북이 더해졌다.

"현진! 이리 와 봐!"

한참 전부터 정비소를 들락날락하며 누군가와 열심히 통화를 하던 스타르가 돌연 큰 소리로 현진을 밖으로 불러냈다. 의아한 얼굴로 다가간 현진에게 그는 웃는 듯 마는 듯 모호한 표정을 지어 보였고, 그런 그의 입에서는 잠시 후 다섯 개의 영어 단어가 흘러나왔다.

"오늘, 내 친구, 가, 자동차, 사인샨드,"

그 말을 차근히 몇 번이고 되풀이하며 그는 현진이 제대로 알아들었는지 확인했고, 이윽고 현진이 이해했다는 반응을 보이자 곧바로,

"현진, 너 오늘 사인샨드 갈래?"

그렇게 묻는 것이었다. 그리고 그 순간, 현진은 저도 모르게 빵 터져

나오려는 웃음을 애써 억눌러 참아야만 했다.

　2주 전, 아직 명확한 여행 계획을 세우고 있지 않았던 그는 앞으로의 일정을 묻던 스타르에게 그저 고비사막 이곳저곳을 정처 없이 돌아다닐 생각이라고 막연하게 대답했었고, 홍고린엘스를 다녀온 지금에 와서는 아직 고비사막의 동쪽 지역만 가지 못한 채로 남아 있었다. 그러나 사막 서쪽 지역을 거쳐 오면서, 그는 튼튼한 두 다리와 비장한 마음가짐만 있다면 충분히 지날 수 있으리라 여겼던 사막에 대해 자신이 크게 착각했었다는 사실을 깨달았으며, 그런 무지로부터 기인한 스스로의 여행 방식에 대해 적잖은 회의를 느끼던 참이었다. 무엇보다도 시간이 갈수록 커져만 가는 그 자신의 심리 변화는, 이제 걷는 것만을 고집하는 대신 다른 이동 수단도 이용해 보라고 은근하고도 강렬한 유혹을 던져 오고 있었다.

　'그런데 참 공교롭기도 하지. 다른 곳도 아니고 그 먼 사인샨드로, 다른 날도 아닌 바로 오늘, 다른 누구도 아닌 스타르의 친구가 떠난다니. 이건 정말… 운명의 장난 같잖아?'

　자신이 이곳에 도착한 지 2시간이 채 흐르지 않은 시점이었다. 만약 저 먼 서쪽에서 어퉁바타르를 만나지 못했더라면, 혹은 만났더라도 오늘 아침 그의 차를 타고 오기로 한 결정을 번복했다면 스타르의 이 같은 제안을 받기란 불가능했을 터였다. 아니, 그렇게 따지면 만달고비 근처에서 스타르를 만났던 사실부터가, 또 처음 수레를 끌고 여행하기로 결심했던 그 자체부터가 이미 지금의 상황에 이르기 위해 필연적으로 연결된 우연의 고리들이라 할 수 있었다.

　필연과 우연이 그렇게 그물코처럼 얽혀 이루어낸 작금의 상황이 현진은 신기함을 넘어 신비롭게까지 여겨졌고, 그만큼 그의 기분도 더할 나위 없이 유쾌해졌다. 이어 그는 자신의 지난 말을 기억하고 그런 제안을 해 준 스타르에게 진심으로 고마움을 느꼈으며, 스스로 뜻했던 계획이 또 한 번 무너져 내리는 것을 보며 기묘한 통쾌감을 누렸다.

"응, 고마워! 그렇게 할게!"

큰 망설임 없이 그의 제안을 따르기로 결정한 현진은 그에게 출발 시간이 언제인지 물어보았다. 방금 재회한 친구를 떠나보낸다는 아쉬움보다는 스스로 도움이 되었다는 생각에 보다 큰 기쁨을 느꼈는지, 스타르는 반색하는 얼굴로 2시 30분에 출발할 예정이라고 말해 주었다.

"뭐? 그럼 30분도 안 남았잖아!"

시간을 확인하고 놀라는 현진에게 스타르가 고개를 끄덕이며 곧장 수레를 끌고 자신을 따라오라는 손짓을 해 보였다. 현진이 서둘러 수레를 가지러 가는 동안, 무슨 이유에선지 마당에 세워져 있던 녹슨 SUV를 자신의 차에 밧줄로 묶어 연결한 스타르는 곧 장인의 유도를 받아 집 밖으로 천천히 차를 끌고 나가기 시작했다.

그렇게 졸지에 두 대의 차와 수레 한 대의 이동이 시작되었다. 스타르는 차를 운전해 가면서도 틈틈이 창밖으로 고개를 내밀어 현진이 잘 따라오고 있는지 확인했다. 그런 식으로 그들은 일각 정도를 이동했고, 마침내 어느 높지 않은 언덕 위에서 멈춰 섰다. 어느샌가 해피와 아이언맨이 그들 뒤를 바짝 쫓아오고 있었다.

그들이 언덕에 도착하고 얼마 지나지 않아 도심 쪽으로 난 도로를 타고 대형 화물 트럭 한 대가 나타났고, 이어 두어 바퀴 주변을 맴돌더니 그들이 서 있는 언덕 바로 아래서 멈춰 섰다. 아마도 스타르가 말한 바로 그 친구인 것 같았는데, 그러나 차에서 내린 운전수는 그의 친구라고 하기에는 지나치게 나이가 많아 보였다. 적어도 마흔은 넘긴 것 같았고, 실제로 대화하는 모양새를 보아하니 스타르가 아닌 오히려 그의 장인과 면식이 있는 것 같았다. 남자는 아이언맨보다도 몸집이 작았으나 배는 더 불룩하니 나와 있었고, 팔은 그 못지않게 억세고 질겨 보였다.

'혹시 이 차를 저 화물차에 싣고 가려는 건가?'

현진의 예상은 적중했다. 굳이 도우려고 나서는 그를 만류하며 그곳에 있던 모든 남자들이 약 반 시간 동안 힘을 모아 한 일이란, 다름 아닌 스타르가 밧줄로 끌고 온 SUV를 트럭 위에 싣는 일이었다. 애초에 만날 장소로 언덕을 고른 이유 역시 트럭 화물칸과 비슷한 높이를 맞춰 차를 수월히 올리기 위해서였다. 하지만 순전히 인력으로만 하는 일이었던지라 차의 방향은 번번이 틀어졌고, 그래서 화물칸에 끼고 빼기를 반복하다 보니 차를 완전히 싣기까지는 생각보다 오랜 시간이 걸렸다.

한참의 수고 끝에야 차가 화물칸 정중앙에 온전히 자리 잡았고, 현진이 그 남은 공간에 자신의 수레를 올려놓는 동안 다른 이들은 차를 트럭에 고정시켰는데, 그 방법이란 것이 기껏해야 화물용 고정벨트 하나로 차의 앞 범퍼와 트럭을 연결한 후, 공기를 빼낸 차 뒷바퀴 주위에는 약간의 헝겊뭉치를 갖다 놓은 것이 전부였다. 아스팔트 도로 위라면 모를까, 비포장 길에서도 과연 그런 방법이 통할까 현진으로서는 심히 우려되는 모양새였지만, 모인 이들 중 걱정하는 것은 오직 그 혼자뿐인 것 같았다.

그 모든 일이 마무리되고 나자 다소 거칠어진 숨을 몰아쉬며 스타르가 현진에게로 다가왔다. 씩씩거리는 와중에도 그는 짙은 아쉬움을 드러내며 먼저 오른손을 내밀었다. 그가 내민 손을 물끄러미 바라보던 현진이 곧 자신의 손을 들어 그의 손을 맞잡았다. 둘은 잠시 서로를 마주 보았고, 이내 웃음을 터뜨렸으며, 작별을 고하는 인사가 둘 사이에서 짧게 오고 갔다. 그러다 서로 떨어지려는 그들을 그때껏 옆에서 지켜보고만 있던 해피가 손으로 제지하고는 재빨리 뒤로 물러나 사진을 찍었다. 그녀가 보여 준 사진 속에는 수줍어하는 기색의 시커먼 남자 둘에서 다소 뻣뻣한 자세로 나란히 서 있었다. 아이언맨과 현진이 한 번 더 사진을 찍었고, 마지막으로 세 남자가 다 함께 사진을 찍었다.

갑작스레 결정된 출발이었던 만큼 그들의 이별 또한 짧을 수밖에 없었다. 현진이 조수석에 타기를 기다려 그의 새로운 동료는 차의 시동을 걸었고, 곧 묵직한 굉음과 함께 트럭이 기우뚱 그 커다란 몸체를 움직이기 시작했다. 스타르 가족의 모습이 창 옆으로, 이어 뒤쪽으로 빠르게 사라져 갔다.

'참으로 고마운 이들, 부디 오랫동안 안녕하기를.'

현진은 백미러 속 그들의 모습이 점이 되고, 그러다 완전히 사라져 보이지 않게 된 후로도 한동안 거울에서 눈을 떼지 못했다. 마치 두고두고 이는 파문처럼, 이별의 여운은 그로부터 한참이나 그의 가슴속에 머물러 있었다.

한동안 먼 앞쪽에 두던 시선을 거두고 현진은 품속을 뒤적여 작은 물건 하나를 꺼내 들었다. 물건의 정체란 바로 이번 여정 내내 그가 유용하게 써 오고 있는 고동색 GPS. 기기의 전원을 켠 그는 곧바로 달란자드가드와 사인샨드 사이의 경로를 확인해 보았다.

'766km.'

벌써 세 번째 보는 것이었지만, 그럼에도 여전히 실감이 나지 않는 수치였다. 차량 이동만으로는 지금껏 상상조차 해 본 적 없는 거리를 GPS는 가리키고 있었다. 수치로만 따져도 달란자드가드와 홍고린엘스 사이를 왕복하고도 한참이 남는 거리였다.

그런데 그게 전부가 아니었다. GPS에 따르면 그중 1/3, 그러니까 무려 250km에 달하는 비포장 길을 거쳐야만 했고, 그 사실을 감안한다면 그저 놀랄 만한 정도가 아닌 경악할 만한 수준의 여정이 자신을 기다리고 있음을 현진은 짐작할 수 있었다. 그는 그 까마득한 여정을 상상해 보려 했지만, 곧 포기했다. 직접 겪어 보지 않고서야 어찌 그 지난한 여정을 조금이라도 체감할 수 있을까 싶었다.

'까짓것, 가 보면 알겠지. 벌써부터 심각해지질 필요는 없잖아?'

그렇게 마음을 추스른 그는 내일 이맘때에는 자신이 어디에 있을지 문득 궁금해졌고, 그러나 그런 그의 생각은 마치 바다에 던진 돌멩이가 그러하듯, 얼마 뒤엔 망망한 시공간 속으로 흔적도 없이 파묻혀 버렸다.

아마도 그날의 종착지가 되지 않을까 현진이 내심 예상하고 있던 고비사막 중부의 도시, 만달고비까지의 길은 끝없는 도로의 연속이었다. 사인샨드까지의 어마어마한 거리에 가려져 상대적으로 짧게 느껴졌을 뿐, 이미 한차례 지나온 적이 있는 바, 달란자드가드서부터 만달고비까지의 길 역시 300km에 이르는 무척이나 긴 거리였다. 때문에 그 길을 달리는 이들이 맞게 될 가장 큰 적이, 군데군데 복병처럼 파여 있는 구덩이들만 제외한다면, 끝없이 펼쳐진 사막만큼이나 하염없이 쏟아지는 졸음이란 사실은 어찌 보면 당연한 일이었다. 현진과 남자 역시 예외는 아니어서, 출발 직후부터 틀어 놓았던 요란한 음악도 이제는 차츰 그 효용을 다해 가는 것 같았다.

결국 졸음과의 사투 속에서 2시간쯤 달렸을까, 때때로 중앙선을 넘나들며 비틀거리던 차를 남자가 마침내 도로가에 멈추어 세웠다. 잠시 밖으로 나가 용변을 보고 들어온 그는 곧바로 출발하는 대신 현진에게 낮잠을 자고 가자는 제스처를 취해 보였고, 현진 역시 가까스로 졸음을 참아내던 상황이었던지라 흔쾌히 고개를 끄덕였다. 이내 남자는 운전대 위에, 현진은 조수석 앞 대시보드 위에 발을 걸치고는 각자의 의자에 몸을 파묻고 잠을 청했다. 놀랍게도, 누운 지 일 분도 지나지 않아 남자는 드르렁대며 코를 골기 시작했다.

그러나 그런 남자와 달리, 현진은 막상 눕고 나니 잠이 오질 않았다. 그는 다시 눈을 뜨고 앞 창 너머로 뻗은 너른 상앗빛 땅을 멍하니 응시했다. 아스팔트 도로뿐 아니라 눈에 보이는 온 땅이 이글이글 열기를 피워 올리고 있었다. 좌우로 활짝 열어 놓은 문을 통해서는 바람이 쉬지 않고 들락거렸지만, 앞 유리를 투과해 쏟아지는 햇볕은 뜨겁기 그지없어 의자와 맞닿는 허벅지 밑 부분이 금세 땀으로 젖어들었다. 현진은 다리를 뻗었다 접었다 또 몸을 이리저리 비틀어 대면서도 혹시라도 남자가 깰까 싶은 마음에 그 움직임이 사뭇 조심스러웠는데, 얼마 후 참을성의 한계를 느낀 그는 끝내 자리를 박차고 밖으로 나왔고, 이내 왜 진즉에 나오지 않았을까 후회가 들 정도로 시원한 트럭의 앞머리 그림자 속으로 기어들어가 몸을 뉘였다.

'설마 깜박하고 날 밟고 가진 않겠지?'

그런 우려도 잠시, 머리맡 바로 위로 뙤약볕이 작렬하고 있음에도 불구하고 그늘진 바닥은 충분히 시원했고, 그는 이루 말할 수 없는 행복감 속에서 순식간에 잠 속으로 빨려 들어갔다.

"빠아아아아앙!"

"으악! 뭐야?!"

별안간 머리 바로 위에서 터진 굉음에 놀라 현진은 기겁을 하며 잠에서 깨났다. 갑작스럽고도 강제적인 기상에 머리가 어지럽다 못해 속까지 울렁거렸지만, 그는 낼 수 있는 가장 빠른 속도로 차 밑에서 기어 나와 운전석 쪽을 바라보았다.

이윽고 차 유리를 사이에 두고 그와 남자의 눈이 마주쳤다. 남자의 얼굴에는 한껏 미안해하는 웃음이 띠워져 있었다. 좀처럼 떨쳐지지 않

는 얼떨떨함 속에서도 현진은 상황이 급박하지 않다는 사실에 우선
안도했으며, 이어 발을 뻗고 자던 도중 남자가 실수로 경적을 건드렸을
뿐임을 깨닫고는 그제야 벌렁거리는 가슴을 가까스로 쓸어내렸다. 그
는 괜찮다는 의미로 힘겹게 웃어 보인 뒤 조수석에 올라탔다. 다시 한
번 그를 향해 사과의 손짓을 해 보인 남자가 곧 차의 시동을 걸고 출
발했다.

그렇게 막간의 휴식을 마치고 그들은 다시 길 위로 올랐다. 시간을
확인해 보니 반 시간가량이 지나 있었다. 출발하고 얼마 지나지 않아
그들의 앞으로 달란자드가드를 떠난 이래 첫 번째 마을이 모습을 드러
냈다. 하지만 남자는 속도를 줄이지 않고 그대로 마을을 지나쳤으며,
현진 역시 지난번에도 저런 마을이 있었나, 하는 시답잖은 생각을 하
며 스쳐 가는 마을에 한차례 무심한 눈길을 던진 것이 전부였다.

지평 사이로 난 도로 위에는 오가는 차량이 매우 드물어 트럭은 마
치 그 넓은 사막을 저 홀로 달리는 것만 같았다. 이따금 무료함을 달
래기 위해 현진은 창밖으로 팔을 뻗곤 했는데, 그때마다 활짝 핀 손가
락 사이로 바람이 기분 좋게 흘러들어 왔다. 주먹을 쥐면 금세라도 잡
힐 것 같은 바람의 무게가 신기해 손가락을 굽히고 펴기를 반복하며
그의 손이 한동안 바람 속을 장난스럽게 유영했다.

그렇게 또다시 아무 특별한 일 없이 2시간이 훌쩍 지났다. 어느덧 저
멀리 두 번째 마을의 모습이 보이고 있었다. 때는 막 저녁 7시를 넘기고
있었고, 꼼짝없이 차에 타고 있던 시간만 따진다면 벌써 4시간째였다.

그러나 남자는 이번에도 차를 멈추지 않았다. 잠시 쉬고 가자고 말
을 꺼내려던 현진은 남자가 이미 저만의 계획을 세우고 있으리라는 생
각에 곧 입을 다물었고, 그로부터 약 1시간 반 남짓이 지나 세 번째 마
을이 나타났을 때, 마침내 남자가 서서히 속도를 줄여 트럭을 도로가
에 멈춰 세웠다. 내심 반색하는 현진을 향해 그가 마을로 들어가 저녁

을 먹고 가자는 뜻을 전해 왔다.

도로에서 멀지 않은 곳에 위치해 있던 식당은 꽤나 넓었고, 또 깨끗했다. 그들이 안으로 들어서자 마침 카운터 옆에 서 있던 10대 소녀 하나가 다소 무덤덤한 얼굴로 그들을 맞이했다. 식당 구석에는 TV가 놓여 있었고, 그 앞에서는 늙수그레한 남자가 홀로 앉아 TV 화면을 뚫어져라 바라보며 차를 마시고 있었다.

저녁이 되면서 날이 서늘해진 탓일까, 현진은 뜨끈한 국물이 마시고 싶다는 생각에 별다른 고민 없이 고릴태슐을 주문했으며, 그와 달리 한참을 고민하던 남자는 그러나 결국엔 그와 똑같은 메뉴를 먹기로 결정을 내렸다.

"아저씨, 저녁은 제가 사게 해 주세요. 네? 제발요!"

현진은 6시간 가까이 운전만 해 온 남자가 안쓰러웠던 동시에 그에게 너무도 고마웠던 나머지, 스스로 할 수 있는 모든 의사전달 능력을 동원해 저녁 식사는 자신이 사겠다는 의지를 강력히 표명했다. 그러나 그런 그의 노력에도 불구하고 남자는 현진이 지갑에서 돈을 꺼내려 들자 손으로 완강히 제지하고는 고집스럽게도 자신의 돈으로 계산을 끝마쳤다.

서로 의사소통이 원활하지 않았던 둘은 차를 타고 오는 대부분의 시간을 그랬듯 자리에 앉은 뒤로도 별다른 대화를 나누지 않았다. 그러다 문득 주위를 둘러보던 현진의 시선이 그 넓은 홀에서 유일하게 소음을 일으키고 있는 TV로 가 닿았는데, 마침 TV에서는 나담 축제 관련 방송을 실시간으로 내보내고 있었고, 화면 안에서는 몽골의 전통 씨름 복장을 갖춘 근육질의 두 사내가 사뭇 진지한 눈으로 서로를 탐색하고 있는 중이었다. 천천히 원 모양으로 맴돌며 커다란 덩치와는 어울리지 않게 신중을 기하는 그들의 모습은, 그 상황이 유발하는 긴장감과는 별개로 현진으로 하여금 약간의 우스꽝스러움을 느끼게 했다.

그러던 어느 순간, 마치 약속이라도 한 것처럼 두 사내가 서로의 손을 맞잡고는 대뜸 힘겨루기에 돌입했다. 그렇게 서도 미동도 않은 채 부들거리기를 한참, 별안간 한 남자가 상대의 오른쪽 다리를 잡아 올리려 시도했고, 그러자 금세라도 넘어질 것 같았던 상대편 남자는 오히려 쓰러지려는 순간 기지를 발휘해 공격한 남자의 몸을 축으로 삼아 자신의 몸을 반 바퀴 돌려세웠다. 아주 단순한 몸짓이었으나 그것이 바로 승패를 가름했다. 결과적으로 공격을 시도했던 남자가 제힘을 이기지 못하고 먼저 땅에 쓰러지고 만 것이다. 대부분의 씨름 경기가 그렇듯 길고도 치열했던 탐색전에 비하면 허무할 정도로 빠르게 결정지어진 승부였다.

"쾅!"

그리고 그 승패의 순간, 그때껏 TV 앞에서 가만히 구경만 하고 있던 남자가 제 흥을 주체 못하고 있는 힘껏 탁자를 내리쳤다. 그러고는 자신의 기쁨을 공유할 이가 없는지 그 즉시 식당 안을 둘러보았는데, 사실 현진은 시선만 TV에 두고 있었을 뿐 곧 나올 음식에 모든 관심이 쏠려 있었고, 그의 동료는 이상하리만치 침묵을 유지하고 있어 그 가여운 남자는 결국 한풀 기세가 꺾인 얼굴로 고개를 돌릴 수밖에 없었다. 화면은 어느덧 그 커다란 덩치를 놀랄만한 속도로 일으켜 세우고는 양팔을 펼친 채 관중을 향해 달려가는 새로운 챔피언의 얼굴을 담아내고 있었다.

그때껏 몽골인이라면 누구나 나담 축제에 열광하는 줄로만 알았던 현진이 이상하다고 여길 정도로, 더구나 새로운 씨름 챔피언의 탄생이라는 다소 역사적인 사건에도 아랑곳 않을 만큼 옆에 앉은 남자의 침묵은 별난 데가 있었기에, 현진은 잠시 배고픔도 잊은 채 흘끔 곁눈질해 옆을 살펴보았다. 그리고는 곧바로 실소를 흘리고 말았는데, 남자

는 휴대폰을 만지작거리는데 온 정신이 팔려 있었고, 그의 휴대폰 액
정에는 다름 아닌 한국에서도 한창 유행 중인 SNS 화면이 떠올라 있
었던 것이다. 그 크고 뭉툭한 손으로 화면을 넘기기에 여념이 없는 남
자의 모습은 그에게 다소 뜻밖이었고 또 친근하기까지 했으나, 잠시 뒤
현진은 그로부터 어떤 위화감을 느끼고 말았다.

때마침 소녀가 주방으로부터 고릴태슐을 가져오면서 그의 관심은 이
내 남자에게서 멀어져 모락모락 김을 뿜어내는 눈앞의 요리에 집중되
었다. 그럼에도 음식을 먹는 내내 그는 휴대폰에 열중하고 있는 남자
의 모습을 어렵지 않게 볼 수 있었고, 결국 남자가 반 그릇을 비우는
동안 한 그릇을 뚝딱 비워낸 그는 할 일 없이 그저 멀뚱멀뚱 앉아만
있었다. 한참이 지나서야 그 사실을 깨달은 남자가 미안해하는 표정으
로 그에게 대신 보라는 듯 휴대폰을 건네주고는 서둘러 식사를 하기
시작했다.

남자가 보고 있던 영상은 미국의 코미디 프로였고, 웃긴 부분이 더
러 있긴 했으나 현진의 흥미를 불러일으킬 만한 것은 아니었다. 그는
오히려 아까의 위화감을 촉발한 원인, 그러니까 자기 옆의 남자와 TV
앞에 앉아 있는 늙수그레한 남자가 비슷한 또래로 보임에도 불구하고
서로 전혀 다른 관심사를 가지고 있다는 사실이 사뭇 신기했으며, 그
것이 단순히 취향의 문제일 뿐이라는 가능성을 염두에 두면서도 자신
이 어쩌면 현재 몽골에서 진행되고 있는 두 개의 큰 흐름을 목격하고
있는 것은 아닐까 추측해 보았다.

그런 그의 생각은 남자가 고릴태슐의 면과 국물은 남김없이 먹어치
운 반면 고기는 일절 건드리지 않고 남긴 이유를 듣고 더욱 확고해졌
는데, 몽골인이 고기, 아니 그것이 무엇이든 제 앞에 할당된 음식을 남
기는 장면을 처음 접한 현진으로서는 그 놀라움이 방금 전과 비교할
수 없을 정도로 굉장했다. 너무나 놀란 그가 왜 고기를 먹지 않느냐고

대놓고 남자에게 물어보자 남자가 머쓱히 웃더니 자신의 늘어진 뱃살을 툭툭 두드려 보였다.

"다이어트?"

정말이지 그건 놀라움의 연속이었다.

현진 역시 점차 많은 몽골 여성들이 날씬함을 선호하며 멋을 부린다는 사실은 익히 알고 있었다. 또 젊은 남성들 사이에서도 강인한 신체에 대한 몽골인 특유의 과시를 넘어, 보다 겉모습에 치중하는 소위 '몸짱' 열풍이 불고 있다는 사실도 어느 정도 피부로 체감하고 있었다.

그러나 마흔은 거뜬히 넘겼을 몽골 남성이 자신의 뱃살을 걱정하며 음식을 남기는 것은 또 다른 차원의 문제로 보였다. 그것은 어쩌면 배를 채우는 것보다 외모를 더 신경 쓰는 풍조가 최소한 몽골의 일부 기성세대에까지 퍼졌음을 뜻하는 동시에, 자본주의 도입 이후 급속히 발전해 온 몽골 사회가 국토의 절반 가까이를 잠식하고 있는 사막의 척박함조차 이제는 물질적으로 어느 정도 극복해 냈다는 의미인지도 몰랐다.

'아냐, 내가 너무 앞서 나가는 건지도 몰라. 그렇게 비약해 생각할 필요까진 없잖아.'

현진은 자신의 생각에 제동을 걸었다. 남자는 그저 건강을 위해 고기 섭취를 줄이라는 의사의 처방을 받은 것인지도 몰랐고, 혹은 몽골인으로서는 매우 드물게 고기를 먹지 않는 식습관을 가진 것일 수도 있었다. 그럼에도 불구하고 눈앞의 두 사람, 즉 전통적인 국가 행사에 여전히 열광하고 있는 한 남자와, 그와는 달리 자신의 개인적인 관심사에 보다 치중하고 있는 또 다른 남자를 보면서 현진은 새삼 오묘한 기분에 빠져드는 걸 느꼈다.

식당을 나와 차에 오르기 전 남자는 근처의 매점에서 식빵 한 봉지와 굵은 소시지 한 덩이를 사들고 왔다. 날은 어느덧 어둑해져 있었으나 밤길 운전에 익숙한 모양인지 남자는 헤드라이트를 켠 후 망설임 없이 차를 출발시켰다. GPS상으로 만달고비까지 남은 거리는 52km. 지금껏 시속 60km와 70km 사이에서 움직였다는 사실로 짐작건대 앞으로 한 시간 가까이를 더 이동해야 만달고비에 도착할 터였다.

캄캄한 차 안에는 금세 침묵이 내렸다. 남자는 낮 동안 틀어 놓았던 음악을 더 이상 듣지 않았다. 가끔씩 맞은편 도로 위로 차량이 나타날 때면 그는 상향등을 끄고 하향등에만 의지해서 나아갔고, 휑한 도로를 마주할 때면 다시 상향등으로 바꿔 켰다. 그때마다 온 땅을 잠식하고 있던 어둠이 일정한 경계를 기준으로 밀려오고 물러나기를 반복했다.

"아…"

불빛에 비추인 그 한정된 세계를 한동안 홀린 듯 응시하던 현진은 그러다 우연히 옆으로 고개를 돌렸고, 곧 그의 입에서는 스스로도 의식하지 못한 사이 신음과도 같은 탄성이 흘러나왔다.

고요히 땅거미가 지는 하늘에는 본래의 선연한 기운을 잃어버린 노쇠한 노을이 그 끝자락만을 남긴 채 가늘게 펼쳐져 있었다. 그리고 꺼져 가는 숯불의 마지막 발화처럼 검붉게 타오르는 그 하늘 한가운데서, 남자의 검은 그림자가 바람에 흔들거리듯 위태롭게 나부끼고 있었다. 차라고는 반 시간에 서너 대 겨우 나타나는 그 어둑한 지평의 땅을 남자는 외롭고도 고집스럽게 나아가는 듯 보였다.

그 순간 현진은 언젠가 홍고린엘스의 캠프 직원들을 보며 느꼈던, 그러나 그와 비슷하면서도 조금은 다른 종류의 애환을 그로부터 느끼게 되었다.

사막은 왜 이토록 사람을 고독하게 만드는가?

어둠에 물든 세계로부터 홀연히 솟아난 그 답 모를 질문에, 혹은 애초부터 잘못 던져졌을 물음에 그러나 누군가 대답했다.

이 땅을 지나는 누구건 언젠가 한 번쯤은 스스로의 고독과 마주해야 하리. 그것은 사막을 지나는 이라면 반드시 치러야 할 숙명과도 같은 업보가 아닐는지.

"……."

별안간 묘한 슬픔이 현진의 가슴을 적셔 왔고, 그 슬픔에 빠져들면서도 그는 얼핏 사막의 비밀 하나를 엿본 것도 같다는 생각이 들었다.

그는 남자와 세계가 빚어낸 한 폭의 그림과도 같은 장면을 말없이 지켜보았다. 그러나 그로부터 얼마 뒤에는 남아 있던 빛의 희미한 자취마저 완전히 사라져 버렸고, 그러자 어둠 속으로 녹아들 듯 남자의 그림자도 더 이상 보이지 않게 되었다.

༄༅ ☆

사막의 광활히 트인 면적을 고려한다면 주유소의 등장은 다소 갑작스럽다 할 수 있었다. 큼직한 구릉 하나를 오른쪽으로 끼고 돌기가 무섭게 나타난 환한 가로등 아래로, 주유소의 빨간색 페인트칠이 멀리서부터 유난히도 눈에 띄었다.

달란자드가드를 출발한 지 어언 7시간, 마침내 만달고비에 도착한 것이었다. 그 오랜 여로로부터 오는 피로감에, 또 앞으로 그보다 더 길고 험난한 여정이 남아 있으리라는 막막함에 현진은 그만 기운이 쭉 빠져 버렸다.

'그냥 앉아 있기만 했던 내가 이 정돈데 하물며 계속 운전을 해 온 저 사람은 얼마나 힘들까?'

그러나 못내 미안해하는 그의 속마음과 달리 남자는 그렇게 힘들어하는 기색이 아니었다. 만달고비에서 하룻밤을 묵거나 최소한 얼마간이라도 쉬리라 여겼던 현진의 예상을 비웃기라도 하듯, 주유소에 들러 길을 묻는 남자의 행동은 전혀 차를 멈출 생각이 없는 사람처럼 보였다. 그런 남자의 모습에 현진은 내심 혀를 내두를 수밖에 없었다.

남자가 주유소 직원과 대화를 나누는 동안, 현진은 차 안에 그대로 앉은 채 환히 밝혀진 도심의 불빛에 한차례 시선을 주었고, 그러나 이내 그로부터 눈길을 돌려 그 맞은편에 짙게 내린 어둠을 응시했다. 그러자 보이지 않는 그 땅 어딘가에 억지로 쪼개 놓은 마음의 반쪽이 잠들어 있기라도 한 양, 돌연 먹먹한 그리움이 밀려와 미처 아물지 못한 마음의 단면을 쓰리도록 휩쓸고 지나갔다. 마치 2주 전 그랬듯, 지금 이 순간에도 그저 스쳐 가려 하는 그를 원망하는 것처럼.

'…미안해. 하지만 아직도 널 밟을 준비가 안 된 것 같아.'

그러나 반드시 돌아오겠다고, 현진은 어둠을 향해 굳게 약속했다.

만달고비를 지난 후부터 길은 더 이상 매끄러운 포장도로가 아니었다. 지루하나마 탄탄히 뻗어 있던 여태까지의 도로는 온데간데없이 사라지고, 그저 수없이 물결치는 구릉과 자갈의 바다가 그들을 기다리고 있었다. 헤드라이트가 비추는 그 좁고도 한정된 세계 안에서 트럭은 지금까지와는 비교할 수 없을 정도로 몸을 떨어대며 필사적으로 나아가기 시작했다. 화물칸에 묶어 놓은 차가 금방이라도 떨어져 나갈 것 같은 불길함이 들 만큼 격심한 진동이었다.

'왜 이토록 어둔 밤에 굳이 이런 험한 길을 가려는 거예요?'

현진은 진심으로 남자에게 묻고 싶었다. 그는 이 답답하고 어리석은 짓을 자행해 가고 있는 남자를 타박하는 듯한 심정으로 쳐다보았고,

그러나 단단히 부여잡은 운전대를 쉼 없이 돌리며 자기 앞의 땅을 단호히 쏘아보는 남자의 얼굴을 발견한 순간, 아무런 말도 꺼낼 수가 없었다.

…묵묵한 투쟁.

한 남자가 지금 고독한 싸움을 벌이고 있었다. 아무도 기억하지 않는 땅 위에서, 아무도 알아주지 않는 싸움을 홀로 벌이고 있었다. 그럼에도 거기에는 아무런 증오도 대립도 없었으며, 그저 자신에게 전혀 호의적이지 않은 땅을 조금도 미워하거나 피하지 않은 채 고집스럽게 나아가는 한 명의 외로운 전사만 있을 뿐이었다. 전사는 자신을 압도하는 상대의 힘을 충분히 인정하고 있었고, 그래서 그의 싸움은 외로울망정 비참하거나 수치스럽지 않았다.

침묵 속에서 벌이는 그 뜨거운 투쟁에, 삭막한 대지에서 살아남고자 그것이 요구하는 법도에 따르면서도 굴복하지 않는 그의 싸움에, 매일같이 그래 왔을 것이며, 지금 이 순간 벌어지고 있고, 또 앞으로도 계속 이어질 그 장구한 싸움에, 도대체 어떤 이유나 설명을 요구한단 말인가? 그저 그 모습을 곁에서 지켜보면서 스스로도 의식하지 못한 사이 박힌 그 무엇에 대한 찬탄의 감정을 현진은 내밀하면서도 벅찬 가슴으로 느낄 뿐이었다.

시간은 이제 밤 10시를 넘어 11시로 치닫고 있었다. 그러다 언제부턴가 남자가 현진에게 GPS를 보여 달라고 요청하는 횟수가 늘기 시작했다. 두 도시 사이를 오가며 자주 장거리 운행을 했을 거란 현진의 짐작과 달리 남자 역시 지금 길은 초행인 듯싶었다. 처음에는 GPS를 일일이 켜고 끄며 보여 주던 현진은 점차 그의 요구가 빈번해지자, 결국 타이머 설정을 최대로 맞춘 후 그가 원할 때면 언제든 쉽게 볼 수 있도록

GPS를 대시보드 위 휴대폰 거치대에 올려놓았다. 한밤중의 사막 길을 아무런 준비 없이 운행했다가는 비포장 길에 익숙한 몽골인조차 헤맬 수 있다는 사실을 새삼 깨닫게 되는 순간이었다.

트럭의 속도는 오래 전부터 절반 이하로 뚝 떨어져 있었다. 지루하다 싶을 정도로 느린 속도였지만 그건 현진의 입장에서나 그런 것이었고, 예고 없이 튀어나오는 그 수많은 턱과 구릉을 피해야 하는 남자로서는 지루할 틈이 전혀 없었다. 그 사실을 잘 알고 있었기에, 꾸벅꾸벅 조는 자신에게 의자 뒤로 마련된 공간에 누워 눈 좀 붙이라는 그의 거듭되는 손짓에도 불구하고 현진은 괜찮다며 끝까지 버티고 앉아 있었다. 쏟아지는 수마와의 전투에서 어쩔 수 없이 패하면 패했지, 10시간 가까이 운전하고 있는 그를 내버려 둔 채 홀로 다리 뻗고 자고 싶은 마음은 추호도 없었다. 그런 자신에게 남자가 얼핏 웃어 보인 것도 같다고 현진은 생각했다.

다시 얼마쯤 나아갔을까. 헤드라이트에 비친 협소한 면적 외에는 다른 아무것도 보이지 않던 세계에 별안간 불그스름한 광채를 띤 무언가가 나타났다. 마치 어둠을 갈라내고 그 틈을 비집고 나온 것 같은 그 난데없는 출현에 현진은 순식간에 졸음이 달아나는 걸 느꼈다. 저도 모르게 앞 유리창에 코가 닿도록 고개를 내민 그는, 그러나 아무리 눈을 비비고 깜박여 보아도 검은 장막 가운데에 박힌 그 정체 모를 것의 모습이 사라지지 않자 끝내 도움을 요청하듯 옆의 남자를 쳐다보았다. 그러나 남자는 태연자약이 운전에만 열중할 뿐이었다.

'아니, 지금 저렇게 커다란 게 안 보인단 말야?'

결국 현진이 손가락을 들어 그 괴이한 물체를 가리키고 난 다음에야 비로소 남자가 반응을 보였다.

"사르."

현진이 가리킨 방향으로 흘끗 시선을 던진 남자가 작게 웃으며 대답했다.

"아…"

그걸 들은 현진의 입에서 저도 모르게 외마디 신음이 토해졌다.

"저기… 현진아."

"응?"

"우리, 애칭 같은 게 있어야 하지 않을까?"

"애칭?"

"응, 서로를 부르는 특별한 이름 같은 게 있으면 좋지 않을까 해서…"

"흐음, 애칭이라…"

"왜, 그런 거 싫어?"

"아니, 아니! 그럴 리가! …좋아, 그럼 난 널 달이라고 부를래! 처음 널 보자마자 달을 닮았다고 생각했거든. 특히 푸른 하늘에 뜬 그 하얀 달 말야."

"와! 정말? 어쩜, 나 어릴 때부터 달을 정말 좋아했었는데! 그래서 대학교에서 만난 몽골 친구가 사르라는 이름도 지어 줬거든!"

"사르?"

"응, 사르. 달을 뜻하는 몽골어야."

'사르…'

현진은 가만히 그 말을 속으로 되뇌어 보았다. 그제야 자신이 지금 월출을 목격하고 있음을 그는 알 수 있었다. 그와 동시에, 그는 한때 애정을 담아 그와 똑같은 이름으로 불렀던 한 여자를 향한 그리움이 흡사 타오르는 불길처럼, 혹은 밀려드는 파도처럼, 아니 모든 삿된 것을 집어삼키며 맹렬한 기세로 흘러내리는 용암처럼 온 가슴을 태우듯 적시듯 이글이글 휩쓸고 지나가는 것을 느꼈다.

'아아, 우리가 함께했던 땅을 외면하고 지나치는 나를 당신은 꾸짖고자 그렇게 떴는가! 아니면 또 한 번의 피맺힌 이별을 고하고자 그렇게 붉디붉게 물들었단 말인가!'

현진은 끓어오르는 가슴으로 하염없이 달을 바라보았다. 차가 방향을 달리할 때마다 정면으로, 또 좌우로 위치를 바꿔 가면서도 달은 늘 그의 시야 안에 머물러 있었고, 은은한 적광을 거두지 않은 채 가만히 그를 내려 보고 있었다. 밀려오던 그리움이 슬픔이 되고, 다시 추억이 되었다가, 한때 저주라 믿었던 그것이 비로소 축복이었음을 현진이 깨달았을 때에는, 그녀는 어느덧 공중 높이 솟아올라 하얗고 선명한 빛을 대지 위로 요요히 내뿜고 있었다.

남자의 인내심은 경이로울 정도였다. 흡사 파도라도 타듯 끊임없이 요동치는 트럭의 운전대를 남자는 끈덕지게 붙잡고 있었고, 그런 그가 마침내 멈춰 선 것은 새벽 3시가 가까워질 무렵이었다. 때는 이미 만달 고비를 떠난 지 6시간이 지난 뒤. GPS는 그동안 그들이 72km의 거리를 움직였다고 알려 주었다.

'시속 12km.'

차를 타고 움직였다고 하기에는 절망적이리만큼 더딘 속도였다. 그럼에도 불구하고 그는 대체 무슨 생각으로 계속 운전을 해 온 것일까. 만약 그들의 앞으로 마술처럼 갑작스레 마을의 담벼락이 나타나지 않았다면, 어쩌면 날이 새도록 남자가 운전했을지도 모른다는 생각이 피곤에 찌든 현진의 머릿속을 불길하게 적시고 사라졌다.

고르반 새훙. 그것이 그들의 앞에 나타난 마을의 이름이었다. 한 쌍의 헤드라이트에서 뿜어진 빛줄기는 흡사 곤충의 더듬이처럼 마을의 건물들 사이를 비추어 갔다. 담벼락을 따라 마을 외곽을 천천히 살펴본 남자는 곧 마을의 주도로를 찾아내었고, 그러자 이번에는 주도로를 따라 마을 내부를 한 바퀴 빙 둘러보았다. 그러나 끝내 트럭을 주차시킬 마땅한 장소를 찾지 못한 그는 마을에서 얼마간 떨어진 구릉 위로 올라가 차를 세웠다.

시동을 끄고 헤드라이트마저 끄자, 차츰 어둠에 익숙해지는 시야 안으로 파르스름한 달빛 아래 요동치는 풀잎들의 모습이 들어왔다. 밖에서는 바람이 매섭게 불고 있었다. 남자는 현진에게 이곳에서 자고 가겠다는 몸짓을 취해 보였고, 그 후 두 사람은 약속이라도 한 것처럼 용변을 보러 차 밖으로 나왔다. 볼일을 보기가 무섭게 살갗을 때리는 바람에 쫓기듯 들어온 그들은 낮에 휴식할 때와 마찬가지로 의자에 몸을 기대고 다리를 뻗은 자세로 곧바로 잠을 청했다.

그러나 체구가 작은 남자가 어느 정도 몸을 펼 수 있었던 것과 달리 현진은 그러지를 못했다. 반 시간 가까이 몸을 이리저리 뒤척였지만 좀처럼 편한 자세는 나오지 않았고, 급기야 배며 허리, 다리를 가리지 않고 온몸에 좀이 쑤셔 오기 시작했다. 몸 전체가 오그라드는 것 같은 숨 막히는 갑갑함을 견디지 못한 그는 끝내 다시 밖으로 나왔고, 다행히 문 여닫는 쇳소리의 마찰음에도 불구하고 남자는 잠에서 깨나지 않았다.

그가 밖으로 나오기가 무섭게 사방에서 불어 닥친 바람이 또 한 차례 몸을 거세게 때려왔다. 그러나 현진은 오히려 가슴이 거뜬해지는 개운함을 느꼈으며, 한결 편해진 마음으로 차근히 몸을 늘려 주기 시작했다. 약 20분 동안 정성 들여 근육을 펴 주자 예의 답답한 감각은 많이 사그라졌고, 기분도 훨씬 나아졌다. 아무래도 지나치게 오랜 시간 같은 자세로 앉아 있었던 것이 문제인 것 같았다.

'아니, 그럼 저 아저씬 무슨 황소 힘줄로 신경이 만들어져 있나?'

자신과 마찬가지로 오랫동안 한 자세로 앉아 있었음에도 불구하고 금세 곯아떨어진 남자를 떠올리며 현진이 어이없다는 웃음을 흘렸다.

그는 마지막으로 팔다리를 서너 차례 털어 주고는 조심스레 차 안으로 기어들어갔다. 자리에 누운 그의 귓속으로 하루 동안의 노곤함이 가감 없이 깃든 남자의 코골이 소리가 파고들었다. 그러나 신기하게도 그 소리는 전혀 시끄럽지 않았고 도리어 정겨웠으며, 그래서 현진 역시 어느 틈엔가 규칙적인 숨소리를 뱉으며 빠르게 잠에 빠져들 수 있었다.

어떤 이유에선지 현진은 번쩍 눈을 뜨며 잠에서 깨났는데, 그러나 그것은 그의 생각이었을 뿐 천근만근 됨직한 추라도 올려놨는지 눈꺼풀은 바르르 떨리면서도 좀처럼 움직여지질 않았다. 한참이 지나서야 그는 겨우 좁쌀 하나 들어갈 너비만큼 눈꺼풀을 들어 올릴 수 있었고, 그 좁은 틈 사이로 어렵사리 파르스름한 주변 풍경을 확인할 수 있었다.

'아직… 더어… 자도오… 돼에에…'

졸음에 겨운 머릿속에서는 생각조차 그 끝을 한없이 늘어뜨리며 뚝뚝 끊기고 있었다. 눈꺼풀은 도로 원래의 모양대로 꽉 다물렸고, 그러나 막 다시 잠에 빠지려던 순간, 갑자기 들려 온 부스럭거림에 현진은 퍼뜩 정신을 차렸다.

각고의 노력 끝에 그가 눈꺼풀을 완전히 들어 올렸을 때에는, 때마침 붉은색의 영롱한 반원 하나가 구름 사이로 빼꼼 고개를 내밀고 있었다. 짧고 얕았던 수면 탓에 머릿속이 몽롱했지만, 그것이 일출의 순간임을 알아차리는 데는 그리 오랜 시간이 걸리지 않았다.

'하룻밤 사이에 월출과 일출을 모두 보게 되는구나.'

잠시 해를 마주 보던 현진은 자신의 단잠을 깨운 소리의 정체를 확인하기 위해 옆으로 고개를 돌렸다. 그리고 이내 자신을 향하고 있던 남자의 시선과 똑바로 맞닥뜨렸는데, 마침 남자는 허리를 굽힌 상태에서 신발을 신으려던 참이었고, 그와 눈이 마주치자 그 자세 그대로 굳은 채 미동도 하지 않았다. 그러던 남자가 잠시 후 먼저 머쓱하게 웃더니, '이렇게 된 거, 에라 모르겠다!'는 얼굴로 지금까지와는 달리 부산스런 소음을 일으키며 신발을 마저 신는 것이었다.

현진은 그가 자신이 잠에서 깨지 않도록 최대한 소리를 죽이며 신발을 신으려 했다는 사실을 곧 알아차렸고, 이어 자신이 소리에 유난히 예민하게 반응한 것은 전날 했던 각오, 그러니까 남자를 내버려둔 채 홀로 잠들진 않겠다는 스스로의 다짐 때문이었음을 깨달았다.

말도 통하지 않는 사이였건만 서로를 향한 배려와, 어느 틈엔가 싹터 있는 우정을 확인한 현진은 금세 기분이 좋아졌고, 그래서 남자에게 환한 웃음과 함께 아침 인사를 건넸다. 그의 웃음에 마주 웃음으로 답한 남자가 이제 곧 다시 출발하자는 뜻을 전해 왔다.

'일어나자마자… 출발한다고?'

지난 새벽 그들이 잔 시간이라고는 고작 3시간 남짓에 불과했다. 그걸 정신력이라고 불러야 할지 체력이라고 불러야 할지 알 수 없었지만, 어쨌거나 강철 같은 남자의 인내심에 현진은 진심으로 경탄할 수밖에 없었고, 그러나 앞으로 남은 거리가 전날 그토록 힘겹게 이동한 거리 그 이상이라는 사실을 떠올리고는 돌연 걱정이 앞섰다.

"아저씨, 우리 오늘 중으로 사인샌드에 도착하나요?"

혹시나 하는 마음으로 물은 현진의 질문에 남자가 '오늘', '사인샌드'라는 두 단어를 똑똑한 발음으로 되풀이했다.

'그럼 아무리 빨라도 오늘 저녁쯤에나 도착하겠네.'

지금까지의 이동 속도를 고려해 남은 거리와 시간을 계산해 본 현진은 그렇게 결론 내렸다. 그러니까 여정은,

'아직도 까마득히 남아 있구나….'

그는 마음이 절로 비장한 각오로 물드는 걸 느꼈다. 그나마 다행인 것은 이 험난한 사막 길을 더 이상 눈먼 맹인이 길 더듬듯 나아가지 않아도 된다는 사실이었고, 실제로 트럭은 환히 드러난 땅 위를 전날 밤보다 한층 빨라진 속도로 내달리기 시작했다. 그럴수록 널뛰는 요동침은 더욱 심해졌지만, 화물칸에 실린 차량은 불가사의할 정도로 아무런 이상도 없어 보였다. 이런 속도를 유지할 수만 있다면 예상보다 좀더 빨리 도착해 쉴 수 있겠다는 생각을 마지막으로, 현진은 또 한 번 튀어 오르려는 몸을 좌석 깊숙이 눌러 앉혔다.

"후욱, 후욱… 후하아!"

들고 있던 삽을 남자에게 건네주면서 현진이 격한 숨을 뱉어 냈다. 그의 웃옷은 이미 땀으로 흠뻑 젖어 있었고, 방금 전까지 주변의 땅을 파내던 두 팔은 경련이라도 이는 듯 달달 떨리고 있었다. 자신의 뒤를 이어 바퀴 주변의 모래를 퍼내는 남자의 등을 힘겹게 응시하며, 그는 작금의 상황이 도대체 어디서부터 잘못된 것인지 곰곰이 돌이켜보았다.

아무리 전날 밤보다 상황이 나아졌다고는 해도, 포장도로라고는 눈을 씻고 찾아봐도 없는 사막 위의 여정은 심신을 빠른 속도로 소모시켰다. 이미 피로에 찌들 대로 찌든 현진으로서는 '심신이 빠르게 소모된다.'는 표현 외에는 그 여정을 달리 설명할 길이 없었다.

출발하고 4시간 정도가 지났을 무렵, 그들은 이른 아침 떠나온 마을로부터 약 90km 떨어진 두 번째 마을을 발견했고, 그 근처에서 잠시 쉬면서 전날 남자가 구입했던 식빵과 소시지로 허기진 배를 채웠다. 그리고 그로부터 다시 3시간을 더 움직여 갔을 때, 마침내 사막 길의 끝을 알리는 세 번째 마을이 먼 지평에 모습을 드러냈다. 그 순간 실제로 얼싸안지 않았다뿐이지 차에 타고 있던 두 사람의 마음만큼은 서로를 격렬히 포옹하며 열렬한 환호를 지르고 있었다. 그런데 바로 그 틈을 노리고 스며든 방심 때문이었을까. 지금껏 수백 km에 달하는 사막 길조차 아무런 사고 없이 무사히 건너온 남자는, 그러나 마을을 눈앞에 둔 들판의 한 지점에서 그만 트럭을 모래밭에 빠뜨리는 실수를 저지르고 말았다.

사건의 발단은 정말 별 게 아니었다. 그때껏 앞서 그 땅을 지났을 수십의 차량들이 남긴 바퀴의 흔적을 따라가던 남자는 마을에 가까워질수록 마음이 조급해졌는지 어느 순간 방향을 틀어 마을까지를 잇는 최단거리를 따라 움직이기 시작했다.

그래도 그때까지는 괜찮았다. 그러다 그들의 앞에 누가 보아도 모래밭임을 쉽게 알아차릴 수 있는 땅이 나타났을 때, 남자는 또 한 번 신중치 못한 행동을 저지르고 말았다. 모래밭을 앞두고 잠시 고민하던 그는 결국 생각 외로 넓게 펼쳐진 모래밭을 우회하기보다는 조금 무리를 해서라도 모래밭을 건너기로 작심한 것 같았다. 그리고 바로 그 결정이 치명적인 실수가 되어 흡사 늪에라도 빠진 듯 트럭의 네 바퀴가 모두 모래에 묻혀 헤어 나오지 못하는 지금의 상황을 불러온 것이었다.

'모래밭이 나오면 무조건 둘러갔어야 했는데…'

한때 스스로 했던 다짐을 잊고 너무 남자만을 믿었던 자신의 안일함을 현진은 속으로 깊이 나무랐다.

현진의 망연한 눈빛을 받는 가운데 얼마쯤 삽질을 이어 가던 남자가 문득 하던 작업을 멈추고 운전석 쪽으로 올라갔다. 이윽고 차에 시동을 건 그가 1단 기어를 넣고 힘껏 가속 페달을 밟자, 요란한 엔진 소리와 함께 차가 한차례 기우뚱 들썩였다. 하지만 이번에는 오른쪽 뒷바퀴가 문제였다. 잠시 움직이나 싶었던 트럭은 오른 뒷바퀴가 맹렬히 헛돌기 시작하면서 덜컥 멈춰 섰고, 설상가상으로 차 바닥 후미에 달려 있던 스페어타이어가 반쯤 모래 속에 묻히면서 차가 앞으로 나아가는 일이 더욱 어려워지고 말았다.

"아저씨! 그만하세요! 소용없어요!"

현진은 남자에게 시동을 끄라고 소리쳤고, 이내 그들은 다시 교대로 삽질을 이어 갔다. 아무 말도 필요치 않은 기계적이며 힘겨운 노동이 다시금 반복되었다. 현진이 오른 바퀴 앞의 모래를 걷어내면 이어 남자가 왼 바퀴 앞의 모래를 걷어냈고, 다시 현진이 스페어타이어 주위의 모래를 파내면 남자가 타이어 뒷부분에 모래 대신 흙을 부어 가며 바퀴가 치고 나갈 기반을 다졌다. 마치 평생의 업으로 삼아 온 일인 양 그들은 묵묵히, 그러나 끊임없이 거친 숨을 토해 내며 그 모든 작업을 수행해 갔다.

물론 그들이 처음부터 삽질만 한 것은 아니었다. 이미 떠올릴 수 있는 모든 방법을 짜내 시도해 보았고, 예외 없이 모두가 실패했을 뿐이었다. 한때 어통바타르의 차가 모래밭에 빠졌을 때의 기억을 되살려 현진이 목재며, 밧줄이며 지지대로 쓸 수 있겠다 싶은 것들을 눈에 불을 켜고 찾아내 바퀴 앞에 갖다 놓아도 봤으나 결국엔 아무런 소용이 없었고, 지푸라기라도 잡는 심정으로 모래 위에 물을 부어 바닥을 단단히 만들겠다는, 일견 그럴듯해 보였던 시도 역시 아까운 물만 축내는 부질없는 행위였음이 곧 드러났다. 그 후로 그들은 끝없는 삽질만이 답이라는 무언의 합의를 하게 되었고, 그래서 살갗 위로 무참히 쏟아 내리는 햇볕을 맞아 가면서도 삽자루를 쥔 손을 놓지 않고 있었다.

남자의 마지막 시도가 있은 뒤 다시 20분 가까이 지루한 작업이 이어졌다. 그리고 어느 정도 파냈다 싶었을 즈음 남자가 다시 차에 올라 시동을 걸었다.

'이번엔 제발 되기를…'

벌써 수차례나 되풀이한, 그러나 한결같이 무용한 결과만 낳았을 뿐인 소망을 현진은 이번에도 간절한 마음으로 바랐다.

"위이이이잉!"

그리고 그의 소원을 비웃기라도 하듯, 절망적이고도 익숙한 비명이 바퀴로부터 토해졌다.

'결국 또 안 되는 건가…'

그의 입에서 절로 깊은 한숨이 흘러나왔다. 그런데 그때였다.

덜컹—

한동안 헛도나 싶었던 바퀴가 돌연 무언가에 걸리기라도 한 듯 일순간 움직임을 멈췄다. 이내 미약한 움찔거림과 함께 차머리가 조금, 정말 아주 조금 앞으로 나아갔다. 그리고 그 찰나의 순간 탄력을 받은 트럭은 모래밭 밖의 단단한 지면에 앞바퀴를 걸쳤고, 일단 앞바퀴가 빠져나오자 더욱 힘을 받아 결국에는 몸체 전체가 밖으로 나오는 데 성공했다.

설명은 길었지만, 실로 눈 깜짝할 새에 벌어진 그 믿기지 않는 상황에 현진도 남자도 모두 어안이 벙벙해졌다. 그러나 잠시 후 모래와의 길고도 긴 사투가 마침내 끝이 났다는 사실을 깨달은 그들은 밀려오는 감격을 주체하지 못하고 이번에는 실제로 서로를 부둥켜안은 채 방방 뛰기 시작했고, 그런 그들의 맞닿은 살 위에서는 햇볕과 더위, 모래와 온갖 수고로 범벅된, 결코 끝나지 않을 것만 같았던 힘겹고도 오랜 사투의 흔적이 땀이 되어 번들거리고 있었다.

한참을 덩실덩실 춤을 추던 그들은 어느 정도 가슴이 진정될 즈음해서 자신들이 파헤쳐 놓은 구덩이로 다가가 보았다. 전장은 그들의 예상보다 훨씬 참혹했다. 전투의 치열했음을 여실히 드러내 보이는 눈앞의 광경에 현진은 그만 할 말을 잃었고, 그러나 자신들이 끝내 승리했다는 사실에 이내 비할 데 없는 뿌듯함을 느꼈으며, 그래서 자리를 뜨기 전 파헤쳐진 모래 구덩이를 사진으로 찍어 그 영광스러운 승리를 두고두고 기억하기로 했다.

차에 오르기 전 그들은 남아 있던 물을 부어 한껏 달궈진 몸을 식히고 팔다리에 묻은 모래를 씻어 냈다. 이윽고 운전석에 탄 남자가 십년감수했다는 표정으로 가볍게 휘파람을 불었고, 현진은 함께 전장을 헤쳐 온 전우를 향해 엄지손가락을 세워 보였다. 그리고 그 둘은 또 한바탕 서로를 보며 낄낄 웃음을 터뜨렸다.

오랜 쉼을 끝내고 트럭은 경쾌한 떨림과 함께 눈앞의 마을을 향해 씩씩하게 전진하기 시작했다. 마을의 모습이 확연히 가까워졌을 무렵, 남자는 마을 입구로 향하는 대신 그 외곽을 따라 크게 둘러 트럭을 움직여 갔고, 그로부터 얼마 후 현진으로서는 이제 지긋지긋하게까지 여겨지는 사막 길이 별안간 끝이 났다.

"아…."

그리고 거기, 매끈한 몸매를 지평의 끝에서부터 다른 끝까지 올곧게 뻗고 있는 눈부신 문명의 혈관이 가로놓여 있었다. 황토색의 울퉁불퉁한 자갈밭으로부터 검회색의 도로로 나아가던 그 순간을, 삭막한 황무지로부터 벗어나 인간의 자취에 맞닿던 그 순간을 현진은 도저히 잊을 수 없을 것만 같았다. 감격에 겨워 부들부들 떨리는 몸을 주체 못한 그는 아직도 230km를 더 가야 한다는 사실마저 대수롭지 않게 여겨졌고, 그래서 대뜸,

"고우! 고우! 사인샨드!"

온몸으로 외쳤다. 그러자 잠시 휘둥그레진 눈으로 그를 바라보던 남자가,

"고우, 고우! 사인샨드!"

그를 따라 응수했고, 다시 신이 난 현진이,

"고우, 고우! 사인샨드!"

역시 흥을 주체 못한 남자가 그걸 받아,

"고우! 고우! 사인샨드!"

그러다 둘이서 한목소리로,

"고우! 고우! 사인샨드! 고우! 고우! 사인샨드!"

그렇게 돌림노래처럼, 때론 합창처럼 이어지는 두 사람의 환희에 찬 외침이 트럭의 엔진소리마저 뚫고 사인샨드로 향하는 길 한복판에서 오랫동안 울려 퍼졌다.

☆

"사인샨드!"

먼 앞으로 난데없이 튀어나온 관문의 등장에 현진이 반사적으로 소리를 질렀다. 그러자 남자가 미소와 함께 고개를 끄덕여 보였다. 거리가 가까워질수록 도로 양쪽에 굳건히 박힌 기둥과 그 위에 몽골어로 '동쪽 고비'라고 큼직하게 쓰인 관문의 늠름한 형상이 점차 또렷해졌다.

그곳을 지나 10여 분을 더 들어가자 황야 위에 외로이 놓인 철로가 보였다. 그들은 철로를 건넜고, '사인샨드'라고 적힌 또 다른 아치형의 조형물을 지났으며, 다시 그 뒤의 큼직한 언덕을 올라갔다. 긴 여정을 거친 트럭이 마지막 힘을 쥐어짜듯 덜덜거리면서 힘겹게 언덕의 정상에 올랐을 때, 마치 오랜 여독에 지친 여행자들을 위한 깜짝 쇼처럼, 크고 작은 건물들이 즐비하게 늘어선 사막의 도시가 모래 속에 감추고 있던 제 모습을 활짝 드러내 보였다.

'드디어 도착했구나…!'

그 순간 물밀듯 밀려오는 감격에 흠뻑 젖어든 채 현진은 말없이 도시를 내려다보았다.

밤을 맞이할 준비를 하느라 도시 곳곳에서는 때맞춰 불이 밝혀지고 있었다. 그러나 도시 외곽은 여전히 어두웠고, 그 한적한 길을 따라 움직이면서 남자는 연신 밖을 흘끔거리며 무언가를 찾고 있었다. 그러다 도로 옆으로 정비소로 보이는 건물이 하나 나타났을 때, 그가 한껏 반가움이 깃든 탄성을 터뜨리며 그 근처로 차를 몰고 가 천천히 주차시켰다. 마침 정비소 안에 있던 서넛의 남자가 그들을 발견하고는 밖으로 나왔다. 때는 어느덧 저녁 8시가 되어 있었다.

'세상에… 대체 얼마나 차를 타고 있었던 거야?'

트럭에서 내린 남자가 새로이 등장한 이들과 대화를 나누는 동안, 현진은 이 여행에 마침표를 찍을 시간이 다가온다는 사실에 사뭇 감격하면서도 재빨리 머릿속으로 계산을 해 보았다.

"…뭐? 29시간?!"

그의 입에서 저도 모르게 경악에 찬 비명이 터져 나왔다. 유리창 너머로 힐끔 자신을 쳐다보는 남자의 시선에 그는 곧바로 입을 다물었지만 놀라움은 좀처럼 가시질 않았다.

'아니, 그럼 꼬박 하루하고 반나절 동안 꼼짝 않고 차에 타고 있었단 말이잖아!'

스스로 뱉어내고도 도저히 믿기지 않는 그 경이로운 수치에 거듭 놀라움과 황당함을 느끼며 현진은 헛웃음을 터뜨렸다.

그리고 한참 뒤 어느 정도 놀라움이 가셨을 때에는, 약 800km에 달하는 여정을 멋모르고 선뜻하기로 나선 자신의 무모함에 한탄을 금치 못했고, 이어 앞으로는 절대 이런 장거리 여행을 하지 않겠노라 굳게 다짐했다. 그러나 곧바로, 그 무모함 덕분에 비록 고됐을망정 기억에 남는 여행을 할 수 있었다는 사실에 진심으로 감사했으며, 그 오랜 여

266

정을 견뎌 낸 스스로에게 상당한 자부심을 느꼈고, 그래서 만약 또 한 번 이런 장거리 여행의 기회가 주어진다면 그때도 자신은 별 고민 없이 만용을 부릴 거라는 사실을 깨달았다.

그렇게 현진이 지난 여행을 홀로 되짚어 보는 사이 남자들 중 하나가 정비소에서 공기 주입기를 꺼내와 화물칸에 실린 차의 바퀴들에 공기를 채우기 시작했다. 얼마 뒤 쪼그라들었던 차의 네 바퀴가 모두 탱탱하게 부풀어 오른 것을 확인한 그는 현진과 긴 여정을 함께했던 남자에게 그 사실을 알렸고, 그러자 남자가 대화를 마치고 트럭에 올라탔다. 이윽고 방금 전 이야기를 나눈 이들 중 두 사람이 근처에 주차된 승용차를 타고 어딘가를 향해 먼저 출발했고, 그 뒤를 남자가 트럭을 몰고 쫓아가기 시작했다.

예의 언덕을 넘어 다시 도시 밖으로 나온 그들이 그로부터 한참을 더 가 멈춰 선 곳은 어느 한적한 공터였다. 공터 한가운데는 야트막하게나마 모래가 쌓여 있었고, 그걸 보자마자 전날 차를 실었던 상황을 떠올린 현진은 바로 그곳에서 그들이 차를 내리려 한다는 사실을 쉽사리 예측할 수 있었다. 역시나 그의 예상대로 남자는 모래 쪽에 바짝 트럭의 꽁무니를 붙여 주차시켰다.

차에 큰 무리가 없도록 내리려다 보니 작업은 생각보다 더디게 진행되었다. 현진과 그의 동료를 포함해 도합 네 명의 건장한 남성과, 도중에 어디선가 난데없이 나타난 초로의 노인 한 명, 그리고 떠들썩한 소리를 듣고 근처의 집에서 구경을 나왔다가 끼어든 여성 둘까지 힘을 합쳤지만 차는 쉽사리 움직일 기미를 보이지 않았고, 그렇게 반 시간가량이 아무런 진전도 없이 흘러갔다.

시간은 이제 밤 9시를 넘기고 있었다. 아무런 성과 없이 흘러가는 시간에 지칠 만도 했건만 현진은 얼른 숙소를 잡고 쉬고 싶다는 생각보다는, 함께 차를 밀고 끌며 당기는 사이 어느새 친해져 서로 깔깔거리

며 잡담까지 나누게 된 이들과 어울리는 현재의 상황이 무척이나 즐거
워졌고, 더하여 지상의 분주함과는 달리 온 하늘에서는 때마침 노을
이 소리 없이 불타고 있었는데, 지평만큼이나 광막히 펼쳐진 그 붉은
융단 아래서 그러나 그런 장관에는 눈길 한 번 주지 않은 채 시끌벅적
부산스럽게 움직이는 그림자들을 보며, 이 사람들에게 저런 장관이란
그저 일상일 뿐이고, 시계가 가리키는 시간이란 그다지 중요한 것이 아
닐지도 모른다는 생각에 그는 기묘한 감동마저 느끼고 있었다.

마침내 차들을 서로 견인줄로 연결해 당기고, 거기에 사람의 힘까지
더해진 오랜 시도 끝에 화물칸에 있던 차량이 모래 턱 위로 천천히 내
려섰다. 이어 비탈면을 따라 내려간 차가 평지에 무사히 안착하자, 그
와 동시에 그 광경을 지켜보던 모두에게서 반가운 함성이 터져 나왔다.
작업은 땅 위에 내려선 차량을 다시 트럭에 연결시킨 뒤 근처에 있는
어느 집 마당까지 견인하는 것을 끝으로 완전히 종료되었다. 한 시간
이 넘도록 진행된 작업을 마치고 떠나는 현진과 남자를 그사이 친해진
이들이 옹기종기 모여 손을 흔들며 배웅해 주었다.

현진과 남자는 다시 사인샨드임을 알리는 아치형의 조형물을 지나
도시 안으로 들어왔다. 한동안 예의 외곽 도로를 따라 움직여 가던 남
자는 그러다 도중에 방향을 틀어 어두컴컴한 골목길로 빠지는가 싶더
니, 이내 어느 허름한 게르의 앞마당에 이르러 차를 세웠다.

'여기가 이 아저씨 집인가? 근데 난 어쩌지? 중간에 숙소에서 내려
주는 거 아니었어?'

앞도 제대로 보이지 않는 한밤중에 도시 변두리부터 도심까지 걸어
가게 될지도 모른다는 생각에 현진이 막막함을 느끼던 찰나, 갑자기
그의 눈에 이상한 보자기 같은 것이 들어왔다. 희한하게도 둘둘 말린
채 게르 앞에 내팽개쳐져 있던 그것의 정체를 현진은 트럭에서 내린 후
에야 알게 되었는데, 그것은 다름 아닌 이불로 몸을 감싼 채 잠들어

있는 하나의 사람이었고, 방금 전 남자가 그 존재를 아랑곳하지 않고 차를 주차시키기 위해 지척에서 오갔다는 사실을 떠올린 그는 뒤늦게나마 기겁을 할 수밖에 없었다.

더욱 놀랍게도 바깥에서 자고 있던 이는 바로 남자의 아버지였다. 왜 거기서 자고 있었는지 그 이유까지야 알 수는 없었지만, 방금 전 자신의 생명이 위태로웠다는 사실을 전혀 모르는 듯 그는 몇 분 전 헤어졌다 만난 사람 대하듯 태평스런 어조로 아들에게 인사를 건넸고, 남자 역시 그에 느긋이 응수할 뿐이었다.

게르 안으로 들어와 잠시 자신의 아버지와 대화를 주고받던 남자는 얼마 후 현진을 돌아보며 짐은 여기에 두고 밖으로 나가자는 의미의 제스처를 취해 보였다.

"짐을 놓고요? 하지만 전 이제 숙소로 가 봐야 하는데요?"

"아냐, 오늘은 우리 집에서 자고 가."

현진의 말에 남자가 단호한 어조로 대답했다.

비록 말로는 거절하는 척했지만, 내심 숙소를 찾기에는 너무 늦은 시간이라고 생각하던 현진은 남자의 그 말이 무척이나 반가웠고, 이내 그럼 무슨 일로 그가 나가자고 하는지 의아해졌다.

'부모님과 따로 살고 있나? 여긴 그냥 트럭을 주차시키러 온 거고?'

그런 그의 예상은 적중했다. 인적이 드문 도로가에서 상당히 오랜 시간을 기다린 끝에 그들은 지나던 차 한 대를 잡아타고 도심으로 들어왔으며, 얼마 후 가로등이 환히 밝혀진 거리를 지나 어느 아파트 단지 내로 들어섰다. 차에서 내린 현진이 3층 정도 됨직한 아파트의 깔끔한 외양과 주변을 둘러싼 휘황한 간판들에 놀라는 사이, 남자는 앞장서 근처의 마트로 들어갔고, 소분된 면 반죽과 빵을 차례로 한 봉지씩 집어 들었으며, 맥주가 진열된 쇼케이스 앞을 지나던 중 돌연 몸을 멈추고는 현진을 빤히 쳐다보았다.

'어때, 맥주 한 캔 할래?'

눈빛에 담긴 그 무언의 질문에 현진은 망설임 없이 힘차게 고개를 끄덕였다. 그러자 남자가 작게 웃으며 맥주를 집어 들고는 계산대로 향했다.

남자의 집은 현진을 여러 번 놀라게 했다. 2층에 위치한 그의 집에 들어선 순간 현진은 생각보다 훨씬 넓고 정갈한 방의 상태에 가장 먼저 놀랐고, 금색 테두리로 장식된 하얗고 커다란 소파와, 거실과 주방 사이에 가로놓인 바테이블, 그리고 그 위에 진열되어 있는 고급스러운 와인 병들을 보며 거듭 놀랐다. 남자의 집은 그가 몽골에 온 이래 들렀던 모든 숙소와 집을 통틀어 가장 화려했다.

지금껏 전형적인 사막 화물 운전수로서의 모습, 그러니까 수시로 웃통을 벗고, 땀이 번들거리는 구릿빛 속살을 과시하며, 종종 비좁은 트럭에서 웅크린 채 쪽잠에 들고, 먼지가 풀풀 나는 뙤약볕 아래서 헐떡거리며 삽질을 하던 남자의 모습만을 접했던 현진으로서는, 비록 야성적이긴 하나 꾀죄죄하기 그지없던 그런 모습과는 정반대의 살림살이를 갖춘 집의 풍경에 또다시 자신이 외양으로 섣불리 사람을 판단하는 과오를 저질렀음을 인정해야만 했다.

연신 감탄을 터뜨리며 집 안을 살피는 현진을 보고 남자는 만면에 번지는 뿌듯함을 감추지 못했다. 웃음을 겨우 참는 얼굴로 그는 현진에게 소파에 앉아 TV를 보라고 권했으며, 그러나 현진이 흙먼지로 온통 더러워진 자신의 몸을 가리키며 먼저 씻을 수 있겠느냐고 묻자, 몸소 그를 화장실로 안내하고는 샴푸며 린스며 온갖 샤워비품을 마음껏 써도 좋다고 자랑스러움이 철철 묻어나는 손동작을 해 보였다.

며칠간 피부 위로 겹겹이 쌓인 먼지를 현진이 모두 씻어 내기까지는 오랜 시간이 걸렸다. 수차례 닦아도 끊임없이 몸으로부터 흘러나오는 구정물을 보며 그는 혀를 내두를 수밖에 없었고, 마침내 발 아래로 투명한 물이 고이기 시작할 즈음에는 그 어디에도 비기지 못할 만큼의 상쾌함을 느꼈다. 샤워를 마친 그는 자신의 더러워진 옷들을 대충이나마 비누로 비벼 빤 후 마침 화장실 한쪽에 비치되어 있던 탈수기에 넣고 돌렸다. 몇 분 후 꺼낸 옷들은 조금 축축하긴 했지만 입지 못할 정도는 아니었다. 화장실에 들어가기 전과 몰골이 딴판이 되어 나온 그를 보고 남자가 외마디 감탄사를 뱉어냈다.

"고릴태슐?"

지난 저녁 현진이 그릇 밑바닥까지 남김없이 싹싹 비운 메뉴를 남자는 기억하고 있었다. 그러나 그저 확인차 물어본 것인지 좋다고 말하는 현진의 대답을 듣는 둥 마는 둥 하며 그가 잠시 후 내온 음식은 김이 모락모락 나는 따끈한 국물이었고, 그 안에 넘치도록 들어 있는 면과 고기의 향연에 현진은 꼴깍 침을 삼킬 수밖에 없었다. 그가 샤워를 하는 동안 남자는 이미 고릴태슐을 푸짐히 만들어 놓은 것이었다.

식사를 차린 남자는 이어 마트에서 사온 맥주를 냉장고에서 꺼내 왔고, 그와 현진은 먼저 맥주를 한 모금씩 들이켜고는 때늦은 식사에 돌입했다.

'밤 11시가 넘어서 저녁을 먹게 될 줄이야.'

그날 새벽부터 그때껏 배에 넣은 것이라고는 고작 반 덩이의 소시지와 빵이 전부였기에, 하루의 막바지에 맥주와 겸해 먹는 식사는 현진에게 황홀감에 더해 벅찬 감동을 선사해 주었다.

식사 도중 남자는 또다시 습관적으로 휴대폰을 꺼내 SNS를 보기 시작했고, 이번에는 현진도 함께 볼 수 있도록 아예 화면을 돌려놓는 나름의 배려를 보였다. 그러나 화면을 빼곡히 채운 몽골어를 도통 이해할 수 없었던 현진은 그저 열심히 보는 척만 했으며, 그런 그에게 한창 화면을 넘기던 남자가 어느 순간 사진 하나를 가리켜 보였는데, 거기에는 지금보다 훨씬 말쑥한 차림의 남자가 서 있었고, 그 양옆으로는 중년의 여성과 젊은 청년 하나가 각각 나란히 자리하고 있었다.

"가족들이에요?"

현진의 물음에 남자가 그렇다고 대답했다.

현진은 흘끔 시간을 확인했다. 때는 어느덧 자정 무렵. 이토록 늦은 밤이 되도록 그의 아내나 아들 중 누구도 귀가하지 않았다는 사실에 그는 의아함을 느낄 수밖에 없었고, 비록 사생활과 관련된 질문이었기에 잠시 망설이긴 했지만, 끝내 궁금증을 이기지 못하고 그에게 가족들은 지금 어디에 있느냐고 물어보았다.

"동쪽. 가족들 보러 갔어."

다행히 남자는 대수롭지 않다는 투로 대답했다.

'가족? 시댁을 말하는 건가? 그런데 왜 함께 가지 않았지?'

아마도 일 때문이겠지, 그 즉시 스스로 답을 찾아낸 현진은 이내 안쓰러운 심정이 되어 다시 물었다.

"이렇게 아저씨 혼자 있으면 외롭지 않아요?"

"괜찮아. 어차피 이틀 후에는 모두들 집으로 올 거야."

그러면서 담담히 웃는 그 얼굴에 깃든 감정의 온도가 어찌나 따스하던지, 현진은 돌아오길 기대할 누군가 있다는 것은 이렇게나 행복한 일이구나, 그런 생각을 하게 되었고, 그러자 별안간 남자가 무척이나 부러워졌다.

원활하지 않은 방식으로나마 이런저런 이야기를 주고받다 보니 그들의 식사는 새벽 1시가 되어서야 끝이 났다. 그동안 남자는 한 그릇을 먹는 데 그친 반면 현진은 두 그릇을 깨끗이 비웠으며, 그래서 빵빵해지도록 부푼 배를 만족스럽게 두드리며 자리에서 일어날 수 있었다.

간단히 설거지를 마치고 이어 샤워까지 끝낸 남자는 잘 자라는 인사와 함께 곧 방으로 들어갔고, 졸지에 그 큰 거실을 홀로 독차지한 현진은 남자가 가져다준 요와 이불 속에 몸을 뉘인 채 그저 천장만 말똥말

똥 쳐다보았다.

그렇게 컴컴한 거실 바닥에 누워 있기를 한참, 서서히 취해 드는 술
기운에 괜스레 마음이 싱숭생숭해진 그는 지금까지의 여정을 곰곰이
곱씹어 보았다.

'벌써 3주가 지났구나.'

이 땅을 밟은 이래 어느덧 그만큼의 시간이 흘러 있었다.

'그동안 난 과연 잘 해 온 것일까?'

처음 사막에 발을 디딜 때만 하더라도 품고 있었던, 드넓은 황야를
외롭고도 고집스레 가로지르는 전사의 이미지는 온데간데없이 사라진
지 오래였다. 대신 많은 이들과의 만남과, 그들과 함께 공유한 웃음과
추억들이 여정의 책갈피마다 빼곡히 꽂혀 있었다. 애초의 기대와는 전
혀 다르게 흘러가고 있는 여정은, 그러나 그에게 안타까움을 주기보다
는 타지에서 홀로 떠도는 처지에도 불구하고 도리어 기이한 아늑함마
저 느끼게 했다.

지나간 인연을 잊지 못해 죽음도 불사하겠다는 각오로 시작한 투쟁
이었다. 그러나 그것은 어느 순간부터 전연 자신의 뜻대로 흘러가지 않
았고, 더 이상 그만의 이야기가 아닌 또 다른 수많은 생(生)의 이야기로
구성되고 있었으며, 이제는 그 스스로도 대체 이게 뭔가, 싶을 만큼 도
저히 무어라 규정지을 수 없는 여정으로 뒤바뀌어 있었다.

한 사람을 향한 그리움은 여전히 밑 빠진 독처럼 자신의 애틋한 마
음을 아무리 쏟아 붓는다 한들 결코 채워지지 않을 것 같았지만, 그럼
에도 불구하고 현진은, 자기(自己)라는 그 좁고도 한정된 독의 바깥으
로부터 생의 바람이 불어와 어떤 씨앗을 심었으며, 그로부터 움튼 싹
이 독의 깨진 구멍을 조금씩 덮어 메워 가고 있음을 느낄 수 있었다.
그리고 한때 쉽게 죽음을 생각하고 입 밖으로 내뱉었던 자신의 모습
이, 매 순간 뜨겁게 싹을 틔우는 저 찬연한 생의 꽃들 앞에서 문득 초

라해지는 것을 깨닫고는 깊은 부끄러움을 느꼈다.

'하지만 앞으로도 이렇게 사람들을 만나며 여행하는 게 정말 잘하는 일일까?'

사람들과 어울릴수록, 그렇게 고독에서 멀어질수록 지금껏 소중히 지켜 온 자신의 일부를 조금씩 잃어버리는 것만 같아 현진은 다시금 스스로를 향해 물어보았다. 그녀의 그림자는 아직도 그의 안에 짙게 잔존해 있었다.

한참의 고민 끝에 그는 자신이 잘 해 나가고 있다는 생각에 약간의 믿음을 더하기로 했다. 다른 이유는 없었다. 그저, 한때 사납고 모질기만 했던 자신의 마음이 어느새 조금은 둥글고 부드러워진 것도 같다고 그는 생각했고, 그래서 앞으로 또 어떤 만남이 자신을 기다리든 고독에 대한 지나친 집착 때문에 그것을 외면하지는 말자고 다짐했을 뿐이었다.

그르렁— 그렁 그르렁—

어느 순간부터 방문을 넘어 들려온 코골이 소리가 거실에까지 우렁차게 메아리치고 있었다. 귓전을 파고드는 그 친숙한 소리에 현진은 저도 모르게 빙그레 웃음을 지었고, 그로부터 얼마 뒤에는 마치 정겨운 자장가를 듣는 아이처럼 갑작스럽고도 깊은 잠에 빠져들었다.

"여관으로 갈 거예요."

아침 식사 중에 현진이 먼저 말을 꺼냈다. 그러자 남자가 잠시 그를 바라보다가 천천히 고개를 끄덕였다.

'아침밥 먹고 네 수레 가지러 가자. 그다음 여관에 데려다줄게.'

남자는 손짓을 통해 말하고 있었다. 현진은 여관은 혼자 찾아갈 수 있다고 말을 꺼내려다가 이내 속으로 삼키고는 알겠다고 고갯짓해 보였다. 그리고 나서 둘은 다시 식사에 전념했다.

지난밤 먹다 남은 국물을 따뜻하게 데워 식빵을 찍어 먹으니 그 또한 별미가 아닐 수 없었다. 따뜻하면서도 고소한 고깃국의 풍미가 입안 가득 퍼지자 식빵으로 향하는 두 사람의 손길이 점차 빨라졌고, 한 봉지 가득했던 빵이 순식간에 동이 났다.

여느 몽골인이 그러하듯 밥을 다 먹고 난 뒤에는 남자가 빈 그릇에 뜨끈한 차를 따라 주었다. 금세 한 그릇을 후루룩 들이마신 현진은 남자의 거듭되는 권유에 연거푸 두 잔을 더 따라 마셨고, 어느덧 씩씩 숨을 몰아쉬는 몸을 부려가며 소파에 앉아 남자가 설거지를 하는 동안 TV를 시청했다. 마침 TV에서는 이틀 전 식당에서 본 씨름 결승 장면을 다시금 되풀이해 내보내고 있었다. 금세 흥미를 잃은 그는 한동안 채널을 돌리다가 한껏 멋 부린 여자 가수 하나가 초원을 배경 삼아 노래를 부르는 장면에서 멈췄고, 이후로는 화면에 시선을 박은 채 멍하니 앉아 있었다. 뒹굴지만 않았다뿐이지 하릴없이 무료한 시간이 지나갔다.

'너무 편안해서 움직이기가 싫을 정도야.'

사막을 걸어야 하는 것도 아니고, 수레를 끌어야 하는 것도 아니며, 그렇다고 서둘러 차를 타고 이동해야 하는 것도 아니었다. 이 먼 동쪽의 도시에 갑작스레 떨어진 만큼 그는 아직 아무런 계획도 세우지 않았고, 그래서 모처럼 만에 방치된 자유를 만끽하고 있었다. 가끔은 이런 느슨한 자유를 스스로에게 허락하는 것도 좋겠다는 생각이 그의 머릿속을 스쳐 지나갔다.

설거지를 마친 남자는 이제는 소파로 와 쉬리라는 현진의 예상과 달리, 걸레를 들고 테이블과 선반, 창틀 위를 닦아 나가기 시작했다. 현진은 TV 화면에서 눈을 돌려 이번에는 남자의 반복되는 몸짓을 가만히 쫓아갔다. 남자는 몇 개월 밀린 청소를 한 번에 몰아서 하는 사람처럼 걸레를 몇 번이고 접어 가며 섬세하고도 꼼꼼히 집 구석구석을 닦았는데, 그런 모습은 함께 트럭을 타고 올 때만 하더라도 전혀 예상치 못한 것이었다.

남자가 오랜 청소를 끝내고 현진의 곁으로 다가온 것은 식사를 마치고 한 시간 정도가 지난 뒤였고, 그제야 그도 소파 위에 질펀히 몸을 늘어뜨린 채 휴식을 취하기 시작했다. 이후로 그들은 TV를 보거나, 별 재미도 없는 휴대폰 영상에 피식피식 실소를 터뜨리면서 한량처럼 시간을 보냈다.

그렇게 간만의 느긋함 속에 2시간이 훌쩍 지났다. 시계는 어느덧 11시를 넘어 정오를 가리키고 있었다. 이만 일어나야겠다고 생각한 현진이 남자에게 나가자는 의미의 손짓을 하자, 고개를 끄덕인 남자가 몸을 일으켜 웃옷을 챙겨 들었다.

거리에는 이미 많은 수의 사람들이 돌아다니고 있었다. 둘은 도로가에서 차를 잡아탔고, 얼마 후 어젯밤 화물차를 세워 두었던 남자 부모님의 게르에 도착했다. 그러나 게르에는 아무도 없었다. 그들은 운전수에게 잠시 기다려 달라고 부탁한 뒤 수레를 끌어와 트렁크에 실었다.

"샨드 플라자."

다시 차에 오른 남자가 말한 다음 목적지였다. 목적지를 듣자마자 젊은 운전수는 카레이서처럼 도로 위를 질주해 갔고, 10분도 안 되어 어느 큼직한 건물 앞에 차를 멈춰 세웠다. '샨드 플라자'는 그 건물의 이름인 것 같았다. 택시비를 지불한 남자가 현진을 이끌고 건물 안으로 들어가자 마침 접수 데스크에 앉아 휴대폰을 만지작거리던 젊은 여성이 고개만 돌려 다소 무심한 태도로 그들을 맞았다.

현진이 부탁하기도 전에 대뜸 그녀에게 몇 가지 질문부터 던진 남자는 이내 현진을 돌아보며 함께 방을 구경하러 가자고 했으며, 그를 따라 차례로 서너 개의 방을 구경하던 현진은 여러 방 사이에서 한동안 고민하는 척을 하긴 했으나 사실 속으로는 결정을 내린 지 오래였고, 그래서 짧지도 길지도 않은 적절한 시간이 흘렀다 싶은 타이밍에 샤워 시설은 없지만 하룻밤 머무는 데는 아무런 손색이 없어 보이는 가장 저렴한 방에서 묵겠다고 말을 꺼냈다. 그러자 남자가 잘한 선택이라는 의미로 고개를 까닥해 보였고, 곧 그 건물의 모든 방에서 와이파이를 사용할 수 있다고 알려 주었다. 그의 말대로 비록 신호가 미약하긴 했어도 자신이 선택한 방에서도 무료 인터넷 접속이 가능하다는 사실을 현진은 확인할 수 있었다.

데스크 직원에게 하루 숙박비를 지불한 뒤 두 사람은 다시 건물 밖으로 나왔다. 문 앞에 선 남자와 현진이 잠시 서로를 마주 보았다. 그 순간 현진은 또 한 번 가슴이 간지러워지는 것을 느꼈다. 짧으면서도 긴, 그 강렬했던 여정을 함께한 동료는 지금까지 만난 다른 이들과 마찬가지로 이제 자신의 곁을 떠나려 하고 있었다. 비록 그와 자신은 여전히 같은 도시에 머물고 있을 테지만, 지금 헤어지면 언제 다시 만날 수 있을지 결코 알 수 없었다.

"아무르 항. 미니 네르, 아무르 항."

역시 많이 아쉬웠던 것일까, 한차례 복잡한 눈으로 현진을 응시한 남자가 먼저 손을 내밀었다.

"현진. 미니 네르 현진 게덱."

현진은 그의 손을 맞잡았다. 이별의 순간이 와서야 그들은 처음으로 서로의 이름을 알게 되었다. 남자의 거칠고도 단단한 손바닥 감촉을 느끼며, 이별의 악수는 늘 뜨거우면서도 슬픈 것 같다고 현진은 생각했다.

한 건장한 체구의 남자가 큰 소리로 아이를 부른다. 그러나 제 키만 한 자전거를 타고 있던 소녀는 아버지의 부름을 못 들은 체하며 또래들과 어울려 까르르 멀어진다. 잠시 후 소녀의 아버지가 이만 돌아가자고, 이번에는 좀 더 엄한 목소리로 소녀를 부른다. 그제야 한 차례 볼멘소리를 뱉은 소녀가 제 친구들에게 작별 인사를 건네고는 페달을 굴려 남자에게로 다가간다. 남자의 옆에 서 있던 소녀의 어머니가 그런 아이를 달래는가 싶더니 아이의 얼굴에 금세 방긋거리는 웃음이 번진다.

그들 가족은 천천히 시야로부터 멀어져 갔다. 현진은 또 다른 이들에게로 눈길을 돌렸다. 땅거미가 질 늦은 무렵이었지만, 휘황히 반짝이는 간판과 가로등의 불빛 사이로 광장 내의 사물들은 그 윤곽이 또렷이 구별되고 있었다.

곧 그의 눈에 서로 쫓고 쫓기는 한 쌍의 소년 소녀의 모습이 포착됐다. 아이들은 서로 남매로 보였는데, 근처 벤치에 앉아 있던 그들의 부모는 아이들이 지나치게 멀어진다 싶으면 한 번씩 부르곤 했지만 그리 큰 걱정은 하지 않는 것 같았다. 지치지도 않는지 광장의 이쪽과 저쪽을 활달히 뛰어다니는 남매의 모습에 현진의 입가에도 절로 미소가 맺혔다.

'모두가 행복해하고 있구나.'

사막의 사람들은 밤이 되어서야 비로소 하루의 삶을 시작하는 것 같았다. 뜨거운 낮 동안에는 죄다 건물 속으로 숨어들었는지 뜨문뜨문 보였을 뿐인 이들이, 해가 지고 한참이 지난 한밤의 광장과 거리로 몰려나와 저마다의 유흥을 즐기고 있었다. 일전에 달란자드가드에서 느꼈던 것과 마찬가지로 도시의 모든 사람들이 이때만을 기다리다 낮 동안 비축해 놓은 활력을 모조리 쏟아 붓는 것만 같았다.

아이들은 롤러스케이트나 자전거를 타고, 또 공을 가지고 이런저런 놀이를 하고 있었으며, 좀 더 나이를 먹은 청춘들은 지금 있는 곳이 과연 사막이 맞는지 의아해질 정도로 줄기차게 물을 뿜어대는 분수 주변에 앉아 서로에게 밀애의 말을 속삭이고 있었다. 그보다도 나이가 든 이들은 끼리끼리 모여 수다를 떨거나, 뛰노는 아이들을 이따금씩 흐뭇한 눈으로 바라보며 시간을 보내고 있었다.

모두가 각자의 행복을 누리고 있는 그 안에서, 오직 현진 그만이 별 난 이방인처럼 외따로 벤치에 앉아 있었다. 다들 짝이 있고 가족이 있 었지만, 그는 혼자였다. 다만 그가 앉은 주위로 짙은 어둠이 내려 있었 고, 또 대부분이 각자 누리고 있는 일상의 행복에 겨웠던 나머지 특별 히 그를 주시하는 사람은 없었다.

오랫동안 한 자리를 지키고 있던 현진이 마침내 천천히 몸을 일으켜 세웠다. 잠시 주위를 빙 둘러본 그는 이내 느릿한 속도로 사람들 사이 를 거닐기 시작했다. 그러나 따로 목적지가 정해진 걸음은 아니었다. 그저 사람들이 발산하는 행복의 빛을 좇아 불나방처럼 옮겨 놓는 걸 음일 뿐이었다. 그는 아이들의 웃음소리에 이끌려 무심코 그 뒤를 따 르기도 했고, 막 사랑을 시작한 연인들이 내뿜는 싱그러운 설렘의 향 기에 취해 청춘들 사이를 배회하기도 했다. 또 아무런 뜻도 모르면서 어수선한 사람들의 대화 소리에 가만히 귀를 기울이는가 하면, 때론 광장 구석에서 쉬고 있는 이들에게로 다가가 그 곁에 나란히 앉아 머 물기도 했다. 마치 눈과 귀로 그 모든 이들의 행복을 꼭꼭 담아 들일 수 있다고 믿는 사람처럼, 그렇게 하면 그들이 누리는 행복의 일부나 마 자신에게 전이될 거라고 굳게 믿는 사람처럼, 그는 수백의 인파 속 에 오랜 시간 홀로 머물러 있었다.

밤이 더 깊어지자 사람들은 조금씩 흩어졌고, 거리를 떠들썩하게 메우던 소란도 점차 줄어들었다. 그즈음에 맞춰 역시 자신의 숙소로 돌아온 현진은 방에 들어서자마자 옅은 한숨을 내쉬며 그대로 침대 위로 쓰러졌다. 방에는 침대가 셋이나 되었지만, 지난 사흘간 그 넓은 방에 머문 이는 그 혼자뿐이었다.

다시 좀 더 시간이 흘렀고, 이제는 건물 밖에서 간간이 터지던 사람들의 미미한 외침마저 더 이상 들려오지 않았다. 한참을 멍하니 천장만 바라보던 현진이 천천히 상체를 일으켜 세우고는 벽에 몸을 기대고 앉았다. 그는 그 상태로 또 한 번 멍청히 앉아 있었고, 잠시 뒤 침대 옆에 놓인 탁자로 손을 뻗어 맥주 캔 하나를 집어 들었다. 탁자 위에는 그가 낮 동안 사온 다섯 개의 맥주 캔이 종류별로 늘어서 있었다. 한 모금 길게 맥주를 들이켠 그는 잠시 탁자로 시선을 주었고, 이내 실소를 터뜨리며 고개를 흔들었다.

"나 참, 하룻밤 만에 무슨 수로 저걸 다 마시겠다고 욕심을 부린 건지 원…."

말은 그렇게 했지만, 사실 그는 오늘 밤 내로 그걸 다 마실 작정이었다. 하룻밤 사이에 홀로 마시기에는 분명 많은 양이었지만, 처음부터 아예 그럴 요량으로 사온 것들이었다. 그리고 그건 비단 요 몇 년 사이 원화에 비해 두 배 가까이 평가 절하되고 있는 투그릭화로 인해 상대적으로 저렴해진 맥주값 때문만은 아니었다. 그렇다고 지난 여정 내내 혹시라도 재발할까 싶어 가슴 졸였던 머리의 문제에 더 이상 무감해져서도 아니었다.

이 도시에 도착한 이후, 아니 정확히 말하면 아무르 항의 집에서 여관으로 숙소를 옮긴 때를 기점으로 생겨난 갑작스런 '병' 때문이었다.

'그래, 그건 병이야.'

그 병을 잠시라도 잊고픈 마음에 그는 들고 있던 맥주를 다시금 쭉

들이켰다.

'더 이상 움직이고 싶지 않아. 다시 사막으로 돌아가고 싶지 않아. 그냥… 아무것도 하고 싶지 않아.'

그간의 고된 여정에서 축적된 피로가 일시에 몰려온 탓일까. 혹은 갑작스레 누리게 된 편안함에 취해 좀처럼 헤어 나오지 못하는 것일까. 지난 며칠간 자신을 잠식해 온 병, 조금씩 자신의 정신을 갉아먹고 있는 나태함의 존재를 확인한 현진은, 그러나 그것이 발생한 이유까지 정확히 파악하지는 못했다.

'아니, 파악하려 들 생각 자체를 않은 거겠지.'

처음부터 그것을 병이라고 생각한 건 아니었다. 오히려 쉬지 않고 움직여야 한다는 그간의 의무감이 주는 속박에서 벗어나 잠시 사람들 속에 머물며 여유롭게 시간을 보내는 것은, 스스로에게 있어서도 좋은 변화라고 여겼었다.

그래서 그는 도시의 골목길을 정처 없이 누비고 다녔고, 일하거나 물건을 사고파는 사람들의 모습을 넋 놓고 구경했으며, 그저 볕을 피해 그늘 속에 앉아 있거나 쇼핑 따위를 하면서 무료히 시간을 보내기도 했다. 특히 축제와 같은 사인샨드의 한밤중 일상을 사랑하게 된 후로는 하루도 빠짐없이 사람들 틈으로 섞여 들었고, 그들 중 하나처럼 행동하고, 그들처럼 웃고 행복하려고 노력했다. 애초에 휴대폰에 대한 관심을 멀리 떨쳐내게 만든 시답잖은 숙소의 인터넷 속도가 그런 변화에 한몫을 한 것은 분명해 보였다.

그런데 그렇게 한껏 여유를 즐기던 마음이 어느 순간부터 조금씩 불편해지기 시작하는 것이었다. 아무리 사람들 속에 섞여 들고, 또 그들의 일상을 보며 함께 웃고 있어도 메워지지 않는 무언가, 흡사 '정신적 허기'라고 부를 만한 짙은 공허함이 있었다.

여태껏 남들의 행복으로 치장하며 그런 스스로의 감정을 애써 외면해 왔으나, 현진은 지금 이 순간만큼은 술이 지닌 만고불변의 힘, 즉 그것을 마신 이에게 특유의 울적함과 진지함을 자아냄으로써 오랜 세월에 걸쳐 수많은 이들을 일깨우고 자성시켜 온 바로 그 힘에 힘입어 곰곰이 생각해 보았다.

'대체 뭐가 문제지? 몸도 마음도 예전보다 더 편하고 자유로워진 것 같은데… 왜 그토록 많은 사람들의 행복을 보면서도 내 마음은 갈수록 허해지는 거지?'

어느새 그는 마지막 맥주의 뚜껑을 따고 있었다. 몸을 데워 오는 취기 속에서 문득 갑갑함을 느낀 현진은 휴대폰을 집어 들었다. 예상대로 메시지 함은 텅 비어 있었고, 그 반갑지 않은 사실에 그저 한차례 웃고만 그는 곧바로 인터넷에 접속했다.

다른 때라면 손에 쥔 휴대폰을 내던졌을 정도로 굼뜬 속도를 끈기 있게 참아 낸 그의 앞에 마침내 낯익은 사이트의 로고가 떠올랐다. 그리고 그 밑으로는, 예나 지금이나 변함없이 수많은 수치를 들먹거리며 온갖 위험과 심각성에 대해 경고하는 기사들이 즐비해 있었고, 다른 한편에서는 사뭇 중요한 문제라는 듯, 그러나 대부분의 사람들에게는 그저 몇 초의 흥밋거리 그 이상도 이하도 아닐 가십 기사들이 큼지막이 자리 잡고 있었다.

세상으로부터 동떨어진 몇 주의 간극에도 불구하고 세상은 여전히 숱한 위험과 경고, 별것도 아닌 이야기들로 넘쳐 나고 있다는 사실은 아이러니하게도 현진에게 묘한 안도감을 주었고, 그러나 곧바로 참을 수 없는 역겨움을 불러일으켰다.

현진은 이내 접속을 끊고 휴대폰을 멀찌감치 집어 던졌다. 이거나 저거나 공허하기는 매한가지였다. 사람들 속에서 그들을 구경하는 일이나, 지금의 자신과는 별 상관도 없는 뉴스를 보는 일이나 별반 다를 게 없었다.

"…잠깐만."

점차 시트에 늘어져 가던 몸을 돌연 그가 벌떡 일으켜 세웠다. 몽롱했던 머릿속이 일순간 환해지는 느낌이었다. 그와 동시에 현진은 자신이 겪고 있는 공허함의 정체를 똑똑히 확인할 수 있었다.

쉴 없이 허덕거리면서도, 또 아득바득 이를 갈아대면서도 끈질기게 사막을 걷는 것이 아닌, 그저 멀찍이 떨어져 사막에 대해 추상적으로 관조하는 일. 새로운 사람들을 만나 때론 함께 일하거나 때론 동행하면서 몸소 그들의 삶에 뛰어드는 대신, 몇 발짝 물러서서 그들을 관찰하고 나름의 시선으로 재단하며 평가하는 일. 그러니까…

"구경, 바로 그게 문제였구나."

아슬아슬하고 치열한 분투도, 그렇다고 가슴 깊은 공감도 없는 스스로의 그런 자세가 문제였음을, 그리고 그것이야말로 저들이 누리는 행복과 자신을 서로 섞일 수 없는 물과 기름처럼 가름했던 원인이었음을 현진은 비로소 깨달을 수 있었다.

요 며칠간 도시가 제공하는 편의와 안락 속에서 자신은 어느새 훌륭한 관찰자가 되어 있었고, 스스로도 의식하지 못한 사이 그런 방관자적 삶에 길들여져 있었다. 다시 말해, 여윳돈만 있다면 하루의 삶을 연장하는데 아무런 지장도 없는 생활을 이어 가며 이런저런 일로 시간을 때우고 있었다. 그리고 만약, 옷을 갈아입듯이 그런 피상적인 생각과 감정을 느끼는 것만으로도 자신이 만족할 수 있었다면 그런 건 결코 문제가 되지 않았을 거라는 걸 현진은 알 수 있었다.

그러나 그는 그러고 싶지 않았다. 그는 고되더라도 무언가에 절실할 수 있는 하루를, 스스로의 내면과 깊이 맞닿는 하루를 보내고 싶었다.

'그동안 내가 구경하고 스쳐 갔던 바로 저 사람들처럼.'

그들은 오랜 시간에 걸쳐 이 모래뿐인 대지에 길을 내고 건물을 세웠으며, 그렇게 마련한 터전 속에서 열심히 생을 일구어 가는 이들이었다. 그들에게 있어 한밤의 여가란 한낮의 고된 노동 끝에 즐기는 막간의 행복이었지, 결코 자신처럼 빈둥거리며 쏘다니는 것이 아니었다. 그런 그들이 누리는 행복을 그저 관찰하는 것만으로 함께 누릴 수 있다고 믿었던 자신이, 현진은 참으로 어리석게만 느껴졌다. 그리고 그 오랜 자성의 끝에서, 그는 자신의 병을 고칠 수 있는 방법이 무엇인지 명료하게 깨달을 수 있었다.

'이제 다시 움직여야 할 때구나.'

그는 자리에서 일어났다. 그리고 화장실로 들어가 남아 있던 맥주를 그대로 세면대에 쏟아 부었다. 콸콸콸 쏟아지는 소리는 왠지 모르게 경쾌하게 들렸고, 점차 비워지는 캔의 무게만큼 그의 마음도 가벼워졌다.

늦은 밤 시작된 짐 꾸림은 요란하지 않았다. 그는 방 여기저기에 어질러져 있던 물품들을 빠르게 정리하기 시작했다. 필요한 것과 불필요한 것을 구분했고, 가벼운 것에서 무거운 것 순으로 배낭에 집어넣었다. 우습게도 빵과 물은 사막을 이동할 때보다도 많이 있었는데, 차마 소중한 식량이 될 그것들마저 버릴 수는 없어 모두 챙겨 넣긴 했지만, 이 편안한 도시 속에서 자신이 대체 무엇을 대비코자 그토록 과도하게 비축한 것인지 그는 의아해질 수밖에 없었다. 그러다 문득 '효율'에 대해 떠올리게 된 그는, 어쩌면 효율이란 많은 이들이 믿는 것처럼 최소의 시간에 최대의 양을 획득하는 것이 아니라, 필요한 것과 불필요한 것을 제대로 구분해서 전자를 빠뜨리지 않고 챙기는 것, 그러니까 사막을 걷기 위해 배낭을 꾸리는 일과 비슷하지 않을까, 그런 생각을 했다.

며칠 전 다친 손가락이 여전히 아물지 않았기 때문에 그는 다른 어느 때보다 신중을 기해 수레를 아래층으로 가지고 내려왔다. 홀에 들어선 그의 눈에 구석진 의자에 웅크린 채 잠들어 있는 여직원의 모습이 들어왔다.

'온종일 여기 있었을 텐데 잠까지 저런 데서 자야 하다니.'

현진은 데스크 위에 방 키를 올려놓고는 그녀가 깨지 않도록 주의를 기울이며 호텔 문을 나섰다.

문 밖에서는 마침 젊은 남자 하나가 담배를 피우고 있었는데, 그는 수레를 끌고 나오는 현진을 발견하자 휘둥그레진 눈이 되어 빤히 그를 쳐다보았다. 경찰 제복과 비슷한 차림새로 보아 아마도 밤중에 건물을 지키는 별도의 보안 담당 직원인 것 같았다.

현진은 남자에게 작게 미소를 보낸 뒤 손짓을 통해 자신이 지금 떠나려 한다는 사실을 알려 주었다. 그러나 한밤중에 제 몸만 한 수레를 끌고 숙소를 나서는 여행객은 처음 봤는지 남자는 여전히 얼떨떨한 표정만 짓고 있었다. 그런 그를 남겨둔 채 현진이 몇 걸음 앞으로 걸어갔을 때, 별안간 뒤에서 나직한 외침이 터졌다.

"새홍 아얄라래!"

현진은 걸음을 멈추고 뒤를 돌아보았다. 그곳에서는 방금 전까지만 해도 일면식도 없었던 남자가 환한 웃음과 함께 자신을 향해 손을 흔들고 있었다.

"바야를라, 바이르테!"

덩달아 마음이 흥겨워진 현진 역시 남자에게 마주 손을 흔들어 주었다. 만남과 동시에 이루어진 이별이었지만, 그 짧은 이별을 마치고 다시 앞을 향해 걷기 시작한 그의 입가에는 어느새 진한 웃음이 그려져 있었다.

4장

　맨 앞좌석에 자리 잡은 도나는 버스의 앞 유리 너머로 멍한 시선을 던졌다. 눈앞으로는 망망한 벌판이 쉬지 않고 이어지고 있었다. 그래도 지난 2년간 몇 차례 지나 본 덕분인지, 하늘과 맞닿은 경계의 높이가 미묘하게 달라지는 지형의 모습이 이제는 꽤나 친숙해진 것도 같다고 그녀는 생각했다.

　문득 그녀의 옆으로 머리칼이 하얗게 귀를 덮고 있는 노년의 여성과, 그 손녀로 보이는 네댓 살배기 여아가 함께 나와 섰다. 노인은 묵직해 보이는 보따리 두 개를 양팔에 들고 있었고, 눈꼬리가 살짝 옆으로 째진 소녀는 입 안에 사탕을 우물거리며 작은 단풍잎 같은 손으로 할머니의 바짓가랑이를 붙들고 있었다. 노인의 짐이 무거워 보인 도나는 그녀에게서 짐을 받아 자신의 무릎 위에 올려놓았고, 그러자 노인이 그 얼굴에 소탈한 웃음꽃을 피웠다.

　이윽고 노인은 그 훤히 트인 평야 곳곳마다 마치 주소라도 쓰여 있는 양 눈을 가늘게 뜬 채로 창밖을 두리번거리기 시작했는데, 그로부터 약 10분 뒤 먼 앞으로 커브길이 나타나자, 그 근방의 한 지점을 가리키며 기사에게 내려달라고 부탁했다. 때마침 그녀가 손짓한 부근의 구릉 너머로부터 오토바이 한 대가 나타나 버스를 향해 마주 다가왔고, 점차 형상이 또렷해지는 그 위에 타고 있던 이 역시 백발이 성성한 노인으로서 정황상 그녀의 남편으로 보였다.

버스가 멈출 즈음해서 오토바이 역시 버스 옆에 멈춰 섰다. 노인은 고맙다는 인사와 함께 도나로부터 짐을 받아들었고, 그러자 그때껏 조수석에 타고 있던 젊은 남자가 일어나 노인으로부터 다시 짐을 건네받아 밖에 세워진 오토바이에 실어 주었다. 두 조손이 나간 뒤 젊은 남자는 다시 조수석의 의자를 내리고 앉았고, 오토바이는 잠시 버스를 앞지르나 싶더니 이내 방향을 틀어 너른 초원 속으로 묻히듯 사라져 갔다.

잠시 그들의 뒷모습을 쫓던 도나의 눈길이 다시 버스가 나아가는 방향으로 돌려졌다. 방금 전 한 가족의 재회를 목격한 그녀는 새삼 스스로의 처지를 돌이켜보았다.

'난 지금… 뭘 하고 있는 거지?'

황당해서 웃음밖에 나오지 않았다. 처음 만달고비로 가겠다고 결심할 때와는 달리, 그녀는 자신의 선택이 과연 옳은 것인지 확신하질 못하고 있었다. 과연 저 지평 너머에 그 남자가 있을지, 이렇게 무턱대고 찾아간다고 그를 만날 수나 있을지, 또 만난다고 하더라도 그가 자신을 반겨줄 것인지, 그 무엇도 장담할 수 없는 상황이었다.

'그 사람, 분명 그곳으로 간다고 했지만 어쩌면 도중에 마음이 바뀔 수도 있잖아.'

가장 큰 걱정은 우선 그것이었다. 만달고비까지의 길은 어차피 그녀 스스로 원해서 가는 길이었다. 때문에 이 길의 끝에서 그가 그녀를 반기든 혹은 잊었든 간에, 그것은 그의 자유지 그녀가 어떻게 할 수 있는 문제가 아니었다. 하지만…

'아예 그 사람을 만나지 못하면 어떡하지? 꼭 그곳으로 오리라는 보장도 없잖아?'

그녀는 그런 경우를 상상해 보았고, 그러자 그것만으로도 가슴이 시리도록 아려 왔다. 지금으로써는 그저 그가 오기만을 믿고 바라는 것 말고는 할 수 있는 일이 없었다.

'이런 걸, 사랑이라고 할 수 있을까?'

스스로 무심코 던진 질문에 그녀는 곧 소스라치게 놀라며 허겁지겁 고개를 저었다. '사랑'이란 단어가 아직 어색하고 낯부끄럽기도 했거니와, 사실 그와의 관계는 사랑이라고 부르기에는 너무도 민망스러운 수준이었던 것이다. 그와 자신 사이에는 공유할 만한 것이라고는 거의 없었고, 있다고 해 봐야 함께 보낸 이틀도 되지 않는 짧은 시간이 전부였다. 그렇다고 그와 단둘이 있던 적이 많은 것도 아니었다. 당시 그녀는 이유 없이 그에게 끌리는 자신의 마음에 무척이나 당황했고, 그 사실을 감추려 속 깊은 이야기는 아예 꺼내지도 않았다. 그러다 보니 서로에 대해 아는 것 역시 전무하다시피 했다.

그런데 지금 그런 사람을 만나겠답시고 무작정 버스에 오른 자신의 행동은 대체 무어란 말인가? 이걸 어떻게 설명해야 한단 말인가?

'사춘기 소녀도 아니고… 이게 정말 뭐 하는 짓이람!'

이미 수십 번도 더 한 후회를 또 한 번 부질없이 반복한 그녀는 그러다 문득,

'어쩌면 이런 거야말로 사랑이라고 할 수 있지 않을까?'

그렇게 슬그머니 생각해 보았고, 곧이어,

'맞아, 이해는 못 하더라도 사랑은 할 수 있는 거야!'

라고, 어느 영화에서 본 듯도 싶은 구절을 내심 옹골차게 중얼거리고는, 정말 첫사랑에 빠진 소녀라도 되는 양 귀가 빨개졌다 가슴이 뜨거워졌다 그렇게 혼자 열을 내며 한동안 저만의 공상에 빠져 있었다. 그리고 그런 애타는 마음을 아는지 모르는지, 이제 막 사랑의 열꽃을 피워내고 있는 한 여인을 실은 버스는 너른 초원 곳곳에 번번이 멈춰서면서, 그러나 꾸준하고도 힘차게 저 남쪽의 도시를 향해 다가가고

있었다.

"안녕하세요. 남는 방 하나 있나요?"

"혼자예요?"

"네, 혼자예요."

젊은 남자는 신기하다는 듯 안경 너머로 도나를 쳐다보았다.

"하루에 40,000 투그릭이에요. 만약 침대가 더 넓은 방을 원하면 10,000 투그릭 더 내야 해요."

"네? 방값이 왜 그렇게 비싸죠? 작년까지만 해도 30,000 투그릭이었던 걸로 기억하는데…."

"그사이 올랐나 보죠, 뭐."

남의 이야기하듯 남자가 무심히 대꾸했다.

순간적으로 욱하며 일어난 마음을 그녀는 애써 가라앉혔다. 눈앞의 남자는 작년에 마주친 기억이 없었다. 아마도 그사이 새로 고용된 직원인 듯싶었는데, 그에게 따져 물어봐야 아무 소용없으리라는 사실은 자명해 보였다.

"침대는 됐으니까 그냥 40,000 투그릭 방으로 주세요."

절로 퉁명스럽게 나가려는 말을 최대한 부드럽게 꺼내려 노력하며 도나가 체크인을 했다.

"하루 묵을 거예요?"

"아직 모르겠어요. 그건 오늘 생각해 보고 결정할게요."

당신이 오늘 하는 거 봐서요, 라는 말이 목구멍 바로 위까지 차올랐지만, 그런 말이 남자에게 조금의 위협도 되지 않으리라는 사실을 그녀는 잘 알고 있었다.

"그런데 왜 혼자 다녀요? 몽골 사람도 아닌 것 같은데. 여자 혼자 다니면 위험해요."

남자가 데스크 선반에서 방 키를 꺼내 들며 의외로 그녀를 걱정하고 나섰다. 그의 눈에서 진심 섞인 우려의 빛을 읽어 낸 도나는 어쩌면 자신이 너무 성급하게 사람을 판단한 건지도 모르겠다는 생각이 들었다.

　"만나기로 한 사람이 있어서요. 여기로 온다고 했는데, 언제 올지 몰라서 먼저 와서 기다리려고요."

　말을 끊은 그녀는 잠시 후 옅은 미소와 함께 다시 입을 열었다.

　"고마워요. 충고는 새겨들을게요."

　그러자 시원스런 웃음으로 답한 남자가 곧 그녀에게 방을 안내해 주었다.

　그녀가 기억하는 대로 1층의 복도 양 옆으로는 많은 방들이 위치해 있었다. 그녀의 앞에서 걷던 남자는 긴 복도의 중간쯤에서 하나의 문에 이르러 멈춰 섰다. 마침 맞은편 문들 중 하나가 열리더니 중년의 서양인 둘이서 밖으로 나왔다. 부부로 보이는 그들은 도나와 눈이 마주치자 작은 고갯짓과 함께 눈인사를 해 왔고, 그에 도나는 짧게 미소로 답했다. 그들은 금세 복도를 통과해 홀 옆에 위치한 식당으로 들어갔다.

　유난히 비싸다고 느꼈던 방은 그래도 제값을 했다. 화장실과 샤워 시설이 제대로 갖추어져 있었고, 별도의 실내화가 있었으며, 온수는 틀자마자 나왔다. 열린 창문으로는 뜨겁지도 차갑지도 않은 바람이 불어 들었고, 하얀 침대 시트는 적어도 겉보기만큼은 깨끗해 보였다. 그녀가 방을 구경하는 사이 젊은 여성 한 명이 수건과 휴지, 일회용 칫솔을 가져다주었다. 비록 그녀의 엄지손톱보다도 커 보이는 네댓 마리의 파리가 요란스런 날갯짓을 하며 방 안을 돌아다니고 있었지만 큰 문제가 될 것 같지는 않았다.

　남자는 '이만하면 괜찮죠?'라고 묻는 듯한 얼굴로 도나를 돌아보았고, 그래서 그녀는 "좋네요."라고 대답해 주었다. 남자는 곧 그녀에게 키를 건넨 후 방을 나갔다. 홀로 남은 그녀가 그제야 긴 한숨을 내쉬며 침대 모서리에 걸터앉았다.

사흘. 가노드와의 전화 통화를 마치고 그녀가 만달고비행 버스를 타기까지 기다린 시간이었다. 처음 만달고비에 오겠노라 작심할 때만 하더라도 당장 그 이튿날 출발할 생각이었던 그녀는 그러나 한껏 부풀려진 마음을 억누르며 이틀을 더 기다리기로 했다. 사실 그마저도 길게 느껴졌지만, 만약 가노드의 말대로 현진이 사막을 걸어서 통과할 생각이라면 자신이 그보다 한참을 더 기다려야 했음을 그녀는 잘 알고 있었다.

'240km. 그 사람, 비포장 길만 그 정도 거리를 걸어와야 해.'

그것이 2년 전 구입한 이래 단 한 번도 꺼내 본 적 없는 몽골 전도까지 펼쳐 놓고 그녀가 일일이 따져본 거리였다.

처음 그 무지막지한 거리를 접했을 때 그녀가 받은 충격은 이루 말로 다 할 수가 없었다. 그만 머릿속이 아득해 왔고, 그게 과연 사람이 걸을 수 있는 거리인지 의구심이 들었으며, 무엇보다 그가 그 길을 무사히 올 수 있을지 걱정이 앞섰다.

그러나 그 모든 경악과 염려가 어느 정도 가라앉고 난 뒤에는, 그녀는 비포장 길에서의 하루 이동 거리에 대해 일전에 현진이 했던 말을 기억해 냈고, 그래서 그가 만달고비에 도착하기 위해서는 최소 열흘은 넘게 걸리리라는 사실을 어렵지 않게 예측할 수 있었다. 그리고 그 계산대로라면 그녀는 사흘이 아니라 일주일 뒤에 출발했어도 시간적으로 넉넉했을 터였다.

하지만 무엇이 그토록 조급하게 만든 것일까? 채 나흘을 버티지 못하고 무작정 버스에 몸부터 싣고 본 자신의 모습을 돌이키며, 도나는 요 근래의 자신은 정말 무언가에 단단히 미쳐 있는 것 같다고 스스로를 탓하고 책망하고 한탄하다가, 끝내는 어이가 없어 웃고 말았다.

'그래, 어쩌면 이런 게 정말 사랑인가 봐.'

사랑. 그 한 단어로 이성적이지 못한 자신의 모든 행동이 설명될 수 있다는 사실이, 그리고 자신의 어떤 행동에도 그 외의 다른 설명이 필요치 않다는 사실이, 정말 마법과도 같다고 그녀는 생각했다.

숙소에서 머무는 이틀 동안 도나는 생각 외로 무료하지 않은 시간을 보냈다. 아니, 정확히 말하면 무료하지 않은 정도가 아니라 숙소를 잡을 때만 하더라도 상상조차 못했던 그런 시간을 보내게 되었다. 이유인즉슨, 그녀가 도착한 바로 그날 저녁 숙소로 들이닥친 한 무리의 한국인 관광객 때문이었다. 연령대가 20대부터 60대까지 다양하게 구성된 그들은 가족은 아니었고, 그들 자신의 소개에 따르면 동행을 목적으로 대부분 그날 처음 만난 사람들이라고 했다. 나중에 알게 된 사실이지만, 무리를 이끌고 있던 이는 꽤나 유명한 사진작가로서 그들 중 가장 나이가 많았다.

그날 저녁 식당에서 홀로 식사를 하던 도나는 갑자기 홀에서부터 들려온 떠들썩한 한국어 소리에 호기심을 느낄 수밖에 없었는데, 오래지 않아 체크인을 마치고 식당으로 들어서는 소란의 주인공들을 마주할 수 있었다. 그녀로부터 조금 떨어진 원형 탁자에 둘러앉은 그들은 메뉴를 주문한 뒤 식당 안의 다른 손님들을 의식했는지 이후로는 소리를 낮춰 도란도란 이야기를 나누기 시작했고, 그녀는 일부러 천천히 음식을 떠 넣으며 그런 그들의 대화에 가만히 귀를 기울였다. 그러다 그들 중 가장 나이가 많은, 후에 사진작가임을 알게 된 남성이 몇 차례 그녀와 눈길이 마주쳤고, 얼마 후 한국인이냐고 묻는 그의 질문에 도나가 선뜻 그렇다고 대답하자 그들의 합석은 당연한 수

292

순처럼 진행되었다.

몽골인 운전사를 제외한 그들 일행은 총 다섯으로 도나 또래의 젊은 여자 둘, 30대 중반의 남자와 50세를 갓 넘겼음직한 여자가 각각 한 명, 그리고 처음 도나에게 말을 붙인 60대 남자 하나로 이루어져 있었다. 웬만해선 연령대가 그처럼 고르게 분포되기도 쉽지 않을 것 같았는데, 그중 젊은 여자 둘만 서로 친구였고, 나머지 사람들은 모두 그날 초면인 사이라고 했다. 그들은 현재 홍고린엘스로 가는 중이었는데, 도나가 숙소에 혼자 머물고 있다는 사실을 알고는 무척이나 놀란 반응을 보였다.

"생각보다 위험하지 않아요. 어딜 가나 좋은 사람들이 있는 걸요."

그녀가 웃으며 지난 2년 동안 몽골에 살았다는 사실까지 말해 주자 그들은 더욱 놀라워했고, 이어 왜 그녀 혼자서 이곳에 머물고 있는지 궁금해했다.

그녀는 잠시 대답을 못한 채 머뭇거릴 수밖에 없었는데, 자신이 딱 한 번 만난 사람을 찾으러 사막 한가운데까지 왔다고 말하기가 난감했을뿐더러 사실 그건 남몰래 간직하고 싶은 그녀 자신만의 비밀스런 속마음이기도 했기 때문이었다. 그래서 그녀는 한국으로 떠나기 전 마지막으로 몽골을 한 번 더 돌아보고 싶었노라고 대충 얼버무리고는, 혹시라도 그들이 동행을 제안할 것을 미연에 방지코자 지금은 만나기로 한 친구를 기다리는 중이라고 재빨리 덧붙였다.

따끈한 식사가 나온 이후로는 분위기가 더욱 화기애애해졌다. 도나의 이야기를 들은 그들은 각자 자신이 몽골에 온 이유를 말해 주었고, 예상대로 그 대부분이 몽골의 풍광과 관련이 있었다.

친구 사이인 두 여자의 이름은 정미와 하경으로, 오래전부터 몽골의 밤하늘을 보고 싶어 했던 그녀들은 이번에 작심하고 서로 휴가 기간을 맞춰 여행을 온 것이라고 했다. 그녀들은 몽골에 온 지 이제 겨우 이틀 됐을 뿐이고, 그사이 맑은 밤하늘을 만나지 못해 별 구경을 제대로 못했다면서 크게 아쉬워했다.

자신의 이름을 말하는 것조차 깜박한 젊은 남자는 소개하는 내내 쑥스러워 하는 기색이 역력했다. 그는 도나와 눈길이 마주칠 때마다 황급히 시선을 피하곤 했는데, 그런 남자의 반응이 조금은 부담스레 느껴지면서도 기분이 좋았던 도나는 혹시 자신을 보던 현진 역시 이와 비슷한 기분이었을까, 그런 생각이 들었다. 만달고비로 내려오기 전 이미 몽골 북쪽 지역을 둘러보았다던 남자는 밤하늘의 은하수에 대한 찬탄을 역시나 한차례 길게 늘어놓은 다음, 그러나 자신은 지평선 너머로 지는 석양이 가장 인상적이었노라고 언미에 회상했다.

중년의 여성은 조금 특이한 사연을 갖고 있었다. 그녀에게는 남동생이 하나 있는데, 오래전 일 때문에 몽골에서 근무하던 중 그가 한 몽골 여성과 마음이 맞아 결혼하게 되었으며, 그 후로는 아예 몽골에 눌러앉아 가정까지 꾸리게 되었다고 말해 주었다. 몇 년 전 퇴직한 뒤로는 저만의 사업을 벌이고 있다던 그 남동생을 만나러 그녀는 매년 몽골에 오곤 했는데, 귀국하기 전에는 늘 지금처럼 이름난 관광지 몇 곳을 잊지 않고 여행한다고 했다.

마지막으로 입을 연 남자는 사진작가라는 스스로의 말마따나 희끗희끗한 턱수염을 멋스럽게 기르고 있었다. 그 풍채가 과연 예술가답다고 생각하면서도, 또한 자연스럽다기보다는 작위적인 느낌이 강해 도나는 그때까지만 해도 그를 대수롭지 않게 여기고 있었다. 그러나 나중에 떠올라 검색해 본 인터넷 창에서는 사진작가로서의 남자의 화려한 경력이 줄줄이 나열되어 있었고, 그 사실이 그녀를 무척이나 놀라게 했다.

남자는 이번이 세 번째 몽골 방문이며, 이어 자신은 몽골 외에도 세계 여러 곳을 돌아다니며 사진을 찍고 있는 중이라고 했다. 얼핏 담담히 내뱉는 그 어조 속에 실은 대단한 자부심이 서려 있음을 도나는 어렵지 않게 감지할 수 있었다. 그는 현재 홍고린엘스의 모래 언덕을 찍으러 가는 길이며 이후에도 몽골 여러 지역을 방문할 예정이라고 덧붙였다.

한참 그들의 이야기를 귀담아들은 도나는 혹시나 하는 심정으로 그들, 특히 이미 몽골 여러 지역을 두루 거쳐 왔다던 젊은 남자와 중년 여자를 향해, 요 근래 수레를 끌고 여행하던 한국 사람을 본 적이 없느냐고 물어보았다. 그리고 행여 누가 캐묻기라도 할까 싶어 자신은 얼마 전 길을 가다 그 사람과 우연히 마주쳤는데 그때 너무 신기했다면서, 그리고 지금도 잘 다니고 있는지 같은 한국인으로서 너무 궁금하다면서 묻지도 않은 말을 주절주절 꺼내 놓았다.

"어? 그 사람, 오늘 여기 오는 길에 본 것 같은데요! 설마 그 사람 한국인이었어요? 그런 줄 알았으면 말이라도 걸어 볼걸! 얘, 정미야. 너도 아까 봤잖아. 기억나지? 그치?"

그녀의 말이 끝나기가 무섭게 튀어나온 하경의 대답이었다.

전혀 예상치 못했던 대답이 전혀 기대치도 않았던 이에게서 나오자 도나는 순간 자신이 잘못 들은 것이라고 생각했다. 그러나 곧 하나같이 놀란 얼굴로 고개를 주억거리는 모두의 반응으로부터, 그녀는 저도 모르게 튀어나오려는 비명을 간신히 억눌러 참아야만 했다.

"저, 정말?! 그 사람을 봤어? 휴우… 다행이네. 아직까지 무사히 잘 다니고 있나 보구나."

짐짓 그 이상은 관심이 없다는 투로 말하는 그녀의 가슴은 그러나 어느새가 쿵쾅쿵쾅 방망이질하듯 뛰고 있었다.

'그 사람이 분명해! 그렇게 다니는 사람이 또 있을 리 없어!'

도나는 확신했다. 그들이 말하는 이가 현진이 아닌 다른 사람일 거라는 생각은 꿈에도 들지 않았다.

잠깐의 충격이 지난 후 느껴지는 안도, 이어 물밀듯 밀려오는 반가움, 그리고 벅찬 설렘으로 뒤죽박죽 엉키기 시작한 그녀의 가슴은 혹여 누가 만지기라도 하면 펑, 하고 터져 버릴 풍선처럼 순식간에 부풀어 올랐다.

잠깐 스치듯 본 이들에게서 더 이상의 설명을 기대하기란 어려웠지만, 현진이 지금 만달고비로 향하고 있다는 사실을 확인한 것만으로도 그녀는 기분이 날아갈 것만 같았다. 정말이지 마음 같아서는 그들 모두를 끌어안고 방방 춤이라도 추고 싶을 지경이었다. 더구나 현진은 자신의 예상과 달리 사막 길이 아닌 포장도로를 따라 오고 있었고, 그렇다면…

'얼마 후 도착할 거야!'

그 후로 이어진 대화에 도나는 제대로 집중하지를 못했다. 그저 이따금씩 맞장구를 치면서 끊임없이 새어 나오려는 웃음을 겨우겨우 억누르며 자리를 지키고 있을 뿐이었다.

밤이 좀 더 깊어지자 종업원이 식당 문을 닫을 때임을 알려 왔고, 그래서 그들 모두는 정미와 하경의 바람대로 별들을 구경하기 위해 숙소 밖으로 나왔다. 그러나 도시 전체를 밝히는 가로등의 불빛으로 인해 밤하늘은 제대로 보이지 않았고, 그러자 금세 풀이 죽은 그녀들에게 도나는 너무 아쉬워 말라고, 좀 더 외진 지역으로 들어가면 별이란 별은 원 없이 실컷 볼 수 있을 거라면서 그녀들을 위로해 주었다.

초로의 사진작가는 다 같이 맥주를 한 잔씩 하며 좀 더 이야기를 나누자고 권했으나, 도나는 피곤하다는 이유로 먼저 들어가 쉬겠다고 답한 뒤 자신의 방으로 돌아왔다.

침대에 누운 그녀는 그동안 참고 있었던 웃음이 일시에 와르르 쏟아져 나오는 걸 느꼈다. 마치 그대로 박혀 굳어 버리기라도 한 듯 입가에서 웃음이 떠나지를 않았다. 시간이 흘러도 기쁨은 줄어들기는커녕 점차 커져만 갔고, 한시라도 더 빨리 그를 만나고 싶다는 애타는 그리움까지 그 위에 덧씌워지기 시작했다.

'이제 그 사람과 매일 조금씩 가까워지겠구나.'

급기야 애초에 몇 날 며칠이라도 그를 기다리겠노라 다짐했던 자신의 마음이 이제는 몇 분 몇 초조차 기다리지 못하겠다고 징징대는 것을 보며 도나는 어이가 없어 웃음이 나왔다.

바로 그때였다.

"어…?!"

무심코 창밖으로 시선을 던지고 있던 그녀의 눈에 희미한 빛줄기 하나가 쏜살같이 지나갔다. 그리고 그 즉시, 따로 시키지도 않았건만 그녀의 몸은 침대에서 일어나 창가로 뛰어가고 있었고,

'별똥별이야!'

그 정체를 알리는 낱말이 뒤늦게야 그녀의 머릿속에 떠올랐다.

어쩌면 별이 남긴 마지막 흔적이었을지도 모를 그것은, 그러나 그녀가 창가에 도착했을 때는 이미 사라져 보이지 않았다. 반쯤 불빛이 드리워진 도시만이 창 너머에서 적적히 그녀를 반길 뿐이었다.

"흐응, 소원이라도 빌 걸 그랬어."

잔뜩 아쉬움이 담긴 눈으로 도나는 인적 없는 도시의 밤거리를 내다보았다.

휑한 거리를 잠자코 응시하던 그녀가 얼마 후 방 안쪽으로 몸을 돌려세웠다. 그리고 그 순간, 가로등의 불빛을 뚫고 날아든 몇 개의 별빛이 스치듯 그녀의 눈에 닿았다.

"……"

그녀가 우뚝 몸을 멈췄다. 그리고 가만히 고개를 돌려 그 빛들을 마주 보았다. 문득 그녀의 머릿속으로 저 광활한 사막 어디선가 홀로 누워 있을 한 남자의 모습이 홀홀한 환영처럼 솟구쳐 올랐다.

'지금 별로 가득한 그 선명한 밤하늘을 당신은 마주 보고 있나요? 만약 그렇다면 어떤 마음으로 그러고 있나요?'

아주 오래전 서로 사랑하던 이들이 마음과 마음을 주고받기 위해 이용했던, 그러나 이제는 오로지 소수의 이들만 기억하는 그 밤하늘의 전령을 향해 도나는 사무치는 자신의 마음을 쏘아 올렸다.

그러자 꼭 전해 주리라는 약속이었을까. 한차례 반짝, 별빛이 찡긋거렸고,

"좋은 꿈 꾸세요."

이윽고 옅은 미소와 함께 그녀가 마지막 인사를 실어 보냈다.

"언니, 그럼 몸 조심히 여행 잘하세요."

"그래. 너희도 건강히 즐겁게 지내다가 돌아가."

각기 하나씩 맞잡은 도나의 손을 쉽사리 놓지 못한 채 정미와 하경은 무척이나 아쉬워했다. 겨우 하룻저녁 이야기를 나눈 사이임에도 이러는 걸 보면 참 감수성이 예민하거나 정이 깊은 아이들이라고 도나는 생각했다.

"그럼 도나 씨, 인연이 되면 또 봅시다. 친구분도 잘 만나고요."

"네, 아저씨도 좋은 사진 많이 찍길 바랄게요. 무탈하세요!"

그들 일행을 배웅하며 도나는 새삼 인연이라는 게 뭔지, 또 여행이란 건 뭔지, 어찌 이렇게 스쳐 가는 사람들에게조차 평상시라면 매일같이 마주치는 이들에게서도 쉽사리 느낄 수 없는 애틋함을 느끼게 하는 건지 신기하다는 생각이 들었다. 그녀는 그들의 여행길에 아무 탈이 없기를 진심으로 기도했고, 더하여 정미와 하경이 별이 쏟아지는

멋진 밤하늘을 꼭 볼 수 있기를 바랐다.

곧 그들을 실은 차량이 떠났고 그녀는 다시 혼자가 되었다. 그러나 특별히 외롭다는 생각은 들지 않았다. 이미 그날 아침에 숙박 기간을 이틀 연장한 그녀는 가벼운 차림새로 도심을 거닐거나 마트를 쇼핑하면서 하릴없이 시간을 보냈고, 그러다 문득 현진이 만달고비에 오려는 이유에까지 생각이 미쳤다.

'그 사람이라면 단순히 이 도시에 머물려고 그 먼 길을 오진 않을 거야.'

그렇다고 만달고비 근처에 이름난 명소가 있는 것도 아니었다. 대부분의 여행객에게 이 도시는 남쪽으로 가기 위해 거치거나, 북쪽 울란바토르로 올라가는 동안 잠시 쉬어 가는 경유지로서의 의미가 강할 뿐이었다.

'그럼 왜 하필 이곳에 오려는 걸까?'

그렇게 한참을 고민하던 도나는 갑자기 만달고비란 이름을 지닌 도시가 아닌, 도시를 품고 있는 그 너른 땅이 너무나 보고 싶어졌고, 그러자 현진이 바로 그 땅을 찾아오는 것이라는 생각이 그녀의 머릿속에 점차 어떤 확신처럼 굳어져 갔다. 그런 그녀의 발길은 어느새 도시의 남쪽 외곽 지역을 향하고 있었다. 그리 큰 도시가 아니었기에 도나는 머지않아 도로 하나만을 사이에 두고 자신이 보려고 했던 그 땅을 마주할 수 있었다.

"아…"

숨이 막혀 왔다. 눈앞에 펼쳐진 땅의 모습에 그녀는 아무런 말도 꺼낼 수가 없었다. 그저 홀린 듯 몇 발짝 앞으로 걸어가 차도 위에 발을 디뎠고, 다시 몇 걸음 더 나아가 그 흙의 대지에 올라섰을 뿐이었다. 여전히 아득히 떨어져 있음에도 불구하고 땅은 자신의 너른 품 안으로어서 들어오라고 그녀를 부르는 것만 같았다. 그 유혹의 부름이 너무나 강렬했기에, 그녀는 마치 거부할 수 없는 명령에 이끌린 사람처럼 재차 걸음을 옮기기 시작했다.

차도를 건넜다고는 해도 아직은 도시의 경계 부근이었다. 왼쪽으로는 갖가지 폐품들을 산처럼 쌓아 놓은 고철장이 자리하고 있었고, 그 맞은편에는 나담 축제를 구경할 관중들을 위해 관람석이 구비된 큼직한 건물이 하나 세워져 있었다. 그 주위로 몇몇 현대식 건물도 늘어서 있었다.

그러나 그 모든 것을 차근히 지나친 도나는 오랜 시간에 걸쳐 서넛의 큼직한 구릉을 넘었고, 문득 가쁜 숨을 몰아쉬며 정신을 차렸을 때에는 자신이 완전히 다른 장소에 와 있음을 깨닫게 되었다. 그리고 그런 그녀의 앞으로, 여태껏 단 한 번도 똑바로 마주한 적 없었던 세계가 망망히 펼쳐져 있었다.

아, 땅은 어찌 저리 드넓고
하늘은 시리도록 깊은지!

거꾸로 뒤집힌 새파란 바다 위에는 크기도 모양도 제각각인 구름들이 저마다의 속도로 항해하고 있었다. 그리고 그 하나하나가 마치 살아 있는 생명체라도 되는 양, 함선들은 바다와 맞닿은 선수 면을 늘리거나 줄여 가면서 제 모습을 변화무쌍하게 바꾸기를 그치지 않았다. 그 아래로 드리워진 거대한 그림자들은 그런 자잘한 변화에는 관심 없다는 듯 묵묵히 땅 위를 흐르고 있었으며, 다만 거센 강풍에 부딪쳐 저 천공의 뱃머리가 산산이 부서질 때면 그때마다 미묘히 면적을 달리할 뿐이었다.

"아…"

다시 한 번 흘러나온 외마디. 그러나 이번에는 경탄이 아닌 신음이었고, 스스로의 우둔함을 향해 뱉어낸 탄식에 가까웠다.

'이런 땅을 지척에 두고 있었으면서, 또 그렇게 수차례나 지나갔으면서 어째서 난 한 번도 이 위에 제대로 서 본 적이 없었을까!'

그녀는 땅을 치며 통곡하고 싶은 심정이었다. 몽골을 떠날 날이 얼마 남지 않은 지금에 와서야 비로소 이런 풍광을 마주하게 되다니!

그리고 스스로의 어리석음을 애석해 하는 그녀를 향해, 늘 그랬듯, 그러나 매번 새로웠던 바람이 불어 왔다.

"…흑!"

마치 오랫동안 헤어졌다 만난 친구를 반기듯 머리칼을 훑고 살갗을 쓰다듬는 그 부드러운 손놀림에, 도나의 입에서 저도 모르게 격한 감정의 소용돌이가 터져 나왔다.

"뭐, 뭐야…"

갑작스레 북받치는 감정에 당황한 그녀가 서둘러 손으로 입을 막았지만 울음은 그치기는커녕 더욱 심해져만 갔다. 끅끅거리며 흐느끼던 그녀는 어느새 어린아이처럼 소리 내어 울기 시작했고, 그런 그녀의 두 볼을 타고 투명한 눈물이 하염없이 흘러내렸다. 그렁그렁 고인 눈물에 한없이 이지러진 하늘과 땅이 왜 그토록 친숙하게 느껴지는지 그녀는 알 수 없었다. 어릴 적 자신을 꼬옥 안아주던 엄마의 품이 저랬던 것도 같고, 잠든 자신을 곧잘 업어 주었다던 아빠의 넓은 등이 저랬을지도 모른다고, 그리고 지금은 모두 하늘에 계실 부모님이 왠지 저 앞에서 사이좋게 자신을 보며 웃고 있는 것 같다고, 그런 생각이 머릿속에 스치듯 떠올랐을 뿐이었다.

한참의 울음이 잦아들고 그녀는 맑게 씻긴 눈과 가슴으로 다시 한 번 그 땅과 하늘을, 또 그사이에 흐르는 바람을 힘껏 안아 보았다.

지금껏 무심코 생각했던 것과 달리 사막은 마냥 메마르고 고독한 죽음의 땅이 아니었다. 이 지평의 땅을 홀로 마주하고 있을 때의 고독이란 결코 생명을 죽이는 힘이 아니었고, 오히려 다른 누군가를 뜨겁도록 그리워하고 사랑하고 싶게끔 만드는 힘이었다.

'그리고 그 사람과의 만남을 간절히 염원케 하는….'

잠시 멈칫한 그녀는, 이내 입가에 뜻 모를 미소를 지었다.

"당신, 그래서 여기에 오려는 거군요. 이제야 알겠어요."

하늘과 땅은 참으로 깊고도 넓었다. 그 광활한 세계에 또다시 바람
이 불고 있었다.

5장

"테렐지. 테렐지로 갈게요."

옆에서 운전하고 있던 남자를 돌아보며 현진이 말했다. 그 말에 남자가 잘한 선택이라는 듯 고개를 끄덕이며 웃어 보였다.

현진은 다시 열린 창문 너머로 눈길을 던졌다. 온통 빛나는 모래뿐이던 평야의 풍광이 어느새 녹지로, 또 언덕으로 바뀌어 있었다. 남자의 흔쾌한 반응과 달리 그는 말을 꺼내 놓고도 자신의 선택이 잘한 것인지를 확신하지 못했다.

'테렐지라…'

그로서는 한참의 고민 끝에 겨우 내린 결정이었다.

사인샨드에서 출발하고 사흘째 되던 날, 그날도 이른 아침 출발해 반나절 넘도록 걷고 있던 현진의 옆으로 차 한 대가 급하게 멈추어 섰다. 차는 한국에서조차 가끔 보았을 뿐인 검은색 고급 승용차였고, 내려진 조수석 창문을 통해 본 운전사는 그보다 네댓 살쯤 많아 보이는 젊은 남성이었다.

떠듬거리지만 충분히 알아들을 수 있는 한국어로 인사부터 건넨 남자는 곧바로 그에게 탑승을 권해 왔고, 비록 포장도로였음에도 불구하고 며칠째 쉬지 않고 이어지던 길에 지쳐 있던 현진은 별 고민 없이 그의 제안을 받아들였다. 그리고 그토록 길게만 느껴졌던 도로 위를 통쾌함마저 느껴질 정도로 빠른 속도로 지나올 수 있었다.

"그런데 제가 한국인인 건 어떻게 아셨어요?"

만나자마자 대뜸 한국어로 인사부터 건넨 남자의 행동이 떠올라 현진이 묻자, 남자가 작게 웃고는,

"그 가방! 가방에 써진 말 보고 알았어요. 그 말 한국에서 많이 봤거든요."

"말이요?"

내 배낭에 대체 무슨 말이 써져 있다는 건가, 여전히 풀리지 않는 궁금증에 의아해하던 현진은 문득 배낭의 브랜드 로고를 떠올렸고, 그제야 남자의 말이 무슨 뜻인지를 깨달았다. 애초에 수레에 짐을 싣고 다닐 작정으로 시작했던 여행인지라 메고 다니기 위한 편의성을 고려한 것보다는 막 다루어도 되는 보다 저렴한 보급형 배낭을 가져왔었고, 남자는 한때 한국에서 대중적으로 널리 유행했었던 바로 그 상표에 주목한 것이었다.

"한국에서 오래 사셨나 봐요? 그런 것도 다 아시고. 그러고 보니 한국말도 엄청 잘하시네요."

"네, 어릴 때 한국에서 조금 살았어요. 아버지가 한국 사람이거든요. 지금도 한국, 몽골 왔다 갔다 하면서 무역 사업을 하고 있어요."

"아? 그럼 어머님이 몽골 분?"

"네, 어머니는 몽골 사람이에요."

현진은 자신이 알던 것보다 훨씬 많은 몽골인들이 한국 사회와 어떤 식으로든 연결되어 있다는 생각이 들었다. 일전에 만났던 만다나 눈앞의 남자뿐 아니라, 그동안 여행을 하면서 한국말을 하는 건 물론 짧게는 몇 달에서 길게는 몇 년까지 한국에서 살다 왔다던 사람들을 심심

치 않게 만났다. 그들은 지나는 길에 그를 발견하면 무심코 지나치기보다는 자주 말을 걸어왔으며, 때론 그의 일을 그들 자신의 일처럼 나서서 도와주기도 했다.

"근데 그거 왜 끌고 다녀요? 그거 도고이, 아니, 한국말로 뭐라고 하더라?"

"수레요?"

"맞아, 수레! 왜 힘들게 수레 끌고 다니는 거예요?"

남자는 이해가 가지 않는다는 눈으로 현진을 향해 물었다.

"조금이라도 더 몽골의 하늘과 땅을 느끼고 싶어서요. 한국에서 오래 사셨다니 잘 아시겠지만, 이런 하늘이랑 땅, 한국에선 보기 힘들잖아요. 그런데 차를 타고 가면 워낙 빨리 지나가서 느낄 새가 없더라고요. 그래서 이렇게 수레를 끌고 다니게 됐어요."

이미 수없이 받았던 질문에 이제는 받아치는 대답 또한 한결같았다. 그러나 남자는 여전히 아리송하다는 표정을 지어 보였다. 역시나 크게 예상을 벗어나지 않는 그런 반응에 현진은 잠잠히 웃을 뿐이었다.

"참, 테렐지는 가 봤어요?"

"테렐지? 그 국립공원이요? 아뇨, 공항에서 내리자마자 남쪽으로 와서 아직 못 가 봤어요."

그러자 이제야말로 자신이 적극적으로 나설 타이밍이라고 생각했는지 남자가 두 눈을 크게 뜨며 반색해 왔다.

"거길 아직도 안 가 봤어요? 그럼 거기 가 봐요! 힘들게 사막 그만 다녀요. 테렐지 정말 좋아요!"

너무나 열띤 남자의 기세에 현진은 저도 모르게 그러겠노라 대답하려다가 문득 궁금증이 치밀었다.

"테렐지는 뭐가 그렇게 좋은데요?"

"음… 산! 산이 정말 멋져요! 또 바위도 있고, 강도 있고, 나무도 많

305

아서 시원하고. 그래서 몽골 사람, 외국 사람 모두 테렐지 많이 보러
가요."

그 말을 듣고 나자 현진은 남아 있던 한 가닥 호기심마저 뚝 끊어져
버리는 걸 느꼈다. 그의 말인즉슨 경치 좋은 휴양지로서 참 좋다는 것
이었는데, 이상하리만치 자신은 그런 쪽으로는 전혀 관심이 생기지를
않는 것이었다.

"지금 나 울란바토르로 가는 중인데, 중간에 테렐지로 가는 길 있어
요. 만약 테렐지 갈 거면 거기서 내려 줄게요. 그렇게 멀지도 않고 버스
도 다니니까 쉽게 갈 수 있어요."

그러지 않아도 된다고, 자신은 만달고비로 갈 계획이라고 무심코 대
답하려던 현진은 저렇게나 좋다고 칭찬을 하는데 바로 거절하는 것도
예의가 아니라는 생각에 잠시 고민해 보겠다며 대답을 미루었다.

본래 그는 남자의 차를 타고 가다가 중간에 내려 며칠 전 아무르 항
과 지나왔던 길을 그대로 역행해 만달고비로 돌아갈 생각이었다. 그리
고 그 계획대로라면 그는 첫 번째 마을과 두 번째 마을 사이의 80km,
두 번째 마을과 세 번째 마을 사이의 90km, 마지막으로 다시 만달고
비까지의 70km 길을 지나야만 했고, 그 모든 길은 포장도로라고는 전
연 없는 사막 길이었으며, 깜빡깜빡 졸면서 겨우 붙잡은 정신으로나마
머릿속에 욱여넣은 기억대로라면, 오르내려야 할 구릉도 많았을뿐더
러 언제 사람이 지날지 알 수가 없어 애초부터 도움은 기대하지 않는
편이 좋았다.

솔직히 말해, 현진은 장장 240km에 달하는 그 길을 완주할 자신이
없었다. 그런데도 그는 고집스러우리만치 자신의 계획을 강행하려 들
었는데, 사막 길을 지나는 중에 포기를 한다고 해서 결코 그걸로 끝나
는 게 아니라 어쨌거나 살기 위해서는 이전 마을이나 다음 마을까지
움직여야 한다는 사실을 고려해 볼 때, 그는 다소 죽음을 무릅쓰고

있었다. 그러나 그것은 죽음을 향한 맹목적인 추종에서 비롯된 예의 비장함 넘치는 각오라기보다는, 오히려 오랜 시간 고민하고 갈등하는 가운데 다진 신중한 결의에 가까웠다.

그럼에도 그 둘은 한 가지 면에서는 다르지 않았는데, 그것은 의미 있는 여정을 시작하기에 앞서 번번이 그의 안에 계시처럼 치솟던 사명감, 즉 그녀와 단 둘만의 시간을 가져야 하며, 그러기 위해서는 '혼자'와 '사막'이라는 두 조건을 충족시켜야 한다는 좀처럼 사그라질 줄 모르는 의무감이 주된 이유로 작용했다는 점이었다.

'조금만 더 힘내자. 이번이 정말 마지막이야. 만달고비에 닿으면 이 모든 걸 끝낼 수 있어.'

하지만 그러한 결정에 이르기 위한 과정은 결코 쉽지 않았다. 사막 길에서 맞닥뜨리는 여러 종류의 어려움이 얼마나 무참히 사람의 의욕을 짓밟고 또 무기력하게 만드는지, 그간의 기억들이 여전히 생생한 상황에서 그것은 정말로 내리기 힘든 결정이었고, 그럼에도 어렵사리 마음을 추스르며 마지막이 될 그 시간을 피하지 않고 받아들이기로 결심한 것이었다.

그래서였을까, 현진은 겨우겨우 다져 온 그런 결심을 외면하고 어느 순간부터 남자의 제안에 조금씩 마음이 쏠리는 스스로를 비겁하다고 느끼고 있었다.

'하지만 대체 왜? 설마 요 며칠 걸었다고 그새 지쳐 버린 거야? 그래서 그녀와의 시간이고 뭐고 팽개친 채 경치 좋은 휴양지에서 쉬고 싶기라도 한 거야?'

고작 그런 이유로 자신의 결정이 흔들린다는 사실이 현진은 도무지 믿기지가 않았고, 그래서 스스로의 마음을 다잡으려 안간힘을 썼다.

"…테렐지. 테렐지로 갈게요."

갈등은 길었다. 그러나 그는 결국 자신의 고집을 한 발 물리기로 했다. 석연찮은 마음이 짙은 앙금이 되어 남았지만, 그는 자신이 이미 많이 지쳐 있음을 인정할 수밖에 없었다.

"사람이 죽었어요."

광막히 트인 벌판 위에 대체 무슨 일인지 사람들이 바글바글 모여 있었다. 지금껏 한 번도 본 적 없는 생소한 광경이 하도 이상해 현진이 고개를 쭉 내민 채 바라보고 있자, 옆의 남자가 돌연 그런 말을 했다.

"네? 사람이 죽어요?!"

"사람이 죽었어요."

다소 침잠된 어조로 남자가 또 한 번 같은 말을 되풀이했다.

얼마 후 현진의 눈에도 도로가에서 한참을 벗어나 나동그라져 있는 승용차 한 대와, 그 바로 옆에서 다른 부위는 천으로 덮인 채 앙상한 두 발만 드러내고 있는 사람의 형상이 보였다. 그 주위를 수십의 사람이 웅성거리며 둘러싸고 있었고, 그들의 차로 여겨지는 십수 대의 차량이 도로 한쪽을 빼곡히 점거하고 있었다.

'교통사고?'

곧바로 그런 생각이 들었으나, 뒤집어진 차 외에 다른 차량의 모습은 보이지 않았으므로 섣불리 단정 지을 수는 없었다. 그러나 장애물이라곤 없는 이 훤히 트인 도로 위에서 운전자 혼자만의 실수로 차가 전복될 수준의 사고가 나는 경우를 그는 좀처럼 상상하기 어려웠다.

남자는 차들이 늘어선 지점에서 속도를 줄이고 천천히 사고 현장을 지나갔지만, 옆에 탄 현진만 아니었다면 그 역시 군중 속으로 합류해 무슨 일인지 알고 싶어 하는 기색이 역력했다.

사막 한복판에서 마주친 그 기묘한 사고 현장은 얼마 뒤 그들의 시야 밖으로 사라졌다. 하지만 현진의 뇌리에는 지붕이 볼품없이 구겨진 승용차와, 복사뼈가 유난히 불거져 있던 한 쌍의 새카만 발의 이미지가 오래도록 선명히 남아 있었다.

 돌이켜보면, 오랜 시간 도로 위를 걸어왔던 만큼 그는 빠른 속도로
자신을 지나치는 차들 또한 숱하게 겪을 수밖에 없었는데, 만약 차를
운전하던 이들 중 단 한 사람이라도 졸거나 술에 취해 자신을 보지 못
했더라면, 혹은 보고도 미처 피하지 못했더라면 자신 역시 아까 그곳
에 누워 있던 이와 별반 다를 게 없는 신세가 되었으리라 생각하니 자
못 가슴이 섬뜩해지는 것이었다. 먼 타지에 와서까지 그런 어이없는 죽
음을 맞고 싶지는 않았던 현진은 지금껏 자신이 큰 사고 없이 여정을
이어 왔다는 사실에 진심으로 깊은 안도와 감사를 느꼈다.

 날이 어둑해지고도 한참이 지나서야 마침내 그들은 테렐지로 향하
는 길의 어귀에 다다를 수 있었다. 차가 워낙 빠르게 달려 금방 도착
하리라 예상했던 것은 아직도 이 넓디넓은 땅에 제대로 적응하지 못한
현진, 그만의 착각이었다.
 울란바토르 근교인데다 테렐지라는 이름난 관광지까지 있어서인지,
늦은 시간임에도 불구하고 도로에는 통행하는 차량의 수가 무척이나
많았다. 도로가에 차를 세우기 위해 잠시 멈칫한 게 미안할 정도로 편
도 1차선 도로에는 차들이 쉬지 않고 줄지어 달리고 있었다.
 "너무 깜깜해서 앞도 보이지 않아요. 이런 밤에 대체 어디서 자려고
그래요?"
 트렁크에서 현진의 수레를 내리던 남자가 걱정스런 얼굴로 물어왔다.
현진은 시끄럽고 번잡한 도로 위로 흘끗 눈길을 주었다. 남자의 말대
로 날은 컴컴해져 있었고, 그러나 그런 어둠이 유일하게 배제된 채 휘

황한 불빛으로 수놓아진 도로는 도리어 그에게 극심한 위화감을 주었다. 바삐 움직이는 그 많은 차들은 겉보기의 현란함과는 달리 그 안에 텅 빈 공허를 품고 있는 것만 같았다. 현진은 그저 한시라도 빨리 도로로부터 멀어지고 싶어졌다.

"여기서 테렐지로 가려면 어느 쪽으로 가야 돼요?"

그의 물음에 남자는 도로의 정반대쪽, 그러니까 칠흑 같은 어둠이 내려 보이는 것이라곤 아무것도 없는 허공 한편을 가리켜 보였다. 그걸 본 현진은 내심 안도했고, 이내 남자에게 그쪽으로 얼마쯤 걸어가다가 텐트를 칠 생각이라고 말해 주었다.

"그러지 말고 내가 가까운 도시의 여관으로 데려다줄게요. 그곳에서 안전하게 묵어요. 여긴 위험해요."

현진의 대답이 마음에 들지 않았는지 미간에 깊을 골을 만들어 내며 한참을 고민하던 남자가 꺼낸 말이었다.

그들이 서 있는 위치가 차들의 행렬이 끊이지 않고 이어지는 편도 1차선 도로라는 점을 감안할 때, 남자의 제안은 결코 가볍게 생각할 만한 것이 아니었고, 그만큼 그가 현진의 안전에 대해 깊이 걱정하고 있다는 사실을 의미했다. 그러나 그 고마운 제안에도 불구하고 현진은 괜찮다며 너무 걱정 말라고 그를 안심시켰으며, 그가 더 지체하지 않고 떠날 수 있도록 그의 몸을 운전석 쪽으로 부드럽게 밀어냈다. 결국 마음 한편에 걱정과 아쉬움을 남긴 채 남자는 어쩔 수 없다는 얼굴로 작별을 고하고는 차에 올라탔다.

"정말 조심해요. 여긴 산도 많으니까, 특히."

끝까지 당부의 말을 잊지 않는 그에게 현진이 진심을 담아 감사를 표했다. 곧 남자가 출발했고, 꼬리를 무는 차들의 행렬 속으로 그의 차가 사라지는 동안 그 모습을 가만히 지켜보던 현진 역시 이내 수레의 손잡이를 거머쥐고 떠날 채비를 했다. 그는 지그시 노려보듯 응시하고 있으면 얼핏 윤곽이 보이는 것도 같은 어둠 속 실루엣을 향해 무작정 걸음을 옮기기 시작했는데, 갈수록 그 높이를 더해만 가던 실루엣의 정체란 다름 아닌 커다란 산봉우리였고, 차차 어둠에 익숙해지는 시계 속으로 희끗희끗 구름이 보인 데다 땅마저 다소 질퍽이는 걸로 봐서, 얼마 전까지 봉우리 일대에 비가 내렸던 모양이라고 그는 생각했다.

제대로 길이 나 있지 않은 산길이었던 탓에 다소 헤매긴 했지만, 현진은 마침내 풀이 우거진 지대를 벗어나 비교적 메마른 흙밭을 찾아낼 수 있었다. 그곳을 그날의 야영 장소로 정하자마자 그는 랜턴을 입에 문 채로 빠르게 텐트를 쳤고, 그런 후에는 빵과 주스로 과하지 않게, 허기가 느껴지지 않을 만큼만 배를 채웠다. 얼마쯤 소화가 되기를 기다려 자리에 누운 그의 귀로 산비탈 너머로부터 악착스럽게 들려온 차 소리가 집요하게 파고들었다. 그 소리는 시간이 좀 더 흐르고 나서야 차츰 잦아들었다.

"아이고, 골 아프다! 내일 일은 그냥 내일 일어나 생각하자."

마침내 찾아온 고요 속에서 잠시 다음 날의 여정을 고민하던 현진은 금세 복잡해지기 시작한 머리를 훌훌 털어내고는 그만 잠자리에 들기로 했다.

그리고 그렇게 그가 막 잠에 빠져들려던 순간이었다.

구구구궁

온 대기를 뒤흔드는 육중한 울림이, 그로서는 평생에 걸쳐 잊지 못할 그 낯설지 않은 진동이 멀지 않은 어느 곳으로부터 불현듯 터져 나왔다. 듣는 것만으로도 가슴이 서늘해지는 그 맹수의 포효 같은 떨림이 지나고 얼마 후, 때아닌 돌풍이 그가 누워 있던 텐트 위로 몰아닥쳤다. 정말이지 난데없는 날씨의 급변이었다. 텐트의 폴 대가 금세라도 부러질 것처럼 휘청거리기 시작했고, 흡사 연달아 쳐대는 북소리처럼 외피가 바람에 나부끼는 소리가 정신없이 고막을 때려왔다. 잠시 후에는 거기에 콩 볶듯 부닥치는 빗소리마저 섞여들었다.

구구궁 구구구궁

그리고 그 모든 어수선함을 압도하는 크고도 광포한 울림, 뇌성이 또 한 차례 일었다. 그 소리는 한 번으로 끝나지 않고 두 번, 세 번 연달아 터졌으며, 점차 더 잦게, 또 크게 들려 왔다. 뇌성이 한 번씩 칠 때마다 주변의 대기가 들썩거리며 자글자글 끓어오르는 것만 같았다.

'아니, 이게 웬 날벼락이래?'

놀랍게도, 그 모든 혼돈의 한복판에서 현진은 의외로 평온함을 유지하고 있었다. 술에 취한 것도 아닌 멀쩡한 정신으로 그는 그 모든 걸 가만히 지켜듣고 있었고, 큰 두려움이나 조바심 없이 그저 돌풍이 별 탈 없이 지나기를 바랄 뿐이었다. 오히려 그는 스스로도 어이가 없을 정도로 그 상황을 즐기고 있었는데, 처음 뇌우를 맞닥뜨렸을 때의 상황과, 또 그것이 아직 한 달도 지나지 않은 사건이라는 사실을 떠올려 볼 때, 그사이 자신에게 무언가 큰 변화가 생겼음을 그는 짐작할 수 있었다.

우렛소리는 이제 그의 바로 위에서 들리고 있었다. 시시각각 몸을 엄습해 오는 그 거대한 함성이 결코 무섭지 않은 것은 아니었다. 오히려 하늘을 찢어낼 듯 가로지르는 소리가 너무도 생생했던 나머지 그 무시무시한 형상이 텐트 안에서조차 확연히 보일 것만 같았다.

그럼에도 그 본능적인 공포심마저 한 걸음 떨어져 바라보게 하는, 심지어 기이한 유쾌함마저 느끼는 자신의 여유로움을 현진은 도무지 이해할 수가 없었다. 안전에 불감할 정도로 둔하거나 무심해졌다고 하기에는 살갗 위를 타고 흐르는 전율의 감각이 지나치게 또렷했다. 그것은 지금도 매 순간 심장을 옥죄오며 상황의 급박성을 알리고 있지 않은가?

'모르지. 이제 천둥소리만 들으면 정말 미쳐 버리는지도.'

결국 현진은 더 이상 이해하기를 포기했고, 이내,

"에라, 모르겠다! 이제 죽이든 살리든 맘대로 하쇼! 난 이만 잡니다!"

마치 그 누구에게 들으라는 듯 허공을 향해 큰 소리로 내뱉었다. 그러나 행여 말이 씨가 될까 걱정스런 마음에 곧바로,

"하지만 난 아직 죽고 싶지 않으니 이왕이면 살려 주면 좋겠네요…"

그렇게 슬그머니 덧붙이고는, 잠시 빠져나왔던 잠 속으로 마저 들어갔다. 여전히 텐트는 격한 춤을 추었고, 그 후로도 한참을 더 그랬지만 그 안에서 현진은 어느새 규칙적인 숨까지 뱉으며 깊은 잠에 빠져들어 있었다.

몸이 가뿐한 걸 보니 밤사이 안온하고도 만족스런 잠을 잔 것 같았다. 현진이 텐트 밖으로 나갔을 때는 이미 비가 그쳐 있었고 대신 두툼히 깔린 안개가 사방을 메우고 있었다. 외피의 윗부분에는 아직 물기가 많이 남아 있었지만, 그는 물기를 대강 털어낸 뒤 지체 없이 텐트를 걷고는 이어 짐 정리마저 끝마쳤다. 지난밤 겪었던 도로의 번잡스러움과 소음에 또 한번 시달리고 싶지 않았던 그는 통행 차량이 늘기 전에 서둘러 그 일대를 빠져나가야 한다고 생각했다.

틈틈이 GPS를 확인하며 진창이 된 산길을 이동해 가던 그는 오래지 않아 테렐지로 향하는 도로 위에 올라설 수 있었다. 이른 아침부터

서두른 보람이 있었는지 차도 위에는 어젯밤에 비해 훨씬 적은 수의 차량만 돌아다니고 있었다.

그 길 위에서, 현진이 문득 걸음을 멈추고 수레를 세웠다. 무슨 생각이었을까, 잠깐 망설이는 기색을 보인 그가 다시 도로 밖으로 수레를 끌고 나갔다. 그는 도로에서 얼마쯤 떨어진 곳에 수레를 세웠고, 한 모금의 물로 목을 축였으며, 이내 수레에 몸을 기댄 채 테렐지로 뻗은 북쪽 길, 그러나 안개로 두툼히 감싸인 그 어딘가를 조용히 응시하기 시작했다.

'산이 멋져요! 바위도 있고, 강도 있고, 나무도 많아서 시원하고!'

전날 남자로부터 들었던 말이 메아리치듯 그의 귓전을 맴돌았다. 겉보기의 차분함과는 달리 어느 순간부터 그의 눈동자가 지향 없는 운동을 반복하며 미세하게 떨리고 있었다.

그렇게 처음 10분이 빠르게 지났고, 그보다 좀 더 느리게 20분이 지났다. 그사이 아침부터 부지런히 사람들을 실어 나르는 버스가 그의 옆을 두 차례 스쳐 갔으며, 그때마다 창밖으로 향해 있던 승객들의 시선이 길가에 서 있는 이 특이한 행색의 인물에게 일제히 쏠렸다가 금세 멀어져 갔다.

다시 얼마의 시간이 흘렀을까. 오랜 시간 미동도 않고 서 있던 현진이 마침내 움직임을 보였다. 굳게 결심한 듯한 얼굴로 그가 팔을 뻗어 수레의 손잡이를 잡았다. 단단히 거머쥔 손아귀로부터 전해진 묵직한 짐의 무게가 그에게 어떤 확신을 심어 주었다.

"……."

이윽고 그가 천천히 발을 내딛었다.

한 걸음, 한 걸음, 다시 한 걸음, 또 한 걸음…

안개 속을 헤치며 그는 빠르지도 느리지도 않은 속도로 차근히 길을 나아갔다.

그런 그의 두 눈은 더 이상 흔들리지도, 또 북쪽을 바라보지도 않았다. 어느덧 저 먼 남쪽에 자리 잡은 도시 만달고비를 향해 있었고, 다시 한 번 이글이글 지펴진 가슴속 그리움만큼이나 열띤 사막의 풍광이 그 위에 신기루처럼 떠올라 있을 뿐이었다.

"흐아! 드디어 다 올랐네!"

현진은 참았던 숨을 크게 토해 냈다. 산 정상에 올라선 그가 수레의 손잡이를 팽개치듯 놓아 버리고는 뒤를 돌아보았다. 정오가 가까울 무렵이었건만 그가 올라온 산의 중턱 아래로는 여전히 안개가 짙게 남아 시계를 가리고 있었다. 그러나 드러난 윗부분만으로도 자신이 이미 상당한 높이를 올라왔음을 그는 쉽사리 짐작할 수 있었다.

현진은 입고 있던 웃옷을 벗어젖히고는 자리에 철퍼덕 주저앉았다. 그는 현재 자신이 사막으로부터 멀리 떨어져 있다는 사실을 여실히 체감하는 중이었다. 공기는 습하기 그지없었고, 녹음 짙은 초목이 곧잘 눈에 띄었으며, 오르내려야 할 산도 여럿 있었다. 그는 지금 오른 산이 마지막이기를 간절히 바랐지만 다시 앞으로 돌린 시선의 끝에는 이미 또 하나의 산이 보란 듯 솟아 있었다. 옅은 한숨을 뱉은 그가 이내 체념한 듯 허탈한 웃음을 지었다.

테렐지의 반대쪽, 그러니까 그날 아침 현진이 출발했던 장소의 남쪽으로는 이전에 그가 처음 여정을 시작했던 마을 종모드가 위치해 있었고, 울란바토르의 근교답게 그곳까지의 길은 매끄러운 포장도로가 깔려 있었다. 덕분에 이동하는 자체의 어려움은 감히 사막 길에 비견할 수 없었지만, 정작 문제는 비 오듯 쏟아지는 땀이었다.

가뜩이나 습해 있는 대기에 산까지 오르내리다 보니 그의 옷은 금세 땀으로 흥건해졌고, 내보내는 수분의 양이 많다 보니 물을 자주 마시는 건 사막과 별반 다를 게 없었다. 하지만 쏟아내고 다시 채우는 그런 수분과 달리 따로 염분을 섭취하지 못한 몸은 시간이 갈수록 늘어져만 갔고, 잠시 쉰답시고 앉았다 일어나면 시야가 캄캄해지면서 현기증이 인 것도 이미 수차례였다.

현진은 품에서 GPS를 꺼내 화면에 나타난 숫자를 확인해 보았다. 숫자는 그가 아침부터 지금까지 걸어온 시간이 5시간 남짓, 이동한 거리가 24km임을 알리고 있었다. 종모드까지는 앞으로 약 12km가 남아 있었다. 잠시 머릿속 계산기를 두드리던 그의 얼굴에 점차 화색이 돌았다. 이런 속도라면 두어 시간만 더 가면 종모드에 도착할 수 있을 터였다. 아무리 쉬엄쉬엄 걷는다 해도 3시간 안에는 넉넉히 도착하고도 남았다.

"좋아! 조금만 더 힘내자! 이제 곧 주스를 실컷 마실 수 있어!"

그는 시큼하고도 달달한, 자신이 알고 있는 모든 종류의 주스를 차례로 떠올려 보았다.

'도착하면 무슨 맛부터 먹을까? 오렌지? 포도? 파인애플? 사과? 아냐, 그러지 말고 그냥 한꺼번에 다 사서 먹자!'

그런 상상만으로도 금세 메마른 잇몸 사이로 침이 고이고 사그라졌던 의욕이 다시 지펴지기 시작했다. 현재 그는 무려(그리고 고작) 이틀 동안 주스를 마시지 못한 상태였는데, 배낭 안에 아직도 몇 통이나 들어 있는 물이 생존을 보장해 준다는 사실에는 추호도 의심할 여지가 없었으나, 그 뜨뜻미지근하고 맛도 없는 액체가 해갈에 있어서는 거의 아무런 도움이 되지 않는다는 사실 역시 그에 못지않게 자명해 보였다. 물을 들이붓고 십 분도 지나지 않아 메말라 오는 입술과 목구멍은, 한 통의 물이 아닌 한 모금의 주스를, 그 감로와 같은 제2의 생명수를 부어 달라고 애원하고 있었다.

일단 머릿속에 주스의 이미지가 맴돌기 시작하자, 한시라도 빨리 마을에 도착해 주스를 마시고 싶다는 간절함이 순식간에 그를 지배했다. 현진은 남아 있던 모든 힘을 쥐어짜내 몸을 일으켜 세웠다.

다시 수레를 끌고 가는 와중에 그는 다음 목적지를 향한 자신의 동기가 기껏해야 몇 모금의 주스가 되고 말았다는 사실을 깨닫고는 어이가 없어 웃음이 나왔다.

'이 단순하고 일차원적인 동기는 대체 뭐람? 오늘 아침 만달고비로 가겠다고 결심할 때만 해도 그렇게나 절절하던 그리움은 모두 어디로 가고?'

하지만 돌이켜보면 어찌 비단 오늘뿐이랴! 그동안 숱하게 겪은 이러한 본능화(本能化) 역시 어쩌면 여행이 주는 매력적인 선물 중 하나가 아닐는지. 스스로가 결코 이성적이거나 감성적이기만 한 존재가 아니라, 때론 동물과 별반 다르지 않은 본능적인 존재임을 깨닫게 되는 그런 유쾌한 기회이지 않은가?

그런 생각을 하며, 마침 산 중턱에 떼 지어 늘어서 하나같이 자신을 바라보는 소들의 순박한 눈망울을 마주한 현진은 저도 모르게 한바탕 크고도 시원한 웃음을 터뜨렸다.

"아으…"

입에서 절로 신음성이 흘러나왔다. 현진은 누운 채로 조심스레 오른팔을 들어 보았다. 그러나 텐트를 잠식하고 있는 어둠 탓에 보이는 것이라고는 아무것도 없었다.

그는 다시 천천히 팔을 내렸다. 땅에 팔이 닿는 순간, 오른손목과 팔꿈치 사이에서 찌릿한 통증이 느껴졌다. 그는 왼쪽으로 돌아누워도 보고 살살 손목을 돌리며 팔 근육을 펴 보기도 했지만, 불끈불끈 열기가 솟으며 시큰거리는 오른팔의 증세는 좀처럼 나아질 기미가 없었다.

오랜 시도 끝에 그는 결국 포기하고 내일 아침에 다시 확인해 봐야겠다고 생각했다. 그러나 쉽사리 가라앉지 않는 통증에 이후로도 몇 번이고 뒤척이던 그는 그로부터 한참이 지나고 나서야 겨우 잠에 들 수 있었다.

깨자마자 불현듯 머릿속을 치고 간 생각에 현진은 그것이 단지 기분 나쁜 꿈이기를 빌었다. 그러나 그 간절한 바람에도 불구하고 손끝을 움직인 순간 느껴지는 팔의 통증에 그는 외마디 신음을 뱉고 말았다.

조심스레 들어 살펴본 오른팔은 얼핏 보아도 확연히 분간할 수 있을 만큼 손목 윗부분이 땡땡 부어 있었다. 평소 나뭇가지처럼 불거져 있던 힘줄은 두툼한 소시지를 연상시키는 그 안으로 모두 파묻혀 버렸는지 도무지 찾아볼 수가 없었다.

그가 천천히 상체를 일으키는 동안에도 욱신거리는 팔의 통증은 계속되었고, 그러자 이런 팔로 대체 무엇을 할 수 있을까 고민하던 현진은 이내 앞으로 불 보듯 뻔한 여정의 험난함이 예상되자 저도 모르게 왈칵 짜증이 솟구쳐 올랐다.

평소보다 배나 긴 시간에 걸쳐 가까스로 텐트 정리를 마친 그는 팔에 문제가 생긴 것이 언제부터였는지 떠올려 보았고, 곧 그것이 이틀 전 테렐지 어귀에서 종모드로 움직일 때라는 사실을 기억해 냈으며, 당시 이상한 점을 느꼈으면서도 충분한 휴식 없이 계속 부주의하게 팔을 놀려온 자신의 행동을 깊이 후회했다.

그렇다고 통증이 이틀 전에 갑자기 발생한 것은 아니었다. 확연하고도 지속적으로 아프기 시작한 것이 그쯤이었을 뿐, 증상은 가랑비에 옷 젖듯 오랜 시간에 걸쳐 조금씩 진행되어 왔다. 언제부터였는지 자다 깰 때면 누군가 뾰족한 바늘로 찌르듯 가끔씩 아려오던 통증은, 낮 동안 수레를 끄는 동안에는 사라진 것도 같았고, 그래서 곧 괜찮아지겠거니 마음을 놓고 있으면 어느 순간 불쑥 다시 찾아오는 것이었다.

추측일 뿐이었지만, 어통바타르의 집에서 왼손가락을 다친 후로 지나치게 오른팔의 힘만으로 수레를 끌고 온 것이 문제의 시발점이 되지 않았을까, 현진은 그렇게 생각했다.

'물론 지금껏 버틸 만했으니 좀 더 버텨 보자는 식으로 간과해 온 게 문제를 키운 가장 큰 원인일 테지만…'

그러나 후회해 봐야 이미 때늦은 후회였다. 비록 아스팔트 도로일망정 오르내리는 구릉이 많은 만달고비까지의 길에서 그는 앞으로도 수레를 밀거나 당기며 팔을 혹사시킬 수밖에 없을 것이고, 그것이 계속되는 한 통증은 점차 심해지면 심해졌지 결코 나아지지 않으리라는 사실은 누가 보더라도 쉽게 짐작할 수 있을 터였다.

오른팔을 최대한 무리하지 않도록 신경 쓰며 왼팔만을 이용해 남은 짐을 정리한 현진은 출발 준비를 끝낼 즈음에는 이미 상당히 지쳐 버렸다. 팔 하나의 소중함을 여실히 체감하며 그는 허기진 배를 빵과 주스로 달랬고, 그러다 문득 어쩌면 이러한 부실한 식단 역시 지금 상황을 초래한 데 한몫하지 않았을까, 그런 생각이 들자 끙끙거리며 다시 수레에서 배낭을 풀러 그 안을 뒤지기 시작했다.

잠시 후에 그가 꺼내 든 것은 옅은 누런색 분말이 담긴 비닐 팩이었고, 그 분말의 정체란 다름 아닌 미숫가루와 단백질 보충제를 섞어 만든 그만의 특별 식량이었다. 도시나 마을에 머물기보다는 사막에 머무는 시간이 더 많을 거라고 예상해 한국에서부터 비상식으로 만들어 온 거였는데, 그 특유의 텁텁한 맛과 목이 멘다는 이유로 여정 초에만 몇 번 입을 댔을 뿐, 한 달 가까이 배낭 바닥에 처박아 둔 채 손대지 않은 것이기도 했다. 그러나 이런 상황에 처하고 나니 억지로라도 먹지 않을 수가 없었다.

'이럴 줄 알았으면 좀 더 맛있게 만들어 오는 건데.'

부질없는 푸념을 늘어놓으며 그는 분말 몇 숟가락을 물과 함께 입 안으로 털어 넣었고, 그런 뒤에야 자리에서 일어났다.

만달고비까지는 아직 150km가 넘게 남아 있었다. 그는 오늘은 무리하지 말고 여유 있게 걷자고 누차 되뇌면서도, 만약 어떤 마음씨 좋은 이가 자신을 태워주려 멈춰 선다면 그 기회를 절대로 놓치지 말아야겠다고 속으로 단단히 별렀다.

자리에 앉고 한숨 돌릴 시간을 갖고, 그러자 잠시 후 이성이 작동한다. 이성은 남은 길에 대해 생각하고, 수치를 계산하며, 그 거리가 과연 얼마나 아연한 것인지 가늠해 본다. 그리고 그 순간 기적이 일어난다. 엄밀히 말하면, '나쁜 기적'이다. 수치의 옷을 입은 거리가 갑자기 까마득히 느껴지고, 정말 내가 그 길을 갈 수 있을까 의아해지며, 이 모든 짓거리가 대체 무슨 의미가 있는지 회의하게 되는 것을 과연 기적이라고 부를 수 있다면.

그러나 나는 또 안다. 내가 다시 걸음을 옮기기 시작하면, 곧 '좋은 기적'이 일어나리라는 사실을. 내가 걷기 시작하면 방금 전까지 좌절을 일으켰던 그 모든 생각과, 심지어 좌절, 그 자체마저 희미해지라는 것을. 잠시 일었던 의구심과 후회는 구체적이고 실제적인 고통들에 파묻히고, 그 고통들은 다시 무디고 습관적인 걸음 사이사이마다 파인 무의식의 깊은 골들에 묻히리라는 것을.

나를 움직이는 것은 더 이상 길을 가리라는 내 자신의 완고한 의지가 아니며, 단지 어제와 오늘을 잇는 둔감하고도 느릿한 걸음이라는 것을 나는 이제 알게 되었다. 그러니까 뙤약볕, 갈증, 수시로 높낮이가 바뀌는 지형, 모래에 묻혀 옴짝달싹도 않는 수레의 바퀴, 끔찍스러운 뇌우와 광풍, 나아갈 길에 대한 수많은 갈등과 고민, 예측 불가능한 내일에 대한 불안, 낙인처럼 박힌 외로움까지… 그 많은 것들을 당연히 짊어져야 할 굴레처럼 믿게 만들고, 길에 대한 아주 작은 회의마저 결국엔 사라져 버리게 하는 그 지루하고 무감한 일상이라는 것을.

또 삶의 의미, 길의 의미란 그 무수한 반복 속에서 어쩌다 뒤를 돌아보고, 그러다 이성이 작동하고, 그래서 사색을 통해 마침내 추상성이 발휘될 때야 비로소 그 윤곽을 찰나간 반짝이는 것임을 나는 알게 되었다. 그리고 그 반짝임이 지금껏 지나온 걸음과 앞으로 나아갈 걸음을 모두 비추리라는 것도.

그러므로 삶이라는 것은 어쨌든 우리가 거치고 있을 길의 그 어느 즈음에 적응한다는 것이며, 또 길들여진다는 것이지만, 우리가 '삶의 의미'라고 부를 때 그 한 단어가 가리키는 바는, 우리가 스스로도 잘 알지 못하는 그 무엇을 이성의 손으로 만지작거려 어떤 식으로든 결론짓겠다는 뜻임을 나는 알게 되었다….

현진은 '안다'는 표현으로 만연한, 그 주관성 넘치는 노트를 휘갈겨 마무리 짓고는 고개를 들었다. 방금 전 그를 스쳐 지나간 차는 어느새 뒤로의 은밀한 기동을 마치고 그의 바로 앞에 멈추어 있었다.

아침부터 이어 온 숱한 걸음만큼이나 이미 극도로 지쳐 있던 현진의 눈에 희미한 동요의 기운이 어리는가 싶더니, 이내 그것은 언어의 옷을 입고 하나의 거센 환호가 되어 터져 나왔다.

'드디어 걸렸구나!'

이윽고 운전석의 문이 열리고, 자신도 모르는 사이 졸지에 낚싯감

취급을 받게 된 젊은 남자 하나가 내려섰다. 다른 수많은 몽골 남자와 마찬가지로 웃통을 벗고 있던 청년은 다소 말랐지만 탄탄한 근육질의 몸매를 지니고 있었다. 그의 멋스럽게 기른 콧수염 위로는 날카로우면서도 선한 눈이 자리 잡고 있었고, 그 양팔과 가슴, 배에는 하나같이 현란한 문신이 도배되어 있었다.

청년은 현진이 인사를 건네기도 전에 손짓으로 그에게 탑승부터 권해 왔다. 그리고 현진은 굳이 그의 선량해 보이는 눈빛이 아니었다 하더라도, 차가 후진해 오는 동안 이미 마음을 굳힌 상태였기에 기꺼운 마음으로 그의 제안을 받아들였다.

그들은 합심해서 수레를 뒷좌석에 실었고, 이내 운전석과 조수석에 나누어 탔다. 수레를 싣는 동안 얼핏 본 뒷좌석에는 화려한 손잡이를 가진 일본도가 하나 놓여 있었는데, 그걸 보자마자 힐끗 남자를 살펴본 현진은 그의 인상이 자못 일본 영화에 심심치 않게 등장하곤 하는 사무라이를 닮은 것도 같다고 생각했다.

남자가 시동을 걸자 부드러운 엔진 구동음이 퍼졌고, 차는 곧 길게 뻗은 도로 위를 날듯이 달리기 시작했다. 며칠 만에 겪는 그 편안함과 속도가 어찌나 반갑던지 현진은 눈물이 다 날 것 같았다. 벅찬 감격에 겨워하면서도 그는 틈틈이 부어오른 팔목을 주물러 주는 것을 잊지 않았다.

출발하고 얼마 지나지 않아 남자는 운전석 옆 콘솔박스에 놓여 있던 콜라를 집어 들고는 그에게 마시라고 권했는데, 그렇지 않아도 찰랑찰랑 유혹해 오는 그 검은색 액체를 곁눈질하며 마른 침만 삼키고 있던 현진은, 이때야말로 기회다 싶은 생각에 일말의 사양함도 없이 병을 받아 그대로 들이켰다.

"크아아아아!"

목구멍을 알싸하게 적시고, 가슴을 화악 트이게 하며, 머리털까지

쭈뼛쭈뼛 서게 만드는 탄산의 몸서리나는 청량감을 만끽하는 것과 동시에 그의 입에서 걸쭉한 탄성이 터져 나왔다. 이어 연료를 공급받은 차의 배기음처럼 거한 트림까지 내뱉는 그를 보며 남자가 한차례 작게 웃고는, 마침 콜라 옆에 놓여 있던 식빵과 소시지를 가리키며 그것들 역시 먹으라고 손짓해 보였다. 이번에도 현진은 염치 같은 것은 따지지도 않은 채 냉큼 칼을 꺼내 소시지를 자르고, 그것을 식빵에 얹어 남자에게 먼저 한 조각 건넨 후, 이어 자신이 먹을 한 조각을 만들어 베어 물었다.

"어디로 가는 중이에요?"

우물거리며 빵을 씹던 남자가 몽골어로 물어왔다. 현진이 대수롭지 않게 만달고비로 간다고 대답하자 한차례 고개를 갸웃하고 다시금 되물은 남자는, 그러나 역시나 똑같은 대답이 들려오자 당혹스러운 눈으로 뒷좌석의 수레를 돌아보았다. 그런 그의 눈이 차츰 커지는가 싶더니 잠시 뒤 그가 입을 쩍 벌린 채로 현진을 바라보았다.

'지금 저걸 끌고 만달고비까지 가고 있었다고?!'

그의 얼굴은 그렇게 경악을 토하고 있었다. 현진은 웃으며 고개를 끄덕였고, 그런 그와 수레 사이를 남자의 시선이 몇 차례 바삐 오갔다. 그러다 우연히 현진의 부어오른 오른팔에 눈길이 닿은 그는 마치 제 팔이 그러기라도 한 것처럼 미약한 신음을 뱉으며 절레절레 고개를 흔들었다. 그리고 현진으로서는 이제 마땅히 거쳐야 할 의식처럼 여겨지는 그런 일련의 반응들이 모두 끝나고 나자, 남자는 호기심이 치미는지 이것저것 묻기 시작했고, 현진은 그의 말을 이해하는 것 이상으로 성심성의껏 그 질문들에 대답해 주었다.

"쇼코르."

서로 소통하고픈 마음은 굴뚝같지만 언어라는 현실적인 장벽에 가로막힌 두 사람 사이에는 으레 온갖 몸짓이 곁들여지기 마련인데, 그들 둘 역시 그러했으며, 그런 몸으로 나누는 대화 도중 남자가 불쑥 악수를 건네오며 알려준 자신의 이름이었다.

"현진. 내 이름이에요, 현진."

마주 손을 내밀며 현진 역시 자신의 이름을 또박또박 발음해 주었다.

맞잡은 남자의 손은 생각보다 단단했고, 또 응축된 힘이 있었다. 잠시 그의 이름을 웅얼웅얼 되뇌어 보는 현진을 향해 남자가 자신의 오른팔에 새겨진 문신을 가리켜 보였다. 거기에는 날개를 활짝 펴고 날아오르는 매의 모습이 그려져 있었고, 그 순간 현진은 남자의 이름이 뜻하는 바가 무엇인지 알 수 있었다.

'매.'

그 이름의 의미를 알게 되었기 때문일까. 방금 전까지 사무라이 같다고 여겼던 남자의 인상은 다시 찬찬히 살펴보니 매를 더 닮아 있었다. 그 날렵하고 탄탄한 몸매뿐 아니라 마름모꼴로 길게 째진 눈매 역시 사냥감을 노리는 한 마리의 매를 연상시켰다. 현진으로서는 한 사람의 눈이 강인함과 선량함을 동시에 갖추고 있다는 사실이 자못 신비롭게 여겨지는 순간이었다.

그렇게 한참의 어수선한 대화가 끝나고, 치열한 전투 끝에 찾아온 정전처럼 둘 사이에는 갑작스런 침묵이 내렸다. 차는 오르막이건 내리막이건 아랑곳없이 빠른 속도를 유지하고 있었고, 열린 창 사이로 넘나드는 거센 바람 소리는 그들의 침묵을 어색하지 않게 만들어 주었다.

"현진?"

그 잠깐의 정적을 깨고 갑자기 쇼코르가 현진을 불렀다. 마침 창밖에 시선을 주고 있던 현진이 의아한 얼굴로 돌아보자 담배를 입에 문 채로 쇼코르가 그에게도 한 대 피겠느냐고 얼굴로 물어오고 있었다.

"아뇨, 전 괜찮아요."

지금까지의 모든 담배 권유에 그래왔듯 현진은 괜찮다며 거절을 했고, 이어 부연 설명이 필요할 거라는 생각에 평소 자신이 마라톤을 해서 담배를 피우지 않는다고 덧붙여 주었다.

"마라톤? 아아…!"

짧게 탄성을 내지른 쇼코르가 그제야 무언가 이해가 간다는 얼굴로 고개를 두어 번 주억거렸다. 그는 오른손을 들어 현진의 다리와 수레를 차례로 가리켜 보인 후, 마지막으로 그를 향해 엄지손가락을 치켜세웠다. 둘은 곧 서로를 마주 보며 유쾌한 웃음을 터뜨렸다.

지금껏 현진이 보아 온 수많은 몽골인들과 마찬가지로 쇼코르 역시 차를 운전하며 큰 소리로 음악을 틀어 놓았다. 때론 전자음의 시끌벅적하고 흥겨운 음악이, 때론 사막 위를 흐르는 바람 소리를 닮은 애잔한 음악이 스피커를 통해 흘러나왔고, 그 대부분이 몽골 노래였지만 중간중간 한국을 포함한 여러 국적의 노래가 뒤섞여 있었다.

'넓은 만큼이나 가만히 운전만 하기에는 이 땅은 정말 무료하겠구나. 그래서 다들 저렇게 음악을 틀어 놓는 건지도 모르겠어.'

어떤 노래가 나오든 그때마다 가사를 흥얼흥얼 따라 부르는 쇼코르를 보면서 현진은 지금껏 미처 생각지 못했던 새로운 이해에 도달하게 되었고, 그동안 만났던 몽골인들이 어떻게 하나같이 그런 빼어난 노래 실력을 갖출 수 있었는지, 종종 부러움마저 일으켰던 그 오랜 의문에 대한 답을 여정을 시작한 지 한 달이 넘은 지금에서야 깨달을 수 있었다.

그렇게 너른 대지 위를 노래와 함께 달려오는 사이 반 시간이 훌쩍 지나갔다. 그동안 현진이 본 것이라고는 눈부신 하늘과 지평, 그 사이에 하얀 섬과 같이 떠 있는 게르, 그리고 맞은편 도로에서 달려온 서너 대의 차량이 전부였다. 그리고 이제는 너무도 친숙해져 버린 그런 단조로움을 뚫고 불현듯 눈앞으로 휴게소가 나타났을 때, 마침내 쇼코르가 서서히 속도를 줄여나갔다.

차에서 내린 그는 현진에게 사고 싶은 게 있으면 가게에 들렀다 오라고 말한 뒤, 자신은 곧바로 차의 보닛을 열어 엔진을 식히고 오일을 점검하기 시작했다. 그들에 앞서 이미 휴게소에 도착해 머물고 있던 이들의 시선이 새로이 도착한 방문객들을 빠르게 훑고는 이내 뿔뿔이 흩어졌다.

'불과 얼마 전 기묘한 생물 보듯 지나쳤을 사람이 지금 눈앞에서 돌아다니고 있다는 사실을 저들은 과연 상상이나 할까?'

각자 용변을 보고 담배를 태우며, 주전부리를 든 채로 돌아다니는 여느 휴게소와 다름없는 사람들의 모습을 보면서 잠시 그런 생각에 빠진 현진은 곧 싱거운 웃음을 흘리고는 가게 안으로 들어갔다. 오래지 않아 그는 가게에서 콜라와 주스를 한 통씩 사들고 나왔고, 그와 때를 같이해 쇼코르 역시 차 점검을 끝마쳤다. 그들은 다시 차에 올라 출발했다.

"잡?"

한 손으로는 운전대를 잡은 채 남은 한 손으로는 열심히 휴대폰의 자판을 두드리던 쇼코르가 불쑥 현진을 향해 입을 열었다. 그러나 갑작스레 튀어나온 그 외마디 말을 현진이 알아듣지 못하자, 그는 직접 설명하는 대신 손에 쥐고 있던 휴대폰을 들어 'job'이라는 영어 단어를 보여 주었다.

현진은 곧 그가 자신의 직업을 물어보고 있다는 사실을 알아차렸고, 그러자 조금 난감한 기분을 느꼈다. 이번 여행을 떠나오면서 무직인 상태로 전락한 그는 그동안 자신이 거쳐 온 여러 일들을 떠올려 보았으나, 잠시 대답을 고민할 수밖에 없었다. 그러다 우연히 옆에 놓인 빵에 시선이 닿은 그는 재빨리 그것을 들어 보이며 자신의 직업이 제빵사라고 말해 주었다.

'뭐, 완전히 틀린 말은 아니지.'

한때 떡집에서도 일한 적이 있었던 그는 지금만큼은 그 둘의 차이를 잠시 덮어두기로 했다.

"아저씨는 직업이 뭐예요?"

사실 이미 오래전부터 자신 쪽에서 궁금해하던 것을, 직업을 뜻하는 몽골어를 몰랐던 탓에 속으로 끙끙 앓기만 하고 묻지는 못하고 있었던 그는 곧바로 쇼코르를 향해 되물었고, 그러자 다시 휴대폰을 만지작거린 쇼코르가 이내 'miner'라는 영어 단어를 보여 주었다. 그제야 현진은 그의 탄탄하면서도 군살 없는 몸매의 비결을 알 것도 같았다.

이후로 재개된 대화를 통해 현진은 그가 바얀홍고르 지역에 살고 있으며, 지금은 친구를 만나기 위해 만달고비에 가고 있는 중이라는 사실을 새로이 알 수 있었다.

'바얀홍고르라면 만다 형님이 그렇게나 좋다고 칭찬하던 곳 아냐?'

한창 몸짓을 동원하며 이야기를 이어 가던 중 쇼코르는 자신의 휴대폰에 저장되어 있던 사진들을 현진에게 보여 줬는데, 아마도 그는 바얀홍고르의 멋진 자연 풍경을 자랑하려던 의도인 것 같았지만, 사실 현진은 그보다는 거기에 찍힌 사람들의 모습에 더 눈길이 끌렸다. 처음 한동안은 쇼코르와 그의 친구들로 보이는 서넛의 남성이 호수를 배경으로 찍은 사진이 지나갔고, 그러다 젊은 여성 하나와 세 명의 남자아이가 나란히 웃고 있는 사진이 나타났다. 현진이 그에게 가족이냐고 묻자 쇼코르가 그렇다고 대답했다. 소년들은 하나같이 십대 초반으로 보였다.

"전 서른두 살이에요. 삼, 그리고 이, 서른둘. 아저씬 나이가 어떻게 돼요?"

자신과 나이 차이가 그리 많아 보이지도 않건만 벌써부터 십대 아들을 셋씩이나 둔 그의 나이가 궁금해진 현진은 먼저 스스로의 나이를 밝히고 나서 그에게 물어보았다. 그러자 잠시 입 안에서 무슨 말인가를 웅얼거리던 쇼코르가 이내 말을 꺼내길 포기하고 허공에 두 개의 숫자를 그려 보였다.

"삼… 일… 서른하나?! 정말요? 그렇게나 젊었어요?"

"유, 메리?"

예상보다 적은 그의 나이에 놀라워하는 현진을 향해 매와 같은 눈을 번뜩이며 이번에는 쇼코르가 물었다.

"저요? 저는…."

자신을 쏘아보는 그 눈빛의 매서움보다도 갑작스레 자각하게 된 스스로의 처량한 신세에 현진은 그만 주눅이 들어 버렸고, 그래서 그는 눈꼬리를 옆으로 축 늘어뜨린 채 천천히 고개를 저었다. 그러자 강인한 외모 속에 선한 마음씨를 지니고 있던 쇼코르는 금세 그 날카로운 눈빛을 거두고는 안쓰러움을 담은 얼굴로 위로하듯 현진의 어깨를 토닥여 주었다.

'아직 그렇게 늦은 거 아냐. 너도 조금만 더 노력하면 나처럼 결혼할 수 있어.'

매의 눈은 그렇게 말하고 있었다.

그렇게 잠깐의 장난스런 눈빛들을 주고받은 뒤, 자신이라면 한창 파릇파릇한 학창 시절을 보내고 있었을 나이에 이미 결혼해 가정을 꾸리고, 어느덧 어엿한 가장으로서 살아가고 있는 쇼코르를 보면서 현진은 다소 마음이 복잡해 오는 걸 느꼈다.

'저 사람과 내가 무언가를 하게 될 때 느끼는 책임감이란 분명 많은 차이가 있겠지.'

불확실한 스스로의 장래에 대한 불안과 두려움만 감내할 수 있다면 현재의 그는 제 한 몸 이끌고 언제 어디로든 떠날 수 있었다. 남편 없이 홀로 지내야 할 아내나, 아버지의 빈자리를 느끼며 자라야 할 아이에 대한 어떠한 걱정도 할 필요 없이 그럴 수 있었다.

실제로 현진은 그런 자유로움을 지금껏 자신의 가장 큰 강점이라 믿어 왔고, 이번 여행 역시 그와 같은 이유로 큰 어려움 없이 결단할 수 있었다. 사랑이란 이름의 따스하고도 포근한 구속의 부재는 그에게 종종 견디기 힘든 외로움을 주기도 했으나, 동시에 결연히 길을 떠날 수 있는 어떤 용기를 심어 주기도 했다.

그러나 지금 이 순간, 현진은 눈앞의 남자가 가진 것들에 대하여, 그러니까 한 여자로부터 사랑을 받고, 자녀들로부터 존경과 기대를 받으며, 한 가장으로서 책임질 의무가 있는 그의 삶에 대하여 강한 부러움을 느끼고 있었다. 남자는 비록 자신과 같은 자유를 누리고 있지는 못했을망정 표류하지 않고 정착해 있었으며, 저만의 터전에 깊고 단단히 뿌리내리고 있었다. 그 뿌리로부터 자라나 어느덧 결실을 맺은 그의 제한적이면서도 일상적인 삶이, 어찌 자신의 자유보다 못하다고 말할 수 있겠는가?

현진은 말없이 그를 바라보았다. 그러자 광부의 삶을 살아가고 있는 그가, 남편과 아버지로서 살아가고 있는 그가, 또 한 사회가 가하는 제약과 요구의 틀에 순응하며 살아가고 있는 그가 점차 한 명의 위인처럼 거대하게 보이기 시작했으며, 그리고 이런 사람들이 모여 이룩한 사회란 지금껏 자신이 무심코 여겨 온 것처럼 마냥 뿌리치고 벗어나야 할 장소가 아니라 오랜 시간 수많은 이들의 노력과 정성이 빚어낸 위대한 산물이라는 것을, 그리고 앞으로도 계속 잇고 변화시켜야 할 그 무엇이라는 사실을 불현듯 깨달았다.

그와 동시에 그는 마음을 한 곳에 붙박지 못한 채 떠돌고 있는 자신 역시 보다 큰 맥락에서는 한 사회의 일원이며, 이렇게 방황하는 삶 역시 비록 지금은 허공에 잔뿌리조차 내리지 못한 듯 보이지만, 실은 떠나왔고 또 언젠가는 돌아가야 할 그 사회에 저만의 모양과 향기로 피어나기 위한 씨앗을 품고 있다는 사실을 느낄 수 있었다. 그리고 마침내 그러한 생각의 끝에서, 그는 지금 겪고 있는 자신의 방황을 더 이상

의심하지 않기로, 보다 굳게 믿고 절실한 마음으로 치열히 방황키로 다짐했으며, 그러한 믿음과 용기를 준 눈앞의 남자에게 가슴 깊은 곳으로부터 우러나오는 짙은 고마움을 느꼈다.

무슨 생각에서였을까. 갑자기 현진이 옆에 놓여 있던 담뱃갑을 집어 들고는 담배 한 개비를 꺼내 입에 물었다.

"……?"

잠시 의아한 표정으로 그를 바라보던 쇼코르가 이내 씩 웃으며 라이터를 그의 앞에 내밀었다. 현진이 담배에 불을 붙이기를 기다려 그 역시 담배 한 대를 꺼내 물었다. 그리고 둘은 말없이 담배를 피웠다.

'이게 정말 얼마 만에 피는 담배인지…'

길게 숨을 내쉬며 현진은 흘끔 자신의 옆에 앉은 친구를 바라보았다. 말조차 제대로 통하지 않는 친구는, 그러나 자신을 마주 보며 또한 번 웃고 있었다. 그 눈빛과 웃음이면 충분하다고 생각하며 현진 역시 따라 웃었다.

입으로부터 뿜어지는 족족 담배 연기는 풀어헤친 머리칼을 바람에 송두리째 잡힌 채 뒤쪽으로 빠르게 사라져 갔다. 긴 띠처럼 연기를 두른 바람의 생김새를 홀린 듯 지켜보던 현진은 문득 어떤 충동에 이끌려 창밖으로 팔을 뻗었고, 그러자 부드럽게 팔을 휘감고 지나온 바람이 기분 좋게 얼굴에까지 부딪쳐 왔다. 한동안 나부끼는 머리칼을 방치한 채 바람을 맞던 그가 불쑥 매를 돌아보며 말했다.

"난 바람이 정말 좋아."

매가 빤히 그를 쳐다보았다.

"살리흐!"

잠깐의 틈을 두고 고개를 끄덕여 보인 매가 역시 창밖으로 길게 팔을 뻗었다.

팔을 뻗친 둘은 얼마간 그러고 있었고, 마치 비상하기 위해 오므려

둔 한 쌍의 날개였던 양, 그들을 실은 차는 두 날개를 활짝 펼친 한 마리 매가 되어 바람 속을 미끄러지듯 날아가기 시작했다.

"호텔?"

마침내 만달고비에 진입했음을 알리는 아치형의 관문을 지나자마자 쇼코르가 물어왔다. 그것이 숙박 여부를 묻는 동시에 만약 그렇다면 자신이 직접 그곳까지 데려다주겠다는 말뜻임을 알아차린 현진은 천천히 고개를 끄덕였다. 어차피 때는 이미 늦은 오후였다. 하룻밤 도시에 머물면서 필요한 물품들을 준비한 뒤 속 편히 내일 아침 사막으로 떠나는 게 좋을 것 같았다.

시내로 진입하기 전 쇼코르는 도시 외곽에 차를 세운 뒤 누군가와 긴 전화 통화를 했다. 그가 통화를 마치고 얼마 지나지 않아 그들의 앞으로 오토바이 한 대를 나눠 탄 남녀 한 쌍이 모습을 드러냈다. 차에서 내린 쇼코르가 새로이 나타난 그들과 반갑게 인사를 나누는 걸 보며, 현진은 그들이 쇼코르가 만나기로 했던 바로 그 친구들이라는 사실을 알 수 있었다.

쇼코르는 그중에서도 특히 남자 쪽과 오랜 대화를 했고, 그러다 그의 입에서 호텔을 뜻하는 몽골어가 드문드문 나오는가 싶더니 이윽고 상대편 남자가 그에게 따라오라는 손짓을 해 보였다. 그가 차에 오르기를 기다려 오토바이가 먼저 출발했고, 이어 쇼코르가 오토바이를 쫓아갔으며, 그로부터 몇 분 뒤 그들은 'HOTEL'이라고 큼직하게 적힌 건물의 앞마당에 다다랐다.

마당에는 이미 SUV가 2대 주차되어 있었고, 희한하게도 그중 하나의 앞 범퍼 중앙에는 회백색의 낙타 두개골이 끈으로 단단히 동여매져 있어 흡사 중세 함선들의 선수상을 연상시켰다. 그 옆을 지나면서 현진은 차에 그런 장식을 단 것이 무척이나 특이하다고 생각하면서도, 그 차를 타는 이들은 스스로를 굉장히 과시하기 좋아하는 부류가 아닐까 내심 추측해 보았다.

"쇼코르! 잠깐만!"

현진을 도우려는 의욕이 너무나 앞섰던 나머지 쇼코르는 차에서 내리자마자 곧장 건물로 들어가 체크인부터 하려 들었는데, 그런 그를 다급히 붙잡은 현진은 체크인에 앞서 자신이 그를 위해 소시지와 빵을 사 주고 싶다는 뜻을 전달하기 위해 꽤나 오랜 노력을 기울여야만 했다. 한참 만에야 차를 태워 준 것에 대해 그가 보답하고 싶어 한다는 사실을 이해한 쇼코르가 잠깐의 고민 끝에 흔쾌히 그러자고 대답했고, 친구들에게 잠시 양해를 구한 그는 현진과 함께 근처의 가게로 찾아들었다. 현진은 그에게 소시지와 빵, 그에 더해 콜라와 주스를 한 통씩 사 주었으며, 그것을 받아든 쇼코르가 감사의 의미로 살짝 고개를 숙여 보였다.

"이젠 내가 알아서 할게. 친구들 기다리니까 얼른 가."

그들이 다시 호텔 마당으로 들어섰을 때 현진은 선수를 쳐 쇼코르를 그의 친구들 쪽으로 이끌었다. 그가 방 잡는 것까지 도와줄 요량이었던 쇼코르는 잠시 망설이는 눈치였지만, 이내 그 뜻을 접고는 현진을 향해 손을 내밀었다.

"정말 고마웠어. 당신도 잘 지내."

서로 거머쥔 손을 그들은 두어 차례 흔들었고, 그러다 현진은 자신의 손에도 어느새 거칠고 단단한 옹이가 박혀 있다는 사실을 깨달았으며, 그러자 눈앞의 남자가 사막에서 꿋꿋이 뿌리내리며 살아왔듯, 자신 역시 결코 짧지 않은 시간 동안 사막을 끈덕지게 배회해 왔다는 사실에 어떤 자부심이 이는 것을 느꼈다.

　서로를 향한 눈빛과, 맞잡은 손을 통해 오간 뜨거운 감정에 비해 그들의 이별은 비교적 단출했다. 악수를 마친 뒤 쇼코르는 곧바로 차에 올랐고, 오토바이를 따라 사라져 가는 차의 뒷모습을 현진은 말없이 지켜보았다.

　차가 도로를 타고 시야에서 완전히 사라지고 나서야 그는 저만의 상념에서 깨어났다. 문득 그의 눈길이 마침 떠들썩한 바깥의 소리에 나와 호기심 어린 얼굴로 그와 수레를 지켜보고 있던 한 중년 남자의 그것과 마주쳤다. 현진은 남자에게 짧게 눈인사를 건넨 후 고개를 들어 호텔의 간판을 올려다보았다. 그러나 곧 그 너머로 창창히 펼쳐진 하늘로 시선을 돌렸고, 잠시 뒤 다시 간판을 보았으며, 그러다 또다시 하늘로 시선을 옮겼다.

　"……."

　이미 내린 결정과 달리 그는 갈등하고 있었다. 날이 어두워지기까지는 아직 넉넉한 시간이 남아 있었고, 설령 날이 캄캄해진다 하더라도 그는 한밤에라도 텐트를 칠 만한 충분한 기량을 갖추고 있었다. 따라서 지금 출발한다면 못해도 7, 8km는 더 움직일 수 있을 터였다.

　'하지만….'

　현진은 여전히 부어올라 있는 자신의 오른팔을 내려다보았다. 펄떡거리는 맥박에 맞춰 팔목 부근에서 후끈후끈 이는 통증이 그의 결정에 제동을 걸고 있었다. 그는 우두커니 팔에 시선을 박은 채 다시 오랜 시간 고민했고, 마침내 그가 고민을 마치고 다시 호텔 쪽으로 시선을 돌렸을 때에는, 놀랍게도 아까의 모습 그대로 중년 남자가 서 있었다. 남자는 마치 현진이 고개를 돌리기만을 기다렸다는 듯, 그와 눈이 마주치자마자 안으로 들어올 것인지 턱짓으로 물어왔다.

　잠깐의 틈을 두고 현진이 천천히 고개를 끄덕였다. 한시라도 빨리 그 땅을 마주하고 싶어 하는 스스로의 마음을 애써 다독이며, 그는 가장 좋은 시간에, 가장 좋은 만남을 위해 그때를 잠시 미뤄 두기로 했다.

이윽고 남자는 현진이 정문 계단 위로 수레를 끌어올리는 것을 도와주었고, 그런 뒤에는 곧장 그를 접수 데스크 쪽으로 이끌다. 하룻밤 머물 거라는 현진의 말에 잠시 양해를 구한 그는 1층 복도를 한 바퀴 둘러보고 왔는데, 고개를 갸웃거리며 데스크로 돌아와 투숙객 명단을 확인한 그는 이내 미안해하는 표정으로 천장을 가리켜 보였다.

'1층은 방이 모두 찼네요. 2층으로 가야겠어요.'

대충 그런 말을 하는 것 같았다. 현진은 흘끗 1층 복도를 쳐다보았다. 못해도 10개가 넘는 방이 있었음에도 불구하고 이 작은 도시에 머무는 사람의 수가 생각보다 많다는 사실에 그는 놀랄 수밖에 없었다. 그는 알았다는 의미로 고개를 끄덕였고, 그러자 남자가 데스크에서 방 키를 꺼내 들고는 그에게 따라오라고 손짓해 보였다.

2층의 방은 현진이 지금까지 거쳐온 그 어느 여관의 방보다 깔끔했으며 또 넓었다. 그는 남자에게 하루 숙박비가 얼마인지 물었고, 이내 그가 50,000 투그릭이라고 답하자 비록 내색하지는 않았지만 속으로는 상당히 놀라고 말았다. 다른 곳에 비해 2배, 심지어 지역에 따라서는 3배가 넘는 가격이었던 것이다.

'그 정도 액수라면 주스 10통은 더 살 수 있을 텐데…'

그동안 사막을 여행하면서 자연스럽게 형성된 사고의 틀은 순간적으로나마 그에게 호텔에 머물기로 한 결정을 철회하도록 요구했다. 그러나 현진은 곧 마음을 다잡고 남자에게 하룻밤 숙박비를 건네주었고, 그러자 남자가 방 키를 넘겨주며 잘 쉬라는 말과 함께 밖으로 나갔다.

1층으로 내려와 수레를 방으로 끌고 올라간 현진은 곧바로 호텔 밖으로 나와 아까 전 쇼코르와 들렀던 가게를 다시 찾았다. 거기에서 그는 앞으로의 여정을 대비한 충분한 양의 음료와 빵을, 그리고 잠시 고민하다가 소시지도 두 덩이 집어 들었다. 별도의 단백질과 나트륨을 섭취할 방법이 없는 사막에서 소금에 절인 소시지가 큰 도움이 되리라는 생각에서였다. 가뜩이나 부어 있는 오른팔을 최대한 사용하지 않으면서 영양분을 부족하지 않게 공급하는 것이야말로 지금의 그가 할 수 있는 최선이었다.

금세 가득 찬 바구니를 들고 계산대로 향하던 그가 무슨 생각에선지 다시 몸을 돌렸고, 이내 쇼케이스로 다가가 맥주 두 캔을 마저 바구니에 넣은 다음 계산을 마치고 밖으로 나왔다.

방으로 돌아온 그가 가장 먼저 한 일은 옷과 신발을 빠는 일이었다. 옷은 물만을 이용해 대충 빨았지만 신발만큼은 호텔에 비치된 일회용 비누와 샴푸로 싹싹 문질러가며 깨끗이 빨았는데, 그동안 수백 km의 길을 걸어오는 동안 단 한 번도 빤 적이 없는 신발은 정말이지 그 냄새가 너무도 지독했고, 그동안 겨우겨우 참고 지내 온 그 악취를 이 비싼 숙소에 머무는 동안 어떻게든 처리하지 않으면 하루 숙박비가 무척이나 아까울 것 같다는 생각이 들었던 것이다. 스스로 만족할 때까지 신발을 빤 그는 신발의 물기를 꼭 짜낸 후 창문 밖에 세워 놓았고, 다행히 해가 지기까지는 아직 많은 시간이 남아 있던 데다 날씨까지 화창했던 덕분에 다음 날 아침이 되기 전까지는 얼추 마를 것 같았다.

2층 창문에서 곧장 내려다보이는 옆으로는 마침 건물의 신축 공사가 한창이었다. 이미 1층의 절반쯤을 쌓아 올린 벽돌 사이로 네댓 명의 사람들이 벽돌을 나른다, 미장을 한다 하며 분주히 움직이고 있었다. 조적 공사에도 몇 번 참여해 본 적이 있었던 그에게는 그리 낯설지 않은 풍경이었다.

한동안 그들의 모습을 지켜보던 현진은 문득 자신이 옷과 신발만 빨았지 정작 몸은 씻지 않았다는 사실을 떠올리고는 다시 화장실로 들어가 샤워를 했고, 샤워를 마치고 난 뒤에는 가게에서 사온 빵과 요구르트로 든든히 배를 채웠다. 요구르트로 말할 것 같으면, 도시나 마을에 들를 때마다 그가 늘 스스로를 북돋는 차원에서 선물하는 작지만 소중한 별미라 할 수 있었다.

식사마저 끝내고 나자 더 이상 할 일이 없어진 그가 그제야 긴 한숨을 토하며 침대 위로 풀썩 쓰러졌다. 그는 한동안 멍하니 천장만 올려다보았다.

'실감이 나질 않네. 몽골에 온 지 벌써 한 달이 흘렀다는 게.'

지난 여정을 돌아보는 그의 머릿속으로 사막 곳곳에서 마주쳤던 여러 사건과 만남의 순간들이 하나둘 떠오르기 시작했다. 그리고 그 대부분은 마치 먼 꿈속에서 벌어진 일인 양 당시의 절박함과 열기를 잃은 채 몽롱히 부유하고만 있었다.

'그래도 가장 실감 나지 않는 건… 역시 지금 내가 여기 와 있다는 사실이겠지.'

그는 먼 길을 돌고 돌아 마침내 자신이 이곳, 만달고비에 발을 디뎠다는 사실이 도무지 믿기지가 않았다. 먼 오래전 기억이 아닌 지금 이 순간 겪고 있는 명백한 현실이었건만, 그럼에도 불구하고 거기에는 현실성 자체가 결여되어 있는 것 같았다.

'왜지? 도중에 차를 타고 갑자기 와서 그런가?'

그 갑작스런 목표의 상실이 현실을 감각하는 능력마저 일시적으로 마비시켜 버린 것일까?

자신이 오래도록 닿기를 소망했던 땅에 마침내 도착했다는 사실, 그럼에도 기대했던 재회의 감정보다는 오히려 막연한 허탈감만 느껴지는 현재의 상황으로부터 현진은 극심한 위화감을 느낄 수밖에 없었다.

바로 그때였다. 그의 머릿속으로 하나의 목소리가 들려온 것은.

'지금 방구석에 틀어박혀 대체 뭘 하고 있는 거야? 어서 일어나! 넌 아직 그 땅을 제대로 밟지도 않았어!'

"아…?"

날카로운 정처럼 머릿속을 파고든 신랄한 꾸짖음은 이내 그의 가슴마저 인정사정없이 헤집고 들어왔다. 그러나 그 충격은 결코 아프지 않았고, 오히려 그제야 자신이 느낀 괴리감의 정체를 확연하게 깨닫게 된 현진의 입에서는 미약한 탄성이 흘러나왔다.

'그래, 난 아직 그 땅에 완전히 도착한 게 아니었어! 그러니 내가 있을 곳은 여기가 아냐. 난 지금 여기 있어선 안 돼. 이렇게 침대 위에서, 방 안에서 빈둥거리며 누워 있을 게 아니라 당장 밖으로 나가야 해! 저 어딘가에서 날 기다리고 있을 그 땅과 하늘을 향해 지금 바로 달려가야 한다고!'

그와 동시에 벌떡 몸을 일으켜 세운 그는 방 안에 비치되어 있던 슬리퍼를 신고 서둘러 1층으로 내려갔다. 조금의 멈칫거림도 없이 호텔 문을 나선 그는 태양의 위치로 방향을 가늠한 뒤 곧장 남쪽이라 여겨지는 방향을 향해 걷기 시작했다. 날은 여전히 밝았지만 해는 지평을 향해 절반쯤 기울어져 있었다.

빛바랜 사진처럼 오랜 기억으로만 남아 있던 몇몇 건물들의 모습과, 몇 년 사이 새로운 변화가 가미된 거리의 풍광 사이를 그는 빠르게 스쳐 갔고, 이어 신나게 자전거를 타며 뛰노는 아이들의 무리를 지나, 더 이상 사람이 살 것 같지 않은 폐건물이 늘어선 지역에 다다르자 주위에는 어느새 익숙한 정적이 내려 있었다.

그리고 그 인적 없는 골목마저 빠져나온 그의 앞으로 마치 하나의 마술처럼 기다란 지평이 불쑥 모습을 드러냈을 때, 그때껏 재촉해 오던 걸음을 현진이 우뚝 멈추어 세웠다.

"……."

그건 결코 일부러 그런 게 아니었다. 어쩐 일인지, 그는 한 치 앞도 더 나아갈 수가 없었다. 갑자기 이유도 모른 채 몸이 달달 떨리기 시작했고, 만약 마음이 한 장의 종이로 이루어져 있다면 누군가 그 종이를 아주 느릿한 속도로, 그러나 갈기갈기 찢어 내기라도 하는 듯 숨 막히는 아릿함으로 가슴이 미어져 왔다. 그저 자기 앞에 놓인 땅을 망연한 눈으로 바라보는 것만이 그가 할 수 있는 유일한 전부였다.

짧지 않은 시간이 흘렀다. 해는 어느덧 지평에 성큼 가까워져 있었다. 그때까지 땅에 다리가 박힌 듯 미동도 않고 서 있던 그가 한참 만에야 탄식과 같은 숨을 뱉어 냈다.

"…오늘은 널 만날 때가 아닌가 보다."

가슴은 다소 진정되어 있었다. 그러나 그는 처음의 뜻을 접고 발길을 돌려세웠다. 아까 전 자신이 지나온 길을 천천히 되돌아왔고, 그러나 곧바로 호텔로 들어가는 대신 이제는 어스름이 내리고 있는 도시 안을 터벅거리며 정처 없이 걷기 시작했다. 무언가 정체 모를 것이 가슴에 멍울진 느낌이었고, 그것을 풀어내지 않고서는 방 안에서 마음 편히 쉴 수가 없을 것 같았다.

그가 호텔로 돌아온 것은 저녁 8시가 조금 넘은 시각이었다. 그는 방으로 들어오자마자 낮에 사온 맥주와 소시지를 집어 들었다. 오랜 시간 쏘다녔던 탓인지 배는 다시 허기를 느끼고 있었고, 맥주는 어느덧 처음의 차가움이 모두 가셔 있었다.

그는 의자에 앉아 멀거니 창밖으로 시선을 던졌다. 놀랍게도, 그 늦은 시간까지 예의 인부들은 벽돌을 나르고 있었다. 날은 어둑해진 지 오래였으나 얼마간 떨어져 있는 가로등의 불빛은 그들에게까지 미처 닿지를 못하고 있었다. 어둠 너머로부터 속삭이듯 들려오는 대화 소리와, 희끗희끗 비치는 흐릿한 형상만이 밤중까지 계속되는 그들의 노고를 알릴 뿐이었다.

밤이 다 가도록 끝나지 않을 것 같은 그들의 작업을 가만히 지켜듣던 현진은 문득 노래가 듣고 싶어졌고, 그래서 불도 켜지 않은 방에서 휴대폰에 저장되어 있는 음악을 몇 번이고 돌려가며 틀어 놓았다. 쉽 없이 반복되는 애잔한 음색의 노래 속에 그 자신의 마음이, 또 밖에서 움직이고 있는 인부들의 애환이 섞여들며 묘한 정취를 이루어 냈다.

이윽고 맥주가 모두 떨어졌다. 마지막으로 재생시킨 노랫소리도 더 이상 들려오지 않았다. 그리고 마침내, 하루의 작업을 마치고 인부들이 집으로 돌아갈 준비를 하고 있었다. 창밖으로는 가로등의 불빛이 쓸쓸히 거리를 비추고 있었고, 그 사이로 두셋씩 짝을 이룬 사람들이 뿔뿔이 흩어져 갔다. 그들마저 떠나고 나자 사위는 금세 깊은 정적에 잠겨 들었다.

현진은 시간을 확인했다. 어느덧 밤 9시가 가까워지고 있었다.

'그럼 한국은 이제 곧 10시겠군.'

만달고비에 도착한 시점부터 미묘하게 헝클어지기 시작한 마음이, 지평과의 대면 후 맥주의 알싸한 취기까지 더해지자 걷잡을 수 없이 흐트러지고 있었다. 아니, 흐트러졌다는 말은 적합한 것 같지 않았다. 다만 한 사람의 얼굴과 목소리가, 곁에서 함께 걷고 누우며 웃고 울었던 그 모든 순간들이 가슴에 떠오르고 사라지기를 반복하고 있었다. 시간이 지나도 가시기는커녕 어지러이 가슴을 헤집는 그리움 속에서 현진은 그녀가 무척이나 보고 싶어졌다.

'그녀는 지금쯤 뭘 하고 있을까? 새로 만났다던 그 사람과 행복해하고 있을까? 우리가 예전에 그랬던 것처럼 그렇게 함께 웃고 떠들고 즐거워하면서? 정말 아무렇지 않게, 그렇게 또 사랑하고 있을까?'

'그럼 어떻길 바라는데? 그거면 된 거 아냐?'

돌연, 그녀를 떠올릴 때면 습관처럼 뿌예지는 가슴속으로 한껏 냉소 띤 목소리가 이죽거리듯 파고들었다.

'뭐가 됐다는….'

'그녀가 행복하게 잘 살고 있으면 그걸로 충분한 거 아니냐고?'

'그야 그렇지만….'

'그럼 왜 아직도 그렇게 집착하는 거야? 이제 그만 그녀를 놓아 버릴 때도 되지 않았어?'

'하지만… 도무지 이해할 수가 없어서 그래. 대체 어떻게 그럴 수가 있지? 그렇게 서로 목 놓아 부르면서 영원을 약속했던 사랑이, 어떻게 그토록 쉽게 잊힐 수가 있는 거냐고!'

'그냥 속도의 차이라고 생각해. 지난 사랑을 잊는 건 사람마다 다를 수밖에 없어. 단지 네가 그녀보다 좀 더 오래 그리워하고 좀 더 오래 집착하는 거라고 생각하면 그만이야.'

처음의 비웃음을 다소 누그러뜨리고 목소리는 이제 어린아이를 타이르듯 그를 달래려 하고 있었다.

'아무리 그렇다고 해도! 다른 곳도 아니고… 바로, 바로 이 사막에서 우리는 만났다고! 그렇게 쉽게 만나고 헤어지는 관계가 되어서는 안 된단 말야!'

'하지만 이미 현실이 그런 걸 어떡해! 그리고 사막이 별거야? 누군들, 어디든 특별하지 않겠어? 그러니 너도 그만 잊어버려. 그게 네게도 나아. 아직 널 위한 마음이 남아 있다면 그녀도 네가 과거에 연연하지 않고 새롭게 나아가길 바랄 거야. 생각해 봐. 이미 벌어질 일이고 또 지나간 일이야. 여기서 네가 더 이상 뭘 바꿀 수 있겠어?'

"……."

캄캄한 방 안에 오랜 침묵이 감돌았다. 그러나 그 어둠 속에서 끓어오르는 가슴을 부둥켜안은 채 한 남자가 소리 없이 울고 있었다.

'…있을지도 몰라.'

'뭐라고?'

'바꿀 수 있을지도 몰라.'

'너, 무슨 생각을 하는 거야!'

현진은 휴대폰을 집어 들었다. 시간은 이제 막 9시를 넘기고 있었다.

'후회할 짓 하지 마! 너, 지금 술김에 감정이 격해져서 그래! 그런다고 바뀌는 건 하나도 없어!'

'후회하지 않아. 그리고 괜찮아. 아무것도 바뀌지 않는다고 해도.'

'그만두라니까!'

현진은 이성이 외치는 소리를 무시하고 천천히 휴대폰의 버튼을 눌러 갔다. 2년 전 삭제한 이후로 한 번도 눌러본 적 없는 번호는, 그러나 여전히 머릿속에 또렷이 각인되어 그에게 서글픈 온기를 전해 주었다. 곧 그녀의 프로필 사진이 떴고, 너무도 그리웠던 얼굴은 낯선 남자의 옆에서 환히 웃고 있었다.

'야, 이 찌질한 새끼야! 너 분명 후회하게 될 거야! 내일 아침에 일어나면 부끄러워서 콱 죽어버리고 싶을 거라고!'

마침내 이성이 발악하듯 비명을 질러댔다. 그 말이 맞을지도 모른다고, 아니, 분명 그 말대로 될 거라고 현진은 생각했다. 그는 가만히 사진 속 여자의 모습을 내려다보았다.

'…행복해 보이네, 당신.'

자신이 아닌 다른 사람의 곁에서도 그녀는 충분히 행복해 보였다.

'부끄러워도 괜찮아. 감수해야 할 부끄러움이라면 감수하겠어. 하지만 이 일만큼은 지금이 아니면 절대로 안 될 것 같아.'

잠깐의 망설임이 있었지만, 그는 이내 통화 버튼을 눌렀다. 오랜 기다림이 있었고, 그러나 예상대로 그녀는 전화를 받지 않았다. 꺼진 휴대폰을 잠시 물끄러미 내려다보던 현진이 다시 천천히 손가락을 움직여 갔다.

안녕, 나야. 그동안 잘 지냈어?

메시지 전송 버튼에서 또 한 번 멈칫거린 손가락은 그러나 곧 힘 있게 버튼을 눌렀다. 그 순간, 오랜 시간 자신을 짓눌러 온 마음의 짐이 한결 가벼워진 것을 현진은 느낄 수 있었다.

얼마의 시간이 흘렀을까. 마침내 그녀로부터의 대답이 메시지 창에 떠올랐다. 갑작스럽고도 오래간만의 연락이었음에도 불구하고 그녀의 대답은 차분하기 그지없었고, 그 사실은 대답에 깃든 차분함 이상으로 현진에게 차디찬 현실을 일깨워 주었다. 가슴 한복판이 일순간에 뭉텅, 도려내진 기분이었다.

'이 병신. 내가 뭐랬어, 이제 그만 현실을 직시하라고 그랬지.'

그 어느 때보다 조롱하는 이성의 목소리가 패인 가슴속 절단면에 쓰라린 수치심마저 부어 주었다.

현진은 천천히 심호흡을 했다. 이 정도는 충분히 예상했던 거라고, 그렇게 거듭해서 되뇐 그는 최대한 침착함을 유지하며 말을 쳐 나가기 위해 자신이 할 수 있는 모든 노력을 기울였다.

　　나, 지금 사막에 있어.

그의 손이 이번에는 훨씬 오랜 시간 휴대폰 위에서 망설였다. 그는 잠시 메시지 창에서 눈을 떼고 고개를 들었다. 그러자 방 안을 짙게 메우고 있던 어둠이 기다렸다는 듯이 눈앞을 덮어 왔다.

'나, 정말 지금 잘하고 있는 것일까? 어쩌면 나중에 두고두고 후회할 짓을 저지르고 있는 건 아닐까?'

그러나 답은 없었다. 그저 그녀를 향한 자신의 마음이 있었고, 이미 자신으로부터 떠난 그녀의 마음이 있었으며, 그 두 마음이 지금 이 순간 손바닥보다 작은 화면에서 몇 마디 문장을 통해 만나고 있을 뿐이었다.

마침내 결단을 내린 그가 과감히 전송 버튼을 눌렀다.

사막에 오지 않을래?
나, 이대로 너를 보내고 싶지 않아.

그녀가 떠난 이후 처음이자 마지막으로, 그렇게 그는 그녀를 붙잡았다. 그 마지막 메시지를 보내고 나서 현진은 곧바로 휴대폰 액정의 전원을 껐다. 이내 휴대폰을 옆으로 던져 놓은 그가 방 안의 어둠을 잠자코 응시했다.

이상한 일이었다. 방금 전까지의 치열했던 고민이 마치 하나의 크나큰 거짓말이었다는 듯, 방 안을 농밀하게 채운 어둠만큼이나 그의 마음은 고요하기 짝이 없었다. 더 이상의 긴장도 떨림도 없었으며, 이성의 엄중했던 경고와는 달리 후회의 마음은 조금도 들지 않았다. 오히려 그동안 자신을 억눌러 온 그 숱한 고뇌와 감정의 짐들이 마지막 물음 하나로 모두 떨어져 나간 것만 같았다. 마치, 그녀로부터 올 대답은 더 이상 중요하지 않다는 듯이.

오랜 시간이 흘렀지만 그녀에게서 더 이상의 답장은 없었다. 현진은 짐 정리를 하거나 일기를 쓰는 따위의 소일거리로 시간을 보내다가 저도 모르는 사이에 잠이 들고 말았다. 그러다 그는 새벽 3시쯤 되어 불현듯 잠에서 깨났다. 다시 확인해 본 메시지 창은 여전히 비어 있었다.

잠결이었음에도 불구하고 그 순간 어떤 잔잔한 유쾌함이 그의 가슴을 적셔 왔다. 비로소 그녀의 오랜 그림자로부터 자신이 해방되었음을 그는 느낄 수 있었다. 그녀에게, 또 지금껏 자신을 위해 그녀가 해 준 그 모든 것들에 진심으로 고마움을 느끼며, 현진은 그녀가 오래도록 행복하기를 기도했다.

이 사막에서조차 널 부르지 못한다면 언젠가 반드시 후회할 거라고 생각했어. 그러니 이해해 주길 바라. 그럼 예쁜 사랑하고, 오래도록 건강하렴.

자신이 기억하는 그녀의 가장 환한 웃음을 마지막으로 떠올린 그는, 마치 그에 답하듯 옅은 미소를 입가에 머금고는 이내 깊은 잠에 빠져들었다.

ᨒ☆ᨒ

이른 아침이었다. 하지만 창밖에서는 벌써부터 쨍쨍, 맞부딪치는 날카로운 쇳소리와 더불어 몇몇 사람들의 외침이 들려오고 있었다. 흘끔 창밖을 내다본 현진은 인부들이 다시 작업에 돌입했음을 알 수 있었다. 그는 휴대폰을 들어 시간을 확인해 보았다.

'7시 12분…?'

지난밤 그토록 늦은 시간까지 일했음에도 불구하고 이토록 일찍 나온 그들의 성실함에 저도 모르게 감탄을 하고 만 현진은, 그러나 곧바로 어떤 측은함을 느꼈고, 그러다 다른 사람은 전혀 안중에도 없는 듯 쉬지 않고 귓가를 때려오는 소음에 끝내는 벌컥 짜증이 일고 말았다. 잠자기는 이미 글렀다는 생각에 그는 신경질을 부리듯 휙 이불을 걷어버리고는 창밖에 놓아둔 신발부터 안으로 들여놓았다.

"다행이다! 다 말랐구나!"

빳빳이 건조된 신발을 만져 본 그의 입가에 언제 짜증을 부렸냐는 듯 기분 좋은 웃음이 떠올랐다. 방 안에 널어 둔 옷들 역시 예상대로 모두 말라 있었다.

전날 사온 빵과 음료로 간단히 끼니를 때운 그는 서두르지 않고 차근히 배낭을 싸기 시작했다. 지금까지 사막에서 보냈던 그 어떤 날보다도 마음이 가벼워져 있었다.

그가 떠날 채비를 끝마친 것은 8시가 조금 안 된 때였다. 여전히 이른 시각이었지만 현진은 방 안에서 미적거리는 대신 곧바로 수레를 끌고 1층으로 내려갔다. 데스크에는 어젯밤 그를 맞이했던 중년 남자가 아닌 안경을 쓴 젊은 남자가 앉아 있었다. 현진을 보자 흥미롭다는 얼굴로 잠시 지켜보던 남자는 그러다 퍼뜩 자기 본연의 임무를 깨닫고는 아침 식사를 할 것인지 물어왔고, 그에 현진은 괜찮다고 답한 뒤 남자에게 방 키를 건네주었다.

건물 너머까지 들려온 인부들의 작업 소리를 제외하면 거리는 아직 한산했다. 그래도 뜨문뜨문 사람들이 다니고 있었고, 등교를 하는지 가방을 멘 아이들이 끼리끼리 어울려 가다가 그를 보고는 저들끼리 수군거리면서 지나갔다.

현진은 어제저녁 지나간 길을 그대로 따라 걸었다. 걷는 와중에 이따금 눈길이 마주칠 때마다 그는 사람들에게 틈틈이 고개를 숙이며 인사를 건넸고, 그때마다 우락부락한 외모의 남자들이나, 주위를 맴돌며 깔깔거리던 아이들이나 하나같이 크고 작은 웃음으로 화답해 주었다.

그러다 어제처럼 인적이 줄고 정갈한 키 높은 건물들 대신 낮고 남루한 건물들이 점차 많아지는가 싶더니, 불현듯 그 땅이 다시 눈앞에 나타났다. 지평 부근에만 몇몇의 산이 아른거릴 뿐 황록색의 끝 모르고 펼쳐진 대지가 거짓말처럼 시야 안으로 들어오는 장면은 언제 보아도 신비롭고 거대한 마술 같았다. 또다시 저도 모르게 걸음을 멈춘 현진은 우두커니 선 채로 눈앞의 땅에 시선을 던졌다.

가장 먼저 솟구친 것은 반가움이었지만 그런 반가움은 잠시뿐이었고, 이내 왈칵 밀려드는 그리움으로 그의 가슴은 또 한 번 먹먹해지기 시작했다.

"그래, 드디어 왔어."

처음에는 스타르의 차를 타고, 그다음에는 아무르 항의 트럭을 타고 스쳐간 이 땅을 이제야 두 발을 딛고 제대로 마주 보고 있었다. 오랜만의 재회였건만 사막은 조용히 그를 맞았고, 그도 말없이 사막을 응시했다.

한참을 가만히 서 있던 그가 앞으로 천천히 걸음을 옮겼다. 수레는 쉬지 않고 덜컹거리며 도로 없는 흙길을 타고 넘었다. 번번이 찔러 오는 팔목의 통증에도 아랑곳 않은 채 현진은 흔들림 없는 눈으로 자기 앞의 땅에 시선을 고정시키고 있었다. 이윽고 마지막까지 주위에 남아 있던 건물의 흔적마저 완전히 사라지고나자, 사막은 마침내 그 넓고도 깊숙한 속내를 활짝 열어 보였다.

'어서 와. 기다리고 있었어.'

아스라한 지평에서부터 밀려온 그 부름이 너무나 또렷하고도 정겨웠던 나머지 현진은 저도 모르게 웃음을 터뜨리고 말았다. 따가운 볕에도 불구하고 그의 드러난 팔에는 어느새 우수수 살갗이 돋아나 있었고, 기쁨과 반가움, 그리움과 애틋함이 하나의 커다란 감격으로 뒤범벅된 가슴을 끌어안고 그는 조금씩, 조금씩, 꾸준한 걸음으로 자신의 오랜 벗에게 다가가기 시작했다.

"하아하아, 하아하아…."

가쁜 숨으로 가슴이 들썩이다 못해 금세라도 터질 것 같았지만 도나는 스스로 낼 수 있는 온 힘을 다해 내달리기를 그치지 않았다. 옆을 지나던 이들이 놀라 일제히 돌아보아도 전혀 개의치 않았다.

'더 늦기 전에 가야 해! 더 빨리, 좀 더 빨리 가야 해!'

그녀는 쉬지 않고 스스로를 채찍질했다. 조금 전 들은 남자의 말대로라면 그를 만날 기회는 아직 남아 있었다.

불과 몇 분 전의 일이었다. 아침을 먹으러 식당으로 향하던 그녀에게, 지난 며칠간 얼굴을 맞대하며 친해진 데스크의 남자가 재미있는 비밀이라도 알려 주듯 은근히 말을 걸어 온 것은.

"도나 씨. 나 아까 이상한 사람을 봤었어."

"이상한 사람이라뇨?"

"그 짐 싣는 수레 있잖아? 그 수레에 큼직한 배낭을 묶고 나가더라고. 여기서 일하면서 많은 사람을 봤지만 그렇게 여행하는 사람은 처음 봤지 뭐야."

그 순간 도나는 자신의 귀를 의심했다. 그러나 의심은 곧 하나의 확신으로 변했다.

"그 사람! 그 사람, 언제 떠났어요?! 아니, 어디로 갔어요?!"

그녀로부터 적절한 호응을 기대하며 여유 만만한 웃음을 짓던 남자는 그러나 비명을 지르듯 외치는 도나의 물음에 얼떨떨한 표정을 지어 보였다. 놀란 그가 엉겁결에 손을 들어 한쪽 방향을 가리키자 도나는 신고 있던 슬리퍼를 갈아 신을 생각조차 않은 채 그가 가리킨 방향으로 냅다 뛰기 시작했다. 그녀는 남자가 말한 이가 지금껏 자신이 기다려 온 바로 그 사람임을 직감할 수 있었다.

"하아, 하아… 흐하아!"

짧은 사이 온 힘을 짜내 도시의 외곽까지 달려온 그녀는 턱 밑까지 차오른 숨을 더 이상 참아내지 못하고 다리를 멈춰 세웠다. 양팔로 무릎을 짚고 허리를 꺾듯이 구부린 그녀에게서 곧이어 격하고도 밭은 기침이 터져 나왔다. 급기야 그녀는 헛구역질까지 하고 말았다.

금세라도 쓰러질 것 같은 어지럼 속에서도 도나는 호흡을 가다듬는 데 집중했다. 다행히 시간이 지나면서 가슴은 조금씩 진정되었고, 그 즈음해서 입 안에 고인 침을 바닥에 뱉어내며 그녀가 힘겹게 허리를 들어 올렸다. 이마에 맺힌 땀을 한차례 훑어낸 그녀는 지난 며칠간 매일같이 들러 바라본, 이제는 친근하게까지 느껴지는 땅의 정경에 눈길을 주었다.

"……."

'…아무도 없어.'

그러나 그 어디에도 그녀가 기대했던 이의 모습은 보이지 않았다. 구릉을 타고 넘는 위치에 따라 사물의 모습 또한 나타나고 사라지기를 반복한다는 사실을 이미 잘 알고 있던 그녀였기에, 애써 조급함을 가라앉히고 기다려도 보았지만 그의 모습은 끝내 나타나지 않았다.

'혹시 내가 먼저 도착한 건 아닐까?'

문득 머리를 스친 생각에 그녀는 일말의 희망을 품고 도시의 다른 골목들을 유심히 살펴보았다. 그러나 오랜 시간이 지났어도 도로 위로 몇 대의 차만 보였을 뿐, 역시나 그는 나타나지 않았다.

처음에는 초조함만을 띠던 그녀의 눈빛이 차츰 안타까움으로, 곧이어 짙은 절망감으로 물들어 갔다. 기운이 쭉 빠진 그녀는 그대로 바닥에 주저앉고 말았다. 그를 만나기 위해 기다린 지난 며칠간의 노력이 모두 허사가 되고 말았다는 생각에 그녀는 억울하다 못해 화까지 치밀었다.

"…너무해. 정말 너무하잖아."

지금 이대로 떠나보내면 언제 어디서 그를 다시 만날 수 있을지 알 수 없었다.

"야, 이 바보야! 같은 호텔에 묵었으면서도 어떻게 얼굴 한 번 안 보일 수가 있어!"

도나는 마치 이 모든 게 그의 탓이라는 듯, 그리고 그가 바로 앞에 있기라도 한 것처럼 바락바락 허공을 향해 소리를 질러댔다.

"이 바보, 머저리, 고집불통, 미련퉁아!"

어리석음을 지칭하는 자신이 알고 있는 몇 안 되는 낱말을 차례로 뱉어낸 그녀의 눈에 급기야 그렁그렁 눈물이 맺혔다.

'대체 그 사람이 뭐라고…'

정작 상대는 알아주지도 않건만 이렇게 홀로 애타는 자신의 모습이 도나는 문득 처량히 여겨졌고, 그러다 며칠 전 사막을 마주했을 때의 감격에 겨웠던 순간이 머릿속에 떠올랐으며, 그래서 홀로 구시렁대던 것을 멈추고 눈을 들어 자기 앞에 펼쳐진 평야를 다시금 바라보았다.

"……."

여전히 거기에는 아무도 없었다. 보이는 것이라곤 삼면으로 시원스레 뻗은 땅과, 점점이 박힌 흰색의 게르들, 그리고 커다란 짐승의 등줄기처럼 가로놓인 서너 개의 구릉이 전부였다.

한동안 이리저리 시선을 옮기던 그녀가 새삼 눈앞의 구릉에 주목했다. 눈앞이라고는 해도 상당히 떨어져 있었던 구릉은 얼핏 보기에도 무척 크다는 걸 알 수 있었다. 그 너머로 그보다 더 광대한 지평이 펼쳐져 있었기에 망정이지, 그러지 않았다면 이곳이 사막인지조차 쉽사리 알아차릴 수 없었을 것만 같았다.

'만약 누군가 저 너머에 있다면 이쪽에선 당연히 발견하지 못할 거야!'

언제 울었냐는 듯 그녀가 발딱 몸을 일으켜 세웠다. 곧바로 몇 걸음 내딛던 그녀는 발바닥을 찌르는 감촉에 문득 이상함을 느껴 아래를 내려다보았고, 그제야 자신이 슬리퍼 차림임을 알아차렸다. 그녀는 잠시 발을 놀려 발바닥에 박힌 돌멩이를 빼내었다. 거리를 감안한다면 구릉에 이르는 길이 결코 쉽지만은 않을 것 같았다. 그러나 다시 들어 올린 그녀의 눈에는 그런 건 아무런 장애가 되지 않는다는 듯, 강렬하고도 결연한 빛이 차올라 있었다.

도나는 구릉을 향해 빠르게 걷기 시작했다. 크고 작은 자갈들이 수시로 튀어 오르며 발바닥을 찔러 왔지만 그녀는 더 이상 멈칫거리지 않았다. 그가 저 사막으로 가려는 이유를 그녀도 이제는 어느 정도 짐작할 수 있었고, 또 그 길을 막을 생각 역시 털끝만큼도 없었지만 그래도 최소한 그에게 알려 주고 싶었다. 그와 얼굴을 맞대한 채로 그에게 자신의 마음을 보여 주고 싶었다. 그 끝이 어떻게 될지는 조금도 확신할 수 없었으나, 직접 그를 만나 자신의 진심을 전할 수 있기를 그녀는 간절히 바랐다.

마침내 구릉의 정상에 올라섰을 때 도나는 또 한 번 들썩이는 가슴을 진정시켜야 했고, 그러나 미처 호흡을 가다듬기도 전에 그녀의 두 눈은 놀라움으로 한껏 치켜 떠였다.

있었다. 답답할 정도로 느린 속도로, 그러나 먼 앞의 지평을 향해 꾸준히 움직이는 점 하나가 있었다.

"오빠! 현진 오빠!"

스스로도 의식하지 못한 사이 그녀의 입에서 높다란 외침이 쏟아져 나갔다. 그러나 사방이 트인 그 망망한 공간 속에 그녀의 목소리는 금세 묻혀 버렸고, 점은 멈추지 않은 채 계속해서 앞으로 나아갔다.

"야아! 유현지인! 멈춰어! 멈추라고오!"

오랫동안 억눌러 온 울음이 마침내 그녀의 가슴과 배로부터, 온몸으로부터 터지듯 뿜어져 나왔다. 그리고 그것은 한 번으로 그치지 않고 몇 번이나 격하게 이어졌으며, 마침내 그 부름이 닿았던 것일까, 어느 순간 거짓말처럼 점의 움직임이 멎었다. 그 순간 도나는 숨이 턱하니 막히는 걸 느꼈다.

'들었을까? 내 목소리가 정말 들렸을까?'

두 눈을 부릅뜬 채 그녀는 꼼짝도 안 하고 점을 응시했다. 영원처럼 길게만 느껴지는 시간이 흘렀고, 점이 다시 움직이기 시작했다. 그리고 그 방향은…

"…들었어. 내 목소리를 들었다고!"

격앙된 감정으로 그녀의 목소리가 심하게 떨려 나왔다. 그러나 그와 달리 그녀의 두 눈은, 그 사소한 움직임조차 놓치지 않겠다는 듯 지금까지 나아가던 것과는 반대 방향으로, 점차 자신을 향해 다가오는 점의 궤적을 흔들림 없이 쫓고 있었다.

"안녕."

"…안녕하세요."

"음? 아까 들었던 것과는 조금 다른데?"

자신의 반말을 지적하는 현진의 장난스런 대답에 도나의 입에서 피이, 바람 빠지는 소리가 흘러나왔다. 그런 도나를 현진은 웃으며 바라보았다.

"정말 놀랐어. 여기서 널 만나게 될 줄이야."

진심을 담아 그가 말했다. 이번에는 도나가 가만히 웃으며 그를 보았다.

자신이 환청을 들은 줄 알았다고 말하려던 현진은 그러나 곧 입을 다물고 그런 그녀의 시선을 묵묵히 받아냈다. 도나와 눈길이 맞닿은 순간, 이루 말로 형용키 어려운 복잡한 감정이 꿈틀, 속에서 치솟는 걸 그는 느낄 수 있었다.

"오래 기다렸어요."

"그랬구나."

"만달고비에서요."

"…그래."

담담한 듯 말을 꺼내고 있었지만 둘의 음성은 미세하게 떨리고 있었다.

현진은 자신이 이곳으로 올지 어떻게 알았느냐고 그녀에게 묻지 않았다. 상대를 향한 많은 의문을 그는 가슴속에 그대로 접어 두었고, 그것은 도나 역시 마찬가지였다. 여행의 이유와, 또 기다림의 이유를 그들은 서로에게 묻지 않았다. 그저 잠시 서로의 안부를 물었고 그간의 이야기를 짤막히 나누었을 뿐이었다.

"그냥 이렇게 다시 한 번 마주 보고 싶었어요."

대화 중간에 갑작스레 튀어나온 도나의 말에 현진은 이번에는 아무 대꾸도 하지 않았다.

"그리고 결국 이렇게 만나게 됐네요."

다만 그녀의 웃음이 무척 아름답다고 생각했다.

"이젠 됐어요. 이제 가세요, 오빠가 그렇게 가고 싶어 하던 땅으로요."

"……."

무언가 말하려던 현진은 이내 삼키듯 입을 다물었다. 뜨거운 무엇이 그의 안에서 이글이글 타오르고 있었고, 너무도 그걸 뱉어내고 싶었지만, 언어의 옷을 두르지 못한 그것은 또렷한 문장이 되어 입 밖으로 나오질 못하고 있었다. 그래서 자신을 오랫동안 기다려 왔다는 그녀를, 그럼에도 금세 자신을 떠나보내려는 그녀를 그는 그저 복잡한 눈으로 바라볼 수밖에 없었다.

"…고마워."

타다 남은 재와 같이 버석, 갈라진 목소리가 입 밖으로 간신히 새어 나왔다.

일렁이는 눈으로 잠시 그녀를 응시하던 현진이 천천히 몸을 돌려세웠다. 이윽고 그가 앞으로 몇 발자국 나아갔고, 그런 그의 뒷모습을 도나의 시선이 조용히 뒤따랐다.

'다시 만나면 하고 싶은 말이 그렇게나 많았는데…'

그 모든 말들이 죄다 어디로 사라져 버린 건지 도나는 의아하기만 했다. 정작 하고 싶은 말은 하지도 못한 채 고작 그런 사소한 몇 마디 주고받기 위해 그토록 오랜 시간 기다린 거냐고, 이대로 그를 떠나보내도 후회하지 않겠느냐고 매서운 질책이 머릿속을 헤집었지만, 도나는 이걸로 충분하다고 짐짓 의연하게 스스로를 다독거렸다.

'잘 가요, 몸 조심히.'

마치 그 말을 듣기라도 한 것처럼 덜컥, 현진이 멈춰 섰다. 그가 수레를 세우고 다시 몸을 돌렸다.

"……?"

그에게 향해 있던 도나의 눈이 조금 크게 뜨였다. 두 사람의 시선이 허공에서 맞부딪쳤다.

"…5년 전,"

서로를 바라보던 잠깐의 침묵을 깨고, 현진이 천천히 말문을 떼었다.

"이곳에 친구들 몇 명과 함께 온 적이 있어."

그렇게 말한 그는 한차례 머뭇거리는 기색을 보였고, 그러나 이내 빠르게 다음 말을 뱉어냈다.

"그리고 그중에는 내가 사랑하던 사람도 있었어."

"……."

가만히 자신을 응시하는 여인의 곧바른 시선을 피해 현진의 눈길이 잠시 그녀의 발 언저리 땅을 헤매었다. 하지만 그는 무언가 굳게 결심한 얼굴로 곧 다시 입을 열었다.

"그때 우린 2주 정도 배낭을 메고 만달고비 주변을 돌아다녔어. 낮에는 계속 사막을 걸었고, 밤이 되면 모닥불을 피워 놓고 신나게 웃고 떠들면서 보냈지. 솔직히 나로선 다신 그런 기회가 올까 싶을 만큼 정말로 즐거운 시간을 보냈어. 아마도 그렇게 신나고 행복했던 적은 그전에도, 또 후에도 없었던 것 같아. 아직도 그때의 기분이 생생하게 느껴질 정도니까."

어느새 먼 지평으로 돌려진 그의 눈은 꿈속을 헤매는 듯 아련한 빛으로 일렁이고 있었다.

"하지만 그래도 시간은 흘렀고, 결국 마지막 날이 왔지. 그리고 그때, 사막을 떠나기 전에 우린 마지막으로 머문 장소에 어워를 하나 쌓았어. 어워 알지? 그 작은 탑 같은 거 말야. 크게 쌓은 건 아니고 작게, 하지만 쉽게 무너지지 않도록 단단하게. 그리고 약속했지. 먼 훗날 언제가 되어도 좋으니까 꼭 다 같이 모여서 이곳을 다시 찾자고."

담담한 어조로 거기까지 말을 쏟아 낸 현진은 한결 후련한 표정이었다. 그런 그의 입가에 잠시 후 조금은 서글픈 미소가 걸렸다.

"비록 사정이 어찌어찌 돼서 지금은 이렇게 혼자된 처지지만, 그래서 가야만 해. 그 어워를 찾아야 해."

둘 사이에 한동안 침묵이 흘렀고, 잠자코 자신의 말을 기다리는 여인을 향해 마침내 현진이 다시 입을 열었다.

"날 기다려 주겠어?"

떨리는 목소리로, 그러나 이제는 그녀의 눈을 똑바로 마주 보며 그가 물었다.

"……."

시커멓고 거친 외모와는 어울리지 않게 수줍어하고 있는 남자의 눈을 도나는 말없이 들여다보았다.

잠시 후 그녀가 웃음을 터뜨렸다. 작게 시작된 웃음은 이내 그녀의 온 얼굴로 번졌고, 한참 만에야 자신의 볼 위로 눈물이 흐르고 있음을 깨달은 그녀가 손을 들어 얼굴을 가리려 했지만, 웃음인지 울음인지 모를 그것은 계속해서 터져 나왔다. 눈을 비비고 입가를 가리고 끅끅 울다가 다시 활짝 웃는 그녀의 얼굴 위로 문득 거칠고 굵은 손이 와 닿았다. 도나의 눈가를 닦아 주고 부드럽게 볼을 쓰다듬은 손은 이내 그녀의 어깨를 살며시 감싼 쥔 뒤 힘 있게 끌어당겼다. 들썩거리던 도나의 몸이 곧 넓고 단단한 가슴으로 파묻히듯 안겨들었고, 땀 냄새가 짙게 밴 그 품이 무척이나 따뜻하다고 그녀는 생각했다.

"너무 기다리게는 하지 마요."

울음기가 밴, 그러나 한결 밝아진 목소리로 도나가 말했다. 현진은 대꾸하는 대신 그녀의 어깨를 잡은 손에 힘을 주어 그녀를 좀 더 세게 끌어안았다.

"오래 기다리게 하지 않을 거야."

약간의 시간이 지난 뒤에야 그가 입을 열었다.

"알아요. 하지만 혹시라도 너무 늦게 오면 나 먼저 그냥 갈 거예요."

장난기 어린 그녀의 말에 그가 웃었고, 그런 그를 올려다보며 그녀가 따라 웃었다. 그리고 한차례 부드럽고 강한 바람이 일어 그런 두 사람을 휘감고 지나갔다.

종

사막이란 과연 이 행성의 코, 혹은 입, 그 어디쯤 되는 것일까. 침묵을 닮은 지평으로부터 불어온 바람은 흡사 지구가 몰아쉬는 뜨거운 숨결인 양 한가득 열기를 품고 있었다. 새파란 하늘 속 듬성듬성 자리한 흰 뭉치들은 느릿한 속도로 한 방향으로 떠가고 있고, 그 아래로 낮게 솟은 풀들은 메마른 몸짓으로 이리저리 나풀거리는 타는 듯한 한낮의 사막이었다.

그리고 아무런 궤적도 없이 세상을 자유로이 떠도는 바람들이 모두 모인 것 같은 그 사이를 홀로 걷는 이가 있었다. 그이는 사막의 모래 빛깔을 닮은 엷은 상아색 모자와 날렵한 유선형의 선글라스를 쓰고 있었고, 그 턱 아래로 넓게 퍼진 수염과 몸집만 한 배낭을 다부지게 멘 넓은 어깨로부터 그가 건장한 남성임을 쉽게 알 수 있었다. 바람이 매섭도록 몸에 부닥치고 있었지만, 그는 잠깐잠깐 몸을 들썩일지언정 꾸준한 속도로 아무런 지표도 없는 길을 걷고 있었다.

그러던 어느 순간, 뜨거운 뙤약볕에 시달리는 땅 위로 진한 그림자를 만들어 내던 그의 움직임이 차츰 느려지나 싶더니 이윽고 완전히 멈추었다.

"웃차!"

한차례 용쓰과 함께 그는 짊어지고 있던 배낭을 벗어 땅 위에 내려놓았다. 배낭이 땅에 부딪치면서 낸 둔탁한 소음이 금세 바람 속으로 흩어져 사라졌다.

배낭에서 물통을 꺼내 메마른 입술을 적신 남자는 이내 선글라스를 벗어 머리 위에 걸쳐 놓았다. 짙은 그을음처럼 턱 주위를 덮은 수염과 눈 옆으로 퍼진 잔주름이 실제보다 더 나이 들어 보이게 했지만, 다소 지친 기색에도 불구하고 주위를 살피기를 게을리하지 않는 남자의 정체는 현진, 바로 그였다. 어쩐 일인지, 오랜 시간 수레를 끌어 왔던 것과 달리 그는 현재 배낭을 멘 채로 사막을 걷고 있었다.

그의 눈길이 한동안 주위를 맴돌다가 천천히 자신이 나아가던 방향으로 움직여 갔다. 그러나 땅 위로 어지러이 발산되는 열기의 흔적만 제외한다면 눈앞의 세상은 마치 정지된 그림처럼 아무런 움직임도 보이지 않고 있었다.

"이상하다. 이쪽이 분명 맞는 것 같은데…."

한차례 고개를 갸웃거린 현진은 품 안에서 자그마한 물체를 하나 꺼내 들었다. 손 안에 들어온 투박한 디자인의 그것은 이미 그 표면이 상당히 닳아 있는 갈색 GPS였다. 한동안 그는 GPS의 화면과, 어디를 보나 하나같이 엇비슷하게만 보이는 사막 위 가상의 지점들을 번갈아 보면서 자신이 찾고 있는 그 무엇을 발견코자 부단히도 애를 썼다.

그러나 결국 그것만으로는 도저히 안 되겠다고 생각했는지, 얼마 후 그가 반대편 품에서 GPS와 비슷한 크기의 다른 무언가를 꺼내 들었다. 새로이 꺼낸 그것의 정체는 소형 망원경이었다. 망원경을 한쪽 눈에 갖다 댄 그는 느릿한 속도로 신중히 주위를 둘러보기 시작했고, 배율을 조정해 가며 그러기를 한참, 이윽고 망원경에서 눈을 뗐을 때에는 어느덧 그의 눈이 기쁨으로 반짝이고 있었다.

"드디어 찾았다! 이번엔 진짜야!"

그는 이후로도 몇 번을 거듭해서 확인해 보았다. 그때마다 망원경 안에는, 비록 지금은 폐가처럼 보이지만 한때는 마구간으로 사용된 게 틀림없는 허름한 건물 한 채의 모습이 깨알만 한 크기로나마 선명히 박혀 있었다. 분명히 그곳이었다. 자신과 벗들이 마지막 날 비를 피하며 함께 웃고 떠들었던 바로 그곳.

그 의심할 수 없는 명백한 증거를 앞에 두고 더 이상 미적거리며 쉴 수 없었던 현진은 GPS와 망원경을 품속에 갈무리한 뒤 곧장 떠날 채비를 했다. 그래 봐야 사실 물통을 배낭에 넣고 끈을 단단히 조이는 게 전부였고, 그래서 그가 자리에서 일어나기까지는 오랜 시간이 걸리지 않았다. 쉬었다 멘 배낭은 그사이 더 무거워진 것도 같았지만 이제 조금만 더 가면 된다는 생각이 그의 기운을 북돋고 있었다. 지난 사흘간 이어진 고된 여정의 끝이기를 기대해도 좋을 만큼 이번에는 굉장히 예감이 좋았다.

'역시 있었어! 하긴, 그 큰 건물이 저 홀로 사라지는 거야말로 이상한 일이지.'

성큼 가까워져 있는 목적지를 향해 내딛는 걸음은 방금 전보다 한층 기운을 되찾아 있었다. 여전히 바람은 거셌고, 한낮의 태양은 아프도록 볕을 내리쏘고 있었지만, 적대적으로까지 느껴지는 그런 가혹한 환경 아래서도 그의 두 눈은 먼 앞의 점에 박혀 흔들릴 줄을 몰랐고, 그 움직임 역시 느릿하나마 오래도록 꾸준함을 잃지 않았다.

"…씨발. 이게 뭐야."

악문 입술을 비집고 흐느끼듯 욕설이 새어 나왔다. 5년 전, 모두의 손길과 정성으로 쌓아 올린 작은 돌탑. 그러나 이제 탑은 무너졌고, 또 산산이 부서져 있었다. 대신 어지러이 흩어진 깨진 술병 조각들과, 시커먼 두 눈으로 조롱하듯 쳐다보는 낙타의 창백한 두개골이 그를 기다리고 있었다.

누가 이런 일을 벌였는지, 어떤 이유로 그랬는지는 알 수 없었다. 타인이 공들여 세운 것을 짓밟기 좋아하는 악의에 찬 누군가가 이곳을 지났던 것일까. 아니면 근처에서 술을 마시던 누군가가 발에 채인 그것을 홧김에 무너뜨리기라도 한 것일까.

사방팔방으로 팽개쳐진 돌들을 노려보는 현진의 눈에는 스스로도 의식하지 못한 사이 짙은 비탄과 분노가 고여 올랐다. 이곳이 자신과 벗들이 함께 쌓아 올린 어워가 있던 자리임을 아무리 부정하고 싶어도, 망원경으로 발견한 이래 망망대해에서 마주친 등대의 불빛이라도 되는 양 꾸준한 지표로 삼고 걸어 온 마구간의 흔적과, 당장이라도 5년 전 그때의 풍광을 그릴 수 있을 만큼 생생한 기억은 이곳이 지금껏 그가 찾던 바로 그 장소임을 여실히 증명하고 있었다.

'씨발! 이런 씨바아알!'

아무도 없는 황야 한가운데서 어느 순간부터 그는 소리 없이 오열하고 있었다. 현실에서 조각난 우정과 사랑을, 추억이 깃든 장소에서나마 덕지덕지 꿰매고 이어 붙이려 했던 그 자신의 초라한 시도는 결국 이렇게 좌절되고 말았다.

'어쩌면 이곳을 찾아서는 안 됐는지도 몰라. 그저 좋은 기억으로만 남겨 뒀어야 했는데…'

한참 동안 허공에 분노를 쏟아 부으며 망연자실한 얼굴로 주변을 터벅터벅 맴돌던 그는 본래 돌탑이 있어야 할 자리를 덩그러니 차지하고 있는 낙타의 두개골 앞에 멈추어 섰다.

무슨 생각에서였을까. 흙바닥에 주저앉은 그가 그 퀭하고 공허한 눈구멍을 들여다보았다.

'낄낄낄.'

'말해 줘. 넌 봤지? 누가 어워를 이렇게 만들었는지.'

'낄낄낄.'

'뭐가 좋다고 그렇게 웃는 거야! 난 지금 화가 나 미칠 것만 같다고!'

'낄낄. 비웃지 않을 수가 있나! 그래, 네놈이 쌓은 돌덩이, 내가 무너지는 걸 똑똑히 봤지.'

'뭐? 언제 봤는데! 대체 누가 그런 거야?'

'날 잡아먹은 놈들이 그랬어. 아주 우습게 여기던데? 누가 여기에 이딴 돌무더기를 쌓았냐면서.'

'거짓말 하지 마. 몽골 사람들은 어워를 소중하게 대한다고 들었어.'

'넌 정말 이기적인 놈이구나. 난 조금 전 내가 잡아먹힌 이야기를 했는데, 넌 그깟 돌덩이 이야기만 하고 있으니.'

'미안해. 하지만 제발 말해 줘, 부탁이야.'

'이미 말했잖아. 사람도 사람 나름이라고. 너도 머리가 있다면 생각해 봐. 매일 지나던 길에 누군가 그동안 전혀 듣도 보도 못한 돌무더기를 쌓아 놓으면 길을 헷갈릴 만도 하지 않겠어? 그래서 인정사정없이 무너뜨린 거라고.'

'아무리 그래도… 그건 우리가 정성껏, 하나하나 쌓은 거라고!'

'어느 것이든 안 그러겠냐! 이 머저리 같은 자식아!'

그때껏 퀭한 눈으로 조롱만 하던 두개골은, 돌연 그 새카만 심연으로부터 줄기줄기 분노와 증오를 쏟아 냈다. 갑작스레 기염을 토하는 그 포효에 놀란 나머지 현진은 저도 모르게 움츠러들고 말았다.

'너희가 쓰레기처럼 차고 무너뜨리는 것 중 어느 것 하나 그러지 않는 게 있냔 말이다! 너희를 위해 어릴 때부터 일해 온 나를 가차 없이 죽이고 골수까지 빼먹은 게 누군데! 날 이용해 짐을 나르고 내 젖까지 쥐어짜 마셨으면서, 결국은 날 죽이고 내 살을 먹고 가죽과 털까지 너

희들 치장하는 데 썼지! 그리고 지금은 이렇게 대가리 뼈만 사막에 덩그러니 버려두었네!'

'…나한테 그런 말 해 봐야 소용없어. 널 이용해 먹거나 죽인 사람은 내가 아니야. 난 그저 나와 내 친구들이 쌓은 어워를 찾으러 여기에 온 것뿐이라고.'

'봐라, 너희는 항상 지 일 말고는 신경 쓰려 들질 않지! 이런 몰염치한 자식! 너와는 아무런 상관이 없다고? 정말 그래? 그냥 먼 타지에서, 한낱 짐승에게 일어난 일일 뿐이야?'

현진은 대꾸하지 않았다. 그러자 잠깐의 틈을 두고 두개골이 다시 부르짖었다.

'너희가 무심코 내치고 버리는 것 중에 다른 생명의 희생이 담겨 있지 않은 게 과연 있더냐! 수십 년을 함께한 내 생명조차 아무렇지 않게 잡아 죽였는데, 하물며 고작 반 시간 남짓 걸려 쌓은 그깟 돌멩이쯤이야!'

'제발, 우리의 어워만큼은 무시하지 말아 줘. 그리고 우린 어떤 생명도 짓밟지 않았어. 그저 소박하게 행복을 바랐고, 사막에서 함께한 소중한 추억을 오랫동안 간직하고 싶어서 그 탑을 쌓았을 뿐이야.'

'우리의 어워? 이제는 너 혼자 추억하고 있는 그 돌무덤 말이야? 소중한 추억이라고! 하지만 지금 너 말고 또 누가 그걸 기억하고 있는데? 너 말고 여길 찾아온 사람이 또 누가 있느냐 말야! 정신 차려, 아무도 없어! 다들 잊어버렸다고! 지금껏 수많은 인간들이 그랬던 것처럼 네가 소중하다고 믿는 그것을 다들 헌신짝처럼 내던져 버렸다고! 네가 그렇게 지키고 싶어 하는 추억은 다른 놈들에게는 이미 버려진 과거의 잔재일 뿐이야!'

현진은 침묵했다. 그런 그에게 마지막 정을 내리꽂듯, 죽음이 말을 이었다.

'너희 스스로 소중하다고 믿는 것들, 입이 닳도록 찬양하는 것들. 그것들은 결국 잊혀져버린 수많은 삶을 짓밟고 쌓아 올린 돌무덤에 지나지 않아. 네가 벗이라고 믿은 이들이 네 추억을 아무렇지 않게 내던진 것처럼! 평생을 일하며 수고한 나를 너희들이 아무렇지 않게 처분한 것처럼! 그 죽음의 탑을 너희는 우정이네, 사랑이네 하며 대단한 것처럼 기리고 있지만, 그 본질은 가증스러운 이기심일 뿐이지!'

여전히 침묵을 지키는 현진에게, 지금까지와는 달리 죽음이 나직하게 물었다.

'네가 소중하다고 믿는 것, 그건 대체 어디 위에 세워져 있는 거냐.'

'……'

현진은 끝내 대답하지 못했다. 그리고 그는 자신이 지금껏 이어 온 여정과 그 여정 곳곳에 깃든 수많은 이들과의 만남이, 또 그 모든 여정과 만남을 소중하다고 여겨 온 스스로의 믿음이, 방금 전까지만 해도 영원히 유지될 것만 같던 견고함을 잃어버린 채 밑바닥부터 완전히 무너져 내리는 것을 똑똑히 목격하고 있었다.

그날 저녁, 현진은 무너진 어워와 마구간 사이의 중간 지점에 텐트를 치고 야영을 했다. 텐트 뒤로는 큼직한 구릉이 하나 놓여 있어 그 너머로부터 불어오는 바람을 상당 부분 막아 주었다.

지금은 아무도 이용하지 않는 마구간은 지는 석양빛을 받아 길고도 짙은 그림자를 동쪽으로 드리우고 있었다. 5년 전, 그 허름하지만 비좁지 않았던 공간에서 함께 잔을 부딪치고 노래를 부르며 흥겹게 이야기를 나눴던 이들의 얼굴이 차례로 떠올랐다. 이제 그들 중 몇은 자신의 길을 걷는데 여념이 없었고, 또 다른 몇은 떠나갔으며, 남은 몇은 연락조차 되지 않았다. 마치 한철 화려하게 피고 지는 꽃처럼, 그리고 저 앞에 부서져 내린 어워처럼, 그토록 영원할 것만 같던 우정과 사랑도 결국 세월의 풍파를 이겨내지는 못했다.

'결국 모두 시들고 사라지고 말 것들이었어. 애초에 기대를 한 게 잘 못이었는지도 몰라.'

현진은 낙타의 두개골이 놓여 있던 쪽을 가만히 돌아보았다. 어스름이 내린 탓에 돌과 제대로 구별되지 않는 그 하얀 뼛조각은 오랜 시간 노려본 뒤에야 간신히 그 윤곽을 구별할 수 있었다. 파르스름하게 물들기 시작한 그 모난 화석에 한동안 시선을 주던 그가 문득 품속을 뒤적여 한 장의 사진을 꺼내 들었다.

'참 오랜 시간이 흐른 것 같은데… 돌아보니 정말 금방이구나.'

더 이상 환히 웃기란 불가능할 것 같은 두 남녀의 얼굴이 자신을 올려다보고 있었다. 바로 몇 년 전의 그녀와 자신의 모습. 그러나 이제 그 웃음들은 빛바랜 기억으로만 존재할 뿐이었다.

그렇다고 색다른 감상에 빠져들 만큼 그가 특별한 감정을 느낀 것은 아니었다. 나흘 전 만달고비의 호텔에서 보낸 밤 이후, 그녀를 향한 더이상의 미련은 남아 있지 않았다. 그때의 그는 마지막으로 혼신을 다해 그녀를 불렀고, 그 부름에 그녀는 응답하지 않았다. 그만큼 그녀가 더 행복한 사랑을 하고 있고, 또 만족스러운 삶을 살고 있는 거라고 그는 굳게 확신했다.

잠시 후 현진이 다시 품속에 손을 넣어 이번에는 라이터를 꺼내 들었다. 그는 사진의 한쪽 모서리에 라이터를 갖다 대었고 이내 망설임 없이 부싯돌을 돌렸다. 불은 순식간에 붙어 아름답고도 요요한 저만의 춤을 추기 시작했다. 금세 사진의 절반이 재로 변했고, 신기하게도 주홍빛 불꽃은 투명하기 그지없어 현진은 그 사이로 비친 그녀의 얼굴을 볼 수 있었다. 그는 그녀의 웃음에 마주 미소로 답해 주었다.

"부디 행복하길."

그의 나지막한 음성이 마지막 불꽃과 더불어 바람에 실려 날아갔다. 허공으로 묻히듯 사라지는 연기의 자취를 쫓아 무심코 시선을 들어 올

린 그의 눈에, 이제 막 구름 밖으로 얼굴을 내미는 달의 모습이 들어
왔다.

"부디 행복해."

또 한 번 그가 작별을 건넸다. 한차례 은은한 빛을 뿌린 달은 얼마
뒤 구름 너머로 자취를 감췄고, 주위에는 다시 짙은 어둠이 내렸다. 몸
을 감싸듯 덮어 오는 어둠이 왠지 모르게 편안하다고 그는 생각했다.

이윽고 그가 몸을 일으켜 컴컴한 사막 위로 걸음을 옮겼다. 이제는
하늘과 땅의 경계만 겨우 구별할 수 있을 정도의 어둠 속에서 먼 길을
나서기란 불가능했다. 다만 그는 눈앞의 구릉을 천천히 오르고 싶었
고, 그 정상에서 또 한 번 바람을 맞고 싶을 뿐이었다.

그가 막 텐트를 지나치려는 순간, 그동안의 여정 내내 항상 그 옆에
짝처럼 놓여 있던, 그러나 이제는 아무런 흔적도 찾을 수 없는 수레의
낯선 빈자리가 눈에 들어왔다.

'곧 좋은 주인을 만나게 되겠지.'

저 사막 어딘가에 놓여 있을 그 단단한 뼈대와 둥근 바퀴를 떠올리
며 현진이 조금은 서글픈 미소를 지었다.

만달고비를 출발한 이튿날, 유난히 차바퀴의 흔적이 많았던 큼직한
구릉의 정상에서 그는 이미 또 한 번의 이별을 경험했었다. 한 달이 넘
는 시간 동안 고장 한 번 나지 않은 채 그 오래고도 험한 길을 동고동
락한 수레를 향해 그는 마지막으로 "안녕."하고 조용히 작별을 고했고,
녀석은 섭섭하다는 말 한마디 없이 침묵으로 그를 배웅해 주었다. 녀
석이 머지않아 새 주인을 만날 수 있기를 현진이 진심으로 바랐다. 일
부러 눈에 잘 띄면서도 차량의 흔적이 많은 곳을 골랐으니 크게 걱정
할 필요는 없을 것 같았다.

걸음을 옮길수록 낮아지던 능선의 희미한 경계가 마침내 눈 아래로
까지 내려갔을 때, 갑작스럽고도 황홀하게 '그것'이 자신의 모습을 드러

내 보였다. 아니, 황홀하다는 말은 그 잔잔한 떨림을 표현하기에는 지나치게 경박스러운 것 같았다. 온통 깜깜히 시야를 메우고 있던 어둠으로부터 마법처럼 피어난 수십 수백의 빛무리는 저 하늘의 은하수보다 또렷했고, 또한 밝았다. 지상을 가로지르는 그 은하의 이름을 현진은 무심코 불러 보았다.

"…만달고비."

무(無)로부터 일구어낸 생의 별빛들.

어둔 대지 위를 흐르는 별무리는 바람결에 쉬지 않고 흔들리면서도 고요히 타오르고 있었다.

한동안 그 선연한 별들의 명멸을 맞대하던 현진의 가슴으로 돌연 먹먹하도록 뜨거운 무언가가 차오르기 시작했다. 별무리의 반짝임처럼 가슴속 여러 곳에서 동시다발적으로 터진 그것은 지금껏 그가 지나온 길이자, 기억이었고, 또 수십의 이미지를 동반한 감정의 폭발이었다. 그러나 결국엔 한데 뭉쳐 연소하는 크고도 강렬한 불길이었으며, 그럼에도 불구하고 명료히 단정 짓지 못할 그 무엇이었다. 시린 고독과, 뜨거운 애정이 경계 없이 뒤끓는 가슴으로 현진은 끝까지 눈길을 돌리지 않은 채 그 모든 것을 지켜보았다.

문득, 새벽녘 설레고 긴장된 마음으로 공항 문을 나서던 조금은 외로운 출발이 보였다. 이어 낯선 이의 손에 물과 빵, 돈을 쥐여 주던 한 사내의 호의에 찬 마음이, 한적한 공원에 누워 오랜 꿈들 사이를 헤매던 스스로의 모습이 보였다. 땅거미가 지는 하늘 아래 홀로 앉아 진홍빛 세례를 받던 순간이 보였고, 세계를 들썩이는 뇌성에 놀라 혼비백산 도망치던 우스꽝스러운 모습도 보였다. 그저 스쳐 가도 그만이었을 이를 위해 트렁크의 짐을 꾹꾹 누르고 덜어내던 두 남자의 배려에 찬 마음이, 이어 그들의 억세고 단단한 팔과 호기심 넘치던 맑은 눈이 보였다. 아이에게 모유를 주다가 잠에 들고 만 한 여인의 그림자와, 그런 어머니의 풍만한 젖 아래서 안온한 잠에 빠진 아이의 얼굴이 보였으며, 잃어버린 말을 찾다가 말을 찾기는커녕 졸지에 염소 한 마리를 낯선 이에게 대접한 남자와, 그런 아버지 곁에 나란히 앉은, 너무나 다르면서도 하나같이 고왔던 두 소녀의 웃음이 보였다. 해가 솟기도 전에 여관 문을 나서던 손을 구태여 일어나 배웅해 주던 중년 여인의 덜 깬 얼굴이, 모래 산이 즐비한 옆으로 커다란 규모의 캠프를 세운, 그러나 오랜 노력 끝에 그 야망을 이루어 냈으면서도 정작 소중한 것이 무엇인지 잊지 않은 강건한 남자의 얼굴이 보였다. 황량한 사막 위에서 세 아들을 키우며 꿋꿋이 가정을 지켜나가던 한 가장의 모습이 보였고, 그런 남편을 감싸 안던, 시커멓게 말라붙은 흙먼지마저 가리지 못한 여인의 아름다운 팔이 보였다. 수백 km에 달하는 광활한 사막 길을 노래 하나로 견뎌 내며 건너던 한 남자의 외로운 투쟁이 보였으며, 밤마다 벌이는 축제 속에서 하루의 노고를 씻고 일상의 행복에 젖던 사막 거주민들의 모습이 보였다. 두 국적의 부모를 둔 친절한 남자와, 비록 함께한 시간은 짧았지만 오랜 지기처럼 느껴지던, 저를 꼭 빼닮은 매 그림을 몸에 새기고 있던 청년의 얼굴이 차례로 보였다.

그리고 어둠에 가려진 세계로부터, 수많은 별들 사이를 두루 지나 왔을 바람이 부드럽게 몸을 쓸어 왔다. 별빛을 머금은 듯 포근히 닿는 그 친숙한 감촉 속에서 또 하나의 새로운 바람이 불고 있음을 현진은 느낄 수 있었다. 찰나의 마주침만큼이나 뜨겁게 사랑하고, 또 이별할 수밖에 없는 바로 그 생의 바람이.

'바람이 지나간 후에 남은 것들. 허물어진 사랑의 끝에, 삶의 끝에 완전히 버려졌다고 여긴 것들. 하지만, 바로 거기서야말로 사랑과 삶을 위한 새로운 싹이 돋아날 수 있는 게 아닐까.'

문득 현진이 뒤를 돌아보았다. 그의 눈이 저 어둠 어딘가에 놓여 있는 죽음을 똑바로 응시했다.

"당신이 한 말들, 어느 정도는 맞을지 몰라."

'하지만,'

삶은, 한시적인 생애 동안 수차례 피고 지는 사막의 꽃처럼, 정녕 그 모든 순간에 아름다웠다. 그리고 그 꽃은 지평으로부터 불어온 바람을 먹고 자란 꽃이기에 스스로 그 텅 빈 무로부터 피어났음을, 또 결국엔 그곳으로 다시 돌아가야 함을 잊지 않는 것은 그래서 중요했다. 그리고 그 사실만 잊지 않는다면, 아니 때로나마 기억할 수만 있다면…

"틀렸어."

바람은 늘 불고 있었다. 아득한 지평으로부터 그가 서 있는 곳까지, 그리고 그를 거쳐 다시 저 먼 또 다른 지평까지. 아주 오래전부터 그래 왔고, 또 앞으로도 그럴 것이었다.

그런 바람이 그의 귓가에 속삭여 왔다.

'늘 내가 곁에 있어. 그러니 불기를 멈추지 마. 사랑하기를 끝까지 포기하지 마.'

또 어떤 생의 바람이 자신에게 불어올지 알지 못했기에 앞으로 자신이 어떤 길을 걷게 될지, 어떤 삶을 살게 될지 현진은 그 무엇도 확신할 수 없었다. 그러나 지금까지 그래왔듯 그 바람을 거부하지는 말자고, 그리고 한때 과신했던 날 선 비장함도, 또 과도한 희망도 아닌, 그저 삶을 향한 소박한 믿음과 용기를 품고 그 바람을 맞이하자고 다짐했다.

그러면 어느 날 나는 다른 이에게 또 하나의 바람이 되리니.

마침내 또 하나의 여정이 끝났음을 그는 깨달았다. 그리고 이제 돌아가야 할 때라는 것도. 찬란히 명멸하는 저 소박한 별들의 폭발, 그 어느 즈음에서 자신을 기다리고 있을 한 여인에게로.

> 눈앞의 나를 세상의 모든 것보다 사랑하겠노라 말하던
> 투명한 한 쌍의 눈과 그 아래 별빛 같이 흐르던 눈물.
> 당신의 오랜 기다림을 끝내기 위해, 이제 만나러 가겠습니다.

현진이 시선이 다시 한 번 시상에 돋아난 별무리에 가 닿았다. 자신이 있을 곳은 이제 그곳임을, 셀 수 없는 우둔함과 지혜가 뒤섞이고, 분노와 열광, 절망과 희망이, 또 미움과 사랑이 공존하며 끊임없이 피고 지는 그곳임을, 서로 맞닿은 사람들의 체취로 들끓는 바로 그곳임을 그는 느낄 수 있었다.

'어쩌면 이제야 저 속으로 들어갈 용기가 조금쯤 생긴 건지도 몰라.'

그러나 먼 길을 돌아 비로소 그런 용기를 갖췄다 할지라도 그것이 결코 나쁘지만은 않다고 그는 생각했고, 사막에 뿌리내린 이름 없는 자신의 여정을 돌아본 그의 얼굴에는 어느덧 한 송이 진한 웃음꽃이 피어 있었다. 그리고 그 꽃은, 어둔 밤에조차 흐드러지게 발화한 저 별꽃 무리를 닮아 있었다.